우리말 땅이름 4

우리말 땅이름 4

지명에 새겨진 생태적인 기억들

윤재철 지음

도서출판 b

이 책을 펴내며

백석의 시 「여우난골」이나 「여우난곬족」은 제목에 생태적인 지명을 그대로 쓴 점에서 눈에 띈다. '여우난골'은 말 그대로 여우가 출몰하는 골짜기를 뜻하고, '여우난곬족'은 그런 '여우난골'에 모여사는 족속을 가리킨다. 두 시 모두 어린 시절의 고향 체험을 바탕으로 하고 있는데, 「여우난골」은 풍경에 「여우난곬족」은 인물(친족)에 좀 더 초점이 맞추어져 있다. '여우난골'은 할아버지가 사시는 곳이자 명절이면 온 가족이 함께 모이는 곳이다. 백석의 또 다른 시 「목구」에는 '수원 백씨 정주 백촌'이라는 한자 지명으로도 나오는데, 모두 수원 백씨 집성촌이자 백석의 고향 마을을 이르는 말들이다.

'여우난골'은 자연 지명으로 여러모로 특이하다. 여우라는 동물 이름을 넣은 것도 그렇지만, '여우가 나오는'과 같이 주어 서술어를 갖추고 있는 것도 그렇다. 모두 지명의 원초적인 형태로 보인다. '범난골' '도야지둥그러죽은골' '사심이뿔빠진골' '말새끼난골' '깔미똥눈방우(갈매기가 똥눈 바위)' 등의 땅이름도 그러한데, 아무 수식도 없고 직서적인 형태 그대로 지명화된 것이다. '여우난골'은 말 그대로 여우가 많이 혹은 자주 출몰하는 지역의 특성을 그대로 지명으로 나타냈고 그것이 변함없이 오랫동안 유지되어 온 것으로 볼 수 있다. 그것은 산짐승이 자주 출몰하는 전형적인 산골 마을로서 야생적인 지역 생태를 암시하고 있다.

생태적인 지명에는 식물 지명도 아주 큰 몫을 차지하고 있다. 동물뿐 아니라 나무나 풀 같은 식물 역시 우리와 함께 살아가면서 절대적인 생활 환경을 이루고 있기 때문이다. 이 중 근래에 지어진 이름으로는 '이팝나무길'이나 '조팝꽃피는마을' 같은 꽃나무 지명이 눈에 띈다. '이팝나무길'은 대구광역시 달성군 옥포읍에 있는 도로명이고, '조팝꽃피는마을'은 충남 금산군 제원면 길곡리에 있는 농촌체험마을 이름이다.

'이팝나무길'은 '교항리 이팝나무 숲'을 근거로 작명한 것으로 보이는 데, 이 숲의 대표 수종은 수령 200~300년 되는 45그루의 이팝나무이고 굴참나무, 팽나무 등 5종의 노거수 40그루가 혼재되어 군락을 이룬다. 여기에다 1990년대에 심은 수백 그루의 이팝나무가 함께 어우러져 5월 초순과 중순에 걸쳐 꽃이 피는 때에는 흰색의 이팝나무 꽃망울이 일대를 온통 뒤덮어 멀리서 바라보면 마치 흰 구름이 떠가는 듯 보인다고 한다. '조팝꽃피는마을'은 영동 천태산에 이르는 산지 지역에 있어 주변 경관이 아름답고 산림 자원도 풍부한 마을인데, 마을 이름은 봄이 되면 마을 주변에 하얗게 피어나는 조팝나무꽃의 풍경이 아름다운 것에서 유래했다고 한다. 모두 전래된 생태적인 환경의 특색에 착안하여 새롭게 이름 붙인 것들이다.

농기구나 세간살이 지명 역시 생태적인 특성이 강하다. 세간살이는 집안 살림에 쓰는 온갖 물건을 가리키는 말이다. 밥그릇, 솥단지, 독 같은 부엌 살림살이 외에도 가위나 다리미 같은 바느질 도구도 포함하며 장롱이나 반닫이 같은 가구들도 망라한다. 예전의 농기구나 세간살이는 우선 소재가 흙, 나무, 돌, 쇠 등 자연물인 경우가 대부분이기도 하지만 그것이 만들어지면 '함께 사는 존재'로 인식하고 거의 생명체에 준하는 대접을 했다. 하나하나 만들 때부터 공을 들이고, 사용할 때도 자기 몸에 맞게 길들도록 했다. 어떤 물건의 경우는 대를 물려 사용하면서 조상의 숨결과 손때를 전하기도 한다.

이러한 농기구나 세간살이는 지명에도 널리 쓰였는데 특히 작은 땅이름에서 쉽게 찾아볼 수 있다. 특정 지형지물에 이름을 붙여 부르게 될 때 우선 형상이 비슷한 그리고 주변에서 흔히 접하는 생활 용구에 빗대는 것은 자연스러운 일이다. 그것이 농기구건 부엌살림이건 어떤 세간살이건 친숙한 물건의 특징적인 형상은 사람들의 머릿속에 공통적으로 각인되어 있기 때문이다. 또한 이러한 지명은 그 물건을 전문적으로 만드는 동네 곧 제작처에도 많이 붙여졌다. 독을 만드는 곳이어서 '독짓골' '독비짓골 (독을 빚는 골짜기)' 등으로 쉽게 부르는 식이다.

작은 우리말 땅이름들은 기본적으로 생태적이다. 작은 만큼 오염이 덜한 사람살이와 주변 환경에 대한 이야기가 소박하게 담겨 있다. 이 책은 작은 우리말 땅이름 중에 동식물 지명과 세간살이 지명에 대한 탐색으로 이루어졌다. 필자가 이미 낸 책『우리말 땅이름』1, 2, 3권에서 언급된 것들은 원칙적으로 제외하다 보니 온전한 체계에는 별 신경을 쓰지 못했다. 특히 농기구 같은 것은 몇십 년도 안 된 사이에 농사짓는 방식이 너무도 달라진 탓에 지금은 박물관에나 가야 볼 수 있는 것들이 많다. 그래도 땅이름만큼은 어제 일인 듯 생생히 전해지며 땅의 훈김을 전하고 있다. 여러모로 부족한 원고를 책답게 만드느라 애써 주신 조기조 사장님과 편집진께 다시 한번 감사의 인사를 전한다.

2022년 가을
방배동 달팽이집에서 윤재철 씀

7

| 차 례 |

이 책을 펴내며 ·· 5

제1부 동물 지명

산제비 넘나드는 성황당길 ···································· 17
산제비당개울 · 산제비골 · 연암의 제비바위

아프리카까지 날아가는 우리나라 뻐꾸기 ········ 22
뻐꾹산 · 뻐꾹골 · 꼭꾸바위

으뜸가는 스텔스기 수리부엉이 ·························· 26
뒝바위 · 뒝박골 · 봉산

꿩 일가족 장끼 까투리 꺼병이 ·························· 31
꽁바치 · 꿩밭골 · 까투리골 · 덜거기봉

고래를 줍다니요? ·· 37
고래불 · 고래준골 · 고래죽은작지

만석꾼 집터에 족제비업은 뛰어들고 ·············· 43
족제비골 · 쪽제비다리 · 쪽제비배미

뱀이 많아 뱀골 구불구불해서 뱀내 ················ 47
뱀골 · 뱅골 · 뱀내장 · 김녕뱀굴

하늘을 나는 거위 고니 ······································ 52
고니섬 · 고누섬 · 곤이도

백학은 학이야 두루미야 ···································· 56
두루미산 · 두루뫼 · 학산

혼례 때 전안상에 올라앉던 기러기 ················ 62
기러깃재 · 기럭재 · 기리재

보랏빛 깃털이 아름다운 보라매 ······················ 66
보라매공원 · 보라매동 · 보라미

쥐 몸에 새 날개 기괴한지고 ┈┈┈┈┈┈┈┈┈┈┈┈┈┈┈┈ 71
박쥐굴 · 다람쥐굴 · 빨쥐바위

흥부네 제비와 재수 없는 제비 명매기 ┈┈┈┈┈┈┈┈┈┈┈ 74
제비실 · 제비울 · 명매기마을

가평 호명리 호명산은 범울이 ┈┈┈┈┈┈┈┈┈┈┈┈┈┈┈ 79
범울이 · 범울이골 · 범울리

자라는 아내가 뒷집 남생이와 눈이 맞을까 봐 걱정 ┈┈┈┈┈ 83
자라골 · 자라섬 · 남새이골

누에의 머리 모양으로 쑥 솟은 산꼭대기 ┈┈┈┈┈┈┈┈┈┈ 87
누에머리 · 뇌머리 · 잠두봉

우렁이각시의 집 울엉이 ┈┈┈┈┈┈┈┈┈┈┈┈┈┈┈┈┈┈ 91
우렁이산 · 우렁골 · 우렁바위

제2부 식물 지명 1—나무

푸르고 물기가 많은 청실배 ┈┈┈┈┈┈┈┈┈┈┈┈┈┈┈┈ 97
신배골 · 돌배골 · 배나무실

물이 파랗게 변하는 물푸레나무 ┈┈┈┈┈┈┈┈┈┈┈┈┈ 102
물푸레울 · 물푸레골 · 물푸르젱이골

이팝나무는 쌀밥 조팝나무는 조밥 ┈┈┈┈┈┈┈┈┈┈┈┈ 106
이팝나무길 · 조팝꽃피는마을

헤이즐넛은 서양 개암나무 열매 ┈┈┈┈┈┈┈┈┈┈┈┈┈ 111
깨금벌 · 갬벌 · 개암나무

산사나무는 아가위나무 찔광이나무 ┈┈┈┈┈┈┈┈┈┈┈ 115
아가위나무골 · 아가나무말 · 찔광이골

갈매나무가 많아 초록산 ┈┈┈┈┈┈┈┈┈┈┈┈┈┈┈┈┈ 119
새푸르기 · 초록말 · 조리울

앵두나무 우물가에 동네 처녀 바람났네 ┈┈┈┈┈┈┈┈┈ 124
앵두나무골 · 앵두밭우물 · 함도리

벽오동 심은 뜻은 ┈┈┈┈┈┈┈┈┈┈┈┈┈┈┈┈┈┈┈┈┈ 128
머굿대 · 머구실 · 머귀내

나무 중의 공주 자작나무 ┈┈┈┈┈┈┈┈┈┈┈┈┈┈┈┈┈ 133
자작골 · 자작나무골 · 재작장이

뒷산에두 봇나무 앞산에두 봇나무 ·· 137
봇나무골 · 봇밭골 · 봇바데기 · 봇나무산

고욤나무가 있는 풍경 ··· 141
괴염나무골 · 고욤나무골 · 꼬약나뭇골

오솔길과 외솔배기 그리고 솔뫼 ································· 145
외솔고개 · 일송정 · 솔메

찔레꽃 향기는 너무 슬퍼요 ······································· 151
찔레골 · 찔갯골 · 독고리남밧

서귀포시 보목동 볼레낭은 보리수나무 ···················· 155
볼레낭개 · 볼레남개 · 볼레오름

나무에 달린 참외 모과나무 ······································· 159
모과울 · 모개실 · 목과동

율곡매 선암매 설중매 ··· 164
매화고랑 · 매화골 · 매화나무골 · 매실

죽을 때 꽃을 피우는 대나무 ····································· 170
대밭마 · 대밭골 · 대숲골 · 죽림리

제3부 식물 지명 2 — 풀

연애하기 좋았던 붉은 수수밭골 ································· 177
수수알골 · 쉬알골 · 쑤시밭골

면화는 솜꽃 목화는 나무에 핀 꽃 ···························· 181
면화골 · 메나골 · 미영밭골

여뀌꽃과 흰 해오라기 ··· 185
여꾸말 · 여꾸실 · 여뀌울

양산같이 생긴 노란 마타리꽃 ··································· 188
마타리우물 · 마타리재 · 마타리골

도롱이나 부채를 만들던 줄풀 ··································· 191
주을내 · 주랏들 · 주라골

가난한 동네 녹두밭윗머리 ······································· 194
녹두거리 · 녹대밭골 · 녹두골

물음표 모양의 고비와 고사리 ··································· 198
고비덕 · 고사리데기 · 고새울 · 궐동리

매운맛의 대명사 고추와 후추 ···················· 201
고추말 · 고추봉 · 후추우물 · 초정약수

사자 발같이 생긴 강화 사자발쑥 ···················· 204
쑥밭다리 · 쑥밭들 · 쑥밭재

생강 농업의 종가 완주 봉동생강 ···················· 207
생들 · 생바위 · 새앙골

'산산'은 마늘산 ···················· 210
마늘메 · 마늘봉 · 마늘메봉

삘기 뽑아 먹던 띠 ···················· 213
띠올 · 모동 · 모리

세계적으로 우리나라에만 있는 모데미풀 ···················· 217
모데기 · 남원 회덕마을

강아지풀을 닮은 조 이삭 ···················· 220
조밭골 · 조알골 · 속전동

댕댕이로 만든 멋쟁이 모자 정동벌립 ···················· 224
댕댕이산 · 댕댕이버덩 · 댕댕이골

왕십리 미나리꽝 미근동 미나릿골 ···················· 229
미나리꽝 · 미나리골 · 근동

제4부 농기구 지명

농기구의 한류 'Ho-mi' ···················· 235
호미골 · 호무골 · 호미실 · 호미산

낫 놓고 기역 자도 모른다고? ···················· 239
낫머리 · 낫거리 · 낫골 · 겸동

쇠스랑으로 왜적을 쳐 죽인 쇠스랑 장군 ···················· 244
쇠스랑골 · 소시랑봉 · 쇠스랑개

아침가리는 아침나절이면 모두 가는 작은 따비밭 ···················· 249
따비골 · 따부골 · 따불

보습 대일 땅이 있었더면 이처럼 떠돌으랴 ···················· 253
보습곶이 · 보습바위 · 보섭봉

'丁' 자 고무래를 닮은 곰뱃골 곰배령 ···················· 257
곰배등 · 곰배산 · 고무래봉 · 정봉

채워지면 비워지는 운명의 삼태기 ……………………… 260
삼태미골 · 삼태기안 · 삼태봉

멍에는 완만한 '∧' 모양이다 …………………………… 263
멍에골 · 멍에실 · 멍에미 · 몽애배미

연세대 뒷산 안산은 질마재 ……………………………… 267
길마재 · 질막고개 · 질매섬 · 안마도

돼지구융같이 늘어선 '병든 서울' ……………………… 272
구유골 · 구수산 · 구융골 · 구시물

홈통을 놓아 물을 대던 홈다리들 ……………………… 276
홈실 · 홈들 · 홈태골 · 명동

"칼 갈아요~ 가위 갈아요" 외던 칼갈이 ……………… 281
숫돌산 · 숫돌메 · 숫돌고개 · 지석강

멍석에 말아 몽둥이로 치던 덕석말이 ………………… 285
멍석바위 · 멍석골 · 덕석골 · 덕석굽이

팽개쳐 참새떼를 쫓던 팡개 …………………………… 290
팡개바위 · 팽개바위 · 팽암

머슴 새경을 결정하던 들돌 들기 ……………………… 294
들돌거리 · 들독거리 · 들돌골 · 거석리

깊은 산 절벽 밑에 세워 놓은 벌통 …………………… 297
설통바위 · 설통바위골 · 멍덕봉

마당 가의 어리와 추녀 밑의 닭둥우리 ………………… 300
둥우리골 · 둥지리봉 · 닭둥지마을

Y자 모양의 양다리 디딜방아 ………………………… 304
물방아골 · 물방아거리 · 방아골 · 방아다리

장작불로 소금을 굽던 가마 '벗' ……………………… 308
벗마을 · 벗말 · 염촌

제5부 세간살이 지명

머리에 이고 물 길어 나르던 동이 ……………………… 315
동이골 · 동이말 · 동이점골 · 분점리

질그릇과 오지그릇 그리고 옹기 ……………………… 319
질골 · 오지말 · 옹기말 · 독점

김유정의 고향 실레마을은 떡시루 모양 ······················· 323
시랫골 · 시릿골 · 시루굴 · 시루미

방배동 중국집 이름 함지박 ······················· 326
함지박골 · 함지골 · 함지누게골 · 함박산

삼겹살 굽기 좋은 소댕 ······················· 330
소댕이 · 소당바위 · 소두방재 · 소탱이골

쪽박산과 대박산 ······················· 334
똥그랑산 · 한박산 · 대박촌

오줌싸개 머리에 씌우던 키 ······················· 338
키울 · 칭이실 · 치실 · 키산

다람쥐(또는 개미) 쳇바퀴 돌듯 ······················· 342
채바퀴골 · 쳇망오름 · 채빠꿈이 · 쳇다리산

개다리소반에 닥채 저붐 이 도령의 밥상 ······················· 346
소반바위 · 소반뫼 · 반지울 · 반산

구례 운조루를 빛낸 통나무 뒤주 ······················· 351
뒤주골 · 두지골 · 두지터 · 뒤주바위

부엉이 방구통으로 만든 됫박 ······················· 357
됫박산 · 됫박고개 · 되골

벌레 먹은 돌로 만든 맷돌 ······················· 361
맷돌머루 · 맷돌바위 · 맷돌산 · 망돌산

방귀로 날려 버린 절구통 ······················· 365
절구폭포 · 절구골 · 도구통바위 · 호박소

여성들의 주요 혼수품이었던 '농' ······················· 370
농다리 · 농바우 · 농박골 · 농암

부산 해운대 동백섬은 다리미섬 ······················· 374
다리미산 · 대리미재 · 다리빗들 · 다래비산

신틀 오빠 베틀 누나 ······················· 377
신틀바우 · 신트리 · 신털이봉

한쪽을 자르면 넉가래가 되는 도투마리 ······················· 381
도투말 · 도투마리고개 · 도고머리 · 도토리

홍두깨는 방망이다 ······················· 385
홍두깨등 · 홍두깨날 · 홍두깨산 · 홍두깨골

물동이 밑에 받쳐 이던 똬리 ······················· 390
또아리고개 · 똬리산 · 똥아리골 · 두아리

야한 동네 야동동은 풀뭇골 ··· 394
풀무골 · 풀무재 · 불맷골 · 야로리

금강산 비로봉 은사다리금사다리 ··· 398
사다리병창 · 새드레 · 사닥다리바위 · 사다리논

옛날의 냉장고 빙고 ·· 402
핑곳골 · 빙고리 · 빙고재 · 핑구골

제1부

동물 지명

산제비 넘나드는 성황당길

산제비당개울 · 산제비골 · 연암의 제비바위

"**연** 분홍 치마가 봄바람에 휘날리더라 / 오늘도 옷고름 씹어 가며 산제비 넘나드는 성황당길 ……"로 시작하는 대중가요 〈봄날은 간다〉(1954년)는 제목이며 가사 내용이 소박하면서 아름다워 많은 사람들의 사랑을 받았다. 특히 '연분홍', '옷고름', '산제비', '성황당', '앙가슴', '신작로', '꽃편지', '청노새' 같은 단어의 쓰임은 향토적이면서도 서정적인 분위기를 한껏 북돋아 주고 있다. 언젠가 모 문학잡지에서 조사한 현역 시인 100명이 좋아하는 대중가요 노랫말 중 1위로 꼽히기도 했다. 노래 중 공간적인 배경으로 제시된 '산제비 넘나드는 성황당길'(1절), '청노새 짤랑대는 역마차길'(2절), '뜬구름 흘러가는 신작로길'(3절) 등은 모두 임과 작별한 장소로 보이는데, 특히 '산제비 넘나드는 성황당길'은 토속적이면서도 봄날 산골의 정취를 물씬 풍기는 배경지로서 아주 인상적이다.

대중가요 〈봄날은 간다〉보다 20여 년 전에 발표된 박세영의 시에 「산제비」라는 것이 있다. 이 작품은 1936년에 처음 발표하였다가 1938년 간행한 시집 『산제비』의 표제작으로 삼은 것으로 박세영의 대표작이라 할 수 있다. 이 시는 시적 화자가 산 위에 올라 산제비를 보고 말하는 형식으로 짜여 있는데, 산봉우리 암벽에 깃들여 살며 무한 허공을 자유자재로 날아다니는 산제비의 형상을 통해 식민지 치하의 고통스러운 민족 현실 속에서 자유와 해방을 추구하고자 했던 시인의 신념을 형상화한 것으로 평가받고 있다. 시에서는 '산제비'를 "너희야말로 자유의 화신"이라 하고 제비의 높고 자유로운 비행을 노래하면서 그 배경으로는 더 오를 수 없는 높은 산을 제시하고 있다. "산상(山上)에도 상상봉(上上峰) / 더 오를 수 없는 곳에 깃들인 제비"라든지 "창들을 꽂은 듯 희디흰 바위에 아침 붉은 햇발이 비칠 때 / 너희는 그 꼭대기에 앉아 깃을 가다듬을 것이요" 같은 것이 그것이다.

　그런데 이 시를 조금 유심히 새겨보면 핵심 소재인 산제비가 우리가 보통 알고 있는 그 제비일까 하는 의아심이 든다. 산제비의 역동적인 비행을 묘사한 대목이나 특히 '산상에도 상상봉'에 깃들였다든지 바위 꼭대기에 앉아 깃을 가다듬는다든지 하는 산제비의 서식지를 서술한 대목에서는 '산제비'가 보통의 제비가 아닐지도 모른다는 생각이 드는 것이다. 보통 제비라면 인가의 처마 밑에 집을 짓고 인가 근처 농경지를 날아다니며 사는 새가 아니던가. 실제로 이 시는 시인이 세칭 카프 제2차 검거 사건(신건설사 사건) 이후 빈곤을 견딜 수 없게 되어 충북 보은에서 병원을 개업 중이었던 동창생 박린서를 찾아갔다가 그의 권유로 속리산에 올라 최고봉인 문장대에서 산제비를 보고 구상했다고 한다. 그렇다면 상상 속의 제비가 아닌 것은 분명한데 속리산의 최고봉인 문장대에서 볼 수 있었던 산제비, '제비' 앞에 '산' 자를 덧붙인 산제비의 정체는 과연 무엇일까.

　『조류도감』이나 여러 자료를 검색해 보면 '산제비'는 '칼새'를 달리 부른 이름인 것으로 보인다. '산제비'는 우리 국어사전에는 나오지 않는데 북한의 『조선말대사전』에는 "산제비=칼새"라고 되어 있다. 또한 북한에서는 '칼새'를 '고산제비'로 부르고, 평안, 함경 방언으로 '구제비'라고도 불렀던 것을 알 수 있다. 모두 '칼새'를 '제비'의 한 종류로 인식했음을 볼 수 있다. 이로써 보면 '산제비'는 제비와 비슷한 새인데 서식 환경이 높은 산지이므로 '산' 자를 붙여 편의상 부른 이름인 것을 알 수 있다.

우리 국어사전에 '칼새'는 "칼샛과의 새. 몸의 길이는 18cm 정도로 제비와 비슷한데 검은 갈색에 허리, 목, 턱이 희며 나는 속도가 빨라 소리가 들리고 높은 산이나 해안 절벽에 분포한다"고 되어 있다. 꼬리가 두 갈래로 깊게 팬 것을 포함해서 외형이 제비와 아주 흡사한 칼새는 서식지가 높은 산지나 해안 등 바위 절벽이 발달한 곳으로 되어 있다(『조류도감』). 또한 둥지를 트는 곳도 고산지대, 섬, 바닷가 등의 암벽, 동굴, 건물이나 바위의 갈라진 틈이다. 칼새는 암벽의 균열이나 암벽 면에 제비집과 비슷하게 밥그릇 모양의 둥지를 만들어 옆면을 암벽에 밀착시킨다.

『열하일기』로 유명한 박지원의 호는 연암이다. 제비 연(燕) 자에 바위 암(巖) 자를 쓴다. 우리말로는 '제비바위'로 부르는 것이다. 박지원은 1771년(영조 47)에 과거 보기를 단념하고 벗들과 개성을 유람하다가, 개성에서 30리 거리에 있는 두메산골 '연암협(연암골, 황해도 금천군)'에 매료되어 그곳에 은거하게 된다. '연암'이라는 호는 그래서 갖게 되었는데, 은둔한 지 9년쯤 되던 해에 쓴 「홍대용에게 답하는 글」에서 연암 곧 제비 바위에 대해 구체적으로 적어 놓았다. "집 앞 왼편으로 깎아지른 듯 푸른 벼랑이 병풍처럼 서 있고, 깊숙한 바위틈 사이가 동굴처럼 되어서 그 속에 제비가 둥지를 틀었으니, 이것이 연암(燕巖)입니다." 제비가 바위 틈에 둥지를 틀었다는 것으로 보아 여기서 제비는 칼새로 짐작된다. 『조선향토대백과』에는 황해북도 장풍군 장풍읍 남쪽 '연암동'에 있는 바위로 '제비바위'가 수록되어 있다. "박지원이 여기에 소암화계(小岩畵溪)라는 한자를 새겨 놓았다. 연암이라고도 한다"는 설명이다. 박지원 당시의

'연암'이 '제비바위'라는 지명으로 그대로 남아 있는 것을 볼 수 있다. 옛사람들은 '칼새'를 '제비'와 똑같이 인식하고 달리 구분이 없었던 것으로 보인다.

『조선향토대백과』에 따르면 양강도 혜산시 장안리 산제비당개울은 혜산시 장안리의 서쪽 운총강 기슭에서 발원하여 흐르는 개울인데, 산제비가 많이 모여드는 골 안으로 흐른다는 데서 비롯된 지명이라고 한다. 혜산시는 해발 2,000m급의 산들에 둘러싸인 혜산 분지의 중심부에 있다. 함경남도 수동구의 운곡동과 요덕군 관평리와의 경계에 있는 해발 1,239m의 제비산은 산제비가 많아 제비산이라고 하였다고 한다. 산에는 골짜기가 많으며 곳곳에 절벽과 자연 동굴들이 있다고 하는데, 제비산 일대는 지난 6·25전쟁 때 고원주민유격대의 주요 활동 지역이었다고 한다.

황해북도 금천군 덕산리 산제비산은 덕산리 소재지 동북쪽에 있는데, 산제비가 많이 서식하고 있다는 설명이다. 평양시 순안구역 천동리 산막은 지난날 골짜기 안에 산을 지키던 사람의 초막이 있어 붙은 이름인데, 골 안에 산제비가 많으므로 산제비골이라고도 했다고 한다. 황해북도 서흥군 가창리 소재지 서남쪽에 있는 골짜기 '제비골'은 산제비가 많이 날아든다 하여 제비골이라 하였다고 한다. 황해북도 연탄군 장운리 옛 이름 연곡동(燕谷洞)은 본래 서흥군 소사면의 지역으로서 산제비가 많은 골짜기 안에 있는 마을이라 하여 연곡동이라 하였다고 한다. '연'은 제비 연 자로 연곡동은 우리말로 하면 '제비골'이라 불렀을 법한데 한자 지명 '연곡동'으로 전해진다.

한편 '산제비'를 '구제비'로 부른 지명도 여럿 있다. 평안북도 운산군 풍양리 '구제비바위골'은 골짜기 이름인데, 산제비가 둥지를 틀곤 하던 큰 바위가 있다고 한다. 같은 평안북도 운산군 삼산리의 동쪽에 있는 골짜기 '구제비바우골' 역시 철 따라 산제비가 둥지를 틀곤 하는 큰 바위가 있다고 한다. 평양시 삼석구역 호남리 호남다리 남쪽에 있는 고개 '구제비둥지'는 바람이 잔잔하고 해가 잘 들어서 칼새가 많이 번식하고 있다는 설명이다. '칼새' 곧 '산제비'를 '구제비'라고도 불렀던 것을 확인할 수 있다. 평양시 승호구역 이천리 서쪽 북덕재 뒤에 있는 '제비언덕'은 강가의 벼랑 언덕이 높아서 지난날 칼새가 둥지를 틀고 많이 서식하였다고 한다.

아프리카까지 날아가는 우리나라 뻐꾸기

뻐꾹산 · 뻐꾹골 · 꼭꾸바위

『**뻐**꾸기 둥지 위로 날아간 새』는 1960년대 미국 사회와 히피 문화에 큰 영향을 끼친 미국의 소설가 켄 케시(1935~2001)가 1962년에 발표한 장편소설이다. 정신병원에 수용된 환자들의 반동을 통해 극도로 조직화되고 규율과 권력으로 통제되는 현대사회를 상징적으로 고발한 이 작품은 1975년 영화화되어 배우 잭 니콜슨이 남우주연상을 받는 등 그해 아카데미 작품상·감독상·남녀주연상 등 4개 부문을 휩쓸면서 세계적으로도 알려졌다.

이 작품은 내용 못지않게 제목이 아주 인상적인데, 특히 '뻐꾸기 둥지'라는 말이 상징적으로 사용되어 많은 궁금증을 불러일으키기도 했다. 왜냐하면 뻐꾸기는 스스로 둥지를 짓지 않고 탁란을 하는 새로 유명하기 때문이다. 탁란은 다른 새의 둥지에 알을 낳아 그 새로 하여금 기르게 하는 것을 가리킨다. 이 작품의 원제목은 'One Flew Over the Cuckoo's Nest'로 여기서 '뻐꾸기 둥지'는 'Cuckoo's Nest'로 표현되었다. 영어로 'cuckoo'는 물론 의성어로 '뻐꾸기'를 가리키는 말이지만 속된 표현으로는 미친 사람이나 정신병자를 뜻하기도 한다. 그러니까 '뻐꾸기 둥지'는 바로 '정신병원'을 상징한다고 할 수 있다. 물론 속어이지만 어떻게 해서 '뻐꾸기'를 '미친 사람'을 가리키는 말로 쓰게 되었는지는 모르겠지만 이 작품에서는 '뻐꾸기 둥지'가 '정신병원' 곧 '현대사회'를 상징한다는 점에서 의미심장한 것이다.

유럽에서 뻐꾸기는 대체로 '봄의 전령'으로 인식되면서 긍정적인 이미지를 가졌던 것으로 보인다. 이 새는 유럽 쪽에서는 겨울이면 아프리카로 남하해 월동을 하고 봄이면 돌아오는 철새였다. 이에 비해 우리나라의 뻐꾸기는 동남아시아로 내려가 월동을 하고 늦은 봄(초여름)이면 돌아왔는데 이는 제비 같은 새에 비해 훨씬 늦은 것이다. 최근의 뻐꾸기 이동 경로에 대한 연구에 따르면 우리나라 뻐꾸기도 중국의 장쑤성, 미얀마, 인도를 거친 후 아라비아해를 횡단해 아프리카 동부까지 날아가 월동을 하는 것으로 확인되어 우리를 놀라게 하기도 했다. 이 뻐꾸기들은 유사한 경로로 아프리카로부터 우리나라의 번식했던 장소로 5월 말에 다시 돌아왔는데 이는 다른 여름 철새들에 비해 늦은 것이다.

그래서인지 우리에게 뻐꾸기는 봄을 알리는 전령으로서의 의미는 별로 보이지 않는다. 그와 달리 우리는 뻐꾸기를 원한을 품고 죽은 사람이 환생한 새로 인식했던 전통이 있다. 그것은 뻐꾸기 또는 뻐꾹새의 유래에 관한 이야기인 '뻐꾸기설화'에서도 확인할 수 있다. 대표적인 것으로 「떡국새전설」이나 「풀국새전설」이 있다.

옛날에 마음씨 고약한 시어머니와 착한 며느리가 있었다. 어느 날 며느리가 떡국을 퍼 놓고 잠시 자리를 비운 사이에 개가 달려들어 먹어 치우고 도망갔다. 시어머니는 이를 며느리의 소행으로 생각하고 홧김에 몽둥이로 때린다는 것이 결국 며느리를 죽이고 말았다. 며느리의 원통한 넋은 새가 되어 날아가며 "떡국 떡국 개 개"하고 울었다는 이야기다. '개 개'는 개가 먹었다는 뜻이다. 「풀국새전설」도 이와 비슷하다. 계모의 학대에 시달려 굶주리던 전처의 딸은 호청에 들일 풀을 보고 정신없이 퍼먹다가 죽고 말았다. 딸의 원통한 넋이 한 마리 새가 되어 날아가며 "풀국 풀국"하고 울었다는 것이다.

이 이야기들은 원한을 품고 죽은 사람이 뻐꾹새로 환생했다는 것이지만 '떡국'·'풀국' 같은 음식물을 새의 울음소리로 이해하고 유래를 설명했다는 공통점이 있다. 여기서 눈여겨볼 것은 뻐꾸기 울음소리를 듣기 시작하는 때가 늦봄 또는 초여름으로 한참 먹을 것이 궁하던 이른바 '보릿고개'와 겹친다는 것이다. 그러니까 해는 길고 먹지 못해 배고픈 이들에게 "뻐꾹뻐꾹" 우는 소리는 "떡국떡국"으로도 들리고 "풀국풀국"으로도 들렸을 것이다. 그래서 늦은 봄 듣는 뻐꾹새 울음소리는 떡국 끓이다 억울하게 맞아 죽은 며느리의 원혼이 떡국새가 되어 "떡국떡국" 하고 울었다는 이야기로 만들어져 전해진 것이다.

같은 여름 철새로 꾀꼬리는 노란색 몸체로 아름답고 세련된 울음소리를 낸다. 그에 비해 뻐꾸기는 회색, 청색 등 어두운 색의 몸체에 울음소리도 아주 단순하다. 그러나 뻐꾸기 울음소리는 단순한 듯하면서도 분명하고 멀리까지 울려 퍼지는데 듣기에 따라서는 아련하면서도 아주 애절한 소리로 들을 수도 있다. 우리가 "뻐꾹뻐꾹"으로 듣는 울음소리는 수컷이고 암컷은 "삐삐삐삐" 하는 소리를 낸다고 한다. 뻐꾸기의 옛말로는 '버곡댱이', '버국새', '벅국새', '버국이', '벅국이' 같은 것이 있는데 모두 소리를 시늉한 이름(의성어)들이다. 한자어로는 포곡조로 쓰기도 했는데, 뜻으로 보아서는 '포곡(布穀)'이 '씨를 뿌려라'라는 의미이므로 농사를 재촉하는 뜻으로 보기도 하지만 '포곡포곡' 역시 의성어로 보는 것이 일반적이다.

뻐꾸기 지명은 그 유래가 비교적 단순하다. 형상을 빗댄 것은 없고 대체로 뻐꾸기가 많았다거나 자주 울었다고 유래를 말한다. 인천광역시 강화군 화도면 상방리 뻐꾹산은 뻐꾸기가 많았던 데서 유래되었다고 하고, 평택시 현덕면 도대리 뻐꾹산은 뻐꾹새가 자주 날아들었던 데서 유래되었다고 한다. 의정부시 민락동 뻐꾹골은 우묵골짜기 아래 등성이 너머로 항상 뻐꾸기가 울었다고 하여 붙여진 이름이라고 하고, 김천시 감문면 덕남리 꼭꾸바위는 뻐꾸기 떼가 찾아와 노래한다 하여 붙인 이름이라고 한다. 북한 지역에도 뻐꾸기 지명이 많은데 강원도 문천시 교성리 뻐꾹산은 양지바른 곳이어서 해마다 뻐꾸기가 제일 먼저 와서 운다는데서 비롯된 지명이라고 하고, 같은 문천시 석전리 뻐꾸기골은 뻐꾸기가 많이 날아들었다는 데서 비롯된 지명으로 뻐꾸골이라고도 한다. 평안남도 북창군 상하리 뻐꾹골은 골 안에서 뻐꾹새 울음소리가 자주 울린다는 데서 비롯된 지명이라고 한다.

지명은 아니지만 식물 이름에 '뻐꾹나리'라는 것이 있어 특이하다. 꽃이 예뻐 관상 가치가 뛰어나지만 어린 순은 나물로 먹기도 하는데 연한 오이 향이 난다고 한다. 뻐꾹나리는 이름만큼이나 꽃 모양이 특이한데 또한 색이 특이하기로 유명하다. 바로 이 색이 여름 철새인 뻐꾸기의 앞가슴 쪽 무늬와 닮았다고 해서 뻐꾹나리란 이름이 붙여졌다고 한다. 백합의 순우리말인 나리와 뻐꾸기의 몸 색을 닮은 꽃, 뻐꾹나리가 필 때면 여름 철새인 뻐꾸기도 짝을 찾기 위해 쉼 없이 울어댄다.

으뜸가는 스텔스기 수리부엉이

뷩바위 · 뷩박골 · 봉산

올빼미와 부엉이는 각각의 사진을 보면 쉽게 구별이 된다. 이게 올빼미야, 이게 부엉이야 하면 고개를 끄덕이게 된다. 그런데 돌아서서 그중 하나를 보여주며 이게 뭐지? 물어보면 아리송해서 쉽게 대답을 못 한다. 아마 두 새가 전체적인 인상이 비슷하면서도 다르고, 다르면서도 비슷해 보이는 탓일 것이다. 결국 한 가지 특징을 가지고 한 새를 확실하게 기억하면 다른 것은 저절로 구별되는 식으로 기억하는 수밖에 없을 것 같다. 나는 여러 가지 특징 중에서 '올백'을 우선으로 살펴본다. '올백(all back)'은 머리카락을 모두 뒤로 빗어 넘긴 모양을 뜻하는데, 올빼미는 머리 위가 아무것도 없이 둥그렇고 밋밋한 모양을 하고 있는 것이다. 그래서 '올빼미는 올백' 이런 식으로 기억한다.

이것을 '귀깃'의 유무로 구별하기도 한다. 귀깃이 있는 것은 부엉이고 귀깃이 없는 것은 올빼미로 구별하는 것이다. 귀깃은 귓가에 벋친 깃털을 가리키는 것으로 듣는 기능을 하는 '귀'하고는 상관이 없다. 한자로는 우각(羽角: 깃 우, 뿔 각)이라고도 하는데, 새의 대가리 양쪽에 뿔 모양으로 솟은 털을 뜻한다. 올빼미는 이런 귀깃이 없으니까 머리가 '민머리(대머

부엉이

올빼미

리)’ 같은 모양이 되는 것이다. 그러나 이런 구별 방법도 완전하지는 않다고 한다. 부엉이류 중에 솔부엉이나 쇠부엉이는 귀깃이 없는데도 부엉이라 불리기 때문이다.

올빼미와 부엉이는 그들이 새끼 치는 곳을 보면 쉽게 구분이 되기도 한다. 둘 모두 한반도 전역에서 번식하는 ‘텃새’지만 각각이 둥지를 트는 곳은 다른 것이다. 올빼미는 농촌과 인가 부근의 고목 속, 나무 구멍에 둥지를 틀지만 부엉이는 암벽·바위산·하천을 낀 절벽 등지에 살며, 암벽 바위 위나 바위굴에 보금자리를 마련한다. 올빼미는 노출된 나무 구멍에서 번식하므로 아이들의 장난으로 곧잘 희생되기도 한다. 이런 올빼미와 부엉이의 생태상 차이는 지명에서도 그대로 드러난다. 나무 구멍에 둥지를 트는 올빼미는 지명에 별로 나타나지 않는 데 비해 암벽 바위 위나 바위굴에 사는 부엉이는 ‘바위’나 ‘산’ 지명에 많이 나타난다.

사실 올빼미와 부엉이의 구분은 그 명칭이 전통 시대에 생겨난 것으로 생물 분류학상으로는 별 의미가 없다고 한다. 영어권에서는 올빼미와 부엉이를 모두 ‘owl’이라고 부르기도 한다.

올빼밋과 조류는 지구상에 126종이 알려져 있고 우리나라에는 10종이 기록되어 있다. 그중에서 올빼미와 부엉이는 각기 4종이고, 소쩍새가 2종이다. 소쩍새는 20cm 정도로 올빼밋과 조류 중 가장 작은 새이자 여름 철새이다. 올빼미와 부엉이류는 국제적으로 보호되고 있는데 우리나라에서도 10종 중 흰올빼미와 긴점박이올빼미 등 미조(迷鳥: 길을 잃은 철새)와 금눈쇠올빼미의 3종을 제외한 7종을 천연기념물 제324호로 지정하여 보호하고 있다.

올빼밋과 새 중에 가장 큰 것이 수리부엉이이다. 보통 올빼미는 전체 길이가 약 38cm인데 수리부엉이는 약 70cm로 몸이 아주 크고 귀깃도 길다. 이는 다른 부엉이류(솔부엉이 25cm, 칡부엉이는 38cm, 쇠부엉이 38cm)에 비해서도 월등히 큰 것이다. 또 올빼미의 눈이 검은색인 데 비해 수리부엉이의 눈은 주황색을 띤 노란색이다. 큰 눈은 고정된 상태라 물체를 보려면 머리를 돌려야 하는데 270도를 돌려 사방을 꿰뚫어 볼 수 있다. 다리와 발가락은 연한 갈색 깃털로 덮여 있는데 아주 굵고 억세게 생겼다. 올빼미가 들쥐류를 주로 사냥하는 데 비해 수리부엉이는 쥐는 물론이고 산토끼나 꿩같이 덩치 큰 것도 잘 잡아먹는다. 다른 야행성 맹금류와 마찬가지로 깃털이 부드러워 날아다닐 때 거의 날갯소리가 나지 않는다. '스텔스'이다. 수리부엉이는 숲보다는 바위가 많은 바위산에 주로 서식하는데 무리를 짓지 않고 단독으로 생활한다. 둥지를 따로 만들지 않고 암벽의 선반처럼 생긴 곳, 바위의 평평한 곳, 바위틈 사이에 2~3개의 흰색 알을 낳는다. 이때는 암컷이 알을 품고 수컷은 암컷에게 먹이를 공급한다.

수리부엉이의 '수리'는 독수리의 '수리'와 같이 '으뜸'이라는 뜻을 갖는다. 독수리의 '독'은 대머리 '독(禿)' 자다. 독수리의 정수리와 목덜미 부분이 피부가 드러나 있는 것을 가리킨다. 수리부엉이는 으뜸가는 부엉이라는 뜻이다. 수리부엉이는 흔히 '밤의 제왕'으로도 불리는데, 검독수리와 함께 생태계의 정점을 이루는 대형 맹금류이다. 노루, 고라니, 멧돼지 등의 새끼도 사냥하는 것으로 알려져 있다. 발톱은 거대하기도 하려니와 그 쥐는 힘(악력)이 아주 강력해서 한번 잡힌 동물들은 빠져나갈 방법이 없다.

부엉이 지명은 그 서식지와 관련해서 수리부엉이를 가리키는 경우가 많다. 수리부엉이가 주로 암벽·바위산·하천을 낀 절벽 등지에 살며, 암벽 위나 바위굴에 보금자리를 마련한다고 했는데, 지명에도 바위나 산에 이런 부엉이 이름을 많이 붙인 것이다. 전국적으로 '부엉바위'가 아주 많은데 대개 부엉이가 새끼를 친 곳이라거나 부엉이가 많이 우는 곳이라는 설명이다. '부엉바위'는 '뷩바위', '봉바위' 등으로도 부르고 한자로는 '봉황새 봉(鳳)' 자를 써서 '봉암'으로 바꾼 경우가 많다.

충남 공주시 신풍면 봉갑리 봉암마을은 마을 앞에 많은 바위가 있는데 지금으로부터 약 400년 전에 부엉이가 날아와 밤마다 울어대므로, 상인 한 사람이 여기에 집을 짓고 마을을 '봉암'이라 부르게 하였다 한다. 이곳은 부자가 될 집터라 하여 부러워하는 마을이라고 한다. 또한 봉암마을 동남쪽에 있는 큰 바위는 부엉이 같다 하여 '뷩바위'라 부르는데 옛날에 부엉이가 이 바위에서 새끼를 쳤다 한다. '뷩바위'가 있는 마을을 '뷩박골'이라고 부른다. 뷩박골에서 '박'은 바위를 뜻한다. 이 뷩박골은 '봉곡(鳳谷)'으로 썼다. 남양주시 조안면 삼봉리 부엉배마을의 '부엉배' 역시 '배'는 '바위'를 뜻한다.

봉산탈춤으로 유명한 황해도 봉산도 부엉이 지명으로 볼 수 있어 흥미롭다. 봉산의 옛 지명이 휴류성(鵂鶹城)인데, '휴'는 '수리부엉이 휴' 자이고 '류'는 '올빼미 류' 자이다. 『조선향토대백과』는 휴류성에 대해 "고구려 시기에 있던 고을. 휴암군의 별칭으로서 부엉이가 많은 고장이라 하여 휴류성이라 하였다"고 설명하고 있다. 또한 휴암군에 대해서는 "부엉이처럼 생긴 바위가 있는 고을이라 하여 휴암군이라 하였는데, 토성리로 흐르는 서흥강 기슭에 규석으로 절벽을 이룬 바위산이 마치 부엉이와 같이 생겼다"고 설명하고 있다. '휴암'은 부엉이 휴 자에 바위 암 자로 우리말 이름으로는 흔히 '부엉바위'로 부르는 것이다. 『세종실록지리지』(황해도 황주목 봉산군)에는 '휴류암'으로 나온다.

『삼국사기』나『세종실록지리지』등의 기록에 따르면 봉산은 본래 고구려의 휴류성(일명 조차의 또는 휴암군)인데, 신라에서 서암군으로 고쳤고, 고려 초에 '봉주(鳳州)'가 되었다가 조선 태종 때 지금의 '봉산'으로 고쳤다. 그런데 유래와 관련해서『조선향토대백과』는 휴류성을 '부엉이가 많은 고장'으로 설명하고 휴암을 '부엉이처럼 생긴 바위'로 설명하는데, 신라 때 바꾼 이름 '서암(군)'을 놓고 볼 때는 '부엉이가 서식했던 바위'로 고쳐야 할 것 같다. 서암군(栖巖郡)의 '서(栖)' 자는 '깃들이다'의 뜻을 갖는다. 그러니까 '서암'은 새가 보금자리를 만들어 그 속에 들어 사는 바위라는 뜻이 된다. 결국 '봉산'은 지금은 그 자취를 찾을 수 없지만, '부엉이가 깃들어 살던 바위'에서 유래된 이름인 것을 알 수 있다.

꿩 일가족 장끼 까투리 꺼병이

꽁바치 · 꿩밭골 · 까투리골 · 덜거기봉

'꿩' 운다고 해서 '꿩'이라 부르게 되었다고 하는 새 '꿩'은 암수의 생김새가 너무 다르고 부르는 이름도 각기 다르다. 수컷은 '장끼'라 부르고 암컷은 '까투리'라 부르며 새끼는 따로 '꺼병이'라 부른다. 수컷은 얼굴이 붉고 목이 진한 녹색 깃으로 덮여 있으며 몸통이 알록달록 아주 화려한 빛깔인 데 반해 암컷은 몸 전체가 황갈색에 검은 얼룩무늬가 덮인 보호색을 띠고 있어 뚜렷이 대비된다. 몸길이도 대략 수컷이 80cm, 암컷이 60cm 정도로 차이가 나고 울음소리도 수컷이 아주 크고 강해 쉽게 구별이 된다. 우리가 꿩이라고 하면 우선 수꿩 곧 장끼의 모습을 떠올리는 것도 이런 차이에서 비롯된 것으로 보인다.

'꺼병이'는 꿩의 어린 새끼를 부르는 말인데 흔히 '께병이'라고 불렀다. 강원도 방언으로는 '꽁빙아리'라고도 했는데 '빙아리'는 '병아리'를 가리킨다. '꽁새끼'라 부르기도 했다. '꺼병이'는 '까투리'와 마찬가지로 보호색을 띠는데 주변 환경과 어울려 눈에 잘 띄지 않는다. 병아리처럼 생겼지만 다리는 길어서 어색하고 어벙하게 보이는 탓에 '꺼병이'는 "옷차림 따위의 겉모습이 잘 어울리지 않고 거칠게 생긴 사람을 비유적으로 이르는 말’로 쓰이기도 했다. “성격이 야무지지 못하고 조금 모자란 듯한 사람을 낮잡아 이르는 말”인 ‘꺼벙이’도 이 ‘꺼병이’가 변해서 된 말로 볼 수 있다. 제주도에서는 꺼병이의 암컷을 ‘자출레’, 수컷을 ‘웅줄레’라 따로 불렀다고 한다. 예전에 제주도에서 새끼 꿩은 허약한 어린아이들의 보약재로 인기가 높았다고 한다. 새끼 꿩의 고기에 기름을 발라 굽거나 죽을 쑤어 어린아이에게 먹였다고 하는데 육지로 말하면 ‘영계’와 같은 취급을 했던 것 같다.

「까투리여사」는 1967년부터 20여 년 넘게 〈서울신문〉에 연재되었던 윤영옥의 인기 시사만화였다. 주인공 ‘까투리여사’는 30대 전후의 현대 여성으로, 조그마한 개인회사의 고참 말단사원인 남편 장끼와 외아들 장뚱이의 세 식구로 핵가족을 이루고 있는 도시 서민층의 평범한 가정주부로 그려져 있다. 항상 침울하고 허약한, 내성적인 성격의 남편에 비해 활발하고 명랑한 외향성의 까투리 여사는 주변의 일이나 사회적인 화젯거리, 뉴스 등의 내용에 민감한 반응을 보이며, 그에 대한 비난·규탄·찬사·격려·위로를 직접 또는 간접으로 분명하게 표출하는 깔끔하고 활동적이고 부지런한 여성이다(『한국민족문화대백과』). 사전에도 ‘서울까투리’라는 말이 나오는데, “수줍음이 없고 숫기가 많은 사람을 비유적으로 이르는 말”로 되어 있다.

그러나 실제의 까투리는 온순하며 겁이 많지만 모성애는 아주 강한 새로 유명하다. 몸이 수컷보다 작고 꽁지깃도 길지 않으며 온몸을 보호색으로 감싸고 있어 눈에 잘 띄지 않는다. 그것은 수컷의 도움 없이 혼자서 새끼들을 책임지는 입장에서 천적의 눈에 띄지 않기 위해서라고 한다. 소리에 민감한 꿩은 누군가 다가오는 소리만 들어도 금방 튀어 날아가는데 알을 품고 있는 까투리는 사람이 아주 가까이 가도 좀처럼 자리를 떠나지 않는다고 한다. 그래서 알을 품은 까투리를 손으로 잡기도 하는데, 한꺼번에 여러 이익을 얻을 때 쓰는 속담인 ‘꿩 먹고 알 먹고’는 바로 이런 상황을 나타낸 것이다.

권정생의 그림책 동화 「엄마 까투리」는 산불에 타 죽어가면서도 날갯죽지 속에 아홉 마리 '꿩병아리'들을 품어 살려내는 암꿩의 이야기를 감동적으로 그리고 있다. 새끼들은 죽은 어미의 품속에서 털 하나 다치지 않고 살아나서는 앙상한 **뼈**대만 까맣게 남은 어미의 시신을 보금자리 삼아 건강하게 자라난다는 이야기다. 고전소설 「장끼전」은 처음에 판소리의 한마당으로 불리다가 뒤에 소설화된 작품이다. 판소리 〈장끼타령〉은 '자치가'라고도 했는데 '자치'는 '암컷 자(雌)'에 '꿩 치(雉)' 자로 '까투리'를 한자로 쓴 것이다. 「장끼전」에서 장끼는 까투리의 만류에도 불구하고 고집을 부리며 미끼로 놓인 콩을 먹다가 덫에 치여 죽는다. 아홉 아들, 열두 딸을 거느린 까투리는 장끼의 깃털 하나를 주워다가 장례를 치르는데, 문상 왔던 갈가마귀와 부엉이, 물오리 등이 청혼하지만 모두 물리치고 홀아비 장끼의 청혼을 받아들여 재혼한다. 재혼한 이들 부부는 아들딸을 모두 혼인시키고 명산대천을 구경하다가 큰물에 들어가 조개가 된다.

본문 중에는 까투리가 자신의 신세를 한탄하는 대목에서 이번이 네 번째 '상부(남편을 잃음)'인 것을 밝히고 있다. "애고애고, 이내 팔자 이다지도 기박한가, 상부(喪夫)도 자주 하네, 첫째 낭군 얻었다가 보라매에 채여 가고, 둘째 낭군 얻었다가 사냥개에 물려 가고, 셋째 낭군 얻었다가 살림도 채 못 하고 포수에게 맞아 죽고, 이번 낭군 얻어서는 금실도 좋거니와 아홉 아들 열두 딸을 남겨 놓고 아들딸 혼사도 채 못해서 구복(口復)이 원수로 콩 하나 먹으려다 덫에 덜컥 치였으니 속절없이 영 이별하겠구나. ……" 이로써 보면 덩치가 크고 깃털이 화려한 장끼가 우선적으로 희생되고, 까투리는 뒤에 남겨져 종의 번식에서 중요한 역할을 담당했음을 알 수 있다. 꿩의 산란기는 4월 하순에서 6월까지로 산란수는 6~10개(때로는 12~18개)라고 한다. 보통의 새들에 비해 다산인 것을 알 수 있다.

꿩은 여러모로 우리 생활과 밀접한 관계에 있었다. 제일 중요한 쓰임은 식용이었는데 집에서 기르는 닭보다 훨씬 고급의 식재료로 쓰였던 것을 볼 수 있다. 「장끼전」에서도 장끼가 죽은 뒤의 자신의 모습을 열거하는데, 김천장이나 전주장 같은 장터에 내걸리거나 그렇지 않으면 감영이나 병영 등 관아의 창고에 걸리고 또 봉물짐에 얹히거나 사또 밥상에 오르거나 혼인집 폐백 건치가 될 것이라고 한다. 봉물은 예전에 지방에서 중앙으로 올리던 물품을 가리키고, 건치는 신부가 시부모를 처음 뵐 때 폐백으로 쓰는 말린 꿩고기를 가리킨다. 또 예전에는 설날에 떡국을 끓일 때 반드시 꿩고기를 넣어 끓였다. 옛날 사람들은 꿩을 '하늘닭'이라고 하여 상서로운 새로 여겼기 때문이라고 한다. 그런데 꿩을 구하기 힘들면 대신 닭을 사용하는 경우가 있었다고 하는데 여기서 비롯된 속담이 '꿩 대신 닭'이라는 말이다. 예전에도 꿩은 잡기가 쉽지 않고 값이 비쌌던 것으로 보인다.

'꿩바치'는 강원도 인제군 기린면 진동리에 있는 마을 이름이다. 한자로는 치전리라 썼다. 꿩 치(雉) 자에 밭 전(田) 자이다. 갈터 북쪽에 있는 마을로 꿩이 많이 내리는 밭이 있다고 해서 꿩바치라 하였는데 발음하기 쉽게 꿍바치로 불리고 있다고 한다. 꿩바치 아래쪽에 있는 마을은 아래꿩바치, 꿩바치 위쪽에 있는 마을은 웃꿩바치라 부르고 각각 한자는 하치전(下雉田), 상치전(上雉田)으로 썼다. 도로명 주소는 '꿩밭길'로 쓴다. 경북 봉화군 봉화읍 적덕1리 '꿩밭골'은 "마을 주변이 야산이고 밭이 많아 꿩이 많이 서식하였고, 아침저녁으로 먹이를 찾는 꿩들이 이 마을 밭에 많이 내려앉는다 하여 꿩밭골이라 부르게 되었다"(봉화군 홈페이지)고 한다.

'꿩에다리'는 충북 진천군 덕산면 기전리에 있는 들 이름이다. 마을에서는 지형이 꿩의 다리처럼 생겼다고 하여 붙여진 이름으로 설명하는데, 『진천군 지명유래』에서는 "'꿩'은 '꿩'의 방언형이고, '에'는 속격 조사이다. 그런데 '다리'가 '각(脚)'의 뜻인지는 분명하지 않다. '들'의 방언형인

'달'과 관련된 어형일 수도 있다. 그렇게 보면 '꿩의다리'는 '꿩이 많은 들' 또는 '꿩처럼 생긴 들'로 해석된다"고 설명한다.

'꿩의바다'는 서울시 성북구 성북동에 있던 마을 이름이다. 『서울지명사전』에는 "성북구 성북동에 있던 마을로서, 예전에 이 지역은 삼각산 줄기로 울창한 나무와 암석들로 둘러싸여 있어 꿩을 비롯한 새들이 많이 살고 있었던 데서 마을 이름이 유래되었다"고 되어 있다. '꿩고개'는 "강서구 방화동 개화산 동쪽 봉수대가 있던 봉우리에 딸린 고개로서, 꿩이 많아 꿩 사냥하기에 좋았던 데서 유래된 이름이다. 한자명으로 치현이라고 하였으며, 또 방화동에 있는 등마루라 하여 방화고개라고도 하였다"고 되어 있다. '꿩바위'는 "은평구 응암동 매바위 아래에 있던 바위로서, 모양이 꿩이 엎드려 있는 것과 같았던 데서 유래된 이름"이라고 한다.

평양시 상원군 중리 일연골 동쪽에 있는 골짜기 '까투리골'은 까투리가 많이 모여들어 붙여진 이름이라고 한다(『조선향토대백과』). 평안북도 태천군 학봉리 '까투리봉'도 꿩이 많이 서식하고 있어 까투리봉이라 한다는 설명이다. 평안북도 동창군 율곡리 '까투리비탈'은 분창강 기슭에 위치해 있는데 양지바르고 따뜻하여 까투리와 장끼가 자주 내려앉았다고 한다. 평안북도 선천군 송현리 '장끼봉'은 '덜거기봉'이라고도 하는데 장끼처럼 생겼다고 한다. 평안북도 운전군 삼광리 '장끼봉'은 지난날 장끼가 많이 서식하였다고 한다. '덜걱봉'이라고도 불렀다. 평안남도 평원군 석교리 '덜거기메'는 "석교리 석련산 남쪽에 있는 산. 지난날 수꿩(장끼)이 많이 서식하였다. '덜거기'는 '장끼'의 방언"이라는 설명이다.

한편 치악산은 강원도 원주시 소초면과 영월군 수주면의 경계에 있는 1,282m의 높은 산으로 '꿩 치(雉)' 자를 쓴다. 옛 이름은 적악산(赤嶽山)인데, 뱀에게 먹히려던 꿩을 구해준 나그네가 그 꿩의 보은으로 위기에서 목숨을 건졌다는 전설에 따라 치악산으로 바뀌었다고 한다. 그러나 치악산은 우리말 이름이 전하는 것이 없어 '꿩'과의 관련성은 확인하기가 쉽지 않다.

고래를 줍다니요?

고래불 · 고래준골 · 고래죽은작지

여 말삼은의 한 사람이자 고려말 대시인인 목은 이색(1328~1396)은 고향이 한산(충남 서천군 한산면, 기산면)이지만 태어난 곳은 외가가 있던 경북 영덕군 영해면 괴시1리(호지촌)이다. 그는 외가가 있는 영해를 고향으로 생각하고 그리워하는 시를 여러 편 남기기도 했는데, 그중 소동파의 「적벽부」와 아주 비슷하다는 호평을 받기도 했던 「관어대소부(觀魚臺小賦)」에서는 그곳 지명을 구체적으로 밝히고 있다. 작품의 서(序)는 "관어대는 영해부에 있는데, 동해를 내려다보고 있어 암석의 낭떠러지 밑에 유영하는 고기들을 셀 수가 있으므로 관어대라 이름한 것이다. 영해부는 나의 외가가 있는 곳이므로 소부(小賦)를 지어서 중원에 전해지기를 바라는 바이다"라고 되어 있다. '중원'은 당시 이색의 아버지인 이곡이 중국(원나라)에 있었기 때문에 한 말로 보인다.

「관어대소부」는 관어대에서 바라본 동해의 풍경을 묘사하면서 시작하는데, "영해의 동쪽 언덕 / 일본의 서쪽 물가엔 / 큰 파도만 아득할 뿐 / 그 나머지는 알 수가 없네 / 물결이 움직이면 산이 무너지는 듯하고 / 물결이 잠잠하면 닦아 놓은 거울 같도다 / 바람 귀신[풍백]이 풀무로 삼는 곳이요 / 바다 귀신이 집으로 삼은 곳이라 / 고래들이 떼지어 놀면 기세가 창공을 뒤흔들고 / 사나운 새 외로이 날면 그림자 저녁놀에 잇닿네 ……"(『목은집』, 고전번역원 역)라고 썼다. 여기서 고래와 관련해서는 "고래들이 떼지어 놀면 기세가 창공을 뒤흔들고"라는 표현이 눈에 띈다. 원문은 '장경군희(長鯨群戲: 긴 장, 고래 경, 무리 군, 놀 희)'라고 되어 있는데, 동해에 큰 고래들이 무리 지어 유영하는 모습을 역동적으로 그려 내고 있는 것이다. 이러한 표현은 그의 영해와의 연고로 볼 때 실제 체험(목격)에 근거했을 가능성이 크다. 다른 시(「부상음」; '부상'은 '해가 뜨는 동쪽 바다'라는 뜻임)에서는 동해를 "산더미 같은 큰 고래의 괴물이 많은 데다 / 동해는 예부터 긴 바람 파도도 거세었지"라고 쓰고 있는데, 이러한 서술은 실제적인 체험과 견문에 크게 의존했을 것으로 보인다.

영해면 괴시2리 있는 관어대는 상대산(183.7m) 꼭대기에 있다. 지금 있는 팔작지붕의 정자는 근래에 영덕군에서 세운 것이고, 원래의 관어대는 산 정상에서 서쪽으로 100m 정도 떨어진 절벽 위의 바위이다. 대(臺)는 일반적으로 높은 곳에서 아래를 조망하는 누대를 말하기도 하고 절벽 위 평평한 바위를 이르기도 한다. 관어대에서 보면 절벽 아래를 흘러 동해로 들어가는 맑은 송천, 드넓은 영해와 병곡 들판, 명사이십리의 고래불해수욕장과 일망무제의 동해가 한눈에 펼쳐져 있어 동해의 명승 절경임을 실감할 수 있다. 상대산은 산 자체를 관어대라고 부르기도 하고 산과 괴산2리 전체를 관어대라고 하기도 했다. 『대동여지도』에서는 상대산을 '관어대'라고 적고 있다.

고래불해수욕장은 경북 영덕군 병곡면 병곡리에 있는 해수욕장이다. 병곡면의 6개 해안 마을을 배경으로 20리에 달하는 모래사장이 펼쳐져 있다. 이 모래사장을 따라 남쪽으로 가면 대진해수욕장과도 연결된다. 고래불해수욕장은 '고래'를 지명에 쓰고 있는데 실제 고래와 관련이 깊다. '불'은 '벌'과 통하는 말로 여기서는 모래벌(백사장)의 뜻으로 쓰였다. 고래불은 한자로는 경정(鯨汀: 고래 경, 물가 정) 혹은 장정(長汀)이라 하였다. 두 이름 모두 『신증동국여지승람』(영해도호부)에 나온다. 고래가 보인다고 해서 '경정'이라 불렀고 긴 백사장이 있다고 해서 '장정'이라고 부른 것으로 보인다. '고래불'은 바로 '경정'의 순우리말 명칭이다. 유래와 관련해서는 고려 말 목은 이색이 상대산(관어대가 있는 산)에 올랐다가 고래가 뛰어노는 걸 보고 '경정'이라 명명하였다는 이야기가 전한다. 실제로 이색이 명명했는지는 확인하기가 어렵지만 어쨌든 이곳에서 고래를 쉽게 많이 볼 수 있어서 '고래불'이라 이름 붙여졌을 가능성이 크다. 그만큼 이곳은 일망무제로 탁 트인 동해를 배경으로 하고 있는 것이다.

이와 관련해서는 영해의 관어대보다 북쪽에 있는 울진의 망양정도 눈여겨볼 필요가 있다. 울진군 울진읍 근남면 산포리에 있는 망양정(望洋亭)은 원래 평해군 기성면 망양리 앞 모래밭 가장자리에 있었는데 조선 세종 때 평해군수 채신보가 정자가 오래되어 허물어진 것을 마을의 남쪽 현종산 기슭에 옮겨 세웠다고 한다. 망양리와 망양정 어느 것이 먼저 지어진 이름인지는 몰라도 '망양'은 '큰 바다를 바라본다'는 뜻이다. 이때 쓰인 '양(洋)'은 '해(海)'와는 조금 다른 개념으로 쓰였는데, '해'가 육지와 접해 있는 바다를 뜻했다면, '양'은 그 바깥의 큰 바다를 뜻할 때 쓰였다. 이 말은 '망양정'에서 바라보이는 바다가 그만큼 넓고 크다는 의미로 읽을 수 있다.

송강 정철은 이 망양정에 올라서 "바다 밖은 하늘이니 하늘 밖은 무엇인고. 가뜩 노한 고래 뉘라서 놀래관대, 불거니 뿜거니 어지러이 구는지고 銀山(은산)을 꺾어내어 六合(육합)에 나리는 듯, 五月長天(오월장천)에 白雪(백설)은 무삼일고"(「관동별곡」)라고 읊었다. 보통 이 구절을 두고 성난 파도가 출렁이는 모습을 고래에 빗대서 표현한 것으로만 설명하고, 갑자기 튀어나온 '고래'에 대해서는 아무 언급이 없는 경우가 많다. 그러나

이 부분은 고래의 생태에 의거한 아주 사실적인 표현으로도 볼 수 있어 해석이 신중해야 한다. 그러니까 고래가 숨을 내뿜어서 파도가 산같이 높이 일고 비말이 눈처럼 내리는 것으로 표현했다고 볼 수 있다는 것이다. 그렇게 보면 정철은 이곳 망양정 앞의 동해에서 실제 물처럼 숨을 내뿜는 고래를 보았을 가능성이 크다. 정철보다 후대의 시문에서 '장경분설(長鯨噴雪)'이라는 시구를 더러 볼 수 있는데, 이는 '큰 고래가 눈을 내뿜는다'는 뜻이다. 어쨌든 「관동별곡」의 "가뜩 노한 고래 뉘라서 놀래관대, 불거니 뿜거니 어지러이 구는지고" 같은 구절은 살아 있는 고래에 대한 생태적인 표현으로서 아주 드문 예인 것만은 분명하다.

옛 기록에서는 동해를 '경해(鯨海)'나 '경진(鯨津)'으로 쓴 것을 찾아볼 수 있다. 이 말은 '우리나라'를 가리키거나 '큰 바다' '넓은 세상'을 뜻하거나 '왜적이 출몰하는 바다'를 가리키는 등 그 뜻하는 바가 애매하고 복잡하지만 자의적으로 보면 '고래가 많은 바다'를 뜻한 것으로 볼 수 있고, 그것이 지금의 '동해'를 가리킨 것으로 볼 수 있다. 울산 태화강 지류에 해당하는 대곡천변의 깎아지른 절벽에 새겨진 '울주 대곡리 반구대 암각화'는 약 7,000년 전 신석기시대에 제작된 것으로서 지구상에 현존하는 가장 오래된 고래 사냥 그림으로 평가되고 있다. 그림에는 다양한 고래들이 등장하고 고래 종류마다 독특한 특성을 잘 표현해 놓았다. 등에서 두 갈래로 물을 뿜어내는 긴수염고래, 작살이 꽂힌 고래, 새끼를 가진 고래, 새끼를 등에 업고 다니는 쇠고래(귀신고래), 새끼에 젖을 주는 고래, 머리 모양이 뭉툭한 향유고래 등. 이는 선사시대 반구대 사람들이 울산 앞바다에서 주로 고래잡이를 하며 살았다는 증거이자 또 그만큼 고래가 가까운 동해에 많이 살고 있었다는 증거이기도 하다.

그러나 우리나라의 고래 사냥은 그것으로 끝이었다. 농경시대에 접어들면서 근대 이전까지는 고래를 사냥했다거나 고래 고기를 먹었다는 기록은 전해지지 않는다. 조선 시대 문헌에는 고래의 표착이나 고래의 사체를 놓고 이익을 다툰 기록만이 일부 전해질 뿐이다. 그러다가 1848년경부터는 이양선(구미 각국의 포경선들)이 '셀 수 없이' 많이 나타나 우리나라 삼면 바다의 고래를 잡기 시작했고, 1899년과 1900년 러시아와 일본 포경선단이 울산 장생포를 조차하여 조업에 나서면서 외세에 의한 근대 포경이 시작된다. 광복 이후부터는 자력으로 영세하게나마 포경업이 재개되었다가 점차 고래 개체 수도 감소하고 1986년 이후에는 국제적으로 상업 포경이 중지되면서 막을 내리게 된다.

'고래준골'이라는 지명은 고래를 사냥하지 않았던 우리의 특이한 역사적인 배경에서 생겨난 이름이다. '고래준골'은 '고래를 주운 골'이라는 뜻이다. 연평도의 '고래준골'은 예전에 죽은 고래가 떠밀려와 주민들이 고래를 주웠다 하여 '고래준골'이라 부르게 되었다 한다. 그러니까 애써 사냥한 것이 아니라 거저 주어진 것이나 다름없어서 '줍다'라고 표현한 것이다. 대개는 죽어 해안에 떠밀려 온 고래를 수습하는 것이지만 여기에는 좌초 즉 수심이 얕은 해안에 들어왔다가 미처 빠져나가지 못한 고래를 포획하는 것도 포함된다. 추자도의 '고래죽은작지'는 예초리 동쪽 해안 고래가 죽었던 자갈밭을 이르는 말이다. 제주도 대정읍 영락리 바닷가의 '고래통'은 직경 50m 정도 되는 움푹 팬 곳인데 멸치 떼를 따라 고래가 이곳에 왔다가 간조 때가 되어 먼바다로 못 가서 갇혀 있었던 곳이라 한다.

그러나 이렇게 '줍게 된 고래'를 백성들은 마냥 반기지만은 않았던 것으로 보인다. 이규경은 『오주연문장전산고』에서 "죽은 고래를 얻으면 관에서 이익을 독차지하고 주민에게는 오히려 민폐만 끼치므로 자기 마을에 고래가 떠밀려 오면 여럿이 힘을 모아 바다에 도로 밀어 넣어 버린다"고까지 적고 있다. 자살한 고래를 한번 주우면 눈, 이빨, 수염, 힘줄, 뼈를 다 기물[살림살이에 쓰는 그릇]로 이용하고, 가죽과 고기는 볶아서 기름을 취하는데, 큰 고래는 기름 수백 섬을 얻어, 이익이 일방으로 넘친다고 했으니 관리들이 이를 그냥 보아 넘길 리가 없었던 것이다. 관리들에게 고래는 로또 같은 것이었지만 노역에 시달려야 했던 백성들에게는 단지 애물단지에 불과했던 것이다.

만석꾼 집터에 족제비업은 뛰어들고

족제비골 · 쪽제비다리 · 쪽제비배미

선교장은 경포호 인근인 강릉시 운정동에 위치해 있는 99칸의 대표적인 조선조 사대부가의 주택이다. 99칸이라지만 실제로는 100칸이 넘고 하인들이 살던 집들까지 모두 합치면 300칸에 이르던 어마어마한 집이다. 강원도 유일의 만석꾼 집이었다고 한다. 그래서인지 집 이름에도 '택(宅)'이나 '당(堂)'이 아닌 '장(莊)'이 붙었다. 장원의 개념이다. '선교'는 경포호가 지금보다 넓었을 때 '배 타고 건넌다'고 하여 마을 이름을 '배다리(船橋)'라 불렀는데, 선교장은 여기서 비롯된 이름이다. 국가민속문화재 제5호로 지정되어 있고, 지난 2000년 KBS에 의해 20세기 한국 TOP 10 중 한국 전통가옥 분야에서 최고의 전통가옥으로 선정되기도 했다.

선교장의 집터 잡기와 관련해서는 족제비가 잡아준 명당 이야기가 전해지고 있다. 이씨 집안이 지금의 배다리로 옮겨온 것은 효령대군의 11대 손인 이내번 때였다고 한다. 그가 어머니 안동 권씨와 더불어 충주로부터 강릉으로 옮겨와 저동(경포대 주변)에 자리를 잡은 뒤로 가산이 일기 시작하여 좀 더 넓은 집터를 찾게 되었는데, 어느 날은 족제비

몇 마리가 나타나더니 나중에는 떼를 이루어 서북쪽으로 움직이기 시작했다고 한다. 이 광경을 보고 이상하게 여긴 이내번이 족제비 떼의 뒤를 쫓아갔는데, 어느 야산의 울창한 소나무 숲속으로 들어가더니 홀연 사라졌다고 한다. 한동안 어리둥절하여 서 있던 이내번이 정신을 차리고 주위를 살펴보고서는 이곳이야말로 하늘이 족제비를 통하여 내리신 명당이라 생각하고 무릎을 쳤다고 한다. 이렇게 해서 집터를 잡은 이내번은 1760년께 집을 짓기 시작했고, 이 집이 점점 커져 지금의 선교장이 되었다고 한다. 이런 족제비 이야기가 전승되면서 최근까지도 이씨 집안에서는 뒷산에 족제비의 먹이를 가져다 놓는 풍습이 전해왔다고도 한다.

또 다른 족제비 이야기는 경북 영주시 가흥1동 반남 박씨 집성촌에 전해 내려오고 있다. 이 이야기는 2010년 영주시사편찬위원회에서 간행한 『영주시사』 2에 「족제비의 천국 영주 서릿골」이라는 제목으로 실려 있다. 현재 서릿골에는 이 이야기를 기록해 놓은 '족제비의 보은 이야기' 비석이 세워져 있기도 하다. 서릿골은 마을 중간을 통과하여 흐르는 작은 계곡이 얼기설기 얽혀 구불구불 서리어 있는 데서 비롯된 이름이라고 한다. 둥그렇게 포개어 감는다는 뜻의 그 '서리다'로 보인다.

조선 정조 무렵 진사 박문엽의 둘째 아들 박정구(1719~1798)가 이른 봄 어느 날 마을 입구 느티나무 아래를 지나는데 갑자기 커다란 족제비가 달려들어 박정구의 도포 자락을 물고, 기를 쓰고 끌어당기는 것이었다. 박정구는 무슨 곡절이 있으리라 생각하고 족제비가 이끄는 대로 따라갔는데 부근에 있는 넓은 웅덩이에 새끼 족제비들이 빠져서 허우적거리고 있었다. 박정구는 바로 옷을 걷고 물속에 들어가 새끼들을 건져내어 옷자락으로 물기를 말끔히 닦아주고 돌아섰다.

몇 년 뒤 어느 날, 커다란 족제비 한 마리가 박정구의 집 툇마루에 와서 죽어 있었다. 박정구 덕에 새끼를 구한 그 족제비가 생명이 다하게 되자 자신의 몸으로 박정구에게 은혜를 갚으러 온 것이다. 박정구는 그 족제비 털로 붓을 만들었고, 얼마 후 과거에서 손자 박시원이 그 족제비 털 붓을 가지고 응시하여 장원으로 급제하였다고 한다. 족제비 털은 황모로 불렸는데, 족제비 꼬리털로 만든 붓인 황모무심필(黃毛無心筆)은 선비들이 귀물로 여기는 것이다. 이렇게 맺어진 서릿골 반남 박씨와 족제비 사이의 인연 때문에 마을에서는 족제비를 내쫓지 않고 잘 보호하는데, 서릿골에는 지금도 족제비들이 많이 살고 있다고 한다.

위의 두 이야기에 나오는 족제비는 모두 '업족제비'인 것 같다. '업족제비'는 국어사전에도 나오는 말인데 "집안의 재산을 늘려 준다는 족제비"를 뜻한다. 우리나라 설화에는 집안의 재물을 관장하는 신인 '업신(재물신)'으로 구렁이, 족제비, 두꺼비 등이 등장한다. 업신은 구렁이, 족제비, 두꺼비 등의 동물로 상징되고, 업의 신체는 집의 뒤꼍 장독대 옆에 나무를 쌓아 업주가리를 만들어 놓기도 한다. 구렁이와 족제비를 업신으로 섬긴 이유는 곡물을 쌓아 놓은 곳에는 구렁이와 족제비가 사는 모습이 흔히 보였기 때문이다. 이에 대해 이능화는 『조선무속고』에서 "언제나 곡물을 쌓은 곳에서 구렁이와 족제비를 볼 수 있는데 사람들은 이를 수곡신(守穀神)이라 했으며, 이것이 전래되어 업왕(業王)이라 칭하게 된 것 같다"고 설명했다. 무가의 성주풀이 중 '업'에 대해 언급한 부분이 있는데, "만석장자가 날 터로다 / 구렁이업은 기어들고 / 족제비업은 뛰어들고 / 두꺼비업은 걸어드네"라는 가사가 그것이다. 업신이 집 안으로 들어오니 만석꾼이 될 성주(주택)임을 노래하고 있는 것이다.

사실 족제비는 생김새나 행동 특성으로 보아 업신이 될 만한 어떤 덕성도 없어 보인다. 몸길이는 수컷 32~40cm, 암컷 25~28cm로 아주 작고 꼬리가 길다. 머리가 납작하고 주둥이는 뾰족하며 귀가 작다. 몸은 근육질로 가늘고 길며 네 다리는 짧다. 전국에 걸쳐 민가 주변, 낮은 산지와 전답의 경계 지역, 물가 등에 많이 서식하는데, 호기심과 욕심이 많고 성격이 급하면서 사납게 행동한다. 먹이도 크고 작은 새와 토끼, 개구리,

뱀, 쥐 등을 잡아먹는다. 맹독성의 살무사 종류도 쉽게 제압하여 먹이로 삼고, 양계장이나 양어장 등에 침입하여 닭이나 오리, 물고기를 해쳐 원성을 사는 일이 많다.

이런 족제비를 업신으로도 여긴 데에는 족제비가 쥐를 잘 잡기 때문인 것 같다. 위에서 "언제나 곡물을 쌓은 곳에서 구렁이와 족제비를 볼 수 있다"고 했는데, 이는 족제비가 곡식을 훔쳐 먹는 쥐를 노리고 얼씬거린 것으로 볼 수 있다. 어쨌든 이는 사람들이 '수곡신' 곧 '곡식을 지키는 신'으로 여길 만한 행동 특성이다. 그런데 예전에 사람들이 이런 족제비를 사냥한 것은 오직 그 털의 쓰임새에 있었다. 족제비의 겨울털은 부드럽고 매끄러우며 광택이 있는 황적갈색인데 이 털을 이용하여 목도리를 만들고, 특히 꼬리털을 활용하여 붓 등을 생산하였다.

'쪽제비골'은 충북 진천군 초평면 진암리에 있는 골짜기 이름이다. 『진천군 지명 유래』에서는 "'물탕거리' 밑에 있는 골짜기이다. '쪽제비처럼 생긴 골짜기'라는 뜻이다. 골짜기의 형상이 '쪽제비'의 꼬리처럼 길고 좁은 것이 특징이다."라고 설명한다. 평안남도 평원군 대정리 '쪽제비골'은 "쪽제비(족제비)가 많이 서식하였다"(『조선향토대백과』)는 설명이고, 황해북도 개풍군 해평리 '족제비골'은 "족제비가 자주 출몰하였다"는 설명이다. 전국에 '쪽제비골'이라는 지명이 비교적 많은데 지역에 따라 '족제비'가 많아서 붙여진 이름으로 설명하기도 하고 골짜기가 '족제비'의 몸통이나 꼬리처럼 길고 좁게 생겨서 붙여진 이름으로 설명하기도 한다. '쪽제비'는 '쪽제비골'을 비롯하여 '쪽제비다리', '쪽제비배미', '쪽제비샴', '쪽제비재' 등의 지명이 있다. '다리'는 '들'의 변형이고, '배미'는 '논의 한 구역'을 뜻하고, '샴'은 '샘'의 방언형이다. 이런 경우 '족제비'는 '길고 좁은 지형'을 뜻했을 가능성이 크다.

뱀이 많아 뱀골 구불구불해서 뱀내

뱀골 · 뱅골 · 뱀내장 · 김녕뱀굴

불교 설화 중에는 비둘기를 살리기 위해 목숨을 내놓은 '시비왕' 이야기가 있다. 어느 날 비둘기로 변한 비수갈마가 시비왕(부처의 전생)에게 날아들어 매에게 쫓기고 있다며 살려 달라고 애원한다. 매로 변한 제석천이 쫓아와 비둘기는 자신의 먹이이니 내놓으라고 청하자 시비왕은 자신은 일체중생을 제도하겠다고 서원했기 때문에 비둘기를 내줄 수 없다고 말한다. 매는 자신 또한 중생으로 먹이가 없으면 살 수 없다며 비둘기를 달라고 다시 청한다. 그러자 왕은 비둘기 대신 자신의 허벅지 살을 베어주겠다고 했고 매는 비둘기와 똑같은 무게가 아니면 안 된다고 했다. 그래서 왕이 자신의 살을 베어 저울에 올렸지만 비둘기 무게보다 턱없이 부족했다. 그래 계속해서 살을 베어 더 얹었지만 비둘기 무게에는 이르지 못했다. 결국 왕이 자신의 몸뚱아리 전부를 올리자 그제서야 저울이 평형을 이루었다는 이야기이다. 모든 생명의 무게는 경중이 없이 똑같다는 진리를 담고 있다.

현대에 이르러서 이러한 생명의 저울은 형편없이 망가졌다. 인간이 절대 강자로 군림하면서 생태계는 인간 중심으로 재편되고 인간의 무게는 한없이 높아졌다. 많은 생물종이 도태되고 멸종 위기에 처한 생물종은 인간에 의해 특별히 관리되기도 한다. 그러나 인간에 의한 관리라는 것은 애초부터 완전하지도 않고 또 일시적이기도 해서 거꾸로 많은 문제점을 낳기도 한다. 예전에 뱀은 인간의 미움을 받으면서도 그런대로 평형을 이루며 살았다. 그러다 언제부터인가는 보신용 약재나 정력제로 오인이 되면서 씨가 마를 지경에 이르렀고 급기야 뱀은 잡는 것도 먹는 것도 법으로 금지하게 되었다. 그렇게 해서 점차 다시 늘어나기 시작한 뱀은 요즘 들어서는 '뱀 무서워 농사 못 짓겠다'는 비명이 나올 지경에 이르렀고, 실제 독사에 물려 죽는 사람들이 해마다 늘고 있다고 한다. 뱀이 다시 늘어난 데에는 '비아그라'라는 발기부전치료제도 한몫했다고 하는데 어쨌든 교란된 생태계의 묘한 아이러니를 우리는 눈앞에서 보고 있다.

지금은 사라진 직업 중에는 뱀 장수며 땅꾼 같은 것도 있다. 예전엔 시골 장터며 심지어는 도시 한복판에서도 뱀 한 마리 손에 쥐고 "애들은 가라" 외치며 뱀을 팔던 뱀 장수를 흔히 볼 수 있었다. 뱀 장수는 뱀의 생식기까지 까 보이며 입에 침을 튀기며 "마나님 배 위에서 슬금슬금 눈치 보는 양반"들을 겨냥했고 행인들은 빙 둘러서서 그 광경을 재미있게 구경했던 것이 한 시대의 풍속이었다. 거리에서도 '생사탕'이라고 써 붙인 뱀탕집을 심심찮게 볼 수 있던 시절이다. 또한 산으로 주로 다니는 사람들이라 쉽게 마주치지는 못했지만 땅꾼이라 부르던 사람들도 있었다. 땅꾼은 "뱀을 잡아 파는 것을 직업으로 하는 사람"을 이르는 말이다. 이들은 상대적으로 값이 비싼 독사류를 많이 잡았는데 희귀한 것은 부르는 게 값이었다고 한다.

땅꾼은 땅만 보고 다니는, 땅을 뒤지고 다니는 사람들이라 땅꾼이라고 했다는 설이 있다. 그러나 직업에 대해 연구하는 사람들은 땅꾼의 역사와 유래에 대해 보다 구체적인 주장을 한다. 영조 때 청계천을 준설하면서 생긴 가산(조산)에 빈민들이 토굴을 파고 살았는데 이들을 땅속에 산다고 해서 땅꾼이라고 불렀다고 한다. 영조는 준설공사가 끝나고 일거리가 없는 그들에게 뱀을 잡아 파는 독점적인 권리를 부여했다고 한다. 그래서 뱀을 잡아 파는 사람을 땅꾼이라 부르게 되었다는 것이다. 말하자면 토굴에 살던 거지 패들이 어쩌다 뱀을 잡아 파는 일을 도맡아 하다가 직업적으로 분화된 것이 땅꾼이라는 것이다. 그런 탓인지 예전부터 땅꾼들은 몹시 천대를 받고 무뢰배 취급을 당하기도 했다.

일제강점기의 잡지(『별건곤』 1927년 7월)의 취재 기사에서는 이들의 특권이자 전업이라 할 '배암 장사'가 일본인들의 대자본에 밀리고 또 '신땅꾼'이 해마다 늘어나면서 위협받고 있는 당시의 현실을 엿볼 수 있다. '신땅꾼'은 '원래의 땅꾼'과 달리 조직이나 계통이 없이 새롭게 땅꾼 노릇하는 자를 뜻하는데, 이들은 조선의 경제가 어려워지고 걸인이 늘어나면서 어쩔 수 없이 '독점'의 틈을 비집고 '땅꾼'의 길로 들어서게 된 것이다. 기사에 따르면 당시에 뱀을 제일 많이 먹는 사람은 '화류계의 남녀와 부호계급'이었는데, 경성(서울)의 누구누구 하는 기생들도 비밀하게 다 배암을 먹었다고 한다. 기생들의 경우 '매독병(성병)'이나 '혈담(폐결핵)' 등의 병 치료에 뱀을 고아 먹기도 한 것 같다.

뱀 관련 지명은 아주 많은데 대략 세 가지 유형으로 나눌 수 있을 것 같다. 첫째 지형이 뱀의 형상을 한 경우 곧 뱀처럼 구불구불한 지형에 붙여진 경우가 많고, 둘째 뱀이 많이 서식하거나 출몰하는 곳이라 이름 붙여진 경우가 있고, 셋째 뱀에 관한 설화가 전해지거나 풍수지리와 관련한 이야기가 전해지는 경우 등이다.

실제로 뱀이 많이 살아서 이름 붙여진 경우도 적지 않으나 구체적인 상황이 전해지는 곳은 드물다. 그냥 '뱀이 많았다'고 간략하게 설명하는 경우가 대부분이고, 구체적으로 어떤 뱀이 어떻게 서식했는지 자세한 상황이 생략되어 있는 것이다. 그런 중에 고양시 덕양구 동산동 '뱀골'은 간략하나마 뱀의 종류와 그 서식 환경 등이 소개되어 눈길을 끈다. 〈고양신문)(2011. 4. 27.)이 노인정에서 어르신들을 취재해 작성한 기사는 "뱀골 지역은 햇볕이 잘 들면서도 서늘한 곳이 많았다. 그래서 다른 지역보다 유난히 뱀이 많았다. 특히 떼뱀이 가끔 보이기도 했다. 떼뱀은 암컷이 발정기가 되면 수컷 뱀들이 모여들어 떼지어 있는 모습을 보고 떼뱀이라는 말이 생겼다고 한다. 사실 암컷을 따라 사방에서 뱀들이 모여들어 여기저기서 보여 그런 말이 생긴 것 같다고 한다."라고 되어 있다.

여기서 '떼뱀'은 뱀의 한 종류를 가리키는 말로 일반적으로는 '무자치'라고 부르는 뱀이다. 우리나라에서 가장 흔히 볼 수 있는 뱀의 하나로 독이 없으며, 물을 좋아하고 수영과 잠수를 잘해 흔히 '물뱀'이라 불렀다. 대부분 개구리, 물고기 등을 먹고 살며 작은 설치류나 곤충 등을 잡아먹기도 한다. 머리 정중앙에 'ㅅ'형의 무늬가 뚜렷이 있으며, 복부에 바둑판형의 무늬가 있다. 뱀과의 뱀 중에서도 난태생을 하는데 8월 말에 논이나 밭에서 12~16마리의 많은 새끼를 낳는다. 이 뱀은 교미 또는 동면 등의 계절 행동시 떼를 짓는 습성이 있어 떼뱀으로 불리기도 했다. 과거에는 전국적인 우점종이었으나 현재 그 수가 급격히 감소되고 있는데, 농지 구획, 농약 살포 등 현대 농법에 의한 피해를 가장 크게 본 종이기도 하다. 현재 무자치는 포획금지 야생동물이며 수출입 허가대상 야생동물이기도 하다.

'뱅골'은 충북 진천군 초평면 진암리에 있는 마을 이름이다. '뱅골'은 '뱀골'이 자음동화된 형태로 볼 수 있다. 마을에서는 옛날 이곳에 뱀이 많아서 붙여진 이름으로 설명하기도 하고, 보강천에 흰 바위 곧 백암(白岩)이 있었는데 이것이 변하여 '뱅골'이 된 것으로 설명하기도 한다. 그러나 『진천군의 지명 유래』에서는 "'뱀골'은 아마도 골짜기가 뱀처럼 구불구불하여 붙여진 이름일 가능성이 높다. '뱀골'에 대한 한자 지명이 '사곡(蛇谷)'이다. 이 골짜기에 조성된 마을을 그렇게 부르기도 한다"는 설명이다. 더불어 '백암'은 '뱅골'과는 관계없이 본래 이곳의 암석이 흰색이어서 붙여진 이름으로 설명한다.

'뱀내장'은 경기도 시흥시 신천동에 있던 유명한 장터 이름이다. '뱀내장'은 조선 후기 문헌에서 확인할 수 있는 오랜 역사를 가진 시장으로, 수원장, 소사장과 함께 경기도의 대표적인 우시장으로 이름이 높았다. 1980년대 폐장될 때까지 부천 상권과 연계하여 상업 활동의 거점 역할을 한 곳이다. '뱀내장'은 '사천장'으로 기록되었는데, 사천(蛇川)은 순우리말 '뱀내'에 대한 한자 표기이다. 신천동도 1914년 행정구역 통폐합 때 인천부 신현면의 신촌리와 사천리에서 각 한 글자씩 따서 '신천리'라고 한 데서 유래한다. '뱀내'는 지금은 동 명칭을 따서 '신천'으로 바뀌었는데, 원주민들은 여전히 '뱀내', '뱀내천'이라는 이름으로 부르고 있다. '뱀내'는 하천의 물줄기가 뱀처럼 구불구불 흐른다는 데에서 얻은 이름으로 전한다.

제주시 구좌읍 김녕리 마을 동쪽에는 큰 굴이 있는데, 여기에 큰 뱀이 살았다고 하여 '뱀굴'이라고 했다. 한자로는 '사굴(蛇窟)'이라고 했는데, 그래서 이 '김녕뱀굴'을 '김녕사굴'이라고도 부른다. 이 김녕 뱀굴은 전설에서 이름이 유래된 것으로 전한다. 옛날 이 굴에 사는 큰 뱀에게 매년 처녀 한 사람을 제물로 올려 큰굿을 했다. 만일 굿을 하지 않으면 뱀이 곡식밭을 다 휘저어버려 대흉년이 들었다. 조선 중종 때 서련이라는 판관이 제주에 부임해와서 뱀굴의 소문을 듣고 분개하였다. 그래서 처녀를 올려 굿을 하라 하고 몸소 군졸을 거느리고 뱀굴에 이르러, 뱀이 나와 술과 떡을 먹고 처녀를 잡아먹으려고 할 때 군졸들과 함께 달려들어 창검으로 뱀을 찔러 죽였다는 전설이다. 그리고 본인은 죽은 뱀의 저주로 희생되었다는 이야기가 뒤따르기도 한다. 김녕 뱀굴은 용암 동굴의 길고 구불구불한 구조나 암흑의 공포스러운 이미지가 '뱀굴(사굴)'이라는 지명을 만든 것으로 짐작된다.

하늘을 나는 거위 고니

고니섬 · 고누섬 · 곤이도

일본어로 '고니'를 '백조(白鳥)'라고 부른다. '흰 새'를 뜻하는 '백조'라는 말은 우리도 예로부터 써 왔으니 말 자체가 일본어는 아니다. 그러나 '고니'를 '백조'라고 부르게 된 것은 일제강점기부터로, '고니'를 '백조'라고 부르는 것은 말하자면 일본어식 표현이라고 할 수 있다. 어쨌든 일제강점기 때부터 고니라는 우리말 대신에 백조라는 말이 쓰이게 되었는데, 그 때문에 지금도 러시아의 차이콥스키가 작곡한 〈백조의 호수(Swan Lake)〉나 별자리 이름 중 '백조자리(Cygnus)' 등에서는 여전히 백조라는 말을 쓰고 있다. 그러나 생물학계에서는 공식적으로 '고니'라는 이름을 쓰고 있고, 천연기념물의 이름도 '백조'가 아닌 '고니'로 올려놓고 있다. 『표준국어대사전』에서도 '백조'를 동의어로 올려놓고 있지만 주표제어를 '고니'로 삼고 있다. 고니를 뜻하는 한자는 '곡(鵠)'이지만, 보통은 '하늘을 나는 거위'라는 뜻으로 '천아(天鵝)'라고 불렀다. '아'는 '거위 아' 자이다.

『월인석보』에는 고니가 '곤'으로 나온다. 『훈몽자회』에서는 '아(鵝)'를 '거유 아'로 풀이하면서 '천아'를 '곤'이라고 해설하고 있다. 『태조실록』(6

년 10월 5일, 1397년)에는 "천아를 종묘에 올렸다"는 기사가 있다. 태조가 용흥에서 일어날 때 길상을 예보하였다 하여 이를 천아라 부르고, 종묘에 올렸다고 전하기도 한다. 말하자면 고니가 왕조의 제사상에 오른 셈이다. 종묘에 천신하는 물품 중에는 아예 11월에 '천아'를 규정해 놓기도 했다. 나중에는 이것이 큰 민폐를 끼치게 되는데, 그만큼 고니는 잡기가 어렵고 값이 비쌌기 때문이다. '천아' 한 마리에 쌀이 8, 90곡(斛: 열 말의 용량)이나 되는데도 구하기가 어렵다는 기록도 있다.

『한국민족문화대백과』에는 '고니살이터'가 두 곳 소개되어 있다. 하나는 '천아포고니살이터(강원도 통천군 하수리)'이고 또 하나는 '천내고니살이터(강원도 천내군 금성리)'인데, 둘 모두 북한의 천연기념물로 지정되어 있다. '살이터'는 '서식지'를 북한에서 이르는 말이다. 두 곳 중 '천아포고니살이터'는 원산시에서 남쪽으로 해안가를 따라 28km가량 되는 곳에 위치해 있다. 천아포는 동해 기슭의 작은 만이었던 것이 융기 운동과 오랜 기간에 걸치는 바다의 물결 작용에 의하여 만 어귀가 모랫둑에 막혀 이루어진 석호이다. 둘레는 16km, 길이는 4.7km, 평균 너비는 0.7km인데, 북쪽의 동정호, 남쪽의 시중호와 함께 해안선을 따라 하나의 석호열을 이루고 있다.

천아포의 '천아'는 '고니'의 한자어인 그 '천아'이다. 그런데 천아포가 있는 통천군 하수리의 옛 이름이 '곡포현'이어서 흥미롭다.『조선향토대백과』에는 '곡포현'에 대해 "고구려 시기 강원도 통천군 영역에 있던 옛 이름. 지금의 통천군 하수리와 그 주변 일대를 차지하고 있었다. '곡포(鵠浦)'는 '고니새가 날아드는 포구'라는 뜻으로 이 일대에 동정호, 천아포를 비롯한 호수와 물새들이 많은 것과 관련하여 생긴 이름이다. 통일신라 시기에 학포현으로 개칭되었다."라고 쓰여 있다. 이 곡포가『삼국사기』「지리지」에는 "일명 고의포(古衣浦)"라고 나온다. '고니'를 고구려어로 '고의'라고 했다는 것으로 볼 수 있어 관심을 끈다. 어원과 관련해 북한에서

미륵도에서 바라본 곤리도

는 '고니'의 그 울음소리가 '꼰-꼰-꼰'이라는 데서 붙여진 이름이라고 한다. '고니(곤이)'를 의성어로 본 것이다.

평양시 만경대구역 만경대동에는 '고니섬'이 있다. 『조선향토대백과』에는 "평양시 만경대구역 만경대동 만경봉 아래의 대동강 가운데에 있는 섬. 지난날 고니가 많이 서식하였다. 고노섬, 곤유섬 또는 만경섬이라고도 한다"라고 되어 있다. 같은 평양시 낙랑구역 중단리 '고니섬'은 "중단리 두루섬 서쪽 만경봉 아래에 있는 섬. 지난날 이 섬에 고니(새)가 날아들어 둥지를 틀고 있었다. 곤유섬, 곤유도 또는 고노섬이라고도 한다"라고 되어 있고, 평안남도 평성시 월포리의 옛 이름 '고누섬'은 "월포리 방등골 앞에 있던 섬. 지난날 고니란 새가 많이 와서 서식하던 섬인데, 현재 갑문이 서면서 침수구역으로 되었다. 고니섬이라고도 하였다"라고 되어 있다.

통영시 산양읍 곤리리에 있는 섬 곤리도(昆里島)는 해저터널로 연결되는 미륵도의 남서쪽 약 2㎞ 해상에 있다. 해안선 길이는 7㎞의 작은 섬인데 "섬의 생김새가 고니[白鳥]가 날아가는 모양이라 하여 곤리라고 부르게 되었다는 설과 고니가 인근 해역에 많이 서식한 것에서 유래하였다는 설이 있다. 예전에는 일명 고니섬·고내섬·곤이도·곤하도라고 부르기도 하였다"(『한국민족문화대백과』)라는 설명이다. '설'만 전할 뿐 '고니'의 도래나 서식에 대한 내용은 찾을 수 없다.

한편 인천시 옹진군에 있는 '백령도' 역시 '고니섬'으로 보기도 한다. 『조선향토대백과』에서는 '백령면'에 대해 "황해남도 장연군 영역에 있던 폐면. 본래 장연군의 지역으로서 백령도가 있으므로 백령면이라 하였다. 백령도는 고구려 시기에 곡도(고니새가 많다는 뜻)라 하였고, 후에 고니새가 흰 날개를 펼치고 있는 것 같다 하여 백령이라 개칭되었다"라고 쓰고 있다. 『고려사 지리지』에는 "곡도라는 지명을 백령(白翎)으로 개칭했다"라고 되어 있다. '흰 백' 자에 '깃 령' 자를 썼다. 『신증동국여지승람』에는 "고구려의 곡도(鵠島)"라 기록되어 있다.

백학은 학이야 두루미야

두루미산 · 두루뫼 · 학산

'백학' 하면 SBS의 인기 드라마였던 〈모래시계〉의 주제곡을 떠올리는 사람들이 많은데 사실 조금은 생경하게 들리는 말이다. '백학'의 '백'은 한자 '흰 백(白)' 자로 '백학'은 직역하면 '흰 학'을 뜻하는 말이다. 흰색을 강조해서 '백학'이라 부른 것이지 원래는 그냥 '학'을 가리키던 말이다. '학'은 우리말로 '두루미'라고 불렸던 새로, 국어사전에서는 '백학', '학', '두루미'를 모두 같은 뜻으로 설명하고 있다. 〈모래시계〉의 주제곡 '백학'은 전장에서 죽어 돌아오지 않는 병사들을 애도하며 부른 러시아 노래(러시아명 〈벨르이 쥬라블〉)로, 여기서 '학'은 죽어 하늘로 올라간 병사들의 화신으로 그려지고 있다.

'백학'은 또한 서울대학교를 상징하는 동물이기도 하다. 고려대학교의 '호랑이'나 연세대학교의 '독수리', 공군사관학교의 '보라매'처럼 잘 알려져 있지는 않지만 오래전부터 '교조(校鳥)'로 '백학'을 설정해 알리고 있다. 서울대 홈페이지 '학교 소개'에서는 그 취지를 '고고함과 비상의 정신'으로 요약하고 있는데, "순백으로 빛나는 몸과 까만 날갯깃, 붉은 정수리, 가늘고 긴 다리와 목 모습 자체만으로 고고함과 깨끗한 기품을 뿜어내는 백학은 우리 민족에게는 친근한 존재이다. (…) 오직 학문의 정도를 걸으며 날개를 펴고 비상을 준비하는 서울대학교와 서울대인의 의지가 백학의 상징성에 담겨 있다"는 설명도 덧붙이고 있다.

여기서 '백학'은 물론 '학', 우리말로는 '두루미'를 가리킨다. 그것은 '백학'에 대한 묘사에서도 확인이 되는데, "순백으로 빛나는 몸과 까만 날개깃, 붉은 정수리, 가늘고 긴 다리와 목"이 그것이다. 이러한 '학'의 특징은 비근하게는 화투패(1월 송학)에서 그림으로 쉽게 확인이 된다. 특히 '붉은 정수리'는 아주 인상적인데 '학'의 대표적인 특징으로 꼽히는 것이다. 그런 탓에 '학'을 '단정학'이라고도 불렀는데 붉을 단(丹) 자에 정수리·머리·꼭대기를 의미하는 정(頂) 자, 그리고 학 학(鶴) 자를 썼다. 정수리 부분의 붉은색은 깃털이 아니라 피부가 그대로 노출된 것으로 일종의 볏이라고 볼 수 있는데 학의 매력 포인트이기도 하다. 학은 다 자란 암수가 공통으로 정수리가 붉은색을 띤다.

옛사람들은 '학은 천년 거북은 만년'이라고 해서 학을 장수의 상징으로 귀하게 여겼을 뿐만 아니라 '선학'이라 부르며 신선의 벗으로서 도가의 상징물로도 중요하게 여겼다. 이는 유가의 경우도 마찬가지였는데 특히 학이 가진 고고함이나 우아한 자태를 선비들이 추구해야 할 이상적인 가치로 본 것이다. 그런 측면에서 학은 '고고한 기상을 가진 선비'로 비유되었고, 때로는 초야에 묻혀 고상함을 추구하는 '은둔하는 현자'로 비유되기도 했다. 조선 시대에 '학창의'라 불리던 옷은 흰옷에 검은 헝겊으로 단을 달아 소매가 넓고 뒤가 트였는데, 이는 학의 모습을 본떠 만든 것으로 선비들이 즐겨 입던 평상복이다. 관료들의 관복에는 흉배를 부착하였는데, 무관에게는 호랑이를 붙인 데 비해 문관에게는 학을 붙이게 했다. 문관을 일명 학반(鶴班)이라고도 하였고, 학 자체가 높은 벼슬의 상징으로 받아들여지기도 하였다.

조선 시대 선비들은 고상한 취미로 집안에서 학을 기르기도 했다.

조선 중기 우의정을 지낸 허목(1595~1682)도 늘그막에 향리인 경기도 연천에서 학을 길렀다. 그는 '양학(養鶴: 학 기르기)'(『기언』)이라는 글에서 "용주옹이 내게 학 한 마리를 보내와 정원에 기르고 있다. 학들이 떼지어 머리 위로 지나가는 것을 보면 목을 쳐들고 우는데, 그 소리가 매우 멀리까지 들린다. 하루는 학 한 마리가 지나가다가 한참 동안 머리 위에서 빙빙 돌며 떠나지 않았으니, 동류는 서로 어울리는 것이라고 말할 만하다'라고 썼다. 조선 후기 실학자 홍만선이 농업 기술과 일상생활에 관한 사항을 서술한 『산림경제』에도 '학 기르기[양학]'가 나온다. "학을 기르는 데는 오직 울음소리가 맑은 것을 최고로 치며, 긴 목에 다리가 멀쑥한 것이 좋다. 학이 병들었을 때는, 뱀이나 쥐 또는 보리[대맥]를 삶아 먹인다. 학이 전복을 먹으면 죽는다'라고 해서 당시 학을 기르는 것이 상당히 전문적인 수준이었음을 알 수 있다. 그러나 학을 잡아 와 날아가지 못하게 깃촉을 자르고 며칠을 굶기다가 조금씩 익은 음식을 주면서 길들였다는 것을 보면 지금으로 말하면 동물 학대나 다름없는 행위였을 것도 같다.

『춘향전』(완판본 열녀춘향수절가)에도 '학' 얘기가 나오는데, 어사또가 한양에서 남원으로 내려오는 길로 춘향네 집에 들어서는 대목이다. "화정을 살펴보니 화간의 학두루미는 짝을 잃고 한 마리 남은 것이 개에 물려 그러한지 부러진 날개 땅에 끌면서 난간 담을 넘으려고 한 발을 오그리고 자른 목 길게 빼여 낄룩 뚜루룩 징검징검 나오는 양을 어사또 보시더니 ……" 물론 춘향은 옥에 갇혀 있고 퇴락한 월매의 집 정원에 제대로 돌봄을 받지 못한 학의 모습이지만 처량하기 그지없다. 마치 지금의 멸종 위기에 처해 있는 두루미의 모습을 보는 것도 같다.

『월인석보』에는 '백학'이 '흰두루미'로 나와 '학'을 '두루미'로 부른 것이 꽤 오래되었음을 알 수 있다. '두루미'는 이름에 대해 두 가지 유래가 전하는데, 하나는 울음소리에서 비롯되었다는 것이고 다른 하나는 '들에

사는 새'라는 의미로 보는 것이다. 두루미는 항상 암수가 함께 우는데, 수컷이 먼저 큰 소리로 '뚜루루루 뚜루루루' 하고 울면, 암컷이 화답하듯 짧고 낮게 '뚜룩 뚜룩' 운다고 한다. 두루미가 울 때는 암수가 서로의 사랑을 확인할 때인데 이때 그 특유의 '학춤'을 추기도 한다. 날개를 펴고 껑충껑충 뛰다가 마주 서서 부리를 하늘로 쳐들고 우는데, 수컷이 한 번 암컷이 두세 번 반복해 운다고 한다. 두루미의 울음소리는 아주 커서 3km나 떨어진 곳에서도 들린다고 하는데, 두루미의 '두루'는 바로 이 울음소리를 의성한 것이고 '미'는 올빼미의 '미'와 같이 새를 뜻하는 것으로 보는 것이다.

다른 하나는 '두루'를 '들'의 옛말로 보는 것인데, 이는 '두루미'의 서식지가 들판, 습원, 습지인 것에 주목한 것이다. 두루미는 둥지도 땅 위에 틀고, 먹이를 먹는 것이나 쉬는 것이나 모두 땅 위에서 한다. 평생 나무 위에는 올라가지 않는 '들의 새'인 것이다. 병풍의 '십장생도' 같은 그림에 그려진 소나무 위에 앉아 있는 학의 모습은 생태적으로 전혀 맞지 않는 것이라고 한다. 두루미는 키가 1.4m에 편 날개의 길이도 2.4m에 이르는 아주 큰 새이기도 하지만 횃대를 잡을 수 있는 뒤쪽 발가락이 짧게 퇴화했기 때문이라고 한다. '두루미'의 영어 이름은 크레인(Crane)인데 이는 두루미의 긴 목을 부각시켜 붙인 이름으로 보인다. 건축 현장에서 철근 등 건축 자재를 고층으로 운반하는 그 크레인과 같은 이름이다. 우리나라 천연기념물 정식 명칭은 '두루미'이다.

'두루미산'은 서울시 구로구 개봉동과 양천구 신월동 경계에 있는데 좌우로 경인선 철도와 동서 방향으로 남부순환로·경인로가 지나는 길목이다. 1978년 남부순환로가 개통되면서 현재는 따로 떨어진 섬과 같은 작은 산으로 남아 있다. '두루미산'은 달리 '두름산', '학산'이라고도 불렀다. '명칭 유래'에 대해 『향토문화전자대전』에는 "두루미산은 이 산의 모습이 둥글게 생겼기 때문에 붙여진 이름이라고 한다. 또는 어느 해에 큰 장마가 졌는데, 어디선가 조그마하고 동그란 산이 물살에 떠내려와 논 한가운데 자리를 잡았다고 한다. 그 후 이 산에 백로가 날아와 서식했기 때문에 이 산을 두루미산이라고 했다고 하며 다른 말로는 학산(鶴山)이라고도 한다'라고 되어 있다. '백로'를 '두루미'로 오인한 예는 아주 흔하거니와 그것보다는 "산의 모습이 둥글게 생겼기 때문에" '두루미산', '두름산'으로 불렸다는 것이 주목된다.

여기서 '두루', '두름'은 '두르다'에서 온 말로 볼 수 있다. "띠나 수건, 치마 따위를 몸에 휘감다"의 뜻을 가진 '두르다'에는 "둘레를 돌다"의 뜻도 있다. 또한 '주변을 빙 둘러싸다'라는 뜻도 있고 '둥근 모양'을 가리킬 때 쓰기도 했다. "목과 아가리는 좁고 길며, 배는 단지처럼 둥글게 부른 모양의 큰 병"을 '두루미' 혹은 '두루미병'이라 불렀다. '두루미산'은 '두르(루)'에 산을 뜻하는 '뫼(미)'가 붙은 말 '두루뫼(미)'에 '산'이 중복된 형태로 '둥근 산'을 뜻한 것으로 볼 수 있다.

충남 서천군 문산면 지원리에 속한 자연마을 '두루뫼'는 둥근 뫼가 있다 하여 붙여졌다고 한다(『두산백과사전』). 황해남도 재령군 석탄리의 서쪽에 있는 봉우리 '두루뫼'는 "둥글게 생겼다 하여 둥근뫼라고도 하고, 매사냥꾼들이 오르던 봉우리라 하여 매봉이라고도 한다'(『조선향토대백과』)는 설명이다. 평안북도 선천군 원봉리 대원산(大圓山)은 큰 대 자에 둥글 원 자로 한자화되었는데, "해발 203m. 산정이 둥글고 넓다. 고성리에 있는 소원산에 비해 산이 크다 하여 대원산이라 하였으며, 또한 두릉산이라 하다가 두루미산으로 와전되었다. 두루봉이라고도 한다"는 설명이다.

두루뫼는 둥글 원(圓) 자나 두루 주(周) 자를 써서 '원산' '주산'으로 한자화되었는데 더러 '학산'으로 한자화된 경우도 있다. 후대에 '두루뫼(미)'를 '두루미' 곧 '학'으로 오해하고 학이 살았던 산이라고 해서 '학산'으로 바꾸어 부른 것이다. 위의 구로구 두루미산을 학산으로도 불렀고 평안북도 철산군 학산리 북쪽 두루미산 기슭에 있는 소재지 마을 두루미산마을도 학산동이라 불렀다. 인천시 남구 학익동의 경우도 '학'을 '둠' 또는 '두름'에서 온 말로 해석하기도 한다.

학익동(鶴翼洞)은 문학산의 한 줄기인 학익산 아래 동네다. 학익산은 멀리서 보면 '학이 날개를 편 모양'이라 해서 붙은 이름이라는 이야기가 전한다. 문학산도 이전 이름이 학산이었는데, 학익산과 문학산 주봉이 두 날개처럼 펼쳐져 동네를 감싸고 있는 모습이라고 한다. 이에 대해 『인천광역시사』는 "학익의 '학'은 산의 모양에서가 아니라, 우리말 '둠' 또는 '두름'에서 왔을 것으로 보는 해석이 있는데 이는 꽤 논리성을 갖는다. '둠' 또는 '두름'은 '주변을 빙 둘러싸다'는 '두르다'의 옛말 '두루다'의 명사형으로 산 같은 것을 가리킬 때 많이 쓰인 말이다. 그런데 '두름'이 날아다니는 새 '두루미'와 발음이 비슷하다 보니 사람들이 산 이름을 '두루미산'이라 잘못 생각하고 한자로 '학산(鶴山)'이라는 이름을 붙였다는 것이다"라고 설명한다.

혼례 때 전안상에 올라앉던 기러기

기러깃재 · 기럭재 · 기리재

'기럭아비'의 '기럭'은 '기러기'를 뜻하는 말이지만 요즘 말하는 '기러기아빠'와는 매우 다르다. '기럭아비'의 '아비'는 보통 '아버지'의 낮춤말로 쓰이는데 여기서는 나이 든 성인 남자를 이르는 말로 쓰인 것이다. '기러기아빠'는 신조어로 자녀를 유학 보내고 혼자 지내는 아버지를 이르는 말인 데 비해 '기럭아비'는 전통 혼례에서 신랑이 신붓집에 갈 때 기러기를 들고 신랑 앞에 서서 가는 사람을 부르는 말이다. 기럭아범이라고도 불렀고 한자어로는 '안부'라 했다. '기러기 안(雁)' 자에 '부(夫)'는 '사내 부' 자로 '아비 부(父)' 자와는 다르다. 기럭아비는 신랑 쪽에서 가장 복이 많은 사람이 선정되며 함진아비가 주로 맡기도 한다. 함진아비는 혼인 전 신랑 측에서 신부 측으로 혼서지, 채단 등을 넣은 함을 보낼 때 지고 가는 사람이다.

신붓집에 도착하면 신랑은 기럭아범으로부터 기러기를 받아 전안상에 올려놓고 절을 하고, 신부 어머니는 기러기를 치마로 받아들고 신부가 있는 방으로 들어간다. 이와 같이 신붓집에 기러기를 드리는 예를 전안례라 했다. 초기에는 실제로 산 기러기를 사용했지만 점차 내려오면서

까만 옻칠을 입힌 나무 기러기(목기러기, 목안)를 사용하게 되었다. 이것조차 구하기가 어려우면 산 닭 또는 떡으로 만든 기러기를 대신 사용하기도 했다. 이렇듯 기러기를 혼례에서 중요시한 이유는 기러기라는 동물이 한 번 짝을 지으면 평생 그 짝 이외의 다른 짝을 돌아보지 않아 정절을 상징했기 때문이라고 한다. 또한 기러기가 때가 되면 어김없이 찾아와서 믿음(信)이 있고, 열 지어 날아다니고 함께 움직이기 때문에 우애가 있다고 믿었다고 한다. 전통적으로 기러기를 길조로 여겼던 것이다.

우리 옛 그림 중에 '노안도'라는 것도 있다. 갈대 로(蘆) 자에 기러기 안(雁) 자를 쓴다. 갈대와 기러기를 함께 그린 그림을 가리키는 말이다. 기러기는 동양의 옛 산수화에 있어 가을 경치를 대표하여 '소상팔경도' 가운데 '평사낙안'이 포함되기도 한다. '평사낙안'은 말 그대로는 '모래펄에 날아와 앉은 기러기'를 뜻하는데, '소상팔경'의 하나로 동양화의 중요 화제가 되었다. 노안도의 '노안(蘆雁)'을 '노안(老安: 늙을 로, 편안할 안)'과 같은 의미로 여겨 노후의 안락함을 기원하는 그림으로도 그렸다. 17세기 전반기의 대표적인 화가 이징의 〈노안도〉는 갈대밭에서 마주 보고 있는 두 마리의 기러기가 그려져 있다. 한 마리는 다리에 힘을 주고 고개를 들고 서 있으며 다른 한 마리는 지면에 가슴을 대고 편안히 앉아 있다. 한 쌍의 금실 좋은 부부를 상징한 것으로 보인다.

비안도는 군산시 옥도면 비안도리에 속한 섬으로 고군산 군도의 최남단에 있다. '날 비(飛)' 자에 '기러기 안(雁)' 자를 썼는데, 유래는 말 그대로 섬의 형국이 나는 기러기를 닮았다고 해서 붙은 지명이라고 한다. 『한국지명 총람』에는 "비안도리는 본래 전남 지도군 고군산면의 지역으로서 지형이 나는 기러기처럼 생겼으므로 비안도라 하였는데 (…) 비안은 비안도리에서 으뜸가는 마을"이라고 쓰여 있다. 한자는 '안(鴈)'에서 '안(雁)'으로 바뀌었는데 똑같이 '기러기'를 뜻하는 한자이다. 지명은 『해동지도』(옥구)에 '비안도(飛鴈島)'로 처음 등장한다.

충남 부여군 홍산면은 본래 백제의 대산현이었는데, 신라 경덕왕 때(757년) 한산으로 고쳤고 고려 태조 때 홍산으로 고친 곳이다. 홍산에서 '홍(鴻)'은 '큰 기러기 홍' 자를 썼는데, 지명은 그 모양이 나는 기러기처럼 생긴 비홍산에서 유래하였다고 한다. 비홍함로(飛鴻舍蘆)의 명당이 이곳에 있다 하였으며, 동쪽의 숙홍역도 본래 비웅이었는데 이 지역이 나는 기러기 형국이어서 이름을 바꾼 것이라고 한다(『한국향토문화전자대전』). 비홍산(279m)은 과거 홍산현의 진산으로『신증동국여지승람』에 "현 서쪽 2리에 있는 진산"이라고 기록되어 있다. '비홍함로'는 풍수지리에서 말하는 명당형으로 '날아가는 기러기가 갈대를 물고 있는 형국'이라고 한다.

'기러깃재'는 충남 청양군 화성면 수정리와 홍성군 장곡면 신풍리 일대에 위치하는 고개이다. 한자화하여 안치(雁峙) 또는 안티라고도 불리며, 기럭재, 서낭댕이 등의 이름으로도 불렸다. 지명은 오서산에서 이어지는 산줄기의 생김새가 마치 기러기가 날아가는 형국과 같기 때문에 유래하였다고 한다. 고개 아래에 있는 마을의 이름도 고개 이름을 따라 기러깃재라 불린다. '기러깃재'를 홍성군 홈페이지에서는 "오서산의 동쪽에 위치해서 장곡 쪽으로 1.54km, 화성 쪽으로 1.5km 도합 3km의 길이가 되는 고개"로 설명하고 있다.

경남 의령군 칠곡면 신포리 '기리재'는 '기러기재'라고도 불렀다. '기리재'는 입암 뒤쪽에 있는 고개로 이 고개를 통해 운암리 상촌과 이어진다. '기리재'는 산줄기 모양이 기러기같이 생겼기 때문에 '기러기재'라고 했던 것을 줄여서 '기리재'라 한 것으로 알려져 있다. 충남 아산시 배방면 중앙에 위치한 배방산은 '과안산' 또는 '길재'라는 다른 이름도 전해진다. 산 모양이 기러기가 지나가는 형국이므로 '과안산'이라고도 부른다고 하며, 길재는 기러기재의 축약인 것으로 보인다고 한다(『한국지명유래집』).

그런데 '기러기재'는 '길이'의 방언인 '기럭지'에서 온 말로도 볼 수 있어 관심을 끈다. 그러니까 '긴'을 뜻하던 '기럭'에서 음이 유사하고 친근한 새인 '기러기'로 자연스럽게 바뀐 것으로 볼 수 있다는 것이다. 실제 '기러기'를 '기럭이', '기럭기'라고도 해서 음의 유사성을 확인할 수 있다. 충남 예산군 삽교읍 안치리(雁峙里)는 '기러기 안' 자에 '고개 치' 자를 썼다. 『디지털예산문화대전』에 따르면 "조선 시대에 덕산군 대조지면 지역일 때 들 가운데 '긴 언덕'이 있으므로 기럭재 또는 안티라 부른 데서 안치리 지명이 유래되었다"고 한다. '기럭'이 '긴'에서 유래했음을 알 수 있다.

한편 '기러기' 지명 중에는 기러기를 경계하고 쫓기 위해 세워진 '막' 지명도 있어 기러기가 무조건 호의적이 아니었음을 알 수 있다. 안막(雁幕)이 그것인데 '기러기 안' 자에 '장막 막' 자를 썼다. 기러기를 쫓기 위해 세운 농막을 가리킨다. 김해시 대동면 초정리에 안막이라는 마을이 있다. 본래 '기우막'이라 했는데, '기우'는 거위 또는 기러기의 이 지방 방언이라 한다. '기우막'은 낙동강 하류에 접한 곳으로 옛날에는 넓은 습지였는데, 논밭으로 개간된 이후에도 겨울철만 되면 수많은 기러기 떼가 날아와서 보리, 시금치, 배추 등 농작물을 마구 뜯어먹어 피해가 심하므로 농민들은 기러기 떼를 쫓기 위해 곳곳에 농막을 지었다고 한다.

보랏빛 깃털이 아름다운 보라매

보라매공원 · 보라매동 · 보라미

아주 오래전 라디오에서 하는 퀴즈 대결에는 이런 문제도 있었다. "다음 낱말들이 가리키는 것은? 산진이 … 수진이 … 해동청 …" 여기까지 해서는 양 팀 모두 답이 나오지 않는다. 그러다 이어서 '보라매'가 나오면 다투어 "정답"을 외치고 "매"라는 말이 나오는 것이다. 대개는 '보라매'가 무엇인지 정확하게 알지 못해도 끝에 붙은 '매' 자를 듣고 답을 맞히는 식이었다. 우리 옛 사설시조에 "바람도 쉬어 넘는 고개 구름이라도 쉬어 넘는 고개 / 산진이 수진이 해동청 보라매라도 다 쉬어 넘는 고봉 장성령 고개 / 그 넘어 님이 왔다 하면 나는 아니 한 번도 쉬어 넘으리라"라는 것이 있는데, 거기 나오는 한 구절이 바로 "산진이 수진이 해동청 보라매"였다

『표준국어대사전』에 '보라매'는 "난 지 1년이 안 된 새끼를 잡아 길들여서 사냥에 쓰는 매"라고 되어 있다. 실학자 이덕무(1741~1793)가 쓴 『청장관전서』(제68권)의 '사나운 새의 종류'에서는 보다 자세한 설명을 읽을 수 있다. "사나운 새의 종류가 매우 많아 이제 그 지방 풍속에서 부르는 이름을 기록하려 한다. 당년에 깬 매[鷹: 매 응]로 길들인 것을 보라매[甫羅鷹

(보라응)라 한다. 보라(甫羅)라는 것은 방언으로 담홍색을 말하는 것인데 매의 깃털 빛깔이 옅기 때문에 이른 말이다. 산에서 여러 해를 산 것은 산진(山陳)이라 하고 집에서 여러 해 기른 것은 수진(手陳)이라 한다. 그리고 매 중에 가장 뛰어나고 털빛이 흰 것을 송골(松骨)이라 하고 털빛이 푸른 것을 해동청(海東靑)이라 한다."

여기서 '보라매'의 '보라'가 색깔을 나타내는 그 '보라'라는 것을 알 수 있다. '방언'은 지금 우리가 말하는 사투리가 아니라 '우리말(한자어가 아닌)'이라는 뜻이다. '담홍색'은 말 그대로는 '옅은 붉은색'을 뜻하는 말이지만 여기서는 '보라색'을 가리킨다. 한자로 쓴 '甫羅(보라)'는 한자의 음을 빌려 표기한 것으로 뜻과는 상관없다. 그런데 이 '보라'도 본래 우리말이 아니라 몽골어에서 차용한 말이라서 흥미롭다. 『표준국어대사전』에서도 어원을 몽고어 'boro'로 밝히고 있다. 기록상으로 보면 옛날에는 '자(紫: 자줏빛 자)'라는 한자를 주로 썼는데, '보라매'와 더불어 '보라'라는 말을 우리말처럼 쓰게 된 것이다.

『한국민속대백과사전』에서는 '보라매'를 "둥지를 떠난 지 6~7개월이 지나 잘 날 뿐만 아니라, 스스로 새를 잡을 수 있을 정도의 매를 잡아 훈련시킨 것이다. 곧 둥지를 떠난 지 일 년이 경과하지 않은 매이다'라고 쓰고 있다. 사전은 '매사냥'에 대해서도 자세히 쓰고 있다. "매사냥은 전국적으로 행해졌지만 그중에서도 함경남도가 단연 으뜸이었고 다음이 평안북도였다. 함남에서는 매사냥으로 북청군과 갑산군이 가장 유명했다. 함경도에서는 보라매를 추매, 초진이를 육두매, 육조를 와추매라고 부른다. 북청군에서는 매부리[매를 맡아 기르고 부리는 사람]를 소하치(수할치의 사투리)라고 불렀다. 또한 함경도에서 매의 포획 시기는 가을 9월 하순부터 10월 말에 이르기까지이며 백두산, 갑산, 풍산 등으로 깊은 산골의 일반 새들이 남쪽 지방으로 이동하는 때이다. 매가 이 새들을 쫓아 날아오기 때문이다. 특히 음력 9월 한로 때가 가장 좋은 시기인데,

이때 추매를 잡는다'고 되어 있다. 이때 추매는 비둘기로 유인해서 그물을 덮쳐 잡았다고 한다.

『속동문선』에 실려 있는 박은의 시 「관렵(觀獵)」에는 '보라매'의 사냥 모습이 생동감 있게 그려져 있다. '관렵'은 '사냥을 구경한다'는 뜻이다.

산 앞에 쫓겨가던 꿩이 한 마리

수풀 한구석에 나락 숨을락

보라매가 몸을 솟궈 일어나

날쌘 날개가 바람과 함께

감돌면서 아껴 치지를 않으니

엎드려 숨어 달아나지 못하네

한 번에 내려쳐 웅켜 잡으니

보는 사람 장한 맘 생기게 하네

—『속동문선』 제3권 「관렵」 부분, 한국고전번역원

서울시 동작구 신대방동에 있는 보라매공원은 면적이 41만3천㎡(약 12만5천 평)에 이르는 대규모의 공원이다. 원래 이곳은 1958년부터 1985년 12월까지 공군사관학교가 자리하고 있었던 곳으로 이 학교가 이전하고 시민들의 휴식공간으로 활용되면서 공군을 기념하기 위하여 이름을 '보라매공원'이라 하였다. 지금도 정문을 들어서면 정방향으로 성무대라는 공군을 상징하는 탑이 있고, 동문 입구에 세워진 충효탑에는 공군을 상징하는 보라매가 앉아 그 위용을 과시하고 있다. 공군사관학교는 본래 경남 진해에 있다가 1958년 12월에 신대방동으로 이전해 1985년 12월 충북 청원 캠퍼스로 이전하기까지 27년간 이곳에 있었다. 공군이 상징물로 '보라매'를 사용한 것은 1952년부터로 알려져 있다.

보라매공원은 서울뿐 아니라 대전에도 있다. 대전시 서구 둔산동에 있는 보라매공원은 서구청 앞에서 대전시청을 지나 탄방역으로 연결되는 대전 도심의 대표 공원이다. 이곳은 과거 공군 기지가 있던 곳으로 역사가 깊다. 공군 대전기지는 일제강점기인 1944년 일본 육군성이 전국에 건설한 비행장 중 한 곳이었다. 6·25 한국전쟁 중에는 작전 기지로 활용되어 무스탕 전투기가 뜨고 내렸다. 1952년에는 공군항공병학교가 창설되고, 공군기술교육단, 기술고등학교, 공군교육사령부가 이곳에 있었다. 1988년 11월 경남 진주로 기지가 이전하고, 공군의 옛 터전임을 알리고자 보라매라는 이름을 공원에 붙이게 되었다고 한다.

서울 관악구 봉천동은 원래 봉천1동에서 11동까지 있었다. 그런데 달동네 이미지가 강하다는 주민들의 여론에 따라 2008년 11개 동 모두를 새로운 이름으로 바꾸고 '봉천동' 지명은 역사 속으로 사라졌다. 그때 봉천1동이 '보라매동'으로 바뀌게 되는데, 동작구 신대방동에 있는 보라매공원이 인접한 곳(일부는 포함)이고 주민들에게 익숙한 명칭이라 '보라매동'으로 선정했다고 한다. 그러자 동작구 주민들이 동작구에 이미 보라매공원, 보라매길, 보라매초등학교 등이 있다면서 '보라매동' 지명을 쓰지 못하도록 소송을 냈지만 서울행정법원은 이를 각하했다. 명칭 변경은 단지 행정동의 명칭 변경으로 이로 인해 동작구민들이 재산권 피해를 입지 않는다는 점 등을 이유로 들었다. 행정동은 행정 운영의 편의에 따라 구획되고 수시로 조정할 수 있는 것으로 그 명칭이 변경되더라도 공법상의 주소(등기부등본, 토지대장, 가족관계등록부 등)에 아무런 변화가 없다. '보라매동'의 법정동 명칭은 변함없이 '봉천동'인 것이다.

한국민속촌이 있는 용인시 기흥구 보라동(甫羅洞)의 명칭 유래는 "보라산리(甫羅山里)에서 유래되었다. 보라산리는 보라산에서 유래된 것으로 보이며 1789년(정조 13)에 간행된 『호구총수』에 기록되어 있다. 마을 앞의 큰 고목에 보라매가 깃들었기 때문에 보라매, 보라미라고 불리던 것을 한자로 표기하여 보라리가 되었다는 이야기도 전한다"(『한국향토문화전자대전』)고 되어 있다. 그러나 보라매와의 연관성은 더 이상 확인할 수가 없어 아쉽다.

쥐 몸에 새 날개 기괴한지고

박쥐굴 · 다람쥐굴 · 발쥐바위

박 쥐는 날 수 있는 유일한 포유류이다. 새끼를 낳아 젖을 먹여 키우면서 또한 새처럼 자유롭게 하늘을 날아다니는 것이다. 그것도 어둠 속에서 말이다. 여러모로 신비한 박쥐에 대해 생물학적 지식이 없었던 옛사람들은 어떻게 생각했을까. 조선 전기의 문신이자 학자인 서거정(1420~1488)은 「편복부」라는 시에서 "펄펄 나는 박쥐야 / 너는 대관절 무엇이냐 / 쥐 몸에 새 날개 / 그 형상 기괴한지고"라고 읊기도 했다. '편복(蝙蝠)'은 박쥐를 뜻하는 한자어이다. 서거정이 묘사한 "쥐 몸에 새 날개"는 당시 사람들의 공통된 인식이었을 것이다. 곧 몸의 생김새는 쥐 같은데 날개가 있어 날아다니니 기괴하다고 본 것이다.

이러한 인식은 박쥐를 부르는 말에도 반영되었다. '박쥐'의 중세국어는 '붉쥐'인데, '눈이 밝다'는 뜻으로 '붉~'이 쓰인 것으로 짐작된다. 박쥐가 초음파를 이용해 비행한다는 사실을 몰랐던 때이니 밤에 잘 날아다니는 것을 눈이 밝은 것으로 이해했을 법하다. 그렇게 보면 박쥐는 '눈이 밝은 쥐'라는 뜻이 된다. 한자어로는 '비서(飛鼠: 날 비, 쥐 서)' 같은 표현도 보이는데, 해석하자면 '날아다니는 쥐'이다. 그런데 박쥐의 방언형에는 '박새'니 '쥐새' 같은 것들도 있어 또한 '새'로 인식했던 것을 볼 수 있다. '박새'는 '눈이 밝은 새'로, '쥐새'는 '쥐같이 생긴 새'로 이해할 수 있다.

제주 서귀포시 색달동에는 'ᄃ람쥐궤'라는 특이한 지명이 있다. '궤'는 작은 굴을 나타내는 제주어이다. 주민들은 보통 '다람쥐굴'이라 부른다고 한다. 이 굴은 해식동굴로 해수면에서 약 35m 정도 위에 위치하는데 입구는 가로 3.5m, 높이 3m이며 굴의 끝부분까지는 약 20m 되는 작은 굴이다. 아주 오래전 탐라 시대에는 사람의 집 자리로도 이용되었고, 후에는 색달동 '좀녀(해녀)'들의 불턱으로 사용되었다고 한다. '불턱'은 '불을 피우는 자리'를 뜻하는 제주어로, 해녀들이 옷을 갈아입거나 물질에서 언 몸을 녹이기 위해 불을 지피던 공간을 뜻한다.

여기에서 눈여겨볼 것은 '다람쥐'라는 말이 '박쥐'를 가리키는 제주 방언이라는 사실이다. 그러니까 '다람쥐궤'는 육지에서 많이 쓰는 말로는 '박쥐굴'이다. 박쥐는 생태상 동굴 천장에 매달려 살고, 박쥐 지명은 박쥐굴같이 '굴'에 많이 붙어 있다. 그런데 제주도에서는 왜 '박쥐'를 '다람쥐'라고 불렀을까. 제주도에는 본래 다람쥐가 살지 않았다고 한다. 다람쥐가 관찰된 것은 1980년대 초반부터라고 한다. 그러니까 박쥐를 가리키는 제주어 다람쥐의 어원은 전혀 다른 데서 찾아야 할 것이다. 육지의 다람쥐는 일반적으로 '닫다(走)'에서 온 말로 보는데, 박쥐를 뜻하는 다람쥐는 어디에서 왔을까. 추측이지만 제주의 다람쥐는 '매달다'는 뜻을 가진 '돌다'에서 왔을 가능성이 있다. 그렇게 본다면 '다람쥐'는 '(천장에) 매달린 쥐'라는 뜻이 된다. 굴 천장에 거꾸로 매달려 사는 박쥐의 생태를 이름으로 나타낸 것이다.

같은 서귀포시 신효동에 있는 오름 월라봉(月羅峰)은 우리말로는 '다라미'로 불렸다. 『한국지명유래집』(전라·제주편)에서는 '월라봉'에 대해 "이는 'ᄃ라미'를 한자로 표기한 것인데, '다라미'는 박쥐를 일컫는 고어이다. 오름의 형세가 박쥐가 날개를 펼친 형상과 같다 하여 이름 붙인 것이다"라고 설명하고 있다. '다라미' 역시 '다람쥐'와 같이 '달다'의 명사형 '달암'을 포함하고 있다. 이와 관련해서 눈여겨볼 것은 '월라봉'을 『탐라지』(정의)에서는 '현라산(懸羅山)'으로 쓰고 있다는 사실이다. '현 (懸)'은 '매달 현' 자로, '달'을 훈음차한 표기로 볼 수 있다. 『제주 방언사 전』에 '다라미'는 '=ᄃᆞ람쥐. 박쥐'로 나와 있다.

국립국어원 자료에 따르면 박쥐의 방언형은 크게 세 종류가 있는데, 그중 '박나비' 계열(박나비·박내비)은 전북 임실에서만 나오고 '다람쥐' 계열(다람쥐·다람지 등)은 제주 일부에서 나오는 것으로 되어 있다. 그리고 전국에 고루 분포하는 것이 '박쥐' 계열인데, '빨쥐·뽈쥐·뿔쥐·뽁 쥐' 등 변이형이 아주 많다. 박쥐 지명은 '박쥐굴'같이 박쥐가 많이 사는 곳이라서 붙여진 지명이 많고, 그 밖에는 지형이나 지세가 '박쥐가 날개를 펼친 형상'이라 이름 붙여진 것이 있다.

경남 의령군 부림면 묵방리 '뽈쥐덤'은 "'덤'은 '큰 바위'나 '벼랑'을 가리키는 옛 지역어이며 '뽈쥐'는 '박쥐'를 가리키므로 '박쥐가 사는 덤[바위]'이라는 뜻이다"라는 설명이다. 평북 운산군 성봉리 '빨쥐바위'는 바위가 박쥐처럼 생겼다고 설명한다. 전남 진도군 조도면 대마도 '뽁지굴' 은 해안가 절벽 밑에 위치하는데 관박쥐가 서식하고 있다 한다. 충주시 수안보면에 있는 '박쥐봉'은 정상 부근의 자연 동굴에 박쥐가 많아 박쥐봉 이라고 불렀다는 이야기가 전하고, 산에 있는 '박쥐바위'에서 이름을 따왔다고도 한다. 강원도 천내군 천내읍 '박쥐산'은 "박쥐가 날개를 편 것처럼 생겼다"고 한다. 함경남도 수동구 '박주산(迫舟山)'은 "박쥐가 특별 히 많아 박쥐산이라 하던 것이 박주산으로 되었다"고 설명한다.

흥부네 제비와 재수 없는 제비 명매기

제비실 · 제비울 · 명매기마을

제비를 본 지가 너무 오래되었다. 요새 제비 본 적이 있어? 묻고 답하며 제비에 대해 궁금해하던 것도 벌써 오래되었다. 이제는 제비의 존재 자체를 잊어버렸다. 제비라는 새가 있었던지도 까마득히 잊고 바쁘다는 핑계로 허우적대며 세상을 살고 있는 것이다. 지금의 어린아이들도 흥부네 제비 이야기는 알아도 실제의 제비나 처마 밑에 제비집을 본 적이 없는 경우가 대부분이다. 이처럼 봄이면 어김없이 강남에서 우리 곁으로 날아오던 제비가 사라져버린 것에 대해 전문가들은 지구 온난화와 우리네 환경오염이나 주거 환경의 변화 등을 이유로 꼽는다. 하지만 그런 이야기조차 희미해서 잘 들리지 않는 것이 현실이다.

새들이 둥지 꾸미는 것을 보면 모두가 한가락 하는 건축가들 같다. 주변 환경과 자신의 생리에 맞게 안전하고 아늑한 보금자리를 만드는 것이다. 그중 제비가 집 짓는 것도 보면 가히 건축가 수준인데, 특히 진흙을 사용하는 것이 남다르다. 제비가 진흙을 사용하는 것은 둥지의 위치(장소)와도 관련이 깊은 것 같다. 제비는 유독 인가의 처마 밑 벽면에 붙여 집을 짓는데, 진흙은 이 벽면에 붙이기에 아주 좋은 재료인 것이다.

그뿐 아니라 둥그렇게 외벽을 만들 때는 지푸라기와 진흙을 침에 섞어 쌓음으로써 집을 튼튼하게 만들기도 한다. 이렇게 해서 완성된 제비집은 둥그런 밥그릇을 반 잘라 벽에 붙여 놓은 모양인데, 튼튼하기도 하거니와 벽에 걸어놓은 복조리 같아 보기에도 좋다.

흥부네 제비가 사람에게 친숙하고 또 복을 가져다준다고 믿는 길조였기 때문인지 지명에도 제비 이름이 더러 쓰였다. 원래 제비 자체는 어떤 지형을 빗대 표현하기에는 적당하지 않지만, 제비집은 풍수지리와 관련지어서 의미가 있다고 본 것이다. 풍수지리에서는 '제비집 형국'을 '연소형(혈)'으로 부르기도 한다. '제비 연(燕)' 자에 '새집 소(巢)' 자를 쓴다. 제비 지명의 경우 유래를 '제비집처럼 생겼다'고 설명하는 경우가 많다. 안동시 도산면 의일리의 자연마을 '제비실'은 의일리에서 으뜸 되는 마을로 지형이 제비집처럼 생겨서 붙여진 이름이라고 한다. 웃제비실(일명 상연곡)과 아랫제비실(일명 하연곡)로 나뉘어져 있다. 제비실에서 '실'은 '골(谷)'의 뜻으로 '제비실'은 '제비골'과 같은 말이다. 제비실을 한자로는 연곡(燕谷: 제비 연, 골 곡)으로 썼다.

포천시 이동면 연곡리는 "지형이 제비집처럼 생겼으므로 제비울 또는 연곡이라 하였다'(『한국지명유래집』)고 한다. 이곳 연곡은 서유구(1764~1845)의 『임원경제지』「상택지」에 전국 233곳 명당 중 하나로 소개되기도 했다. "농암의 남쪽에 있다. 사방이 산으로 둘러싸였는데, 유독 남쪽으로는 트였다. 시내의 경치가 빼어나고 민가도 조밀하다. 무인(武人) 김씨 집안이 대대로 거주하고 있다'라고 되어 있다. 강릉시 구정면 '제비리'는 이름이 특이하다. '제비'를 한자의 음을 빌려 '제비(濟飛)'라고 쓴 것이다. 제비리에 있는 자연마을 '제비골'은 제비가 높이 날아서 연소동에 가서 집을 짓고 둥지를 튼 형상으로 생겨 붙인 이름이라고 한다.

그런데 제비 지명을 제비집 형국이 아니라 어원적으로 유래를 설명하는 곳도 있다. 과천시 지명 유래에서는 옛 갈현리 일대의 마을 '제비울'에 대해 "샛말의 남쪽, 아주 작은 골짜기 안에 자리한 마을이다. 제비가 집을 많이 지어 제비울이었다고 하나 그럴 가능성이 적다. 이 제비울은 좁은 골짜기 마을, 또는 작은 마을의 뜻인 좁이울(접이울)의 변한 이름으로 보인다"라고 쓰고 있다. '제비울'을 어원적으로 '좁다'에서 온 것으로 보는 것이다.

홍부네 제비와 달리 사람들로부터 아주 박대를 받던 제비가 있는데, 이름도 차별해서 '명매기'라 따로 불렀다. 현대에 와서는 '귀제비'라고 많이 부르는데 전통적으로는 '명매기'로 불러왔다. 전래 민요에는 '명매기'로 많이 등장한다. '명매기'는 '맹매기', '명(밍·멩·명)내기', '명마구리', 액(앵)매기, 굴(뚝)제비, 귀(신)제비 등 부르는 이름도 아주 많았다. 옛말은 멱마기였다. 북한에서는 문화어로 '붉은허리제비'라 부르는데, 이 제비의 허리에 붉은 부위가 있어 부른 이름으로 보인다. 보통 제비는 배가 흰색인 데 비해 명매기는 아랫면이 연한 갈색 바탕에 짙은 갈색 세로무늬가 있고 꽁지가 제비보다 조금 길다.

명매기의 특징은 둥지에서도 찾을 수 있는데, 같은 제빗과이면서도 제비의 집과는 영 다르다. 제비의 집은 사발 모양으로 벽의 수직면에 붙여 짓는 데 비해 명매기는 천장에 거꾸로 붙여 짓되 세로로 가른 호리병을 붙여 놓은 모양이다. 제비집이 위가 터져 있는 데 비해 명매기 집은 입구가 터널식으로 되어 있어 새끼가 있는 그 안은 들여다볼 수가 없다. 그래서 '명매기 콧구멍'이라는 말도 생겨난 것 같은데, 입구가 콧구멍처럼 좁은 것을 빗댄 것으로 보인다. 밴댕이 소갈머리같이 속 좁은 사람을 맹매기 콧구멍이라 이르기도 했다. 명매기 집은 크기도 제비집 두 배 정도 되는데, 어쨌든 제비집과는 여러모로 차이가 있다. 예전에 시골집에서는 명매기가 집을 지으면 재수 없다고 지겟작대기로 쑤셔버리기 일쑤였는데 왜 그랬는지에 대해서는 명확히 알려진 바가 없다. 명나라가 망하는 징조를 보인 새라는 뜻으로 명말조(明末鳥), 명망조

(明亡鳥)라고 불렀기 때문이라고도 하고 둥지의 생긴 모양이 무덤을 엎어 놓은 것 같아 액운을 불러온다고 믿었기 때문이라고도 한다. 또 제비집을 빼앗고 이상하게 리모델링(?)해 버리기 때문에 미워하게 되었다고도 한다. 또 하나 제비는 꼭 사람이 사는 집에만 집을 짓는데 명매기는 사람에게 쫓겨서 사람이 살지 않는 재실이나 빈집, 다리 밑 등에 둥지를 만들어 사람과의 친근감이 덜하기 때문이라고도 한다.

신경림 시인의 「명매기 집」이라는 시에는 "누더기라 헌 짐짝 서덜에 풀어놓고 / 산비알에 까맣게 움막을 치니 / 그래도 좋아라 갈갬질치는 내 새끼들아 / 이게 간데없이 명매기 집이로구나"라는 구절이 있다. 이쪽에서도 저쪽에서도 내몰린 사람들이 산비알(산비탈)에 까맣게 친 움막을 '명매기 집'이라 부르고 있다. 주(註)에는 '명매기'를 "여름 한철 개울가 바위 벼랑에 집을 짓고 사는 새. 불길한 새라 하여 사람들이 동네 안에 들어오는 것을 꺼리는데, 그 눈에서 파란빛이 일면 큰 재앙이 온다는 얘기가 있음"이라고 써 놓았다. '서덜'은 냇가나 강가 등의 돌이 많은 곳을 가리키고, '갈갬질'은 아이들이 서로 잡으려고 쫓고, 이리저리 피해 달아나며 뛰노는 장난을 뜻한다.

경남 양산시 물금읍 물금리에 속한 자연마을 남부마을은 본래 숲속의 마을이라 하여 숲리라 하였고 한자를 쓸 때는 섶 신 자 신리라고 불렀다. 그러다 1934년(갑술년) 대홍수로 마을이 유실되어 마을 일부가 증산 산비탈인 현 남부마을로 이주하였다고 한다. 김정한의 소설 「산서동 뒷이야기」(1971)는 이 남부마을을 모델로 했다고 알려져 있다. 그러니까 소설 속 '산서동'은 바로 지금의 '남부마을'인 것이다. 소설 속에는 "그곳 주민들은 그대로 자기들의 요람이라고 〈산서동〉이라 일컫지만 이웃 마을 사람들은 〈벼랑마을〉 혹은 〈명매기마을〉이라고들 얕잡아 부른다. 그것은 그곳에 마을이 들어서기까지만 해도, 명매기 떼가 곧잘 바위틈에 집을 짓고 살던 벼랑 같은 산비탈이었기 때문이다"라고 적혀 있다. 기찻길

옆 벼랑 같은 산비탈에 집을 짓고 이룬 마을이라 이웃 마을 사람들이 '명매기마을'이라고 얕잡아 불렀다는 것이다. 명매기가 부정적인 의미로 쓰인 지명이라 할 수 있을 것이다.

충남 금산군 복수면 지량리와 대전광역시 서구 흑석동 경계에 있는 명막산은 옛날 명매기가 많이 살았던 산이라 명매기산으로 불리다가 변하여 명막산이 되었다 한다(『한국지명유래집』). 황해남도 신천군 이목리의 동북쪽에 있는 골짜기 명막골은 "지난날 명매기(붉은허리제비)가 둥지를 틀었다'(『조선향토대백과』)는 설명이다. 황해남도 재령군 장국리 명맥골은 "지난날 명매기새들이 이 골 안에 깃을 들이곤 하였다. 이 밖에 여러 종류의 새들이 이 골짜기에서 자고 다른 데로 날아간다"라고 설명한다. 황해남도 신천군 월성리 명마골은 "명매기(붉은허리제비)가 바위에 둥지를 틀고 서식하였다"고 한다. '명막골'에서 '명마골'로 음이 바뀐 것을 볼 수 있다. 충남 부여군 은산면 회곡리에 있는 자연마을 명막암은 명매기가 살았던 바위가 있다 하여 생긴 이름이라고 한다(『두산백과사전』).

가평 호명리 호명산은 범울이

범울이 · 범울이골 · 범물리

호랑이 울음소리를 아주 가까이에서 들은 적이 있다. 물론 동물사 안이었다. 어디에 있는지 모습은 보이지 않고 유리 벽을 사이에 두고 들었는데 건물이 진동할 정도로 성량이 압도적이었다. 그때 순간 몸의 반응은 얼어붙는 듯 오금이 저려 걸음을 뗄 수 없었다. 우아 …… 이래서 호랑이구나. 만약 산길을 가다가 이 소리를 마주쳤다면 그냥 그 자리에서 기절해버릴 거라는 생각도 들었다. 호랑이의 모습을 그냥 눈으로 볼 때와는 영 다르게 울음소리는 실감이 생생하고 공포스러웠다.

나중에 안 사실인데 호랑이는 울음소리만으로 상대를 마비시킬 수 있다는 연구 결과도 있다고 한다. 호랑이의 으르렁거리는 소리가 내는 초저주파는 사람의 귀로는 들을 수 없지만 사람이나 동물의 근육을 진동시켜 얼어붙게 만든다는 것이다. 호랑이 울음소리는 사람이 들을 수 있는 주파수 대역인 20Hz~20,000Hz의 소리와 함께 18Hz 이하의 초저주파도 있는데, 호랑이 울음소리를 들으면 몸이 얼어붙는 듯한 느낌을 받는 이유가 바로 이런 초저주파 때문인 것으로 추정된다고 한다. 또한 호랑이의 울음소리가 아주 멀리까지 들리는 것도 이 때문이라고 하는데, 소리는 주파수가 낮을수록 더 멀리 전파된다.

호랑이의 우리말은 '범'이다. 호랑이는 본래 한자에서 비롯된 말로 순우리말은 아니다. '호랑이'의 '호'는 지금도 '범 호(虎)' 자로 새기는 한자이다. '랑'은 '이리 랑(狼)' 자로 본다, 본래 '호랑'은 '범과 이리'를 뜻하는 말로 쓰이다가 굳어지면서 '호랑' 자체가 '범'을 뜻하는 단어로 변화한 것이다. '이'는 접미사이다. 그러니까 '호랑이'는 본래 '호+랑+이'의 구조를 갖는 말로, 오늘날과 같은 '호랑이'라는 말로 쓰이게 된 것은 19세기에 와서라고 한다. 지명에서도 '호랑이'를 가리키는 말은 일찍부터 '범'으로 쓰인 것을 볼 수 있다.

경기도 가평군 청평면 호명리의 우리말 이름은 '범울이'이다. 호명리는 '범 호(虎)' 자에 '울 명(鳴)' 자를 쓰는데 '범울'을 한자로 바꾼 지명인 것을 알 수 있다. 가평문화원 자료에는 "이곳은 지대가 높고 산세가 험하여 예부터 호랑이의 포효하는 소리가 온 산에 울려 퍼졌고, 그 소리가 인근 마을까지 들렸다 하여 '범울이' 또는 호명(虎鳴)리라 부르게 되었다. 수리봉이라고도 불리는 호명산 밑에는 예전에 엽전을 만들었던 곳인 주전터라는 마을이 있다. 바위의 형상이 호랑이가 동네를 향하여 입을 딱 벌리고 있는 것 같다는 아갈 바윗골도 있으며, 호랑이굴이라는 곳도 있다"고 되어 있다. 『디지털가평문화대전』에는 "호명리 범울이마을은 지역의 지세가 높고 험하여 호랑이가 오르내리며 울었다 하여 '범울이'라고 불렸다고 전해진다"라고 되어 있다.

실제 이 마을은 화전으로 개척된 마을로 마을 전체가 깊은 계곡에 위치하고 있다. 따라서 범의 출현 가능성이 아주 높은데, 이때 범의 출현을 우선 울음소리로 알아챘을 것 같다. 그리고 그것이 잦다 보면 자연히 지명으로도 불렸을 것은 분명하다. '호명리'의 경우 '호명산' '호명굴', '아갈바위골', '범울이계곡' 등 관련 지명이 여럿인데 어느 것이 먼저인지는 알 수 없다. 마을 이름 '범울이'가 대표 격이다. 영조 때의 지리지

『여지도서』에는 남면에 호명리가 군에서 남쪽 40리 거리에 있는 것으로 나온다. 『1872년지방지도』의 가평현 지도에는 호명현이 기록되어 있고, 『조선지지자료』에는 호명산이 남면 호명리에 있다고 되어 있다.

『한국지명유래집』에서는 '호명굴'에 대해 "지세가 높고 험해 호랑이 소리가 온 산에 울려 퍼진다고 해서 유래된 이름이다. 호명산(虎鳴山, 632m)에 있으며 호랑이가 이곳에서 새끼를 쳤다고 전해진다. 또한, 큰 걸음을 걷는 '대호(大虎)'와 강아지만 한 크기의 '갈가지'라는 두 종류의 호랑이가 살았는데 일제강점기에 강원도 춘천 남면에 사는 유재득 씨가 수리봉 쪽에서 대호를 쏘아 잡았다 하여 '호랑이굴'이라고 전한다"고 적고 있다. 포수 이름과 대호를 쏘아 잡았다는 사실 등이 '범울이' 지명의 사실성을 높여주고 있다. '갈가지'는 사전에 '개호주' 곧 '범의 새끼'를 이르는 방언으로 나와 있다.

강릉시 옥계면 남양2리에 있는 마을 '범울이'는 한자로는 호명동(虎鳴洞)이라 한다. 자병산 밑에 있는 마을로 남양골에서 제일 안쪽에 있는 골이다. 『향토문화전자대전』에는 "마을 이름은 옛날에 범울이에 호랑이가 자주 나타나 피해를 많이 입혔으며, 범울이에 용맹한 호랑이가 수풀 속에서 뛰어나오는 형상인 맹호출림형이 있어 생긴 이름이다"라고 되어 있다. 충남 서천군 판교면 마대리에는 자연마을 중에 '범울'이 있다. "범울은 범이 자주 나타났던 마을이라 범울이라고 불린다. 마을 지형이 범을 닮았다고도 한다"(『두산백과사전』)는 설명이다.

여수시 호명동은 '범우리'로 썼다. '범울이'가 연음된 표기이다. 『향토문화전자대전』에 "호명동은 '범우리'라고 하던 우리말을 훈차한 마을 이름으로, '범이 울던 곳'이나 '범 골짜기'의 뜻을 가지고 있는 땅이름"이라고 되어 있다. 조선 시대 순천부 지역으로 1789년의 『호구총수』에는 삼일면의 '호명'으로 기록되어 있다. 경북 예천군 호명면 본포리는 "마을이 골짜기에 자리 잡고 있으며 범우리골이 있다. 자연마을 호명은 뒷산에

숲이 우거지고, 호랑이가 많이 살아서 범이 우는 골이라는 뜻으로 붙여진 이름이다. 고려 원종 때 임장군이 범을 잘 다스려서 이곳을 지날 때면 범들이 반갑다고 울부짖었다고 한다'(『두산백과사전』)고 되어 있다.『여지도서』에는 호명리면으로 나오고, 호명원이 있었는데 지금은 폐했다는 것으로 보아 '호명'이 아주 오래전부터 있어 온 지명이라는 것을 알 수 있다.

대구시 수성구의 남쪽에 위치한 범물동(凡勿洞)은 이름이 특이하다. '범울'을 한자화한 지명 같은데 유래설은 두 가지가 전해온다.『한국지명유래집』에는 "하나는 범이 많았다는 것에서 유래하였다. 다른 하나는 용지봉에서 내려다본 계곡 형태가 '범(凡)' 자 모양인 데서 유래했다고 한다. 일설에는 범물동 뒷산에서 범이 많이 울었다고 하여 '범울이'··'범물리'로 불렀다고도 한다"라고 되어 있다.

자라는 아내가 뒷집 남생이와 눈이 맞을까 봐 걱정

자라골 · 자라섬 · 남새이골

판소리 〈수궁가〉에는 병든 용왕이 수궁의 만조백관을 모아 토끼의 간을 구해올 신하를 찾는 대목이 있다. 그때 신하들이 몸을 사리며 서로 육지로 나갈 수 없는 이유를 아뢰는데, 그 말에는 각각의 특성이 잘 드러난다. 승상 거북은 복판이 '대모'라 인간들이 잡아다가 장식품이나 공예품을 만들어 쓰기 때문에 보내서는 안 된다고 한다. 대모(玳瑁)는 바다거북을 가리키는 말이면서 동시에 대모의 등과 배를 싸고 있는 껍데기를 뜻한다. 거북의 가장 큰 특징이 단단한 껍데기에 있고 이것이 장식품이나 공예품의 재료로 쓰였음을 알 수 있다. 또한 별주부(자라)가 자신이 가겠다고 나섰을 때 용왕이 일차 만류하면서 하는 말 "니가 세상을 나가면 인간의 진미가 된다는디 너를 보내고 내 어찌 안심할소냐"에서는 '자라'가 주로 식용으로 그것도 '진미'로 꼽혔음을 알 수 있다. '별주부'에서 '주부'는 조선 시대에 각 아문의 문서와 부적을 주관하던 종6품 벼슬을 뜻하고, '별(鼈)'은 자라를 가리키는 한자이다.

별주부가 토끼의 화상(그림)을 받아 목덜미에 집어넣고 집에 돌아와 모친과 마누라를 작별하는 대목에서는 또 다른 거북 종류가 등장한다. '남생이'가 그것인데, 잠깐 언급되는 정도이지만 자라가 마음으로 몹시 경계하는 대상이다. 아내는 몸 성히 다녀오라 인사하는데 별주부는 아내가 뒷집 남생이와 눈이 맞을까 봐 걱정하는 것이다. 이는 아주 그럴듯한 설정으로 자라와 남생이가 경쟁적인 관계에 있음을 암시하는 것이다. 경쟁적이라고 해서 생태적으로 두 개체가 다툰다는 의미가 아니라 민물에 사는 거북이 종류로서 두 개체가 비슷한 위치에 있다는 의미다.

우리나라에는 거북 종류로 바다거북과의 바다거북, 장수거북과의 장수거북, 남생잇과의 남생이, 자랏과의 자라 등 4종이 알려져 있다. 앞의 2종은 바다에 사는 대형 종이고 뒤의 2종은 민물에 사는 소형 종이다. 옛 문헌에 따르면 거북 또는 남생이는 '귀(龜)'라 하고, 자라는 따로 '별(鼈)'이라 하였다. 남생이는 바다거북과 비슷하지만 작으며, 등은 진한 갈색의 딱지로 되어 있다. 이에 비해 자라는 등딱지의 중앙선 부분만 단단하고, 다른 부분은 부드러운 피부로 덮여 있으며 주둥이가 뾰족하여 크게 차이가 난다.

남생이는 논, 하천, 호수, 저수지, 연못 등과 같은 민물에 서식하며 물과 땅을 오간다. 먹이는 잡식성으로 물고기, 갑각류, 수생생물 등이다. 과거 우리 조상들이 거북[龜]이라 불렀던 동물로 전국에서 흔히 볼 수 있었고, 민화나 놀이에도 많이 등장했다. 서식지 파괴와 남획으로 개체 수가 급격히 감소하여 현재는 천연기념물(제453호)로 지정되어 있고, 멸종위기 야생생물 II급으로 지정되어 보호되고 있다. 강원도 원산시 용천리 '남생이궁개'는 '남새궁개'라고도 하는데 남생이가 많이 서식하였다고 한다(『조선향토대백과』). '궁개'는 물이 고여 있는 개울을 뜻한다. 황해남도 배천군 봉량노동자구 '남새이골'은 골짜기 이름인데 "골 안에 남생이가 서식하고 있다"는 설명이다. 충남 서천군 서천읍 화성리에 있는 자연마을 '남생이'는 지형이 남생이 형국이라 하여 붙여졌다고 한다.

'남생이'는 발음이 변해 '남성'으로도 실현되었다. 대전시의 중구 정생동에 있는 '남성바위'는 바위 모양이 남생이처럼 생겼다고 하여 남생바위라고 하던 것이 변하여 남성바위가 되었다고 한다. 옛날에는 마을 앞을 흐르는 정생천이 이 바위를 끼고 흘렀다고 하는데, 이 바위에서 낚시를 하면 남생이가 많이 잡혔다고 한다. 마을 사람들은 이 바위에다 동네의 안녕과 평안을 기원하는 동신제를 지냈었다고 전한다. 거북을 신성시했던 우리네 전통과 관련 있는 것도 같다.

평안남도 성천군 용흥리 '자래골'은 "지난날 비류강에서 실개천을 따라 자라가 올라왔다 한다. 자라골이라고도 한다"(『조선향토대백과』)는 설명이다. 평양시 강동군 문흥리 소재지의 동쪽 대산동에 있는 골짜기 '자래골'은 "엎드린 자라처럼 생겼다. 자라골이라고도 한다"고 되어 있다. '자라'의 옛 형태는 '쟈라', '쟈래'이다. 황해북도 장풍군 장좌리의 동쪽에 있는 마을 '자라울'은 동리 어귀에 자라 모양의 바위가 있어 붙여진 이름인데 한자로는 별암동이라 했다. '자라 별' 자에 '바위 암' 자를 쓴 것으로 보인다.

전북 순창군 동계면 관전리에 있는 산 '자라봉'은 "산의 모습이 자라 형국을 닮은 데서 유래하며, 일명 별산, 별봉, 자라산으로 불린다"(『한국향토문화전자대전』)고 한다. 황해남도 청단군 화양리의 서북쪽 '자라메' 아래에 있는 '자라메마을'은 한자 표기로 오산동(鰲山洞)이라고도 했다. '오' 자 역시 '자라 오' 자이다. '자라바위'는 아산시 도고면 와산리 '자라실'에 있는 큰 바위 이름이다. 자라바위가 있어서 마을 이름도 '자라실'이라 부른다.

'자라섬'은 경기도 가평군 가평읍 달전리에 있는 북한강의 섬이다. 캠핑장이 있고, '자라섬국제재즈페스티벌'이 개최되는 등 관광지로 유명하다. 이 섬은 옛날부터 있던 섬이 아니라 1943년 발전 전용 댐인 청평댐이

자라섬

완공되면서 생긴 섬이다. 해방 이후 중국인들이 농사를 지었다는 데서
'중국섬'으로 불리다가 1986년 "자라목이라 부르는 늪산을 바라보고
있는 섬이니 자라섬으로 부르자"는 안이 가평군 지명위원회에서 채택되
어 '자라섬'으로 불리게 되었다고 한다(가평군 홈페이지). '자라목'은
자라의 목처럼 낮은 언덕을 이루고 있었기 때문에 불린 이름이다.

누에의 머리 모양으로 쑥 솟은 산꼭대기

누에머리 · 뉘머리 · 잠두봉

누에치기에는 누에올리기라는 과정이 있다. 누에올리기는 누에가 고치를 틀도록 섶에 올리는 것이다. '섶'은 무언가가 타고 올라가도록 만든 것으로, 덩굴지거나 줄기가 가냘픈 식물이 의지해 자라도록 옆에 꽂아주는 막대기를 보통 '섶'이라 한다. 누에섶은 누에가 올라가 고치를 치도록 싸리나무나 솔가지, 쑥대나 볏짚 등으로 만들어 주었다. 뽕 먹기를 그만두고 고치를 틀게 된 누에를 익은 누에[숙잠]라고 하였다. 보통 누에가 넉 잠을 자고 난 다음 일주일쯤 뽕을 먹이면 누에는 고치를 틀 수 있게 익는다. 다 익은 누에는 뽕을 주어도 먹지 않으며 몸이 투명해지는데 이때 누에는 높은 곳으로 오르려고 머리를 휘저으며 잠박[누에채반] 밖으로 기어 나온다. 이렇게 다 익은 누에를 섶에 붙여주거나 누에가 오르기 쉽도록 해주는 일을 누에올리기라고 하는 것이다. 그러면 누에들은 기어 올라가 알맞은 자리를 잡고 고치를 틀게 된다.

누에가 섶에 오를 때에는 고치 모양의 송편(고치떡이라고 한다)을 빚어 놓고 누에를 향하여 '고드레돌처럼 딱딱하게 잘 지어주십시오'라고 축원했다고 한다(『한국민족문화대백과』). 또 누에가 섶에 올라가면 일단 힘든 고비를 넘긴 것으로 여겨 떡을 해 먹으며 산에 가서 벚나무 열매를 따기도 한다. 사람이 나무에 오르듯이 누에도 부지런히 섶에 오르기를 바라기 때문이다. 옛사람들에게 누에치기에 있어서 무엇보다 중요한 것은 고치 생산이었다. 좋은 고치가 나와야 질이 좋고 많은 양의 실을 얻을 수 있고 그것으로 값비싼 비단을 짤 수 있었다.

고치는 누에고치라고도 부르는데 "누에가 번데기로 변할 때 실을 토하여 제 몸을 둘러싸서 만든 둥글고 길쭉한 모양의 집"을 뜻한다. 이것이 바로 명주실을 뽑아내는 원료가 되고, 이 명주실로 비단을 짰던 것이다. 실은 입으로 뿜어내는데 머리를 8자 또는 S자 모양을 그리면서 고치를 만든다. 한 마리의 누에가 토해내는 실의 길이는 1~1.5km 정도이며 고치 짓기를 시작해서 이틀쯤 지나면 고치가 거의 완성된다. 이때쯤 고치를 잘라 보면 누에의 몸이 많이 줄어 있는데 약 40% 정도가 비단실로 채워져 있던 몸이 고치를 만드느라 실을 토해냈기 때문이다. 이렇게 해서 줄어든 누에가 고치 속에서 번데기로 탈바꿈하는 것이다.

고치를 틀기 시작한 지 1주일 정도 되면 누에는 번데기로 완전 탈바꿈하고 다시 1주일 정도 되면 번데기가 나방이 된다. 이때가 되면 침으로 고치를 녹여 구멍을 만들고 밖으로 나오는데 비로소 제대로 된 누에나방 혹은 누에나비가 된다. 생물학적으로 누에는 나비목 누에나방과의 곤충으로 분류하지만 누에나비라고 많이 불렀다. 그러나 누에나비는 보통 나비처럼 날지 못한다. 인간에 의해 길들여지면서 날개 기능이 퇴화해버린 것이다. 고치를 빠져나온 암수 누에나방은 곧 짝짓기를 하게 되고, 짝짓기를 마친 암컷들은 꼬리 끝으로 알 낳을 곳을 찾으면서 한 알씩 한 알씩 조심스럽게 약 500개의 알을 낳는다. 알을 낳고 난 나방들은 아무것도 먹지 않고 며칠 정도 더 살다가 죽는다. 누에나방은 입 또한 퇴화해서 먹이를 먹을 수 없다고 한다. 어쨌든 이렇게 해서 짧게는 50일 길게는 60일에 걸친 누에의 일생이 끝나게 된다. 물론 그것도 극히 일부의 선택된 누에만이 누리는 호강(?)이고 대부분의 누에는 나비가 되기 전 고치 상태로 수확하여 물에 삶아 실을 뽑는 데 이용된다. 그때 남은 번데기가 간식거리로 식용되는 바로 그 번데기이다.

처음 알에서 부화되어 나왔을 때 누에의 크기는 약 3mm, 털이 많고 검은 빛깔을 띤다. 이때의 누에를 '개미누에', '털누에', '애누에'라고 부르는데, 이후 네 번의 잠을 자고 허물을 벗어 다섯 살(5령)이 되면 급속하게 자라 8~9cm 정도가 된다. 이때가 가장 몸집이 큰 시기이며 유충 기간의 마지막 단계로, 일생 동안 먹는 뽕잎의 80%를 먹고 몸무게도 처음의 만 배에 이른다고 한다. 우리에게 인상적인 제대로 된 누에의 모습을 보이는 것도 바로 이때이다. 길고 통통한 잿빛 몸통에 유난히 큰 머리.

누에 지명은 일차적으로 이러한 누에의 머리 형상에 빗댄 것이 많다. '누에머리'는 『표준국어대사전』에도 실려 있는데, "산봉우리의 한쪽이 누에의 머리 모양으로 쑥 솟은 산꼭대기"라 되어 있고, 비슷한 말로 '잠두(蠶頭)'를 들고 있다. '잠두'는 '누에머리'의 한자 말로 '잠'은 누에 잠 자이고 '두'는 머리 두 자이다. '누에머리'는 기다란 산줄기의 한끝이 우뚝 솟은 봉우리에 흔히 붙여졌는데 멀리서 보면 누에의 모습을 연상할 수 있는 경우가 많다. 작자 미상의 고시조에 "南山(남산) 누에머리 긋헤 밤中(중)만치 凶(흉)이 우는 뎌 부헝이 / 長安百万家戸(장안백만가호)에 뉘집을 向(향)하여 부헝부헝 우노 ……"라는 것이 있다. 여기서 '남산 누에머리 끝에'는 서울 남산 잠두봉을 가리키는데 남산의 서쪽 봉우리로 지금의 팔각정 자리로 짐작된다.

『서울지명사전』에는 '잠두'가 "바위로 된 봉우리가 누에의 머리 모양인 데서 유래된 이름으로, 누에머리라고도 하였다"라고 쓰여 있다. 순조 때 편찬된 『한경지략』에서는 "목멱산은 (…) 흔히 일컬어 남산이라 하는데 마치 달리는 말이 안장을 벗은 형상이고 산마루에는 봉수대가 마련되어 있다. 남산의 서쪽 봉우리 중에 바위가 깎아지른 듯한 곳을 누에머리, 곧 잠두라고 한다. 여기에서 내려다보는 조망이 더욱 좋다'고 쓰고 있다. 『도성도』(대동전도, 1861년)에는 봉수대 바로 밑의 작은 봉우리에 잠두라 표기했다.

'누에머리'는 서울 송파구 오금동에도 있었다. 『서울지명사전』에는 "송파구 방이동·오금동에 걸쳐 있던 마을로서, 마을 뒤에 있는 산의 모양이 마치 누에머리와 같아 마을 이름이 유래되었다. 눈머리, 한자명으로 잠두라고도 불렀다"고 소개되어 있다. 현재는 '누에머리공원'에 이름이 남아 있다. 또한 도봉구 도봉동 상마답 옆에 있던 골짜기 이름에도 '누에머리'가 있는데, 모양이 누에머리 같다고 하여 유래된 이름이라고 한다. 마포구 합정동 한강 변에 돌출한 봉우리는 '잠두봉'이라 불렸는데, 와우산에서 구불구불 이어진 능선이 한강 변에 이르러서 불룩하게 솟아올라 마치 머리를 치든 누에를 닮았다고 해서 잠두봉이라 불렸다고 한다.

'누에머리끝산'은 충북 청주시 흥덕구 분평동에 있는 산 이름이다. 『디지털청주문화대전』에는 "산의 모양이 누에의 머리처럼 생겨서 붙여진 이름이다. 누에머리를 줄여서 '눼머리'라고도 한다. 누에머리의 한자 지명이 잠두이고 잠두에 봉을 붙여 '잠두봉[101m]'이라고 한다'라고 되어 있다. 여기에서는 누에와 관련된 청주 지역의 지명으로 청원군 가덕면 병암리 잠두골, 강내면 탑현리 잠두, 오창면 성산리 누에봉 등도 소개하면서 풍수적인 설명을 덧붙이고 있다. "풍수상으로 잠두 형은 앞에 뽕나무 또는 뽕나무 숲이 있으면 길하다고 한다. 누에는 뽕잎이 있으면 다른 것에 기운을 쓰지 않고 뽕잎만을 먹는 데 전념한다. 따라서 그 기운이 성해서 발복도 결정적이라는 것이다. 그리하여 잠두 형국의 마을에서는 마을 앞에 뽕나무 숲을 조성하여 좋은 거처를 만들기도 한다"고 쓰고 있다.

우렁이각시의 집 울엉이

우렁이산 · 우렁골 · 우렁바위

가난한 노총각이 밭에서 일을 하다가 "이 농사를 지어 누구랑 먹고살지?" 하자, 어디선가 "나랑 먹고살지!" 하는 소리가 들려왔다. 총각이 소리가 나는 곳을 찾아가 보니, 우렁이 하나가 나왔다. 그래서 우렁이를 집에 가져와 물독 속에 넣어 두었는데, 그 뒤부터는 매일 들에 갔다 오면 밥상이 차려져 있었다. 이상하게 생각한 총각이 하루는 숨어서 살펴보았더니, 우렁이 속에서 예쁜 처녀가 나와서 밥을 지어 놓고는 도로 들어갔다. 농사꾼 노총각에게는 참으로 꿈같은 광경이었다. 그래서 아직은 때가 아니니 기다리라는 처녀를 억지로 붙잡아 주저앉혔는데 결말은 금기를 어긴 탓에 좋지 않았다. 아름다운 색시는 고을 원님의 눈에 띄어 잡혀가게 되었다. 노총각은 애태우다가 죽어서 파랑새가 되고 우렁이각시도 죽어 참빗이 되었다는 옛날이야기.

일종의 변신담인데, 우렁이가 예쁜 처녀로 변한다는 이야기는 자못 신기한 바가 있어 어린아이들의 귀를 솔깃하게 만들기도 했다. '우렁이각시 이야기'는 비슷한 이야기가 중국 문헌에도 실려 있는 것으로 보아 우리의 토착적인 설화(민담)는 아닌 것 같다. 그러나 우리 풍토나 정서에

맞게 재창조하여 전국적으로 유포된 아주 인기 있는 이야기 중의 하나가
되었다. '우렁이각시'는 이야기하는 사람에 따라 '고동색시', '조개색시',
'달팽이미인' 등으로 불리기도 했는데 한자로는 '나중미부(螺中美婦)'라
쓰기도 했다. '螺'는 '소라 라' 자로 우렁이, 다슬기, 소라고둥 등을 두루
가리키던 한자이다. '나중미부'는 '우렁(소라) 속의 아름다운 여인'이라는
뜻이다.

   조선 후기 실학자 서유구(1764~1845)는 『전어지』에서 '전라'를 '울엉
이'라 하고, "모양이 달팽이와 비슷하며, 그 껍데기는 나사 모양을 이루고,
그 색깔은 청황색이고, 논·호수·개천에서 산다'라고 쓴 바 있다. '전라(田
螺)'는 '논우렁'을 한자로 쓴 것이다. 논우렁은 수심이 있고 펄이 있는
물웅덩이나 저수지 주변, 논에 서식한다. 민물의 플랑크톤이나 논의 피
같은 물풀, 짚신벌레 같은 작은 생물들을 먹이로 삼고 스스로는 백로
같은 물새들의 먹이가 되기도 한다. 사람들도 주로 식용으로 이용했는데
농촌에서는 귀한 단백질 공급원이었다. 근래에는 친환경 농법에 이용되거
나 양식을 통해 소득원으로 이용되기도 하며 여러 가지 요리 재료로
응용된다. 우렁 된장이 대표적이며 논우렁 찌개, 논우렁 찜, 논우렁 회무침
등도 있다. 민간에서는 약용으로 이용하기도 했는데 『동의보감』에서는
"여름·가을에 잡아서 우선 쌀뜨물에 담가 진흙을 제거한 다음 달여서
먹는다"면서 여러 가지 효능을 밝히고 있다.

   '우렁이' 지명은 지형이 우렁이같이 생겼거나 그 지역에 우렁이가
많아서 붙여진 이름인 경우가 많다. 김제시 죽산면 대창리와 죽산리에
걸쳐 있는 명량산(鳴良山)은 죽산면 평야 지대에 유일하게 있는 산으로
마치 누에가 길게 누워 있는 형상이라서 '누에산'으로도 불리고 우렁이를
닮아서 '우렁이산'으로도 불린다고 한다. '명량'은 이두식 표기로 보이는
데, 우리말로 읽으면 '울엉'으로 읽을 수 있다. '울'은 훈음차로 '울 명(鳴)'
자를 쓰고, '엉'은 음을 빌려 '량(良)' 자를 쓴 것으로 볼 수 있다.

천안시 동남구청 지명 유래에 따르면 청룡동에 있는 '우렁산'은 거재마을 남쪽에 있는 야산으로 "산의 생김새가 우렁이 목을 길게 빼고 기는 모습과 같다고 하여 우렁산"이라 불렀다 한다. 또한 '우렁소(沼)'도 있는데, "우렁산에 있는 웅덩이다. 야산의 중간 부분에 있는데 이 웅덩이에 우렁이 많이 살아서 우렁소라고 한다"는 설명이다. 어느 것이 먼저인지는 불분명하다. 청주시 상당구 용암1동 이정골마을 '우렁봉'은 "산봉우리가 우렁이처럼 둥글게 생겨서 붙여진 이름"이라고 한다.

천안시 서북구 입장면 호당리에 있는 '우렁골'은 "우렁 속같이 매우 깊이 들어가 있는 골"이라서 불리는 이름이라고 한다. 우리네 속담에도 '우렁이 속 같다'는 말이 있는데, 속으로 파고들면서 굽이굽이 돌아서 헤아리기 어렵다는 뜻과 마음씨가 의뭉스럽다는 뜻이다. 충남 예산군 대흥면 대륜리 '우렁골'은 "윗바미 북쪽에 있는 골짜기로 모양이 우렁과 같다 하여 붙여졌다"는 설명이다. 익산시 함열읍 석매리 두라마을에 있는 '샘골'은 "들샘이 있어 물이 잘 나고 그 샘의 모양이 우렁이와 같다 하여 우렁샘골이라고도 불린다"고 한다. 경기도 연천군 군남면 진상리의 '우렁논'은 '우렁배미'라고도 불렀는데, "오구미 앞에 있는 우렁이가 많은 논"이라는 설명이다.

강원도 횡성군 횡성읍 갈풍리에 있는 자연마을 '우렁바우'는 마을에 우렁이처럼 생긴 바위가 있어서 붙여진 이름이다. '우렁바위' 지명은 대개 바위 모양이 우렁이를 닮았다고 얘기한다. 이에 반해 서울의 계남근린공원에 있는 '우렁바위'는 바위가 울어서 우렁바위가 되었다고 한다. 『한국향토문화전자대전』에 따르면 '우렁바위'는 서울시 구로구 고척2동과 양천구 신정3동 사이의 계남근린공원에 있는 커다란 바위 무더기를 이르는 말인데, "바위 무더기 사이로 바람이 지나가면 울음소리가 나는 것처럼 들려 '우렁바위', 또는 '명암(鳴巖)'이라 하였다"고 한다. 한자 지명 '명암'은 '울 명' 자에 '바위 암' 자를 쓰고 있어 이러한 사실을 뒷받침하고 있다.

제2부

식물 지명 1—나무

푸르고 물기가 많은 청실배

신배골 · 돌배골 · 배나무실

지금은 사라지고 없는 재래종 배 중에 청실배라는 것이 있다. 한자로는 푸를 청(靑), 열매 실(實), 배나무 리(梨) 자를 써서 '청실리'라고 썼고 줄여서 '청리'라고도 썼다. 여기서 말하는 푸른빛은 하늘의 푸른빛(청색)이 아니라 초목의 그 초록빛이다. 국어사전에서는 "열매는 푸르지만 저장 중에 노란색을 띤 녹색으로 바뀐다"라고 설명하고 있다. 청실배는 '청술레'라고도 불렀는데 국어사전에는 "배의 하나. 일찍 익으며 빛이 푸르고 물기가 많다. 늑청리, 청실리"라고 설명되어 있다. 이와 관련해서는 '황술레'라는 말도 나오는데 "누렇고 크며 맛이 좋다. 늑황리"라는 설명이다. 요즘 보는 배의 색깔이다.

청실배는 색깔도 시원하지만 맛도 달콤하면서 물기가 많고 시원해서 일찍부터 사람들의 입맛을 사로잡았던 것으로 보인다. 조선 성종 때의 문신이자 학자였던 성현(1439~1504)은 「청리(靑梨)」(『허백당집』)라는 시에서 청실배의 맛을 "꿀 같은 맑은 단물은 치아에 흐르고 / 미음 같은 진액은 목구멍을 적셔 주네"라고 묘사했다. 달고 물 많은 배의 과즙이 입 안에 그대로 느껴지는 것 같다.

이 청실배는 조선 후기의 고전소설 『춘향전』(완판본)에도 등장하는데 잘 차려진 주안상의 과일 안주로 나타난다. 이도령과 춘향이가 첫날밤을 치를 때 장모 월매가 향단이를 시켜 차려 내온 산해진미 주안상에 '청슬레'라는 이름으로 올라 있는 것이다. 주안상은 가리찜(쇠갈비찜), 제육찜, 숭어찜, 메추리탕, 전복, 염통산적, 양볶이와 생치 다리는 물론이고 과일 중에 생률·숙률(날 밤과 찐 밤) 잣송이며 호도, 대추, 석류, 유자, 준시(꼬챙이에 꿰지 않고 말린 감), 앵두와 함께 청슬레가 놓이게 된다. '칫수 있게 괴었다'는 것으로 보아 한두 개가 아니라 여러 개를 쌓아 올린 것으로 보인다. 어쨌든 청실배가 잔칫상이나 제사상에 오르던 대접 받던 과일임에는 틀림없어 보인다.

일제강점기인 1935년에 발표된 백석의 「정주성」이라는 시에서 청실배는 '청배'라는 이름으로 나타나는데, 시인은 청실배의 색채에 특히 주목했던 것으로 보인다. 이 시의 마지막 연 "날이 밝으면 또 메기수염의 늙은이가 / 청배를 팔러 올 것이다"에서 토종 배인 '청배'는 앞부분의 '파란 혼'이나 '한울빛'에 조응하면서 푸른색 이미지를 부각시키고 있다. 이는 '빈 원두막', '문허진 성터', '어두운 골짜기' 등 어둠의 이미지와 대응하면서 우리 민족의 신성성이나 희망을 암시하고 있다고 볼 수 있다.

「정주성」보다 몇 년 후에 발표된 백석의 시 「안동(安東)」에는 '청실배'와는 또 다른 토종 배인 '취앙네'도 등장하고 있어 눈길을 끈다. 여기서 안동은 지금의 단둥(단동)으로 신의주와 압록강을 사이에 두고 마주한 국경 도시이다. 이 시는 백석이 만주로 가기 직전인 1939년 11월에 평안도 지방을 여행하며 쓴, '서행시초' 제목하에 발표한 일련의 시 중의 하나인데 여기에서 '취앙네'는 고향 의식을 반영한 것으로 보인다. 원문에는 '취향리(梨)'로 나온다. "이왕이면 香(향)내 노픈 취향梨(리) 돌배 움퍽움퍽 씹으며 머리채 츠렁츠렁 발굽을 차는 꾸냥과 가즈런히 雙馬車(쌍마차) 몰아가고 시펏다." '취향리'를 향내가 뛰어난 배로 그려내고 있는데 '움퍽움퍽'이라는 말에서는 풍부한 물기도 느껴진다. '취앙네'는 '청실배'와는 달리 햇빛을 받는 부분이 부사 사과처럼 붉게 익는 배이다. 지름 4~5cm로 작지만 향기가 좋아 향기에 취한다 하여 취향리라 했다고도 한다.

청실배나 취향네는 모두 산돌배나무의 변종들이다. 이 밖에도 함흥배, 남해배, 황실배, 문배, 참배 등 재래종 배로 이름을 날리던 배들도 대개는 야생의 산돌배나무를 인가 주변에 옮겨 심으면서 개량된 배로 볼 수 있다. 본래 배의 고향은 북쪽의 추운 지방으로 옛날 배의 명산지는 봉산, 함흥, 안변, 금화, 평양, 의주 등 대부분 북한 지방이었다. 배와 관련된 땅이름으로는 배나무골이 많고 이를 한자로 바꾼 이목동 지명이 있다. 그러나 개중에는 야생의 돌배나무를 그대로 땅이름으로 삼은 곳도 볼 수 있다.

우리가 산에서 만나는 작은 배가 달린 나무는 대체로 돌배나무가 아니면 산돌배나무다. 식물학적으로 열매에 돌세포가 더 발달해 있고, 다갈색을 띠면 돌배이고, 열매에 꽃받침이 떨어지지 않고 남아 있고 색이 노란 편이면 산돌배로 구분한다고 하는데 일반적으로는 둘을 구분하지 않고 그냥 돌배(나무)로 흔히 불러왔던 것 같다. 한자도 '산리(山梨)' 또는 '야리(野梨)' 한 가지로 표기했다. 둘 모두 열매의 크기가 지름 3~4cm로 아주 작고 단단한 데다 맛 또한 시고 떫어서, 단단한 것을 앞세워서는 '돌배'라 부르고 신맛을 앞세워서는 '신배'라 불렀다.

경기도 광주시 초월읍 '산이리'는 한자로는 실 산(酸) 자에 배 이(梨) 자를 쓴다. 위산, 초산이라고 할 때의 그 '산' 자를 쓰고 있다. 그러니까 '산이'는 '신배'를 한자의 훈으로 표기한 이름이다. 산이리는 평지보다 고도가 높은 곳에 위치해 있는데, 신맛이 나는 배가 나는 마을이라 '산이리' 라 했다 한다. 우리말 이름은 '신배골', '신뱃골'이다. 이 '신배골'은 '쓴배 골'로도 불렸는데, 그냥 이름만 들었을 때는 도무지 무슨 뜻인지 짐작할 수 없을 정도이다.

충북 영동군 영동읍 '산이리'는 영조 때 지리지인 『여지도서』에 서이면 산이동리(酸梨洞里)가 관문으로부터 10리 거리에 있는 것으로 나와 꽤 오래된 동네인 것을 알 수 있다. 영동문화원 홈페이지에는 "신 배(梨)가 많이 생산되어 신뱃골, 산리동이라 했던 것이 변하여 심복골이라 했다. 1914년 행정구역 폐합에 따라 서이면 점촌리 일부를 병합하여 산이리라고 해서 영동읍에 편입되었다"라고 되어 있다. 행정리명은 '산이리'지만 자연마을로는 '심복골(평리말)'이다. '심복골' 역시 이름만 들었을 때는 그 뜻을 짐작하기 어려울 정도로 음이 변한 것을 볼 수 있다. 이는 강원도 홍천군 화촌면 장평리 '신뱃골'도 마찬가지인데, 돌배나무가 많아 신뱃골로 부르다가 '신복골', '심복골'로 음이 바뀌었다. 한자로는 산리동(酸梨洞)이라 썼다.

『조선향토대백과』에 따르면 강원도 안변군 문수리 '신배골'은 '심배골'로도 불린 것을 볼 수 있다. "골 안에 신배나무가 많이 자라고 있어 신배골"이라고 했다 한다. 강원도 세포군 대문리 '신배골'은 '흰배골'이라고도 했다. "지난날 돌배나무가 있었다. 돌배골 또는 신배골이라고도 한다"는 설명이다. 강원도 판교군 용흥리 '신배골'은 "신배나무가 많이 자라고 있다. 신배나무골이라고도 한다"고 해서, '나무' 자까지 넣어서 이름 부르기도 했다. '돌배나무골' 지명도 많은데 강원도 천내군 동흥리 '돌배나무골'은 골짜기에 돌배나무가 많이 자라고 있어 그렇게 이름 붙여졌다고 한다.

그런데 유래는 돌배나무가 많이 있었다고 하면서도 돌배나 신배를 빼고 그냥 '배나뭇골'이나 '배나무실'로 부른 곳도 많다. 사천시 정동면 감곡리 '배나뭇골'은 "옛날부터 이곳에 돌배나무가 많이 있었다는 데서 유래된 지명"이라는 설명이다. 강원도 정선군 북평면 장열리 '뱃골'은 "장열리 강 건너 쪽 구 꽃베루에 있는 골인데 돌배나무가 여러 그루 있다 해서" 불린 이름이라고 한다. 한자로는 이곡(梨谷)이라 썼다. 경북

청도군 이서면 가금리 자연마을 '배나무실' 역시 돌배나무가 많아 지어진
이름으로 한자 지명은 이실(梨室)이다.

물이 파랗게 변하는 물푸레나무

물푸레울 · 물푸레골 · 물푸르젱이골

물푸레나무는 이름을 잘 새겨보면 어원을 쉽게 알 수 있다. '물'은 흐르는 '물(水)'이고, '푸레'는 '푸르게'로 새기면 '물을 푸르게 하는 나무'라는 뜻이 된다. 실제로 이 나뭇가지의 껍질을 벗겨 물에 담그면 한참 지나 물색이 가을 하늘처럼 파랗게 변하는 것을 볼 수 있다. 그렇게 물이 파랗게 된다 해서 한자로는 수청목(水靑木)이라 하고 청피목(靑皮木)이라고도 했다. 물푸레나무는 높이도 30m까지 자라는 키가 큰 나무(교목)로 우리나라 산속의 크고 작은 계곡 어느 곳에서나 아름드리로 자라며, 가을에 노란 단풍이 든다. 우리 주변에 노거수가 드문 것은 다방면으로 쓸모가 아주 많은 나무라 적당히 자라는 대로 마구 베어 썼기 때문이라고 한다.

물푸레나무는 재질이 굳으면서도 탄력이 있어 목재로서뿐만 아니라 각종 농기구에도 많이 사용됐다. 가장 흔히 보는 것이 연장 자루였는데, 도낏자루, 괭이자루, 맷돌 손잡이뿐 아니라 도리깨의 회초리도 이 나무의 가지로 만들어 썼다. 눈 많은 강원도에서는 이 나뭇가지로 설피를 만들었는데, 물푸레나무 가지를 꺾어서 껍질을 벗기고 다듬은 다음 뜨거운 물에 넣고 휘어서 타원형을 만들었다. 오늘날에는 물푸레나무의 재목으로

스키를 만들기도 하고, 야구 방망이를 만들기도 하는데 아주 좋다고 한다. 또 옛날 서당의 훈장은 물푸레나무 회초리로 아이들의 종아리를 때렸고, 관가에서는 죄인을 심문할 때 물푸레나무 몽둥이를 사용하기도 했다.

일찍이 『고려사』에는 이와 관련한 기록이 있어 눈에 띈다. 우왕 때 권신인 이인임·임견미·염흥방 등은 못된 종들을 풀어놓아 사람들이 좋은 땅을 가지고 있으면 모두 물푸레나무[수청목]로 때리고 장을 쳐서 빼앗았다. 땅 주인들은 비록 관가의 문권을 가지고 있어도 감히 항변하지 못하였다. 당시 사람들이 이를 가리켜 '수청목공문'이라 불렀다. 물푸레나무는 나뭇결이 부드럽고 질겨서 태장(笞杖)에 알맞았다는 기록도 있다. 태장은 태형과 장형을 합한 말인데 모두 죄인의 볼기를 몽둥이로 치던 형벌을 뜻한다.

그뿐 아니라 물푸레나무는 그 껍질 달인 물로 먹을 갈아 글씨를 쓰면 천년을 지나도 색이 바래지 않는다고 한다. 줄기 껍질에는 형광을 내는 성분이 있어 나무껍질을 담근 물로 먹을 갈면 푸른 기가 도는 먹물이 된다고 한다. 물푸레나무를 태운 재는 염료로도 귀하게 썼는데, 옛날 산사의 수도승들은 물푸레나무 태운 재를 물에 풀어 옷을 염색했다. 물푸레나무 잿물로 들인 옷은 파르스름한 잿빛인데다 잘 바래지 않아서 승려복으로서는 최상품이었다고 한다. 또한 물푸레나무의 껍질은 약재로서도 오랜 역사를 지녔는데 특히 소염에 효과가 있었다고 한다.

용인시 기흥구 구성동의 관할하에 있는 청덕동은 1914년 행정구역 통폐합 때 수청동(水淸洞)의 '청'과 덕수동(德水洞)의 '덕' 자를 합해 만들어진 이름이다. 바로 이 '수청동'이 '물푸레' 지명이어서 눈길을 끈다. 『한국지명유래집』에 "수청은 '물푸른'의 한자 표기인데 마을 뒤 법화산 물푸레 울에서 발원하는 물이 유난히 맑고 푸른 데서 기원한 것으로 물푸레의 변음으로 보인다"라고 되어 있다.

그러나 발원지가 되는 '물푸레울'의 수량이 그리 많지 않고, 또 골짜기의
물이 맑은 것이 이곳만의 특징으로 보기 어렵다는 점에서, 물이 맑고
푸르러서 '물푸레(수청)'라 했다는 것은 신빙성이 적다. '물푸레울'의
'울'은 '골(谷)'을 뜻하는 말이다. 다른 지역의 '물푸레골'을 보면 물푸레나
무가 많이 자라서 이름이 붙여진 경우가 많다. 또한 '수청'이라는 말도
'물푸레나무(수청목)'에서 비롯된 관용적인 표현으로 볼 수 있다는 점에
서 용인 수청동은 물이 맑고 푸르러서가 아니라 '물푸레울(골)'에 물푸레
나무가 많이 자라서 이름 붙여졌다고 보는 것이 적절할 것 같다.

　　경기도 양평군 단월면 산음리(山陰里, 그늘 음)는 산음천이 남북으로
흐르며 산세가 험준한 가운데 협곡이 있다. 화전민의 생활 모습이 아직도
남아 있는 오지인데, 이름도 용문산 북동쪽의 응달이 된다 하여 산음리라
하였다고 한다. 자연마을 이름 중에 '무푸레골'이 있는데 한자로는 '수청
(水淸, 맑을 청)'이라 썼다. 유래와 관련해서는 "고목(古木) 수풀 속에 특히
물푸레나무가 많았고 물이 맑다는 데서 유래한 지명"(『두산백과사전』)이
라고 한다. 물이 맑았다 해서 '맑을 청' 자를 써서 '수청'이라 썼다지만,
우리말 이름 '무푸레골'로 보아서는 물푸레나무가 많아서 붙여진 이름으
로 볼 수 있다.

　　강원도 평창군 미탄면 수청리(水靑里)는 마을 대부분의 지형이 비교적
완만한 구릉성 지대로 이루어져 있으며, 동부는 산지로 조성되어 있다.
수청리는 본래 '물푸레'로 불렸는데, 물푸레나무가 많다 하여 붙여진
지명이라고 한다. 강원도 철원군 반석리의 소재지 마을 '물푸레골'은
"물푸레나무가 많이 자라고 있다. 수청동이라고도 한다"(『조선향토대백
과』)는 설명이다. 평안남도 영원군 옥천동의 마을 '물푸레동'은 '무푸래
동'이라고도 불렀는데, 물푸레나무가 많이 자라고 있다고 한다.

　　강원도 영월군 백덕산 중무치 줄기가 뻗어 내려 평창군 입탄리의
경계에 위치한 고개 '물푸레재'는 이 고개를 넘으면 평창 새목으로 갈

수 있다. "서쪽으로 실개천과 함께 예전에 농기구와 생활 용구를 만들던 물푸레나무가 우거진 둔덕이 있었으므로 '물푸레재'라 불렀다"(『한국지명유래집』)고 한다. 더불어 "산촌인 영월에 물푸레재·피나무골·재피골·싸리나무골 등의 지명이 많은 이유도 이러한 나무가 화전민들의 각종 생활용품으로 많이 이용되었기 때문이다"라는 설명도 덧붙이고 있다.

경북 고령군 대가야읍 내상리에 있는 자연마을 '물푸르젱이골'은 '물푸레' 지명 중에서도 아주 특이한 이름에 속한다. 내상리는 미숭산 기슭에 자리한 산촌으로 고개가 발달하였는데 '물푸르젱이골'은 물푸레나무 정자가 있었다 하여 불리게 된 이름이라고 한다(『두산백과사전』). 물푸레나무가 정자나무로까지 성장한 것은 아주 드문데, '동수'같이 마을 사람들이 특별히 보호하고 섬긴 때문으로 짐작된다.

화성 전곡리 물푸레나무는 오랜 기간 마을 주민들의 신앙적 대상(동제, 기우제 등)이 되어 온 나무로 수령이 350여 년이나 된다고 한다. 나무의 높이는 20m, 가슴 높이의 줄기 둘레는 4.68m이다. 수관(樹冠, 나무 몸통의 윗부분) 폭은 동서 방향이 17.5m, 남북 방향이 14.5m이다. 나이가 오래된 노거수이지만 수세가 좋아서 수관도 크게 잘 발달해 있다. 천연기념물 제470호로 지정되어 있다.

이팝나무는 쌀밥 조팝나무는 조밥

이팝나무길 · 조팝꽃피는마을

화창한 봄날 새로 방문한 낯선 거리에서 눈부시게 하얀 꽃구름을 머리에 이고 있는 가로수를 보고, 그것도 양쪽으로 줄지어 꽃 터널을 이룬 가로수를 보고 '어, 이게 무슨 나무지? 예전에는 못 보던 나문데 ……" 하는 생각을 가져 본 사람이 많을 것 같다. 요즘 절기로 말해 어버이날 무렵이라면 꽃이 만발하는 적기를 마주친 셈이다. 사실 꽃이 아니라면 그냥 평범한 가로수로 지나칠 수도 있는 것이지만 만개한 하얀 꽃나무의 눈부신 자태를 마주하고 보면 경탄과 함께 무슨 나무인지 꼭 알고 싶은 욕심이 날 법하다.

답은 이팝나무이다. 도시에서 낳고 자란 사람들이라면 혹시 새로 도입된 외래 수종이 아닐까 생각할지도 모르겠지만 이팝나무는 엄연한 우리 향토 수종이다. 전통적으로 가로수 하면 플라타너스(양버즘나무)나 은행나무를 먼저 떠올리게 된다. 이 나무들은 수량적으로 가장 많기도 하다. 그 뒤를 이어서는 느티나무나 벗나무가 많았는데 근래에는 새롭게 이팝나무가 대세를 이루고 있다고 한다. 경쟁자인 벗나무가 꽃은 예쁘지만 병충해에 약하고 꽃잎이 너무 많이 떨어져 관리가 힘든 데 비해 이팝나무는 공해와 병충해에 강하고 그늘 폭도 넓어 가로수로서 안성맞춤이라고 한다. 그리고 무엇보다 시민들의 정서에 부합한다고 하는데, 이는 이팝나무가 향토 수종이고 하얀 꽃이 아름답기 때문이라는 것이다.

이팝나무는 이름 또한 우리의 전통적인 정서에 깊이 닿아 있다. 시골에서는 '이팝나무'를 '쌀나무'라고도 불렀는데, 어원적으로는 '이팝'을 '이밥'에서 온 말로 보는 것이 일반적이다. '이밥'은 '쌀밥', '흰밥'과 같은 말로 옛말은 '니밥'이다. 이팝나무꽃을 자세히 살펴보면 가느다랗게 네 갈래로 나누어지는데 꽃잎 하나하나가 하얀 쌀밥(쌀알)을 떠올리게 한다 하여 '이밥나무'라 부르다가 '이팝나무'가 되었다고 한다. 또는 꽃으로 가득 덮인 모양이 꼭 이밥(쌀밥)을 얹어 놓은 것 같다거나 쌀밥을 고봉으로 담아 놓은 것 같다 하여 이팝나무가 되었다고도 한다. 어쨌든 나무에 핀 흰 꽃에서 쌀밥을 연상한 것은 공통적이다. 이팝나무꽃이 피는 5월은 불과 한 세대 전만 해도 모두가 배가 고팠던 보릿고개 시기로, 그 시절 배고픈 사람들의 눈에 하얗게 핀 이팝나무꽃이 쌀밥처럼 보여 '이팝나무', '쌀나무'라 불린 것으로 짐작된다.

또한 이팝나무는 '입하목'으로도 부르는데, 꽃이 피는 시기가 24절기 중 입하(立夏) 무렵이기 때문에 '입하나무'라 부르다가 '이팝나무'로 변했다는 설도 있다. 입하는 이때부터 여름이 시작된다는 절기로 양력으로는 5월 5일경이다. 우리 조상들은 마을 어귀에 이팝나무를 심어 놓고 이팝나무의 꽃이 풍성하게 피는 해는 풍년이 온다고 믿었고 빈약하게 피면 흉년이 온다고 믿었다. 말하자면 이팝나무를 '기상목'으로 삼은 것인데 이에는 과학적인 근거가 충분하다고 한다. 이팝나무는 물을 좋아하는 식물로 비의 양이 적당하면 꽃이 활짝 피고, 부족하면 잘 피지 못한다. 그것은 이 시기의 농사에도 직결되는 것으로 적당한 비가 내리고 날씨가 순조로워야 풍년을 기대할 수 있었던 것이다.

오래된 이팝나무 가운데 가장 먼저 천연기념물로 지정된 것은 제36호인 전남 순천 평중리 이팝나무다. 일제강점기 때부터 천연기념물로 보호했던 나무로 그때의 자료에 따르면 평중리 이팝나무는 500살로 전하는데, 1962년에 천연기념물로 지정하면서 400살로 조정했다. 앞으로 펼쳐진 논과 뒤로 마을을 거느리고 있는 이 나무는 키 18m, 둘레 4.6m쯤 되는 나무로 규모도 클 뿐 아니라 전체적인 수형이 주변 농촌 풍경과 어우러져 아주 아름다운 탓에 우리나라의 대표적인 이팝나무로 꼽히기도 한다. 이팝나무 노거수는 모두 8곳이 천연기념물로 지정되어 있는데 그만큼 이팝나무가 우리 생활과 밀접한 관련을 맺어 왔음을 반증한다. 김해시 한림면 신천리 이팝나무는 천연기념물 제185호로 높이 30m에 수령이 650년으로 현존하는 국내 이팝나무 중에서 가장 오래된 것으로 추정한다.

대구광역시 달성군 옥포읍 교항리 다리목 마을에서 100m 정도 떨어진 구릉지에 있는 '교항리 이팝나무 숲'은 1991년 희귀 식물 자생지 보호림(제8-3호)으로 지정하여 관리하고 있다. 대표 수종은 수령 200~300년 되는 45그루의 이팝나무이고 굴참나무, 팽나무 등 5종의 노거수 40그루가 혼재되어 군락을 이룬다. 여기에다 1990년대에 심은 수백 그루의 이팝나무가 함께 어우러져 5월 초순과 중순에 걸쳐 꽃이 피는 때에는 흰색의 이팝나무 꽃망울이 일대를 온통 뒤덮어 멀리서 바라보면 마치 흰 구름이 떠가는 듯 보인다고 한다.

지금도 관광 명소가 되어 있지만 예전에도 꽃이 피면 마을 여인들은 숲에 들어와 봄놀이를 즐기고, 남자들은 모판을 만든 후 농악 놀이를 하며 하루를 쉬었다고 한다. 지금도 해마다 5월이면 이팝나무 아래에서 경로잔치가 열린다. 또한 정월 대보름이나 칠월 칠석에는 마을 주민들이 모여 당산제를 지낸다고 한다. 이 나무는 새로 만든 도로명 주소에 그 이름을 올리고 있다. 대구광역시 달성군 옥포읍 '이팝나무길'이 그것이다. '이팝나무길'은 도로명이면서 우리말 땅이름 중 아름다운 이름으로 꼽힐 만하다.

교항리 이팝나무 숲

　조팝나무는 이름만으로는 이팝나무와 헷갈리기 쉽다. 똑같이 '팝'이라
는 말이 들어가 있는 탓인데, 조팝나무의 '팝'도 '밥'에서 변한 말로
보인다. 그러나 조팝나무는 '쌀밥'이 아니라 '조밥'이다. 좁쌀로 지은
밥이다. 조팝나무의 옛말이 '조밥나모'이어서 어원적으로는 분명해 보인
다. 조팝나무나 이팝나무나 모두 꽃에서 '밥'을 연상한 것이 공통적인데,
선조들의 배고팠던 정서를 엿보는 것 같아 가슴이 아리다.

　조팝나무는 4~5월경 하얀 꽃을 풍성하게 피우는 점에서는 이팝나무와
같지만 가장 큰 차이는 크기에 있다. 이팝나무가 높이 20m까지 자라는
키가 큰 나무인 데 비해 조팝나무는 높이가 1.5~2m의 키 작은 나무여서
쉽게 구별할 수 있다. 조팝나무는 우리나라 전역의 산과 들에서 흔히
자라는 나무로, 흰색의 작은 꽃이 다닥다닥 핀 가지들은 한 발 떨어져
바라보면 흡사 흰 눈이 소복하게 쌓인 듯도 하다. 봄에 시골길을 가다
보면 산기슭은 물론 밭둑에도 무더기로 피어 있고, 낮은 담장이나 울타리
를 따라 심기도 했다. 예전에 농부들은 봄에 조팝나무가 하얗게 피기
시작하면 본격적인 농사를 시작하곤 했다고 한다.

　조선 후기의 한글 소설인 『별주부전』에도 조팝나무가 나오는데, 자라

가 토끼의 간을 구하기 위해 육지에 올라와 처음 봄 경치를 구경하는 대목이다. "소상강 기러기는 가노라고 하직하고, 강남서 나오는 제비는 왔노라고 현신하고, 조팝나무 비쭉새[종다리의 방언] 울고, 함박꽃에 뒤웅벌이오, 방울새 떨렁, 물떼새 찍격, 접동새 접동, 뻐국새 벅, 까마귀 골각, 비둘기 국국 슬피 우니 근들 아니 경(景)일소냐"라고 해서 봄의 여러 새와 나무와 꽃을 열거하고 있는데 그중 '조팝나무'도 한 자리 차지하고 있는 것을 볼 수 있다. 그만큼 우리 주변에 흔했고 봄을 대표하는 나무로 꼽힌 것이다.

조팝이라는 이름은 하얀 꽃잎에 노란 꽃술이 박힌 것이 좁쌀로 지은 밥과 같다고 해서 붙여졌다고 한다. 꽃의 수술머리가 조처럼 작고 노랗고 둥글게 생겼다. 조팝나무는 대개 큰 무리를 이루지만, 작은 꽃송이를 하나하나 살펴보면 다섯 장의 흰 꽃잎과 노란 꽃술을 볼 수 있다. 조팝나무 뿌리는 약재로도 요긴하게 쓰였는데, 『동의보감』에는 "여러 가지 학질을 낫게 하고 가래침을 잘 뱉게 하며 열이 오르내리는 것을 낫게 한다"고 기록되어 있다. 1890년대 독일 바이엘사가 만든 유명한 해열 진통제 '아스피린'도 이 조팝나무 추출물을 정제해 만들었다고 한다.

'조팝꽃피는마을'은 충남 금산군 제원면 길곡리에 있는 농촌체험마을 이름이다. 금산군 홈페이지에는 "천연기념물 322호 반디불, 324-2호 수리부엉이, 324-6호 소쩍새, 327호 원앙새, 보호종 도롱뇽이 있는 물 맑고 공기 좋은 농촌체험마을"로 소개되어 있다. 영동 천태산에 이르는 산지 지역에 있어 주변 경관이 아름답고 산림 자원도 풍부한 마을로 주로 콩과 인삼을 농사지어 왔다고 한다. 시골 마을의 정취가 그대로 살아 있는 곳인데, 마을 이름은 봄이 되면 마을 주변에 하얗게 피어나는 조팝나무꽃의 풍경이 아름다운 것에서 유래했다고 한다. 현대식 지명이지만 꽃나무를 마을 이름으로 삼은 것이 특색 있고 인상적이다.

헤이즐넛은 서양 개암나무 열매

깨금벌 · 갬벌 · 개암나무골

견과류 헤이즐넛(hazelnut)은 알아도 '개암'을 모르는 사람이 많다. 서양 헤이즐넛의 우리 재래종 이름이 바로 '개암'이다. 영어가 들어오기 전부터 오랫동안 불러온 우리 고유의 이름이다. 헤이즐넛 커피가 인기를 끌기도 했는데 이때의 '헤이즐넛'은 진짜가 아니라 '바닐라향'처럼 인공적으로 만든 화학적 향기라고 한다. 국어사전에 '개암'은 "개암나무의 열매. 모양은 도토리 비슷하며 껍데기는 노르스름하고 속살은 젖빛이며 맛은 밤 맛과 비슷하나 더 고소하다'라고 되어 있다. 이 개암은 전래동화 「도깨비방망이 이야기」에도 나오는데, 효자 나무꾼이 도깨비들이 몰려와 방망이를 두드려 술과 음식을 한 상 가득 차려놓고 놀 때 배가 고파 개암을 깨물었더니 도깨비들이 그 소리에 놀라 정신없이 도망쳐버리고, 나무꾼은 그 방망이를 가지고 와 큰 부자가 되었다는 이야기. 과장된 이야기겠지만 개암 깨무는 소리가 그만큼 크고 요란했다는 의미가 내포되어 있다.

우리에겐 아주 친숙했던 견과류인 '개암'은 도깨비를 쫓는다 하여 정월 보름날 깨무는 부럼 중의 하나였고, 북부지방에서는 결혼 초야의 신방에 개암 기름불을 켜서 귀신과 도깨비를 얼씬 못 하게 했다고도 한다. 실록에도 '개암(榛子(진자), 개암나무 진)'은 제물로도 쓰이고 여러 지역 공물 목록에도 올라 있는 것을 볼 수 있다. 또한 '개암 크기만 한 진주'라든지 '우박의 크기가 개암알만 했다'든지 해서 일정한 크기를 표현하는 비유물로 개암이 쓰인 것을 보면 우리에게 아주 친숙한 열매였던 것을 알 수 있다. 그러다가 언젠가부터 우리 주변에서 슬그머니 사라졌던 '개암'이 물론 수입산이지만 '헤이즐넛'이란 이름으로 되살아 온 것이다.

이효석의 단편소설 「산」(1936년)은 '깨금' 얘기로 시작한다. '깨금'은 '개암'의 방언형이다. "나무하던 손을 쉬고 중실은 발밑의 깨금나무 포기를 들췄다. 지천으로 떨어지는 깨금알이 손안에 오르르 들었다. 익을 대로 익은 제철의 열매가 어금니 사이에서 오도독 두 쪽으로 갈라졌다." 그리고 바로 이어서 가을 하늘을 묘사하는 데 있어서도 '깨금'이 등장하는데 아주 감각적이다. "돌을 집어 던지면 깨금알같이 오도독 깨어질 듯한 맑은 하늘, 물고기 등같이 푸르다"에서 거울같이 맑은 가을 하늘을 '깨금알같이 오도독 깨어질 듯'한 것으로 표현하고 있다.

이 작품에서 주인공 중실은 김 영감네 집에서 머슴을 살다 칠 년 만에 맨손으로 쫓겨나 산에 들어왔다. 산은 늘 나무하러 가던 친한 곳이었고 사람을 배반할 것 같지는 않았기 때문에 빈 지게 하나 걸머지고 산으로 들어온 것이다. 그는 인적 없는 산속에서 자연과의 교감을 통해 비로소 행복을 느끼고, 자연 속에서 자급자족하는 생활에 아주 만족해한다. 그는 나뭇짐을 해다 장에 팔고 감자와 좁쌀과 소금을 사 오기도 하지만 산에서 많은 것들을 얻어서 먹고 나뭇잎을 덮고 잠을 잔다. 그가 산에서 얻어먹은 것으로는 '깨금알'을 비롯해 '으름', '아그배', '산사' 같은 나무 열매가 있고 벌집에서 들어낸 '개꿀'이 있고 산불에 그을려 죽은 노루고기가 있다.

개암나무는 키가 1~2m 정도로 그리 크지 않다. 소나무처럼 큰키나무가 아닌 진달래처럼 작은키나무인 것이다. 이문구는 중편소설 「장이리 개암나무」(1997년)에서 개암나무를 "자라고 싶은 대로 자란대도 키가 사람을 넘보지 못하는 겸손한 나무다. 그리고 밑동도 그루라고 하는 것보다 포기라고 하는 것이 걸맞을 정도로 어느 것이 줄기이고 어느 것이 가지인지 뚜렷하지 않게 떨기 져서 덤불처럼 자란다"고 쓰고 있다. 그래서 풋나무 땔감으로도 쉽게 베어지던 것이 개암나무다. 그런 점에서 개암나무는 나무로서는 별 볼 일 없고 존재 가치가 희미한 나무이지만 가을이면 인간에게 지천으로 식량을 내주는 더없이 큰 나무인 것이다.

『한국지명유래집』에 남양주시 진접읍 진벌리는 "1914년 행정구역 개편 때 진벌리와 중리, 그리고 검단리 일부를 병합하여 진벌리라 하고 진접면에 편제되었다. 개암나무가 많은 벌판이므로 갬벌 또는 진벌이라 하였다"라고 되어 있다. 『남양주시 전래지명』에는 "가얌나무(개암나무)가 많아서 '가얌벌', '갬벌' 등으로 불리다가 '진벌'이 되었다고 한다. 이러한 이름 유래에 따른다면, 이 마을은 '가얌나무가 많은 마을'이라는 의미를 갖게 된다'라고 되어 있다. '가얌'이나 '갬'은 모두 '개암'의 방언형이다. 한자 '진벌'은 개암나무 진(榛) 자에 칠 벌(伐) 자를 썼다. '진'은 훈차 표기한 것이고, '벌'은 뜻과는 상관없이 음차 표기한 것이다. 진접읍의 '진'도 개암나무 진 자를 쓰는데, 이는 진벌면의 '진'과 접동면의 '접'을 합성한 지명이다.

제천시 금성면 진리는 "마을에 개암나무가 많았으므로 '개암나무 진(榛)' 자를 써서 진리 또는 갱골이라 하였다. 갱골은 개음골이 갬골로 발음이 바뀌어 굳어진 이름이다. 진리는 진동리라고도 부른다'(『디지털제천문화대전』)고 한다. '개음골'이 '갬골', '갱골'로 바뀐 것을 볼 수 있다. 가평문화원의 지명유래에 하색리 '갱골'은 "'갱골'이란 '개암나무 골'이라고도 하며 한문으로는 개암나무 진(榛) 자를 써서 '진동'이라고도 한다. 갱골은 내서면 하삼의곡의 본 고장으로서 구한말에는 44호의 민가가 있었다"라고 되어 있다.

충북 옥천군 이원면 건진리는 1914년 행정구역 통폐합 때 건천리의 '건' 자와 진평(榛坪)의 '진' 자가 합성된 지명이다. 이 중 '진평'은 '개금벌'의 한자 표기로 '개암(깨금)나무가 많은 들'이란 뜻이다. 마을을 개척할 당시 들에 개암나무가 많았기 때문에 '깨금벌'→'개금벌'로 불리다 한자화되어 진평이라고 했다는 것이다. '개암'의 방언형은 아주 많은데 '개금(깨금)'은 전국적인 분포를 보이는 방언형이다. 경기도 연천군 군남면 옥계리 '개암밭골'은 옛날에 개암나무가 많았다 하여 붙여진 이름인데 한자로는 밭 전 자를 붙여 진전리(榛田里)라 썼다.

『조선향토대백과』에 따르면 평안북도 의주군 운천리 '개암둔덕'은 '갬두둘기'라고도 하는데, "천마통로 옆에 있는 작은 언덕. 개암나무가 많이 자라고 있다"는 설명이다. 평양시 승호구역 금옥리 '개암등' 역시 "돌은터마을 뒤에 있는 낮은 등성이. 개암나무가 많이 자라고 있다"는 설명이다. 황해북도 판문군 월정리의 남쪽에 있는 마을 '개암다리마을'은 "개암나무숲 옆에 다리가 있었다. 진교동이라고도 한다"라고 설명하고 있다.

산사나무는 아가위나무 찔광이나무

아가위나무골 · 아가나무말 · 찔광이골

아가위나무는 산사나무로 더 많이 알려져 있는 것 같다. 아가위나무는 우리나라 웬만한 산의 골짜기나 기슭, 밭둑, 집 둘레에서 널리 자라는 나무다. 외형은 키가 3~6m까지 자라며, 5~6월 사이에 흰색 또는 담홍색의 꽃이 무리 지어 핀다. 나무껍질은 회색이고 가지에 '가시'가 있다. 열매는 둥글며 9~10월에 붉게 익는데, 흰색 반점이 있다. 아가위나무는 장미과 식물 종류가 모두 그런 것처럼 곤충들에게 중요한 밀원이 된다. 또 어른 엄지손가락 크기의 열매는 야생 조류나 포유류에게 훌륭한 양식이 된다. 사람도 그 열매를 약용, 식용하면서 아주 친숙하게 여겼던 나무이다. 열매를 '아가위'라 부르고 한자어로는 '산사자(山楂子)'라 했는데 둥글면서 작은 사과 모양이고 맛도 사과 맛이다.

중국에서는 꿀이나 설탕에 절인 산사나무 열매를 후식으로 먹는데, 이를 '탕후루(糖胡蘆, 당호호)'라고 한다. 특히 고기를 먹고 난 다음 많이 먹는다. 또한 열매로 산사주를 담그고, 차로 마시기도 한다. 산사나무 열매는 예로부터 민간과 한방에서 다양한 용도로 이용됐다. 특히 소화와 혈액순환에 효능이 있다고 하는데, 이는 최근 과학적 연구에서도 밝혀지고 있다. 백석의 시 「여우난 골」에는 "돌배 먹고 아픈 배를 아이들은 떫배 먹고 나았다고 하였다"라는 구절이 있다. 여기서 '돌배'는 작은 야생 배를 가리키고, '떫배'는 아가위를 가리킨다. 그러니까 덜 익은 돌배를 많이 따 먹고 배가 아플 때 민간 처방으로 떫배 곧 아가위를 먹고 나았다는 얘기다. '떫배'는 흔히 '찔배'로 불렀는데 '찔배나무'는 '아가위나무', '산사나무'의 다른 이름이다.

19세기 『물명고』에는 우리말 '아가외'로 기록되어 있다. 더 이전 『훈몽자회』(1527년)에도 '아가외'로 나온다. 중국의 한자 '棠(당)'을 '아가외당'으로 읽었다. 어원적으로는 이 '아가외'가 '아가배'에서 온 말로 보고 '아기처럼 작은 배'를 뜻한 것으로 보기도 한다. '아가위'의 방언형에는 '아가배'(경상, 충청)가 있기도 하다. 우리나라에서는 초기에 아가위나무를 배나무의 한 종류로 인식했던 것으로 보인다. 열매의 모양이나 붉은색이 사과를 닮았는데도 '배' 이름을 붙인 것이다. 『한의학대사전』에서는 '산사나무'를 '아가위나무', '아그배나무', '찔구배나무', '찔배나무', '찔광이나무' 등으로 부르고 있다.

예전에 서울 마포구 신수동에는 '아가나무말'이라는 마을이 있었다. 『서울지명사전』에는 "아가위나무가 많았던 데서 마을 이름이 유래되었다. 아기나뭇골·아기나무골·아기나무라고도 하였다"라고 되어 있다. '아가', '아기' 등의 말이 '아가위'의 어원과 관련되는 듯하다. 경기도 양주시 남면 경신리의 자연마을 '아가위나무골'은 '아기낭굴'로도 불렸다. '낭'은 '낡(나무)'의 변형으로 보인다. 파주시 월롱면 능산1리에는 '아가뫼'가 있었다. 『파주시지』의 지명유래를 보면 "옛부터 마을 뒷산에 아가위나무가 무성하여 이곳을 아가뫼라 불렀고 그 나무의 빨간 열매(山査)는 소화 약제로도 쓰이며 약간의 신맛도 있어 어린이 등이 즐겨 먹는다"라고 소개되어 있다. 평북 정주시 용포동에는 '아가위산'이 있는데, "아가위나무(산사나무)가 유달리 많이 자라고 있다"(『조선향토대백과』)고 한다.

중국에서 원래 '당(棠)'은 배나무의 일종인 당리(棠梨) 즉 두리(杜梨, 콩배)를 가리킨다고 한다. 당리는 현재 우리나라에서는 자작잎배나무로 등록된 나무이다. 그런데 우리는 『훈몽자회』 이후 '아가위나무'를 '당'으로 알고 써 왔다. 수원시 당수동은 "옛날 이 지역에 아가위나무, 곧 당수(棠樹)가 많았기 때문에 당수라 불리던 것을 그대로 이어받은 것이다"라는 설명이다. 보령시 청라면 내현리는 '안골' 서쪽에 자리한 마을을 '당안'이라고 불렀다 한다. 보령시 홈페이지 '마을 유래'에는 "옛날 고려 때에 희귀한 나무인 아가위나무가 있어 마을에서는 이 나무를 당나무라 부르고 제를 지내기도 했었다. 그래서 잡귀의 침범 없이 무사히 지냈다 하는데 당 안에 있는 마을이라 '당안'이라 불렀다 한다"고 되어 있다. 우리나라의 서북지방이나 중국에서는 아가위나무의 '가시'가 귀신을 쫓는다는 의미로 집의 울타리로 많이 심었다고 하는데 그와 관련된 풍습이었던 것으로 보인다.

이런 풍습은 서양도 비슷한데, 그리스도의 가시관이 산사나무로 만들어져 관을 씌웠을 때 떨어진 그리스도의 피가 산사나무를 붉게 물들였다는 전설이 있다. 고대 로마에서는 산사나무 가지가 마귀를 쫓아낸다고 생각하여 아기 요람에 얹어두었다고 한다. 이 밖에도 유럽 사람들에게 산사나무는 많은 전설을 가진 민속나무로 알려져 있다. 영국에서는 5월이 되면 태양숭배를 상징하는 축제를 열고 하루 종일 야외에서 춤을 추면서 보낸다고 하는데, 이때쯤 활짝 피는 산사나무꽃은 5월의 상징이었다. 산사나무를 메이트리(May tree), 산사나무의 꽃을 메이플라워(May flower)라고 불렀다. 1620년 유럽의 청교도들이 미국 신대륙으로 건너가면서 타고 간 배의 이름이 '메이플라워호'였는데, 이 이름에는 '희망'의 의미와 함께 '벼락을 막아준다'는 기원의 의미도 담겨 있다고 한다. 영국이나 유럽에서는 산사나무를 산울타리로도 많이 심었다 한다.

평양시 형제산구역 제산리의 옛 이름이 당촌리(棠村里)인데 "아가위나무가 많이 자라고 있는 마을이라 하여 당촌동이라 하였다'라는 설명이다. 평북 삭주군 당목리는 "옛날 아가위나무가 많은 마을이라 하여 당목동이라 하였다"고 한다. 그런데 북한의 아가위나무 관련 지명은 '찔광이'가 많다. 북한의 문화어(표준어)로는 '아가위'를 '찔광이'라고 부르고, '아가위나무'를 '찔광이나무'로 부르고 있다. 가시가 있고, 잎에 광택이 있어서 그렇게 부른 것으로 보이는데 확실치는 않다. '찔광이' 지명은 대개 "찔광이나무(산사나무)가 많이 자라고 있다"는 유래를 담고 있는데, 찔광골, 찔광이골, 찔광나무골, 찔광재, 찔광샘, 찔광동 등의 지명이 있다.

서울의 동대문 밖 청량리에 있는 '홍릉'은 원래 명성왕후 묘가 있던 곳이었으나 1919년 남양주시 금곡으로 옮겨가고 현재는 산림과학원과 홍릉수목원이 들어서 있다. 이 홍릉 터 경내에 있는 영휘원은 고종황제가 사랑했던 엄귀비의 묘다. 이 영휘원의 제실 앞을 약간 비켜서서 늙은 산사나무 한 그루가 있는데 뜻밖에도 이 나무는 천연기념물 제506호로 지정되어 있다. 키 9m에 둘레 2m, 나이는 150~200년 정도의 어찌 보면 평범해 보이는 고목나무가 천연기념물로 지정된 데에는 이 나무가 선조들의 생활문화와 깊은 관련이 있는 전통 나무 중에 수종을 대표할 만했기 때문이라고 한다. 영휘원 산사나무는 전통 나무의 일종으로 현재 우리가 알고 있는 산사나무로서 가장 크고 오래된 나무라고 한다. 지금도 이 산사나무는 가을이면 나무 전체가 온통 열매로 뒤덮이고, 줄기도 다른 산사나무와는 달리 굵은 주름(골)이 깊이 패어 위엄을 과시하고 있다.

갈매나무가 많아 초록산

새푸르기 · 초록말 · 조리울

'**초**록은 동색'이라는 속담이 있다. 초색(풀색)과 녹색은 같은 색이라는 뜻으로, 처지가 같은 사람들끼리 한패가 되는 경우를 비유적으로 이르는 말이다. 여기서 '초록(草綠)'은 두 말이 합쳐진 것으로 '풀초(草)' 자는 '풀색'을 뜻하고 '푸를 녹(綠)' 자는 '녹색'을 뜻한다. 지금은 '초록'이 '초록색' 한 가지를 가리키는 뜻으로 쓰이지만, 원래 '초록'은 '풀색'과 '녹색'을 가리키는 뜻으로 쓰인 것이다. '풀색'은 순우리말로는 '풀빛'과 같은 말로 한시문에서는 '초색(草色)'이라는 말로 쓰였다. 고려 때 정지상의 유명한 시 「송인」에서도 "비 갠 긴 언덕엔 풀빛이 푸른데, 남포로 님 보내는 구슬픈 노래(雨歇長堤草色多 送君南浦動悲歌 우헐장제초색다 송군남포동비가)"라고 해서, '초색(풀빛)'이라는 시어를 쓴 것을 볼 수 있다.

우리말에는 '녹색'을 표현하는 형용사가 따로 없다. 그래서 '녹색'이나 '청색'을 두루 '푸르다'라는 말로 인식하고 표현했다. 산도 푸르고, 하늘도 푸른 것이다. 위의 시에서 '풀빛이 푸른데' 같은 표현도 우리는 조금도 이상하게 생각하지 않고 자연스럽게 받아들이지만 정확한 색채 표현은 아니라 할 수 있다. 색채를 좀 더 구분해서 말한다면 '풀빛이 녹색인데'라고 표현해야 할 것이다. 그러나 그것이 개념적으로는 정확한 표현이 될지 모르지만 우리 정서에는 맞지 않는 것이 또한 언어 현실인 것 같다. '녹색'을 표현하는 형용사는 없었지만 우리말이 색채에 대해 무식했던 것은 아니다. 같은 녹색을 두고도 '진한 연둣빛'은 '풀빛'으로 표현한 데 비해 '짙은 초록빛'은 '갈맷빛(갈매색)', '수박빛(색)'으로 표현했던 것이 우리말이다.

서정주의 시 「무등을 보며」(1954년)에는 "가난이야 한낱 襤褸(남루)에 지내지 않는다 / 저 눈부신 햇빛 속에 갈매빛의 등성이를 드러내고 서 있는 / 여름 山(산) 같은 ……"라는 구절이 있다. '무등'은 광주의 무등산을 가리킨다. 그러니까 '햇빛 속에 갈매빛의 등성이를 드러내고 서 있는 여름 산'은 녹음이 짙은 무등산을 그려낸 것이다. '갈매빛'은 박경리의 『토지』에도 "하얀 무명저고리에 갈매빛으로 물들인 무명 바지를 입은 홍이"라고 해서 나오는데, 옷감 색깔을 나타내는 표현으로 쓰였다. 여기서 '갈매빛'은 국어사전에는 '갈맷빛'으로 나오는데 '짙은 초록빛'을 뜻하는 것으로 되어 있다.

이 '갈맷빛'은 그냥 '갈매'로도 쓰였다. 홍명희의 장편소설 『임꺽정』에는 "잇다홍 무명 적삼에 갈매 무명 치마를 입었는데 매무새까지도 얌전하다"는 표현이 나오는데, 여기서 '갈매'는 '갈맷빛'과 같은 뜻이다. 그러니까 '갈매 무명 치마'는 짙은 초록색으로 물들인 무명 치마를 뜻한다. 초록색 치마에 다홍색 저고리, 색채의 대비가 두드러진다. '잇다홍'은 "잇꽃의 색깔과 같은 선명한 다홍색"을 뜻하고, '잇꽃'은 '홍화'라고 하는 국화과의 풀이름으로 그 꽃물로 붉은빛 물감을 만든다. '갈매'는 "짙은 초록색" 외에도 "갈매나무의 열매"를 가리키기도 한다.

'새푸르기'라는 지명이 있다. 서산시 고북면 초록리의 우리말 이름이 '새푸르기'이다. 『디지털서산문화대전』에는 "연암산 아래에 새초풀이 파랗고 무성하게 자라서 '새푸르기'라 하였는데, 지명의 한자 표기에 따라 초록리(草綠里)로 되었다'라고 적혀 있다. 『한국지명유래집』(고북면)에는 "전하는 이야기로는 마을의 위치가 높아서 연암산 아래에 새초가 무성하게 자라므로 '새푸르기'라 불렸던 것이 한자로 표기해서 초록(草綠)이 되었다고 한다'라고 쓰여 있다. 둘 모두 '새초풀' 혹은 '새초'가 무성하게 자라므로 '새푸르기'라 불렸다고 되어 있다. 여기서 '새초'는 '억새'의 방언이다. '새초풀'은 우리가 '억새'를 '억새풀'이라 흔히 부르는 것처럼 '새초'에 '풀'을 덧붙인 말이다. '새초' 역시 '억새'를 뜻하는 말 '새'에다 '풀'의 한자 '초(草)'를 덧붙인 말이다. '새초'는 '새풀'이라고도 흔히 불렸는데 모두 원말은 '새'이다. '새푸르기'는 '새'를 '풀 초(草)' 자로, '푸르'를 '푸를 녹(綠)' 자로, 장소(마을)를 뜻하는 '기'를 '마을 리(里)'로 바꾸어 '초록리'가 된 것으로 보인다. '초록말(마을)'이라고도 불렸다.

'초록리'는 아주 오래된 마을로 영조 때의 지리지 『여지도서』에는 홍주목 고북면에 초록리가 관문으로부터 서쪽으로 40리 거리에 있는 것으로 나온다. 호수는 55호에 남 73명, 여 102명이 거주하는 제법 큰 동네로 기록되어 있다. 초록리는 조선 후기 판소리 중고제의 명창 고수관이 태어난 마을이기도 하다. 초록마을 뒷산인 연암산 산기슭에 '꽃샘'이라는 샘이 있는데 고수관이 '득음'을 이루기 위해 이 샘 주변에 초막을 짓고 매일같이 소리를 연습하였다고 한다. 소리를 하다가 목이 마르면 이 샘물을 퍼마시고 다시 소리를 하다가 피를 토하고 해서 마침내 이곳 꽃샘에서 자신만의 소리를 얻게 되었다고 전해온다.

'초록산(草綠山)'은 화성시 남부에 위치한 산으로 행정구역상으로는 양감면 사창리·대양리·신왕리 경계에 있는 높이 119m의 비교적 낮은 산이다. 『두산백과사전』에는 "항상 초록색으로 보이는 탓에 현재의 이름이 붙었다고 한다'라고 적혀 있다. 화성문화원에서 발간한 『구비전승 및 민속자료 조사집 10』 '양감면 땅이름의 역사'에서는 이보다 구체적인 언급을 찾을 수 있다. 양감면 신왕리 자연마을 느리울은 조리울이라고도 불렀다고 하는데, "마을 뒤의 초록산에는 조리(갈매나무)가 많이 자생하여 동리 울타리에 이용되었으므로 '조리울'이라고도 하였고"라고 되어 있는 것이다. 그렇게 보면 '초록산'은 '조리(갈매나무)'가 많이 자생하여 불린 이름으로 볼 수 있다.

'조리(皁李: 검을 조, 오얏 리)'는 국어사전에 '갈매나무'와 같은 말로 나온다. 두 말은 같은 뜻으로 설명되어 있는데, "갈매나뭇과의 낙엽 활엽 관목. 높이는 2~5m이며, 가지 끝이 가시로 변한다. 잎은 마주나고 톱니가 있으며, 5월에 연한 황록색의 잔꽃이 잎겨드랑이에 한두 송이씩 핀다. 열매는 약용하고 나무껍질은 염료로 쓴다. 골짜기나 개울가에서 자라는데 경북, 충남을 제외한 한국 각지와 우수리강, 일본, 중국 등지에 분포한다"고 되어 있다. 특히 '나무껍질은 염료로 쓴다'는 설명이 눈에 띄는데, '갈맷빛'과 관련이 깊어 보인다.

조선 후기 실학자 서유구의 박물학서인 『임원경제지』에는 30여 종의 식물 염재가 소개되어 있는데, 우리나라에 자생하는 식물 중의 하나로 갈매나무가 나온다. "압두록색(鴨頭綠色)은 늙은 갈매나무 껍질[老葛梅皮, 노갈매피]을 달인 물로 염색한 다음, 메밀 대궁을 태워 내린 잿물로 후매염을 해준다"고 되어 있다. '압두녹색'은 '오리의 머리 색과 같은 녹색'이라는 뜻으로 '짙은 초록빛'을 나타내는 말이다. 실록에도 나오고 아주 옛날부터 써 왔던 말이다. 또한 눈여겨볼 것은 '메밀 대궁을 태워 내린 잿물로 후매염을 해준다'는 말인데, 예로부터 녹색 계열은 청색과 황색의 복합염으로 만들었다는 사실이다. 그러니까 '늙은 갈매나무 껍질' 단독으로는 '압두녹색'을 낼 수 없다는 점을 참고해야 한다.

사실 갈매나무는 염색 재료 외에는 땔감으로나 이용되던 별 볼 일 없는 나무이다. 키도 작고 볼품이 없는 데다 눈에 잘 띄지도 않는 그런 나무이다. 그런 탓에 백석의 시 「남신의주유동박시봉방」 끝부분의 "어느 먼 산 뒷옆에 바우섶에 따로 외로이 서서 / 어두워 오는데 하이야니 눈을 맞을, 그 마른 잎새에는 / 쌀랑쌀랑 소리도 나며 눈을 맞을 / 그 드물다는 굳고 정한 갈매나무라는 나무를 생각하는 것이었다"에 나오는 '굳고 정한[곧은] 갈매나무'가 진짜 갈매나무가 맞느냐고 의심을 하는 사람들이 더러 있는 것 같다. 실제의 갈매나무와는 이미지가 너무 다르다는 것이다. '굳고 정한 갈매나무'는 아마 영원히 풀리지 않을 숙제일 것도 같다.

앵두나무 우물가에 동네 처녀 바람났네

앵두나무골 · 앵두밭우물 · 함도리

찬란하도다 빨갛게 익은 앵두 열매

동글동글 이슬을 함초롬히 머금었네

따다가 소반 위에 올려놓고 보니

낱낱이 투명한 진주 구슬이로고

— 「앵두(櫻桃)」, 『도은집』 제3권, 한국고전번역원

고려 말 문장가이자 시인인 도은 이숭인의 시 「앵두」는 앵두의 아름다움을 단순한 듯하면서도 아주 핵심적으로 그려내고 있다. 동글동글 빨갛고, 이슬을 머금은 듯 투명한 진주 구슬. 앵두를 이 이상 더 아름답게 묘사할 수 없을 듯싶다. 이에 비해 고려 중기의 문장가이자 시인인 이규보는 "하늘의 솜씨 어찌 그리 기묘하뇨 / 시고 단맛 알맞게 만들었도다 / 한갓 탄환처럼 둥글게 생겨 / 뭇새의 쪼아댐을 막지 못하는 도다"(「앵두」, 『동국이상국전집』 제16권, 한국고전번역원)라고 써서 앵두의 기묘한 맛에 주목한 것을 볼 수 있다. 예로부터 앵두는 꽃도 우아하지만 열매가 아름답고 맛이 있어서 사람들의 사랑을 받아왔다.

앵두나무는 장미과의 관목으로 높이는 2~3m 정도로 크게 자라지 않고, 땅에서 가지가 많이 나오는 키가 작은 과수이다. 3월 초에서 4월 초에 가지 가득히 흰 꽃 또는 분홍색 작은 꽃이 핀다. 열매는 5월 말부터 착색하기 시작하여 6월 초에 빨갛고 반들반들하게 익는데 맛도 훌륭하지만 관상 가치도 높다. 앵두는 중국 화북과 만주 원산으로서 우리나라에서는 예로부터 정원이나 집 주위에 관상용으로 많이 심어 왔다. 앵두는 초여름에 첫 번째로 나오는 과일로 종묘에 시물로 천신하고 신하들에게도 나누어 주기도 했다. 단오를 전후하여 가장 먼저 익기 때문에 귀한 제물로 여겼고 약재로도 쓰였다. 열매는 꾀꼬리가 먹고, 생김새가 복숭아와 비슷하다 하여 '앵도'라 이름 붙였다고도 한다.

조선 5대 임금 문종은 세자 시절 아버지인 세종께 앵두를 올리기 위해 후원에 손수 앵두나무를 심어 매우 무성했다고 한다. 문종은 세자의 자리에 30년을 있었는데 부왕을 섬기는 것이 하나같이 지성에서 나왔다고 한다. 매양 진선할 때마다 반드시 친히 어주[御廚: 임금의 진지를 짓던 주방. 수라간]에 서서 매양 음식을 먹을 적엔 먼저 맛을 보고 나서야 올렸으며, 날마다 이를 보통의 일로 삼았었다고 한다. 그런 문종이 후원의 앵두가 익는 철을 기다려 올리니, 세종이 반드시 이를 맛보고서 기뻐하며 "외간에서 올린 것이 어찌 세자의 손수 심은 것과 같을 수 있겠는가?" 하였다고 실록은 기록하고 있다.

앵두 하면 나이 든 사람 중에는 "앵두나무 우물가에 동네 처녀 바람났네~"로 시작하는 노래 〈앵두나무 처녀〉(1956)를 먼저 떠올릴 사람이 많을 것 같다. 이어지는 가사 내용을 보면 "물동이 호메자루 나도 몰라 내던지고 / 말만 들은 서울로 누굴 찾아서 / 이쁜이도 금순이도 단봇짐을 싸았다네"라고 해서 가출 상경기임을 알 수 있다. 이는 2절, 3절로 넘어가면서 그 심각성이 더해지는데, 2절에서는 뒤따라 동네 총각들이 단봇짐을 싸고, 3절에서는 "새빨간 그 입술에 웃음 짓는 에레나"가 되어버린 이쁜이

애기가 나온다. '새빨간 그 입술'이 '앵두 같은 그 입술'을 연상시키지만 여기서는 '립스틱 짙게 바른 입술'이다. 상경한 이쁜이는 결국 웃음 파는 술집 여자가 되었다는 이야기다.

〈앵두나무 처녀〉는 50년대 후반에 발표된 것이지만 이후 60년대 우리나라 경제개발 도정에서 야기된 이농 문제의 어두운 그늘을 앞서 폭로한 셈이 된다. 제목이나 가사 첫머리에서 '앵두'는 여성적인 이미지로 사용된 측면이 있지만 내용적으로 볼 때 '앵두나무 우물가'는 시골을 대표하는 이미지로 사용되었다. 그것은 물동이, 호메(호미), 석유 등잔 같은 말로도 이어지고, 이쁜이, 금순이, 복돌이, 삼용이 같은 촌스러운(?) 사람 이름으로도 뒷받침된다. 앵두나무는 수분이 많고 양지바른 곳을 좋아해서 동네 우물가에도 흔히 심었던 나무다. 물론 앵두나무는 구중궁궐에도 심어졌고 절간의 뜨락에도 심어져서 시골만을 대표하는 나무라고 볼 수는 없지만, 시골 고향 마을이나 집의 풍경에 더욱 어울리는 정물인 것은 분명하다.

그런데 '앵두'의 명산지가 의외로 서울이라는 기록이 있어 흥미롭다. 일제 때 발행된 대중잡지 『별건곤』 제21호(1929년 6월)에 실린 「천중가절 단오이야기」라는 제목의 기사에서는 "단오 명절에 음식을 잘 차려 먹고 놀이를 잘하였다 할지라도 단오에 앵도를 못 먹고 그네를 뛰지 못하였다 할 것 같으면 그 단오는 무미(無味)하게 지냈다 할 것이다"라면서, "시골이고 서울이고 앵도의 없는 곳이 별로 없지마는 앵도의 명산지는 서울이라 하겠다. 서울 중에도 동소문안 송동(宋洞)이 제일이오 그다음은 창의문 밖 또 그다음은 남문 밖 연화봉일 것이다"라고 쓰고 있다. 또한 같은 잡지 제23호(1929년 9월)에 실린 「경성명물집」이라는 제목의 기사에는 "동소문내 송동 앵도도 빼지 못할 명물이다. 시골에도 앵도가 없는 바는 아니지마는 이 송동과 같이 한 곳에 앵도나무가 수천 주씩 있어서 다량으로 산출되는 곳은 없을 것이다"라고 쓰여 있다.

여기서 말한 '송동'은 지금의 종로구 혜화동과 명륜1가, 명륜2가에 걸쳐 있던 마을로 효종 때의 유학자 우암 송시열이 살던 집이 있다고 하여 그의 성을 따서 송동(宋洞)이라고 부른 곳이다. 바로 이 근처가 경치가 아름답고 앵두나무가 많아 '앵두나무골'이라 불렸다고 하는데, 위 잡지 기사에 따르면 몇십 그루 정도가 아니라 수천 주씩 있는 과수원 지역이었던 것으로 보인다. 말하자면 전국적으로 꼽히는 산지였던 셈인데, 그것이 가능했던 것은 소비처가 바로 서울(도성)이었기 때문일 것이다. 앵두는 특히 쉽게 무르기 때문에 가까이에 대규모 소비처가 없으면 다량 생산하기 어려운 과실이었다. 정약용이 성균관에서 지낼 때 함께 공부하던 벗들과 성균관 근처 '송동'으로 꽃구경 가서 지은 시들에 대한 서문(1784년, 정조 8)에는 앵두꽃 얘기는 없고 살구꽃이 만개하였다는 얘기만 있다.

서울 성북구 길음동에 있던 마을 '앵두나무골'은 "앵두나무 과수원이 있던 데서 마을 이름이 유래되었다. 한자명으로 함도리라고 불렀다"(『서울지명사전』)고 한다. '함도(含桃)'는 '앵두'를 달리 이르는 말이다. 현재 대우아파트와 대림아파트 일대에 앵두나무 과수원이 있었다고 한다. 또 '앵두나무골' 아래에는 '앵두나무우물'이 있었는데, 물이 마르지 않아서 약 150호의 가구가 사용하기에 충분했다고도 한다. '앵두밭우물'은 서울 마포구 도화동에 있던 우물 이름이기도 하다. "예전에 앵두나무가 우물 근처에 많았던 데서 유래된 이름이다. 앵도밭우물이라고도 하였다"(『서울지명사전』)고 한다. '앵도'는 '앵두'의 본말이다. 한자는 앵도(櫻桃: 앵두나무 앵, 복숭아 도)로 썼다.

벽오동 심은 뜻은

머굿대 · 머구실 · 머귀내

19 70년대에 인기를 끌었던 김도향의 노래 중에 〈벽오동 심은 뜻은〉이라는 게 있다. "벽오동 심은 뜻은 봉황을 보잤더니, 어이타 봉황은 꿈이었다 안 오시뇨 달맞이 가잔 뜻은 님을 모셔 가잠인데, 어이타 우리 님은 가고 아니 오시느뇨 ……" 가수 김도향이 성량이 풍부한 목소리로 시원스레 불러 젖히던 모습이 인상적이었다. 특히 이어지는 "하늘아 무너져라 와뜨뜨뜨뜨뜨뜨뜨, 잔별아 쏟아져라 가뜨뜨뜨뜨뜨뜨뜨" 대목은 실제 하늘이 무너지고, 잔별이 쏟아져 내리는 듯한 실감을 자아내기도 했다.

김도향의 노래 가사는 작자 미상의 다음 고시조를 변용한 것으로 보인다. "벽오동 심은 뜻은 봉황을 보렸더니 / 내 심는 탓이런가 기다려도 아니 오고 / 밤중만 일편명월이 빈 가지에 걸렸어라" 이 시조는 봉황이 깃들인다는 벽오동을 심어 놓고 봉황이 찾아오기를 기다렸지만, 내가 심은 까닭인지 봉황은 오지 않고 밤중에 한 조각의 밝은 달만이 빈 가지에 걸려 있음을 한탄하고 있다. 전설 속에 나오는 신령스러운 새 봉황은 전반신은 기린, 후반신은 사슴, 목은 뱀, 꼬리는 물고기, 등은 거북, 턱은 제비, 부리는 닭의 모습이며, 깃털은 오색이고 소리는 오음에 맞는다고 한다. 봉황은 벽오동나무에만 깃들고 죽실[대나무 열매]이 아니면 먹지 않고, 예천[감로수]이 아니면 마시지 않는다고도 한다. 봉황이 나타나면 성인군자가 출현하여 태평성대를 이룬다고 하는데, 아직 때가 이르지 않았는지 아니면 애초에 부질없는 꿈이었는지 봉황이 찾아오지 않아 안타까움만 더하고 있는 것이다. 옛 선비들에게도 벽오동은 인기가 많았는데, 자신이 거처하는 사랑채 앞이나 누정 근처에 벽오동을 심고 가꾸기를 좋아했다.

옛날에는 민간의 풍속에 여자아이가 태어나면 마당에 오동나무를 심었다고 한다. 여자아이가 시집갈 때 이 나무로 장롱을 짜 보냈던 것이다. 그만큼 오동나무는 생장 속도도 빨라서 십몇 년이면 충분히 목재로 사용할 수 있었다고 한다. 오동나무 목재는 재질이 가볍고 무늬가 아름답고 방습성과 방충성이 좋아 장롱, 문갑재, 병풍틀, 나막신, 관 등을 제작하는 데 널리 쓰였다. 그리고 음향 전도가 좋아 가야금, 거문고 등 전통 악기를 만드는 데는 필수적이었다고 한다. 이렇듯 오동나무는 목재로서도 가치가 뛰어나 많이 심고 가꾸었던 것으로 보인다.

'벽오동나무'와 '오동나무'의 가장 큰 차이점은 벽오동나무는 줄기가 초록색이라는 것이다. 벽오동의 벽(碧)자는 '푸를 벽' 자이다. 식물학적으로도 두 나무는 완전히 남남 사이라고 한다. 그러나 잎 모양새가 닮았고 둘 다 빨리 자라며, 악기를 만드는 데 쓰였다는 등의 공통점도 적지 않다. 그래서인지 옛사람들은 벽오동나무와 오동나무를 엄밀히 구분하지 않고 그냥 '오동(梧桐)'이라는 한자로 함께 표기했다. 한자 '오동'에서 '梧(오)'는 벽오동나무을 뜻하고 '桐(동)'은 오동나무를 뜻한다. 더구나 우리말로는 둘 모두 '머귀나무'로 부르면서 구분이 거의 없었던 것 같다. 『훈몽자회』(1527)에는 '머귀 오(梧)', '머귀 동(桐)'이라고 나온다.

대구광역시 동구 도학동 팔공산에 있는 절 동화사(桐華寺: 오동나무동, 빛날 화)는 역사도 오래되었고 현재 대한 불교 조계종 제9교구 본사로 되어 있는 거찰이다. 동화사는 통일신라 홍덕왕 7년(832) 심지대사에 의해 중창되었다고 하는데 이때 처음 세워진 것으로 보는 의견도 있다. 심지대사가 동화사를 중창한 이야기는 『삼국유사』에 전한다. 진표율사로부터 그 수제자인 영심대사에게 전해진 간자 두 개를 심지대사가 받아왔다. 간자(簡子)는 미륵보살로부터 계를 받았다는 대나무 징표이다. 이곳 팔공산 산신의 안내로 심지대사는 간자를 던져 떨어진 숲속 샘에 절을 다시 세웠다. 추운 겨울날임에도 불구하고 그곳 오동나무에 상서로운 꽃이 피었다고 하여 동화사로 이름 지었다.

동화사가 중창되고 백여 년 세월이 흐른 뒤 경상도 지역에서 고려의 왕건과 후백제 견훤이 '공산동수' 일대에서 맞붙었다. 이 싸움이 대표적인 후삼국 통일 전쟁 중 하나인 공산전투(927)이다. '동수대전'이라 부르기도 한다. 『고려사』에는 "직접 정예 기병 5,000명을 거느리고 공산의 동수에서 견훤을 맞아 크게 싸웠으나 형세가 불리하였다. 견훤의 군사가 왕을 포위하여 매우 위급해지자 대장 신숭겸과 김락은 힘껏 싸우다가 전사하였다. 전군이 패배하였고 왕은 겨우 목숨을 건졌다"고 적혀 있다. "공산동수(公山桐藪)'에서 '공산'은 지금의 팔공산'을 가리키고 '동수'는 '오동나무 숲'으로 해석되는데, 절 자체를 가리켰던 말로 보기도 한다. '동화사'라는 말이 따로 쓰이지 않은 것을 보면 '동수'가 그대로 절을 가리키던 말이었을 가능성이 크다.

동화사의 연원이 '오동나무'와 밀접한 관련이 있다는 것은 사찰 경내에 있는 '봉황' 관련 유적에서도 확인이 된다. 동화사 옛날 정문이 있는 곳에 봉황문이라는 일주문이 있다. 사찰의 첫 문이 되는 일주문에는 1744년으로 추정되는 '팔공산동화사봉황문'이라는 편액이 걸려 있어 동화사가 봉황의 터전임을 알게 한다. 또한 대웅전으로 진입하기 전에 만나는 봉서루는 봉황이 깃드는 누각이라는 뜻이다. 봉서루 앞 커다란 바위에는 봉황 알을 상징하는 둥근 돌(봉란)이 3개 놓여 있다. 이들은 봉황이 알을 품고 있다는 동화사의 형국을 상징적으로 표현하고 있다. 이와 함께 동화사 주변으로는 대숲과 오동나무가 많이 심겨 있어 동화사와 봉황과의 각별한 관계를 일러주고 있다. 동화사는 팔공산 남부지역의 완만한 경사 지형으로 주능선이 병풍처럼 둘러싸고 좌청룡과 우백호가 감싸 안고 있다. 동화사의 형국은 봉황이 알을 품고 있는 것 같다 하여 봉황포란형, 봉소포란형으로 불리기도 했다.

우리말 '머귀'는 지명에서 '머', '머구', '머구나무', '머그나무', '머구남', '머그남', '머그낭' 등 아주 다양하게 나타난다. 청주시 상당구 정북동에 있는 마을 '머굿대'는 '머구'와 '대'가 사이시옷을 두고 결합된 말이다. '머구'는 '머귀'의 변화형으로 오동나무를 뜻하고, '대(垈)'는 '터'를 뜻하는 말로 '머굿대'는 '오동나무가 많은 터'로 해석된다. 이 마을에 대한 별칭 '오죽'이나 '동죽'은 '머구'를 오동나무를 뜻하는 한자 '오(梧)'나 '동(桐)'으로 바꾸고, '대'를 뜻과는 관련 없는 '대 죽(竹)' 자로 바꾼 것이다. '머굿대'는 달리 '머궷대', '머긋대'로 불리기도 했다. 대구시 달성군 하빈면 동곡리(桐谷里)는 우리말로 '머구실'로 불렀다. 마을에 오동나무[머귀나무]가 많아 붙여진 이름이라고 한다. 상주시 함창읍 오동리에는 자연마을로 '머구나뭇골'이 있다.

'머거럼나루'는 공주시의 금강에 있었던 나루 이름이다. 공주시 우성면 오동리에서 검상동으로 연결되었던 나루이다. 오동리 농사꾼들이 오동리가 교통이 불편하고 농지도 많지 않아서 검상동으로 농사지으러 갈 때 건너다니기도 했다고 한다. 『한국지명유래집』에 따르면 "나루가 머거럼나무가 많은 오동리에 있다는 데서 유래했다고 한다. 머거럼나무는 오동나무를 의미한다. 오동나무는 머귀나무 혹은 머그나무로도 불렀다. 이 나루는 머그럼나루, 오동나루 및 오동진, 머그름나루 등으로도 불리우고 있다"고 한다. '머귀나무'가 '머거럼나무'로 변형된 것이 특이하다.

경북 군위문화원 지명유래에 따르면 고로면 양지리는 "머내·머귀내·머기내·머내기·오천(梧川)이라고 부르기도 하는 마을로 앞 냇가에 오동나무가 많았기 때문에 그렇게 불려지고 있다"고 한다. '머내'는 '머귀내'에서 변한 것으로 '오동나무가 있는 내'로 해석된다. '머귀내〉머구내〉머우내〉머내'가 된 것이다. 오동나무 오(梧) 자에 내 천(川) 자를 쓴한자 지명이 대응되어 있고, 내 이름이지만 마을 이름으로도 쓰인 것을볼 수 있다. 전북 진안군 진안읍 오천리는 마을 앞으로 하천이 흐르고그 가장자리에 '머우나무(머귀나무)'가 많아서 '머우내'라 하였다고 한다.

한편 제주도와 남해안 일대에서 자라는 운향과의 나무에 '머귀나무'라는 이름의 나무가 있는데 이는 오동나무와는 다른 나무이다. 이 '머귀나무'는 『표준국어대사전』에도 등재되어 있는데, 가시가 많은 특징이 있다.제주도에서는 어머니가 돌아가시면 이 '머귀나무'로 가시를 훑어내어'방장대(상장, 지팡이)'로 썼는데, 내륙에서 모친상에 오동나무 지팡이를쓴 것과 유연성이 있어 보인다.

나무 중의 공주 자작나무

자작골 · 자작나무골 · 재작장이

이효석은 1936년 잡지 『삼천리』에 발표한 단편소설 「산」에서 '자작나무'를 "첫눈에 띄이는 하아얏케 분장한 자작나무는 산속의 일색. 아모리 단장한대야 사람의 살결이 그러케 흴 수 잇슬가"라고 썼다. '일색'은 '뛰어난 미인'을 뜻한다. 당시 그는 경성농업학교(경성은 함경북도 경성임) 교사로 있었다. 정비석은 1941년 금강산을 유람하고 돌아와 〈매일신보〉에 발표한 「내금강 기행문」(「산정무한」은 발췌본임)에서 '자작나무'를 "비로봉 동쪽은 아낙네의 살결보다도 흰 자작나무의 수해였다. 설 자리를 삼가, 구중심처가 아니면 살지 않는 자작나무는 무슨 수중공주이던가!"라고 썼다. '구중심처'는 '궁궐'을 뜻하고 '수중'은 '나무 중에서'라는 뜻이다. 두 작가 모두 자작나무를 아름답고 고귀한 여인에 빗대면서 하얀 살결에 주목했다.

자작나무의 눈에 띄는 가장 큰 특징은 하얀 수피(나무껍질)에 있다. 매끄럽고 하얀 껍질을 작가들은 미인의 살결에 빗댔지만, 시베리아 설원에 떼지어 서 있는 자작나무숲은 흰색이 펼치는 아름다운 풍경의 극치이다. 자작나무 껍질은 여러모로 특징적인데, 단지 아름다움을 펼쳐 보일

뿐 아니라 생활 속에서도 사람들에게 많은 이로움을 선물했다. 자작나무 하얀 수피는 종이를 여러 겹 붙여 놓은 것처럼 차곡차곡 붙어 있고 옆으로 매끄럽게 잘 벗겨지는데 겉면은 흰빛의 밀랍 가루 같은 것으로 덮여 있어 불에 잘 타면서 습기에도 강하고 썩지를 않는다.

1973년에 발견되어 국보 제207호로 지정되어 있는 '경주 천마총 장니 천마도'의 그림판은 자작나무의 껍질을 여러 겹 겹치고 누빈 후, 가장자리에 가죽을 대어 만든 것이다. '장니'는 말의 안장 양쪽에 늘어뜨려 진흙이나 물이 튀는 것을 방지하는 것으로 우리말로 '다래'라고 한다. 천마도는 바로 이 장니에 그려진 그림으로 1천몇백 년을 땅속에서 썩지 않고 옛 자취를 전해준 것이다. 그러나 자작나무는 천마총이 만들어진 5, 6세기에 고구려 땅인 북쪽 추운 지방에서 주로 자랐기 때문에 천마도의 자작나무 껍질은 같은 자작나무속(屬)에 속하는 거제수나무나 사스레나무일 가능성이 있다고 한다. 또 자작나무 껍질은 기름기가 많아 횃불을 만들어 쓰기도 했고, 활을 만드는 데도 쓰였다. 함경도 지방에서는 지붕을 이는 데 쓰기도 했고 장례를 치를 때 시신을 감싸는 데도 쓰였다. 한방에서는 약재로 쓰는 등 자작나무 껍질은 여러모로 쓰임이 아주 많았다.

『태종실록』에 나오는 호패법을 정할 때의 기사(태종 13년 9월 1일, 1413년)에는 '호패'의 재질에 대해서 "2품 이상은 상아(象牙) (…) 4품 이상에는 녹각 (…) 5품 이하에는 황양목을 쓰나 자작목(資作木)을 대용하며, 7품 이하에는 자작목을 씁니다. (…) 서인 이하는 잡목을 씁니다"라고 적혀 있다. 자작나무가 '자작목(資作木)'으로 쓰인 것을 볼 수 있다. 『세종실록』(세종 27년 11월 17일) 기사에 전재(箭材)를 논하는 대목에서는 자작나무가 '자작목(自作木)'으로 쓰여 한자가 다른 것을 볼 수 있다. 『성종실록』(성종 22년 4월 17일, 1491년) 기사에는 "활은 모름지기 자작나무 껍질을 써서 겉을 감싸야만 안개가 끼거나 비가 오는 날에도 사용할 수 있습니다"라는 내용이 있는데, 원문에 '자작나무 껍질'을 '화피(樺皮)'

라고 썼다. 곧 자작나무를 한자 '화(樺)'로 쓴 것을 볼 수 있다. 더 후대에는 '흰 백(白)' 자를 앞에 붙여 '백화'라 쓰기도 했다.

쓰는 사람에 따라 '자작목(資作木)', '자작목(自作木)' 등 표기가 다른 것을 보면 '자작나무'는 우리말로 보인다. 이를 한자의 음을 빌려 표기하면서 한자가 달라진 것이다. 1517년(중종 12) 최세진이 편찬한 『사성통해』에는 '사목(樧木)'을 'ㅈ작나모'라고 써 놓았는데 우리말로 된 맨 처음의 표기이다. '사목'은 지금의 '사시나무(백양)'를 가리키는 것으로 보이는데, 왜 '사시나무'를 '자작나무'로 불렀는지는 알 수 없다. '사시나무'는 '자작나무'처럼 추운 지방에서 잘 자라고 백색 수피를 가진 점에서는 공통적이다. '자작'의 어원은 밝혀진 것이 없다. 일설에는 기름기가 많은 자작나무 혹은 껍질이 불에 탈 때 '자작자작' 하는 소리가 난다 하여 자작나무라는 이름이 붙었다고 말하기도 한다.

강원도 인제군 인제읍 원대리 자작나무숲은 근래 들어 자연 생태 관광지로 각광을 받고 있다. 특히 자작나무를 좋아하는 사람들에게 인기가 높다고 한다. 그런데 이 자작나무숲은 자생적인 것이 아니라 인공조림에 의해 조성된 것이다. 원래 자작나무는 강원도 이북 지역에서는 땔감으로 쓰일 정도로 흔한 나무이지만 남한에서는 강원도 지역 일부에서만 볼 수 있는 귀한 수종이다. 이곳도 이전에는 소나무들이 자생하던 천연림이었는데 소나무에 재선충이 발생하면서 모두 베어내고 1990년대 초반부터 자작나무를 심기 시작해서 현재는 수령이 20년이 넘는 아름드리 자작나무가 군락을 이루게 된 것이다. 처음에는 목재를 사용하기 위한 경제림의 목적으로 심었던 것이 지금은 많은 사람들이 찾는 관광림이 됐다. 이러한 인공조림의 예는 경북 영양군 수비면 죽파리 자작나무숲에서도 찾을 수 있다.

강원도 횡성군 우천면 용둔리 '자작나무골'은 안용둔에 있는 골짜기로, 자작나무가 많아서 붙여진 이름이라고 한다. 인제군 기린면 방동리에도

'자작나무골'이 있는데, "곁가리로 들어가는 골짜기로 자작나무가 무성한데 연유하여 부르는 이름"이라고 한다. 강원도 홍천군 내면 자운리 '자작장이'는 재작장이라고도 하는데, 괸돌 북쪽에 있는 마을로 자작나무가 많았다고 한다. 강원도 회양군 용포리 소재지 서남쪽에 있는 골짜기 재작나무골은 "자작나무가 많이 자라고 있다. 자작나무골이라고도 한다"(『조선향토대백과』)는 설명이다.

자작나무 지명은 추운 지방에서 잘 자라는 나무의 생태로 보아 북한 지역에 많이 분포되어 있다. 평안남도 북창군 삼리 동쪽에 있는 골짜기 '자작나무골'은 자작나무가 자라고 있다는 설명이고, 평안남도 증산군 사천리 망해산 북쪽 기슭에 있는 골짜기 '자작나무골' 역시 자작나무가 많이 자라고 있다는 설명이다(『조선향토대백과』). 평안북도 박천군 상추리 '자작나무골'이나 평안북도 동창군 학봉리 '자작나무골'도 같은 설명이다. 또한 '자작나무골'은 줄여서 '자작골'로도 많이 불렸던 것으로 보인다. 황해북도 토산군 봉불리 소재지 서북쪽에 있는 마을 '자작골'은 "자작나무가 많이 자라고 있다. 자작동이라고도 한다"는 설명이다. 양강도 풍서군 석우리 소재지의 동쪽에 있는 골짜기 '짜작골'도 "자작나무가 많이 자라고 있다. 자작골 또는 큰뒤골안이라고도 한다"는 설명이다.

강원도 고산군 설봉리 소재지의 서북쪽에 있는 골짜기 '자자골'은 "자작나무가 많이 분포되어 있다. 자작골이라고도 한다"는 설명이고, 평안남도 증산군 금송리의 북쪽에 있는 골짜기 '자재기골'은 "지난날 골 안에 자작나무가 많이 자랐다. 자작골이라고도 한다"는 설명이다. 평안남도 증산군 금송리 '자작골' 역시 '자재기골'이라고도 불렸는데, "지난날 골 안에 자작나무가 많이 자랐다"고 한다.

뒷산에두 봇나무 앞산에두 봇나무

봇나무골 · 봇밭골 · 봇바데기 · 봇나무산

평 안북도 정주가 고향인 백석 시인은 1938년 함경도 성천강 상류 산간 지역을 여행하고 쓴 연작시 「산중음」 중 「백화」라는 시에서 "산골집은 대들보도 기둥도 문살도 자작나무다 / 밤이면 캥캥 여우가 우는 산(山)도 자작나무다 / 그 맛있는 모밀국수를 삶는 장작도 자작나무 다 / 그리고 감로같이 단샘이 솟는 박우물도 자작나무다 / 산 너머는 평안 도 땅도 뵈인다는 이 산골은 온통 자작나무다"라고 노래했다. 평안도와 접경을 이루는 함경도의 어느 깊은 산골의 풍경을 산도 자작나무고 집을 지은 목재도 자작나무고 불을 때는 장작도 자작나무라고 해서 온통 자작나 무로 그려내고 있는 것이 인상적이다. 제목인 '백화(白樺)'는 '자작나무'의 한자어이다.

'북방의 시인'으로 흔히 일컫는 이용악은 고향이 함경북도 경성이다. 그는 1939년에 발표한 「두메산골 1」이라는 시에서 "들창을 열면 물구지떡 내음새 내달았다 / 쌍바라지 열어제치면 / 썩달나무 썩는 냄새 유달리 향그러웠다 / 뒷산에두 봇나무 / 앞산두 군데군데 봇나무 / 주인장은 매사 냥을 다니다가 / 바위틈에서 죽었다는 주막집에서 / 오래오래 옛말처럼 살고 싶었다"라고 노래했다. 함경도 두메산골의 정취가 물씬 풍기는 작품인데, 여기서 뒷산에도 앞산에도 널린 나무로 묘사하고 있는 '봇나무'는 '자작나무'를 가리킨다. 『표준국어대사전』 '우리말샘'에는 '봇나무'로 나오는데, '자작나무'의 북한어로 되어 있다.

이보다 앞선 기록으로 김구의 『백범일지』에도 '봇나무'가 나오는 것을 볼 수 있다. "단천 마운령을 넘어 갑산군에 이른 때가 을미년(1895년) 7월경이었다. (…) 봇나무는 양서 지방에 있는 껍질 붉은 벚나무와는 종류가 아주 다른 것이었다. 색이 희고 탄력성이 강해서 지붕을 덮을 때 반드시 조약돌이나 흙으로 눌러놓는데, 흙기와나 돌기와보다 오래 가고 무너지지 않는다고 한다. 또 그곳에서는 사람이 죽은 후 염습할 때 봇껍질로 싼다고 하였다. 그렇게 하면 흙 속에서 만 년이 지나도 해골이 흩어지지 않는다고 한다"라고 적혀 있다.

양서 지방은 황해도와 평안도를 아울러 이르는 말인데, '봇나무'가 그곳에 있는 '껍질 붉은 벚나무'와는 종류가 아주 다른 것이라는 표현이 눈에 띈다. 이 말은 두 나무를 부르는 말은 비슷한데 종류는 영 다르다는 의미를 담고 있다. '봇나무'와 '벚나무'. 김구도 약간의 의아심을 가졌던 것 같은데 일반적으로도 두 말의 쓰임은 혼란스러운 바 있었다. 그 이유는 '버찌'를 맺는 '벚나무'의 옛말이 '봇나모'인 데에 있는 것 같다. 또한 한자 '화(樺)'가 '벚나무'와 '자작나무'를 표기할 때 두루 쓰였던 데에도 이유가 있는 것 같다. 두 나무는 특히 껍질 곧 화피(樺皮)의 쓰임이 비슷해서 같은 한자를 썼던 것으로 보인다. 지금도 벚나무는 한자어를 화목(樺木)으로 쓴다. 백석이 시 제목으로 쓴 '백화'는 후대에 자작나무와 벚나무를 구분하기 위해 '화' 자에다 '흰 백(白)' 자를 덧붙인 표기이다.

자작나무가 많이 자생하는 함경도 지역에서는 자작나무를 벚나무와 같은 종류로 인식하고 '봇나무'라 불렀을 가능성이 크다. 『신증동국여지승람』에는 토산으로 '화피'를 적어 놓은 고을이 함경도의 함흥, 북청,

갑산, 부령, 삼수, 단천, 이성, 길성, 명천과 평안도의 구성, 강계 등으로 나온다. 말하자면 이들 지역이 자작나무 곧 봇나무의 자생지였던 셈이다. 지금도 이들 지역에는 '봇나무' 지명이 많이 전해온다.

양강도 갑산군 사동리 소재지의 서쪽에 있는 골짜기 봇나무골은 "봇나무(자작나무)가 많이 자라고 있다"라는 설명이고, 같은 갑산군 삼봉리 소재지의 서쪽에 있는 골짜기 봇나무골 역시 "봇나무(자작나무)가 많이 자라고 있다. 봇골이라고도 한다"(『조선향토대백과』)라는 설명이다. 함경북도 나선시 관곡동의 북쪽에 있는 골짜기 봇나무골이나 평안북도 구성시 약수동 봇나무골 역시 "봇나무(자작나무)가 많이 분포되어 있다"고 한다. '봇나무골마을'은 양강도 풍서군 임서리 소재지의 서쪽 봇나무골 어귀에 있는 마을을 이르는 말이다.

양강도 풍서군 속신리 소재지의 북서쪽에 있는 골짜기 봇밭골은 "봇나무(자작나무)가 많이 자라고 있다"고 하고, 같은 풍서군 석우리 봇밭골 역시 "봇나무(자작나무)가 많이 자라고 있다"고 한다. 봇나무 군락지를 '밭'으로 표현한 것을 볼 수 있다. 양강도 보천군 화전리의 서남쪽에 있는 '봇밭마을'은 "마을 구내에 봇나무(자작나무)가 무성한 산이 솟아 있다"고 해서 부른 이름이다. 양강도 갑산군 삼봉리 '봇밭덕이'는 '봇바데기라고도 했는데, 봇나무(자작나무)가 많이 자라고 있는 '덕'을 이른 이름이다. '덕'은 가운데가 솟아서 불룩하게 언덕이 진 곳을 가리킨 것으로 보인다. 양강도 혜산시 노중리 소재지의 남쪽에 있는 덕 '봇밭덕'은 지난날 봇나무(자작나무)가 많이 자랐다고 한다. 양강도 김형직군 남사노동자구 소재지 동남쪽에 있는 골짜기 '봇밭덕골'은 봇나무(자작나무)가 많이 자라는 덕 아래로 뻗어 있다는 설명이다.

양강도 혜산시 강구동 소재지의 서쪽에 있는 '봇나무산'이나 양강도 김형직군 남사노동자구 소재지 서북쪽에 있는 '봇나무산'은 모두 "봇나무(자작나무)가 많이 자라고 있다"는 설명이다. 평양시 상원군 흑우리에 있는 '봇나무산'은 자작나무가 많이 자라고 있다고 한다. 그런데 이곳 흑우리 영역에 있던 폐리 '화봉리(樺峯里)'는 본래 평안도 상원군 홍암방의 지역으로서 봇나무산에 있는 마을이라는 데서 화봉리라고 하였다고 한다. '화봉'은 '봇나무산'을 한자로 바꾼 이름이다. 1896년에 평안남도 상원군 홍암면 화봉리로 되었고, 1914년 행정구역을 폐합하면서 하도면의 홍천리 일부를 병합하여 중화군 상원면 화봉리로 개편되었다가, 1952년 군면리 대폐합에 따라 상원군 흑우리에 편입되면서 폐지되었다.

고욤나무가 있는 풍경

괴욤나무골 · 고욤나무골 · 꼬약나뭇골

이문구의 소설 「장곡리 고욤나무」에서 고욤나무는 '쓸다리 읎는 나무'(쓸모없는 나무)로 그려진다. 결국 그 나무에 목을 매 자살 하는 일흔두 살의 '기출 씨' 입을 통해 "과일나문가 허면 그게 아니구, 그게 아닌가 허면 그것두 아니구 (…) 어린 것 같으면 감나무 접목하는 대목으루나 쓴다지만, 그두저두 아니게 늙혀 노니께 까치나 꾀들어서 시끄럽지 천상 불땔감"으로 묘사하고 있다. 여기서 고욤나무는 농촌 현실이나 농민의 처지를 상징적으로 보여주는 상관물이다.

고욤나무의 열매 '고욤'은 감처럼 생겼으나 훨씬 작고, 가을이면 구슬 크기의 황갈색 열매가 나무 가득히 열린다. 맛은 달면서도 떫고 온통 씨투성이라 그냥 먹기가 좀 거북하다. 그래서 예전에 고욤은 서리를 맞히고 검은 자주색으로 변한 것을 오지항아리에 넣어 숙성시킨 뒤에 숟가락으로 퍼서 먹었다. 우리 속담에 '고욤 일흔이 감 하나만 못 하다'는 말도 있다. 그러나 고욤나무는 야생종이라 병이나 추위에 강하고 잔뿌리 가 발달해 감나무 접목에 대목으로 흔히 쓰였다. 말하자면 고욤나무가 대리모 역할을 하는 격이다. 고욤나무 밑동에 눈이 달린 감나무 가지를 서로 비스듬히 뻐져 맞대고 실로 꼭 매주면 두 나무의 핏줄과 신경(부름켜와 관다발)이 이어져 시간이 지나면 접붙인 자리를 구분하기가 어렵게 된다.

우리가 꾸미거나 고친 것이 전혀 알아챌 수 없을 정도로 티가 나지 않을 때 '감쪽같다'라는 말을 쓰는데, 이 말은 바로 이 '감접'에서 비롯된 말이라고 한다. "감나무 가지를 다른 나뭇가지에 접붙이는 일"을 '감접'이라고 하는데, 이 '감접'이 변하여 '감쪽'이 되었다고 보는 것이다. '감접같다 〉 감쩝같다 〉 감쩍같다 〉 감쪽같다'로 변한 것이다. 고욤나무에 감접 붙이는 기술은 아주 오랜 역사를 갖는다. 국립 산림과학원의 DNA 분석 결과 경북 상주시 외남면 소은리의 감나무는 고욤나무에 접붙인 감나무로 밝혀졌는데, 이 나무의 추정 수령은 530년이었다. 소은리 감나무는 지금도 왕성하게 감 열매를 맺고 있다고 한다.

그런데 이렇게 접붙인 감나무의 감 씨를 땅에 심으면 어떻게 될까. 감나무가 나올까 고욤나무가 나올까. 답은 고욤나무다. 옛날부터도 이러한 사실을 알고 감나무 재배는 으레 감접으로 했던 것인데, 아이들에게는 늘 수수께끼 같은 일이었다. 감 씨를 심었는데 고욤나무가 나다니. 현대 과학이 밝힌 신비는 우리가 먹는 과일의 열매는 씨방이 부풀어 난 것이고 씨는 씨방 안에 있는 밑씨가 자란 것이다. 씨방이 돌연변이로 맛있고 주먹만 하게 커졌지만 밑씨는 변함없이 고욤이라는 야성을 그대로 대물림하고 있기 때문이라고 한다.

고욤은 한자어로는 '소시(小柿)'라고 했다. '시(柿·柿·枾)'는 '감(나무) 시' 자로 '소시'는 '작은 감'이라는 뜻이다. '소시'는 『세종실록지리지』에도 나온다. 경상도에서 나는 '약재'로 뽕나무 껍질·느릅나무 속껍질·탱자 등과 함께 이름을 올리고 있다. 한방에서는 고욤 열매를 따서 말린 것을 '군천자'라 하여 소갈·번열증 등에 처방한다. 조선 숙종 때 실학자 홍만선이 엮은 농서 겸 가정생활서 『산림경제』(제3권 구황)에는 '소시'가 "고욤을 쪄서 씨를 제거하고, 대추도 씨를 제거하여 함께 찧어서 먹으면 양식을 대용할 수 있다”고 나온다. 이 내용은 『구황촬요』(1554년)에서 옮겨 적은 것으로 되어 있다. ‘구황’은 “흉년 따위로 기근이 심할 때 빈민들을 굶주림에서 벗어나도록 도움”이란 뜻을 갖는 말이다. 말하자면 ‘고욤’이 구황식품으로도 소중했다는 뜻이다.

충남 예산군 덕산면 시량리는 1914년 행정구역 폐합 때 소시(小枾)와 조량의 이름을 따서 시량리라 부른 데서 지명이 유래되었다고 한다. 자연마을로 ‘고용나무골’이 있는데, ‘소시(枾)’는 이를 한자로 바꾼(훈차) 이름으로 보인다. 고용나무골은 마을에 고욤나무가 있었다 하여 지어진 이름이라고 한다. 같은 예산군 대흥면 손지리에는 ‘감나무’와 ‘고욤나무’ 지명이 함께 있다. 자연마을 ‘감나뭇골’은 감나무가 무성했다 하여, 그리고 ‘괴엽나뭇골’은 고욤나무가 있었다 하여 붙여진 이름이라고 한다.

진주시 일반성면에 속하는 법정리 개암리(開岩里)는 ‘고욤(개암)’을 한자 표기한 지명이다. 『한국향토문화전자대전』에는 “개암리에 속하는 마을 중 하나에 개암나무(고욤나무)가 많아서 개암마을이라 불렸는데, 주변 마을과 통합하는 과정에서 이 명칭이 남게 되었다. 한자 지명은 음차한 것으로 추정된다”라고 되어 있다. 충주시 소태면 야동리에 있는 자연마을 ‘고양나무골’은 마을에 고욤나무가 많다 하여 붙여진 이름이다. 경주시 내남면 박달2리 ‘깨양밭골’은 고욤나무가 있는 골짜기를 이르는 이름인데, 고욤나무를 이곳에서는 ‘깨양나무’라 불렀다 한다. 같은 경주시 양남면 상계리 ‘꼬약나뭇골’은 꼬약나무(고욤나무)가 있는 골짜기를 부르는 이름이다. 고욤나무를 ‘꼬약나무’로 부른 것을 볼 수 있다.

경북 청송군 진보면 괴정리는 “굄나무[고욤나무] 정자가 있어 굄정이, 괴음정리라고 하다가 음이 변하여 괴정(槐亭)이라 하였다고 한다”(『디지털청송문화대전』). ‘괴정’은 흔히 ‘느티나무 정자’를 이르는 말로 많이 쓰였는데, 이곳은 ‘고욤나무 정자(굄정이)’를 한자로 바꾸면서 쓴 것이 특이하다. 같은 청송군 안덕면 근곡리에 있는 자연마을 '곰나뭇골'은 '곰'이라는 동물을 떠올리기 쉽지만, 유래는 고욤나무가 있었다 하여 붙여진 이름이라고 한다. 같은 청송군 진보면 이촌리의 자연마을 '곰남몰' 역시 "고욤나무가 있었다 하여 붙여진 이름"(『두산백과사전』)이라고 한다.

이 밖에도 고욤나무의 방언형은 무척 많다. 그만큼 고욤나무가 우리 생활문화와 밀접한 관계에 있었다는 것을 알 수 있다. 충북 보은군 용곡리 고욤나무는 천연기념물 제518호로 지정되어 있다. 수령은 약 250년, 나무의 높이는 18m, 가슴높이의 둘레는 2.83m인데 우리나라에서 지금까지 알려진 고욤나무 중 가장 규모가 크다고 한다. 이 고욤나무는 마을의 당산목으로 보존되어왔다. 지금도 음력 정월 보름에는 무속인들이 나무에 와서 바사뢰굿(신내림굿)을 한다고 한다.

오솔길과 외솔배기 그리고 솔뫼

외솔고개 · 일송정 · 솔메

오솔길같이 정감 있는 말도 드물 것 같다. 사색의 길로도 제격이고 사랑하는 사람과 함께 걷는 길로도 어울린다. 그 길은 고요하면서도 조금은 외롭고 쓸쓸한 분위기가 느껴진다. 사전에서는 그러한 분위기를 '호젓한 길'이라고 표현하는데, 그 외에도 '폭이 좁은'이라는 뜻을 덧붙이고 있다. 곧 '폭이 좁은 호젓한 길'로 '오솔길'을 정의하고 있다. 여기에서 '오솔길'의 어원을 조금 짐작해 볼 수 있는데, '오'는 '호젓하다'는 의미를, '솔'은 '좁다'는 의미를 각각 나타낸 것으로 볼 수 있다. 그렇게 본다면 '오'는 '혼자인' 또는 '홀로'를 뜻하는 '외'가 변한 말이고, '솔'은 '좁다'를 뜻하는 '솔다'의 어간으로 볼 수 있을 것이다. 연구자들도 '오솔길'이 '솔길(좁은 길)'에 '외'가 덧붙은 '외솔길'에서 온 말로 보고 있다.

이에 비해 '외솔배기'나 '외솔고개'에서 '외솔'은 '외로운 소나무' 곧 '한 그루가 외따로 서 있는 소나무'를 뜻하는 것으로 본다. '외솔'은 한글학자이자 국어운동가인 최현배의 호이기도 한데 예부터 '외따로 서 있는 소나무'의 뜻으로 써 왔던 말이다. 특히 '외솔'을 한자로 표현한 '고송(孤松: 외로울 고, 소나무 송)'이라는 말은 중국이나 우리나라 시문에서 흔히 썼던 단어이기도 하다. 도연명의 「사시(四時)」에 나오는 '동령수고 송(冬嶺秀孤松: 겨울 산마루에 외로운 솔이 빼어나다)' 같은 시구는 '고송' 의 모습을 겨울이라는 시간적인 배경과 산마루라는 공간적인 배경 속에서 생생하게 그려 보이고 있다.

'외솔배기'는 부산광역시 동구 수정4동에 있는 마을 이름이다. 마을에 큰 노송이 홀로 서 있어 붙여진 이름이라고 한다. '배기'는 '박이'가 변해 된 말로 '(무엇이) 박혀 있는 곳'이라는 뜻이다. 지명에서 장승이 서(박혀) 있는 곳은 '장승배기'라 했고, 차돌이 박혀 있는 곳은 '차돌배기' 라 했다. 『한국향토문화전자대전』에는 "외솔배기 마을은 형성 시기에 대해서는 알려진 바가 없으나, 6·25 전쟁 이전까지 이 지역이 묘지였으며 외솔이 무덤 가운데에 있었다고 전한다. (…) 외솔배기의 명칭의 유래가 된 노송이 도시화 과정에서 벌채되어 없어지고 그 자리에 약간의 공터만이 남아 있으며, 마을도 도시화로 흔적을 찾을 수 없다"라고 되어 있다. 현재 수정4동사무소 주위의 길을 '외솔배기길'이라고 한다.

또 다른 '외솔배기'(마을)는 강원도 평창군 대화면 개수리에 있다. 개수리는 외솔배기 밑 깊은 냇물에 소(沼)가 있다고 해서 '개소'라 불리다 1914년 행정구역이 통폐합되면서 '개수리'라는 현재의 이름을 갖게 됐다. 이곳은 해발 600m가 넘는 비교적 높은 곳에 위치해 있는데, 우람하고 잘생긴 소나무 한 그루가 마을 한가운데에 홀로 서 있다 하여 독송 또는 외솔이라 불렸고 그에 따라 지명도 '외솔배기'라 했다고 한다. 마을 사람들은 이 소나무가 임진왜란 때부터 마을을 재앙으로부터 지켜주고 있다고 믿고 있다. 수령 약 500년으로 추정되는 이 나무는 평창군 보호수로 지정 관리되고 있다.

강원도 홍천군 내면 율전리의 자연마을 '외솔배기'는 '일송정(一松亭)으 로도 불렸다고 한다. 가진포동 남쪽에 있는 마을로 어귀에 정자처럼 쓰던 한 그루의 소나무가 서 있었다고 한다. 강원도 고성군 주둔리에 있는 골짜기 '외솔베기'는 "큰 소나무 한 그루가 자랐다는 데서 비롯된 지명이다. 외솔박이라고도 한다'(『조선향토대백과』)는 설명이고, 황해북도 곡산군 율리 서쪽 신계군과의 경계에 있는 벌 '외솔베기'는 "옛날 벌 어귀에 큰 소나무가 있었다. 외솔박이라고도 한다"는 설명이다.

'외솔거리'는 강원도 고산군 용지원리 거리말 북쪽에 있는 골짜기인데, 골 안에 한 그루의 큰 소나무가 자라고 있다고 한다. 평안북도 의주군 춘산리에 있는 '외솔고개'는 고갯마루에 한 그루의 소나무가 자라고 있어 불린 이름이라고 한다. 예전에 국수당(서낭당)이 있어 '국수당고개'로도 불렸다. 평안북도 구성시 발산리 '외솔꼭지봉'은 발산리 큰 마을 동쪽에 있는 봉우리로 산마루에 큰 왕소나무 한 그루가 있다고 한다.

'외솔백이골'은 강원도 고성군 종곡리에 있는 골짜기 이름으로 "골 안에 큰 소나무 한 대가 있었다"는 설명이고, 강원도 금강군 내금강리 소재지 서쪽에 있는 골짜기 '외솔백이골' 역시 "골 어귀에 큰 소나무 한 그루가 서 있다"는 설명이다. 평안남도 성천군 삭창리의 북서쪽에 있는 등성이 '외송등'은 "지난날 등마루에 외솔이 자랐다"고 하고, 평안남도 회창군 구룡리 담배골 남쪽에 있는 재등 '외송등'도 "큰 외솔이 자라고 있다"고 한다. 모두 '외'는 우리말을 쓰고 '솔'은 한자 '송(松)'으로 바꾸어 쓴 것을 볼 수 있다.

소나무는 우리나라를 중심으로 해서 일본 및 만주의 모란강(목단강) 동북쪽부터 중국의 요동반도에 이르는 지역에 분포하고, 구미 각국에서는 자라지 않는다. 소나무는 우리나라 수종 중 가장 넓은 분포 면적을 가지고 있고 그 개체 수도 가장 많다. 소나무는 건조하거나 지력이 약한 곳에서 견디는 힘이 강한데, 비교적 고도가 낮은 동네 뒷산이나 구릉지 등에서도 잘 자란다. 그렇게 소나무가 무성한 야산을 이르는 대표적인 땅이름으로는 '솔뫼(솔메)'가 있다. 국어사전에 '솔'은 "소나뭇과의 모든 식물을 통틀어 이르는 말"로 나온다. 『훈몽자회』(1527년)에는 '소나무 송(松)'이

'솔 송'으로 나와 있다. '솔'의 어원은 '솟다'의 의미로부터 솟, 손, 솔, 솔로 이어져 온 것으로 보기도 하고, 나무 중에 으뜸이라는 의미의 '수리'에서 유래한 것으로 보기도 한다.

우리나라 최초의 천주교 사제인 김대건 신부가 1846년 한강 모래밭 새남터에서 효수될 때 그의 나이 스물여섯이었다. 1821년 '충청도 면천 솔뫼'에서 태어난 그는 15세에 신학생으로 선발되어 중국 마카오에서 공부하였고, 1845년 중국 상해에서 사제품을 받아 한국인 첫 사제가 되었다. 그러나 그는 홀로 당대에 돌출한 깃이 아니라 조상 대대로 물려받은 천주교 전통 속에서 짧지만 굵은 삶을 살다 간 것이다. 그의 집안은 증조할아버지(김진후)가 1814년 순교하였고, 작은할아버지(김한현)가 1816년, 아버지(김제준)는 1839년에 순교한 전력이 있었고 그가 1846년에 정점을 찍은 것이다. 바로 이 4대의 순교자가 살던 곳이 '솔뫼'다. 보통 '솔뫼성지'라 부른다. 공식 명칭은 '당진 솔뫼마을 김대건신부 유적'으로 사적(제529호)으로 지정되어 있다. 2014년 8월에는 프란치스코 교황이

솔뫼성지의 소나무

다녀간 적도 있다.

'솔뫼'는 천주교가 일찍이 전파된 이른바 '내포' 땅 한가운데 자리하고 있는데, '소나무가 우거진 산'이라는 뜻을 가지고 있다. '솔뫼'는 한자로 '송산(松山)'이라 썼는데 지금의 당진시 우강면 송산리이다. 송산리는 우강면의 대부분 지역이 낮고 평평한 간척 평야 지대인 데 비해서 구릉성 산지를 이루고 있고, 순성면과의 서쪽 경계에는 당산(79m)이 있다. 창리천이 마을 남쪽을 동류하면서 강문리 부리포 앞에서 삽교천에 유입된다. 옛날에는 이곳까지 바닷물이 들어와 배가 닿던 곳이라 한다. 송산리는 주변이 낮고 평평한 가운데 구릉성 야산에 소나무가 많이 있으므로 솔뫼 또는 솔미라 부른 것이다.

안동시 송천동은 자연마을인 '솔뫼'에서 유래한 이름이다. 반변천 안쪽에 시냇물이 흐르고 마을 주위에 소나무가 많아서 붙여진 이름이다. 솔뫼는 일명 솔걸, 송걸으로도 불렸는데 송천동(松川洞) 이름은 이 '솔걸'에서 비롯된 것으로 보인다. '솔걸'에서 '걸'은 개울(내)의 방언이자 옛말이기도 하다. 소나무 송 자에 내 천 자를 쓴 '송천'은 이 '솔걸'을 한자로 바꾸어 쓴 것이다. 그러니까 '솔뫼' 마을은 두 가지로 불렸던 셈이다. 지금 송천동 솔뫼 마을의 소나무숲은 마을 공원으로 조성되어 있다고 한다.

같은 안동시 풍천면 광덕리는 넓은 둔덕이 있어 광덕이라 이른 곳이다. 마을 대부분이 해발 고도 100여m의 낮은 구릉으로 이루어진 넓은 평야 지대이다. 낙동강이 동쪽과 북쪽을 감싸며 흐르고 촌락은 낙동강 변의 퇴적지에 형성되어 있다. 하회마을과 화천을 사이에 두고 마주 보고 있는 곳이다. 광덕1리, 2리 두 개 행정리로 이루어져 있는데, 자연마을로는 1리에 솔안, 저우리, 2리에는 앞개, 광디이, 건잣, 안심이, 심못골, 섬마, 솔미 등이 있다. 이 중 '솔안'은 화천서원 부근에 수구맥이 역할을 하는 솔밭이 있고, 이 솔밭 안에 형성된 마을이란 뜻으로 솔안, 혹은 소라나라 불렀다 한다. 화천서원은 겸암 류운룡(1539~1601)을 배향하는 곳으로, 솔안마을은 화천이라고도 불렀다 한다. '솔미'는 송미, 송산이라고도 했는데 마찬가지로 마을에 소나무가 많아 붙여진 이름이라고 한다. '미'는 '뫼'가 변한 것이다.

황해북도 송림시 송산동은 1947년에 송림시에 신설한 리로서 소나무가 울창한 산을 낀 '솔메마을'을 중심으로 이루어졌다 하여 송산리라 하였다고 한다(『조선향토대백과』). '송림' 지명은 영조 때의 『여지도서』(황주)에는 '송림방'으로 나오는데, '방'은 '면(面)'을 뜻한다. '솔메마을'은 송산동의 동쪽에 있는 마을로 소나무가 많던 산 밑에 위치해 있어 이름 붙여졌다고 한다. 원래 이 지역은 대동강 하구의 한적한 어촌지역이었는데 1914년 일본 미쓰비시사가 제철소를 세우면서 알려진 곳이다. 지금의 황해제철연합기업소이다. 이 지역에는 187m의 송림산이 있고, 옛날 소나무가 무성하여 송림리, 송림면의 이름이 생겼다고 한다.

찔레꽃 향기는 너무 슬퍼요

찔레골 · 찔갯골 · 독고리남밧

찔레꽃은 찔레, 찔레나무라고도 했다. 장미과에 속하는데 가시가 많고 하얀 꽃은 향기가 아주 좋다. 그래 찔레꽃을 들장미라고도 불렀다. 조선 중기 한문 사대가 중 한 사람인 계곡 장유(1587~1638)는 나주 목사로 부임하면서 「극락원」이라는 시를 써서 남겼다. "광활한 평야 지대 한눈에 들어오고 / 가로질러 흐르는 두 물줄기 유장해라 / 역력히 보이는 구름 덮인 산 / 푸르스름 어두운 내 낀 나무들 / 좋은 경치 넉넉한 호수와 바다 / 광주와 나주의 접경이로다 / 가던 수레 잠시 역참에 멈춰 서니 / 길가에 가득한 찔레꽃 향기"(『계곡선생집』 제28권, 한국고전번역원). 극락강(영산강의 별칭. 극락원이라는 원집 이름에서 유래됨) 주변의 아름다운 경치를 '찔레꽃 향기'로 정점을 찍어 놓은 것이 인상적이다. 원문에서는 '찔레꽃 향기'를 '야당향(野棠香)'으로 썼다.

다산 정약용은 「여름날 전원의 여러 가지 흥취를 가지고 범양 이가의 시체를 모방하여 이십사 수를 짓다」(『다산시문집』 제7권 / 시-천진소요집, 한국고전번역원)에서 "십순 동안 병상에서 꽃다운 계절 보내고 / 이제야 남의 부축받아 애써 사립을 나오니 / 괴이하게도 은밀한 향기가 코를 찔러라 / 들장미꽃이 눈처럼 하얗게 피었네그려 ……"라고 썼다. '들장미꽃'은 '찔레꽃'을 가리키는 말로 원문에는 '야장미(野薔薇)'로 나온다. 십 순이면 백 일이다. 백 일을 병상에 있다가 여름 들어 첫나들이 길에 제일 먼저 다가와 코를 찌르는 '괴이하게도 은밀한 향기'. 눈처럼 하얗게 핀 찔레꽃의 진한 향기에 계절 감각이 가득 서리어 있다.

옛 시문에서 '찔레꽃'은 드물게 찾아진다. 꽃이 순박하면서 곱고 향기가 두드러지지만 꽃나무가 작고 보잘것없어서인지 산야에 흔한 여느 들꽃 취급을 했던 것 같다. 특별히 심미안적인 접근을 보인 작품은 별로 없어 보인다. 이는 가난한 서민들에게도 마찬가지였는데, 찔레꽃을 그렇게 아름답게만 보지 않았다. 아니 그렇게 못 했던 것 같다. '아름다움' 앞에 '배고픔'이 우선 가로 놓여 있었기 때문이다. 옛사람들은 찔레꽃이 한창 필 무렵을 '찔레꽃머리'로 불렀는데 이때가 바로 연중 가장 힘들고 배고팠던 '보릿고개(춘궁기)'와 겹쳤던 것이다. 또한 이때는 가뭄이 들기 일쑤였는데 그것을 '찔레꽃가뭄'이라 불렀다. 모내기 철이자 찔레꽃이 한창 필 무렵인 음력 5월에 드는 가뭄을 부른 이름이다.

관련 기록은 『인조실록』(19년 5월 13일)에도 보이는데, 인조가 이번에 조금 내린 비가 농사에 도움이 되었다고 하던가 묻자 신경진이 "절기의 순서를 가지고 본다면 [몇 자 원문 빠짐] □□□지 않을 것입니다. 농부들은 항상 야당화(野棠花, 찔레꽃)로 [5, 6자 원문 빠짐] □□□ 지기 전에 파종해도 늦지 않다고 하였습니다'라고 아뢰고 있다. 원문이 빠져 있어 정확한 뜻은 파악이 안 되지만 '찔레꽃가뭄'과 관련이 깊은 것은 분명해 보인다. 어쨌든 보릿고개에 가뭄까지 겹쳐 드는 힘든 때 멀리서 강하게 풍겨오는 찔레꽃 향기는 배고픔을 자극하고 나아가 가슴 깊이 어떤 서러운 감정을 불러일으켰을 것도 같다. 그래서 가수 장사익은 찔레꽃 향기는 너무 슬프다면서 목놓아 울었다고 노래했는지도 모른다.

찔레꽃에 얽힌 전설도 이러한 한의 정서와 맞닿아 있다. 원나라에

공녀로 끌려간 고려 처녀 '찔레'는 천신만고 끝에 고향에 돌아왔지만, 가족은 온데간데없이 사라지고 없었다. 온 산하를 찾아 헤매던 찔레는 마침내 외딴 산길에서 쓰러지고, 그 위에 하얀 눈은 속절없이 내려 쌓였다. 겨울이 지나 봄이 오고 찔레가 쓰러진 곳에서는 하얀 꽃이 피었다. 사람들은 그것을 '찔레꽃'이라 불렀다는 슬픈 이야기. 찔레는 어원적으로 찔리는 가시가 있다는 뜻이라고 한다.

사천시 사남면 유천리 '찔레골'은 "옛 조동 마을 동남쪽에 있었던 마을로서 엄동설한인데도 이곳이 따뜻하여 찔레꽃이 피었다고 하여 이름한다. 지금 삼성항공에 편입되었다"(『사천지명지』)고 한다. 같은 사천시 정동면 예수리(반룡부락)에 있는 모은사는 연혁에 덕운 스님이 1948년경 사남면 방지리 '찔레골'에 화당암이란 조그마한 암자를 건립하여 불도를 닦아오다가 그 후 현재의 위치로 옮겨온 것으로 되어 있다(『정동면지』). 이로써 보면 1948년경 사남면 방지리에는 '찔레골'이 있었던 것으로 보인다.

경북 청도군 화양읍 진라리는 바깥 진라와 안 진라가 합해져 만들어진 마을이다. 명칭 유래는 "마을 앞을 흐르는 내가 길어서 '긴 내'가 변하여 질래가 되었다고 한다."(『디지털청도문화대전』) 그런데 이 '질래'가 마을을 개척할 때 찔레가 무성하여 그것을 헤쳐가면서 터를 연 곳이라 '찔레(골)'라 불렀던 곳으로, 한자 표기하면서 '진라'가 되었다는 설도 있다. 충북 옥천군 안내면 도율리의 '도촌'은 원래 상인들이 쉬어가거나 물건을 받아 가는 도가(都家)가 있어 '도가실'이라 불렀던 마을인데, 이 도가실 뒷산에 '찔레골'로 부른 골짜기가 있었다고 한다.

황해남도 신천군 석교리 서남쪽에 있던 마을 '찔레골'은 '명사마을'이라고도 했는데 "찔레꽃이 많이 폈다 하여 찔레골이라고 하였다"(『조선향토대백과』)고 한다. 현재는 마을 전체가 집단 이주되면서 밭으로 개간되어 있다. 같은 황해남도 신천군 근로자리 '찔레골'은 골짜기 이름이다. "찔레꽃나무가 많이 자라고 있다"는 설명이다.

상주시 공성면 봉산리에 있는 자연마을 '찔갯골'은 "찔레나무가 많았다 하여 불리게 된 이름"(『두산백과사전』)이라고 한다. '찔개'는 '찔레'의 방언형으로 짐작된다. 전남 지방에서는 '찔레'를 '찔구', '찔레나무'를 '찔구나무'라 부르기도 했다. 제주 서귀포시 안덕면 서광서리 '독고리남 밧'은 "'독고리낭'이 많이 자생한다는 데서 붙여진 지명이다. '독고리남'은 '독고리낭'과 더불어 찔레를 얘기하는 이 지역 방언이며, '밧'은 '왓'과 더불어 밭을 말하는 제주어이다"(『제주의 마을』)라는 설명이다. 『우리말샘』에는 '똥고리낭'이 '찔레나무'의 방언(제주)으로 나온다.

서귀포시 보목동 볼레낭은 보리수나무

볼레낭개 · 볼레남개 · 볼레오름

석가모니가 그 나무 아래에서 깨달음을 얻었다는 보리수. 보리수는 불교의 성스러운 나무이자 상징적인 나무이다. 그런 만큼 많은 불교 용어들이 이 말에 뿌리를 두고 있다. 보리수라는 말은 산스크리트어 '보디(Bodhi)'를 중국에서 한자로 음역한 말이다. '보디'는 '깨달음'을 뜻하는 말인데, 원래 인도에서 핏팔라나무(Pippala tree)라 부르던 것을 석가모니가 그 나무 아래에서 깨달음을 얻었으므로 보디나무(Bodhi tree)로 바꾸어 부른 것이다. 석가의 이름 붓다(buddha, 깨달음을 얻은 자)도 여기에서 비롯되었고, 이 붓다가 한자로는 '불타(佛陀)'로 표기되고 이것이 변해 부처가 되는 것이다. '불타'는 '불(佛)'로 줄여 널리 쓰였는데 '불교'라는 말도 여기에서 비롯된 것이다.

보리수(菩提樹)는 한자 그대로 읽으면 '보제수'인데, 우리는 이를 '보리수'로 바꾸어 불렀다. 원음에 보다 가깝게 발음한 것이라고 한다. 이 나무는 뽕나뭇과의 교목으로 키가 30~40m까지 자라는 아주 큰 상록수이다. 인도 원산의 열대 나무로 우리나라에서는 자생할 수 없는 나무이다. 우리나라 사찰에 가면 '보리수'라는 팻말을 붙여 놓은 나무들을 더러 만나게 되는데 대부분은 보리수가 아닌 보리자나무이거나 찰피나무 또는 염주나무라고 한다. '보리자나무'는 피나무 일종으로 중국 사찰에서 '인도 보리수' 대용으로 심으면서 보리수라 부르기 시작한 것이라고 한다. 우리나라에 들어와서도 '보리수'라는 이름으로 불리었는데 후대 학자들이 우리나라 자생 보리수나무와 구분하기 위해 '보리자'라 이름 지어 붙인 것이다.

사찰의 보리수와 달리 민간에서 흔히 '보리수나무'로 부르는 우리나라 자생의 나무가 따로 있다. 나무의 외형이나 열매로 보면 크게 차이가 나서 쉽게 구별되지만 이름 때문에 이따금 혼란을 불러일으키기도 한다. 보리수나무는 우선 키가 3~4m밖에 되지 않고, 가을에 맺는 열매도 빨간색으로 약간 떫은 듯 단맛이 나서 아이들이 즐겨 따먹는다는 점에서 차이가 난다. 아이들은 이 열매를 흔히 '뽀루수(보리수)' 또는 '파리똥(포리똥)'이라 부르기도 했다. 팥알만 한 붉은 열매에 은빛 점이 박혀 있는 보리수나무 열매는 생식도 하지만 잼이나 파이의 원료로 이용하고, 약재로 요긴하게 쓰였다. 열매의 씨앗이 보리 같다고 하여, 또 열매 볼에 이똥(치태)이 묻은 것 같다 하여 '보리똥나무'라고도 불렀다. 보리수나무의 '보리'는 곡식의 하나인 그 보리(대맥)인 것이다.

『연산군일기』 연산 6년(1500) 3월 1일 기사에는 임금이 전라도 감사에게 하서한 내용 중에 "동백 5~6그루를 각기 화분에 담고 흙을 덮어 모두 조운선에 실어 보내고, 보리수(甫里樹) 열매를 익은 다음에 봉하여 올려보내라"라는 것이 있다. 여기서 쓰인 보리수는 한자가 특이한데 '클 보(甫)' 자에 '마을 리(里)' 자, '나무 수(樹)' 자를 쓴 것이다. 이는 한자의 음을 빌려 표기한 것으로 불가에서 말하는 '보리수'가 아님은 분명하다. 연구자들은 이 '보리수'를 남부지방에서 자라는 '보리장나무'나 '보리밥나무'로 본다. 두 나무 모두 보리수나뭇과에 속하면서 보리수나무와 유사하지만, 보리수나무가 봄에 꽃이 피고 가을에 열매가 익는 데 비해 보리장나무나 보리밥나무는 가을에 꽃이 피어서 봄에 열매가 익는다는 점이 다르다. 이런 탓에 이 두 나무는 보리의 수확 시기와 결실 시기가 같아서 '보리' 이름이 붙었다는 유래가 덧붙기도 한다. 그러나 옛사람들은 '보리수나무', '보리장나무', '보리밥나무'를 따로 구분하지 않았던 것이 위에서 본 연산군 때의 보리수(甫里樹) 기록에서도 확인이 된다.

제주도에서는 보리수나무 열매를 '볼레', 보리수나무를 '볼레낭'이라 불렀다. '낭'은 나무의 옛말 '낡'에서 비롯된 말이다. '볼레', '볼레낭'은 지명에도 여럿 남아 있는데 대표적인 곳이 서귀포시 보목동이다. 보목동은 서귀포시 동남쪽에 있는 해안 마을로, 1981년 서귀읍과 중문면을 병합하여 서귀포시로 승격할 때, 옛 보목리 일대를 보목동이라 하였다. 『한국향토문화전자대전』에 "보목동은 일찍부터 '볼레낭개·볼레남개'로 불렸고, 한자 차용 표기로 '보애목포(甫涯木浦)' 또는 '보목포(甫木浦)'로 표기되었다. 보리장나무[볼레낭]가 많은 '개[浦]'라는 데서 유래한 것으로 전해진다"라고 되어 있다.

'보애목포'는 『남사록』(1679~1680)에 병선을 붙일 수 있는 곳이라고 기록되어 나온다. '보애'는 '볼레'에서 'ㄹ'을 빼고 한자의 음을 빌려 표기한 것이고 이것을 다시 줄여 '보'로도 표기한 것으로 보인다. 여기에 '나무 목' 자를 붙여 '보애목', '보목'이 된 것이다. 『호구총수』1789)에서는 보목리(甫木里)로 표기했다. 그러니까 섶섬이 바라다보이는 아름다운 동네 보목동은 보리수나무의 다른 이름인 것이다.

같은 서귀포시 하원동에 있는 '볼레오름'은 '볼레오롬', '포애악(浦涯岳, 『탐라지』)', '볼라악(甹羅岳, 『제주삼읍도총지도』)', '보라악', '포라악' 등 이칭이 많다. 『한국향토문화전자대전』의 '명칭 유래'에는 "볼레 오롬의 '볼레'는 보리수나무의 열매인 보리수를 뜻하기도 하고, 보리장나무의 열매를 뜻하기도 하는데, 어느 것을 뜻하는 말인지 확실하지 않다. 한때 볼레 오롬을 부처의 제자인 존자가 와서 좌정한 곳이라는 데서 붙였다고 하면서 불래악(佛來嶽)이라는 주장이 있었으나, 옛 문헌과 지도 어디에도 그런 표기가 없어 채택되지 않고 있다'라고 되어 있다. 볼레오름의 남사면 중턱에는 제주도에서 가장 오래된 명사찰로 알려진 '존자암지'가 있기도 하다.

나무에 달린 참외 모과나무

모과울 · 모개실 · 목과동

가을은 모과의 계절이기도 하다. 노랗게 익은 모과 향기와 함께 가을이 무르익어 가는 것이다. 그러나 생긴 것으로 치면 모과는 가을의 과일 중에서도 하품에 속할 것이다. 울퉁불퉁하기도 하고 개중에는 찌그러진 것도 있어 단정하게 생긴 여타 과일에 비하면 영 볼품이 없다. 맛도 그러한데 떫은맛이 아주 강하고 신맛도 있어 생식하는 것은 고통스러울 정도이다. 더구나 과육이 단단해서 사과나 배처럼 한입 베어 물면 달콤한 과즙이 입안에 가득 차는 것은 상상도 할 수 없다. 그래서 어물전 망신은 꼴뚜기가 시키고, 과일전 망신은 모과가 시킨다는 속담도 있어 왔다.

그러나 모과는 향이 아주 좋아 얇게 저며 꿀이나 설탕에 재어서 모과차로 많이 마신다. 꿀에 졸여서 과자의 일종인 정과로 만들어 먹기도 한다. 또한 술로도 담그며, 한방에서는 약으로 요긴하게 쓰기도 한다. 모과의 약효는 일반적으로 기관지 질환이나 천식 등에 좋다고 알려져 있으며, 소화작용에도 도움을 주고 숙취 해소에도 아주 좋다고 한다. 모과는 먹지 않더라도 그냥 방향제로 많이 이용하기도 하는데 가을이 지나면서는 거실 탁자나 방안 책상 위에 예쁘게 자리 잡기도 하고 자동차 운전대 앞에 놓이기도 한다. 모과나무는 5월에 피는 분홍색 꽃이 예쁘고 수피가 아름다워 더러 정원수로 심기도 한다. 모과나무는 장미과에 딸린 낙엽교목인데 나무껍질이 해마다 벗겨지고 줄기에 녹갈색의 구름무늬가 있어 아름답다. 이러한 모과나무를 놓고 『흥부전』에서 놀부가 흥부 집에 가서 얻어 가는 화초장이 모과나무로 만든 장롱이라는 주장이 있는데 이는 사실이 아닌 것으로 보인다. 모과나무는 참나무보다 더 단단하고 나뭇결이 고르지 않아 화초장을 비롯한 장롱의 재료로는 적합하지 않고, 모과나무로 장롱을 만든 예도 찾을 수 없다고 한다.

모과는 한자어 목과(木瓜: 나무 목, 오이 과)에서 온 말인데 '나무에 달린 참외'라는 뜻이다. 그렇게 보면 모과의 색깔이나 모양이 참외와 비슷한 것 같기도 하다. 다른 한자로는 목과(木果)라 쓰기도 하고, 한 글자로는 '무(楙)'라 쓰기도 했다. 중국이 원산인 모과는 중국의 고전 『시경』의 "나에게 목과를 던져 줌에 아름다운 옥으로 보답한다"라는 구절에 등장하는데, 여기서 '목과'는 하찮은 물건을 비유하고, '옥'은 귀중한 보물을 비유한 것으로 본다. 이 구절은 '목과(木瓜)'라는 말과 함께 우리 옛 시문에 많이 인용되기도 했다. 모과가 우리나라에 들어온 것은 고려 시대 이전으로 보이는데, 기록으로는 『고려사』 문종 2년(1048)의 '모과(목과)만 한 유성이 나타나다'라는 기사에 처음 보인다.

고려 중기의 문신이자 문인인 백운거사 이규보(1168~1241)의 시문집 『동국이상국집』에도 '모과' 얘기가 나오는데 "밤중이 되어 오래 앉아 있자 몸이 피로하고 졸음이 눈을 가리곤 했다. 그러자 스님이 나가서 금귤·모과(木瓜)·홍시를 가지고 와서 손들을 대접하는데, 한 번 씹자마자 나도 모르는 사이에 졸음이 벌써 어디로 가버렸다"(「고율시」)고 쓰여 있다. 고려말 문신이자 학자인 목은 이색(1328~1396)의 시에는 "모과를 가늘게 썰고 여기에 귤을 곁들여 / 아교 같은 석청 타니 맛이 이미 좋은데

/다시 경단을 가져다 뜻대로 씹어 먹으니 / 중화탕 마시기보다야 월등히 낫고말고"(『목은시고』)라고 해서 고려 시대에 이미 모과를 즐겨 먹었던 것을 알 수 있다. '석청(꿀)'을 타서 먹었다는 것으로 보아 모과차같이 해서 먹은 것으로 보이는데 자세한 방식은 알 수 없다.

『조선왕조실록』(세종 10년 12월 9일)에는 국가의 수용에 감당할 과목 심기를 상림원에서 건의했다는 기사가 있다. '상림원'은 조선 시대에, 궁중 정원의 꽃과 과실 나무에 관한 일을 맡아보던 관아이다. 여기에 "강화부는 사면이 바다로 둘러 있어 수기(水氣)가 모인 곳으로 초목의 성장이 다른 곳보다 나은 편이오니, 청하옵건대 감자(柑子)·유자(柚子)·석류(石榴)·모과(木瓜) 등의 각종 과목을 재배하도록 하소서"라고 기록되어 있다. 모과가 감자(홍귤나무의 열매), 유자, 석류와 함께 진귀한 과일로 취급되었음을 알 수 있다. 또 광해군 때(1년 10월 21일)의 기사에는 "나는 본시 담증이 있어서 모과를 약으로 장복하고 있다. 그런데 충청도에서 작미(作米)하기로 했다고 핑계 대고 1개도 올려보내지 않았다고 하니 매우 놀라운 일이다. (…) 속히 파발을 띄워 상납하도록 독촉하여서 제때 쓸 수 없는 걱정이 없게 하라"는 임금의 전교가 기록되어 있다. '작미'는 공물을 쌀로 환산하여 받던 일을 가리키는데, 광해군에게는 쌀보다는 특산물로 바치던 모과가 더 급했던 모양이다. 파발까지 띄운 것을 보면 말이다. 예전에는 충청도 공주 지방의 모과가 좋다는 말이 있었다.

옛사람들의 문집에 따르면 홍주(홍성), 청주 등에 모과동(木瓜洞)이 있었던 것으로 보이는데 자세한 것은 알기 어렵다. 오송생명과학단지가 위치한 청주시 흥덕구 오송읍 연제리에는 '모과공원'이라는 특이한 이름의 공원이 있다. 명칭은 과학단지가 들어서기 전 이곳에 '모과울(모가울)'이라는 동네가 있었던 데서 유래했고, 현재도 천연기념물로 지정된 오래된 모과나무가 공원 안에 위치하고 있다. 전통 과일나무로서 오래되고 규모(높이 12m, 둘레 3.34m, 수관폭 13m)가 커서 천연기념물(제522호)로 지정된 연제리 모과나무는 수명 500년으로 역사적인 유래까지 간직하고 있다. "서산류씨 문중의 류윤이 조선 세조 등극 초기에 이곳에 은거하면서 세조의 출사에 불응하였는데, 구구한 변명은 하지 않고 이 모과나무를 가리키며 쓸모없는 사람이라는 뜻을 밝혀 전하였다고 한다. 이때 세조가 친히 '무동처사'라는 어서를 하사했다는 유서 깊은 나무"("한국민족문화대백과』)라는 설명이다. '무동'의 '무(楙)'는 모과나무를 뜻하는 한자이다. 과일 중 가장 못생겼다고 하여 흔히 못생긴 사람을 모과에 비유했는데, 류윤은 '쓸모없는 사람'이라는 뜻으로 자신을 모과나무에 빗댄 모양이다. 연제리 모과나무가 문화재로 지정된 후 전국적으로 20여 주의 모과나무가 보호수로 지정되어 관리받고 있다 한다.

경기도 시흥시의 동북쪽에 위치한 과림동은 1914년 행정구역 개편 때 중림동·부라위·목과·숯드르지를 합해 목과와 중림동에서 각각 한 글자씩 따서 부천군 소래면의 과림동으로 편제되었다고 한다. 1842~1843년경에 편찬된 『경기지』「인천부읍지」 황등천면에는 목과동(木瓜洞)으로 기록되어 있다. 목과동의 순우리말 이름은 '모갈' 또는 '모과울'이었다 (『한국지명유래집』). 충남 서산시 음암면 율목리는 1914년 행정구역 개편 시 율리(栗里)에서 '율' 자와 목과동리(木果洞里)에서 '목' 자를 따서 율목리가 되었다. 『조선지지자료』에는 각각 '밤실', '모과울' 지명으로 보인다. 현재도 율목리의 자연마을로 '모과울', '밤실'이 있다.

모과는 사투리로 '모개', '모개나무(낭구)'로 불렸고 땅이름에도 흔적이 남아 있다. 경북 고령군 우곡면 사촌리는 회천 변의 양지바른 곳에 있는 모래가 많은 강가 마을이므로 사촌이라 불렀다. 그중 자연마을인 '모개실'은 모과나무가 있는 곳이어서 붙인 이름이라고 한다. 모과나무 옆에 지은 모가정(慕柯亭)이 있던 곳이어서 모가곡이라고도 한다. 조선 단종 때 고령신씨 신평은 수양대군이 조카인 단종의 왕위를 찬탈하자 벼슬을 버리고 이곳에 은거하게 되었다. 이곳에 이주해 살면서도 전라도 옥과현

가실에 있는 아버지의 묘를 매년 찾아가다가 나이가 들어갈 수 없게 되자 "몸은 비록 이 땅에 있으나, 마음은 항상 옥과에 있다."라는 말을 남기고, 마을 뒷산에 있던 모과나무 옆에 모가정을 지어 아버지를 그리는 정을 달래었다고 한다. 전남 장흥군 안양면 사촌리 '모개나뭇골'은 모개(모과)나무가 많았다 하여 붙여진 이름이고, 거제시 하청면 실전리 '모개남골'은 실전의 절터골 왼쪽에 모과나무가 많은 골짜기를 가리킨다.

율곡매 선암매 설중매

매화고랑 · 매화골 · 매화나무골 · 매실

오만 원권에 그려진 신사임당 초상 옆에는 신사임당의 '묵포도도'
와 '초충도수병'이 그려져 있다. '초충도수병'은 현재 보물 제595
호로 지정되어 있고, 8폭 병풍에 화초와 곤충이 수놓아져 있다. 이에
반해 뒷면은 신사임당이 아닌 다른 사람의 그림 곧 어몽룡의 '월매도'와
이정의 '풍죽도'가 그려져 있다. 두 사람 모두 신사임당과 같은 시대
사람들로 매화 그림과 대나무 그림을 겹쳐 놓은 것은 이른바 '사군자'를
상징적으로 나타낸 것으로 보인다. 사군자는 군자에 비견되는 매화, 난초,
국화, 대나무 네 가지 식물을 가리키는 말이다. 봄은 매화, 여름은 난초,
가을은 국화, 겨울은 대나무로 각각 사계절을 상징하는 것으로 보기도
한다.

오만 원권 지폐 뒷면에서 보는 매화 그림은 사실 이게 매화나무인가
싶게 특이하다. 옆으로 가지를 펼치고 가지마다 아름다운 꽃봉오리들을
그려놓은 보통의 매화나무 그림과는 다르게 '월매도'는 수직의 구도가
우선 눈에 띈다. 늙은 매화나무의 굵은 가지는 옆으로 부러져 있고 그
사이로 가늘고 어린 가지가 창처럼 하늘을 향해 곧게 솟아 있다. 그리고

그렇게 높이 솟아오른 가지 끝에 달무리 진 둥근 달이 걸려 있는 것이다. 매화꽃은 듬성듬성 대강 윤곽만을 그리고 가지 주변에 짙은 농묵의 태점을 찍어 주었다. '월매도'는 아주 파격적이면서 간결한 구도를 가지고 있는데 아름답다는 느낌보다는 고결하면서도 꿋꿋한 기품이 느껴진다. 채색은 피하고 수묵으로만 그려졌는데 꽃도 붉은 홍매가 아니라 눈처럼 희고 청순한 백매가 그려졌다.

어몽룡의 '월매도'는 이름만으로는 「춘향전」에 나오는 '이몽룡'과 그의 장모인 퇴기 '월매'를 떠올리게도 되는데, 어몽룡은 훨씬 윗대인 조선 중기 사람이다. 매화 그림(묵매화)은 조선 중기에는 어몽룡을 중심으로 한 사대부 출신 화가들 사이에서 성행하였는데 그중 어몽룡이 제일 명성이 높았다. 현감을 지낸 그는 묵죽의 이정, 묵포도의 황집중과 더불어 3절로 일컬어지기도 했다. 한편 천 원 지폐 앞면에는 퇴계 이황의 초상이 그려져 있는데 '명륜당' 건물 위로 옆으로 뻗은 가지 위에 매화꽃이 활짝 피어 있다. 이황의 매화 사랑은 유별났던 것으로 알려져 있다. 100여 수가 넘는 매화 시를 남겼고 돌아가는 날 아침에도 눈은 감은 채 화분의 매화나무에 물을 주라는 말을 남겼다고 한다.

오만 원권과 오천 원권 지폐에 초상을 올린 신사임당과 율곡 이이 두 모자는 같은 곳에서 태어났는데 강릉 오죽헌이 그것이다. 오죽헌은 오죽(烏竹) 곧 줄기가 검은 대나무가 많이 자라고 있는 집이라는 뜻이다. 그런데 이 오죽헌에는 이 오죽 못지않게 유명한 나무가 있어 천연기념물 (제484호)로 지정되어 있다. '율곡매'로 불리는 이 매화나무는 세종 때 이조참판을 지낸 최치운(1390~1440)이 오죽헌을 건립하고 별당 후원에 심었다고 전하는데 그렇게 보면 수령이 600년이 되는 고매(古梅)이다. '율곡매'는 꽃 색깔이 연분홍인 홍매 종류이며, 열매는 다른 나무에 비하여 훨씬 알이 굵은 것이 특징이다.

오죽헌을 지은 사람은 최씨인데 이것이 신사임당 곧 신씨 집안으로 물려진 까닭은 조선 전기 자녀 균등 상속과 관련이 깊다. 오죽헌은 딸(사위) 쪽으로 거듭 상속이 되면서 신사임당의 아버지 신명화에게 물려지고 이는 다시 사위인 권처균에게 물려지는 내력을 갖는다. 오죽헌의 매화나무는 신사임당과 율곡이 직접 가꾸었다고도 전한다. 신사임당은 고매도, 묵매도 등 여러 매화 그림을 그렸는데, 신사임당이 태어날 당시부터 이미 상당히 굵었을 매화나무를 보아온 추억을 살려 훗날 매화 그림으로 승화시켰을 것으로 짐작된다. 또한 신사임당은 맏딸의 이름도 매창(梅窓)으로 지었을 만큼 매화를 사랑하였다. '율곡매'는 신사임당의 아들 이이의 호인 율곡을 따서 이름 붙여진 것이다. 현재 이 매화나무는 가지가 두 개 정도만 살아 있고 잎이 피다가 쪼그라드는 등 고사 위기에 처해 있고 천연기념물에서 해제를 검토하는 단계에 있다고 한다.

지금은 매화꽃 구경하면 광양 매화마을(전남 광양시 다압면 도사리 섬진마을)을 많이 찾지만 예전에는 순천 선암사를 우선적으로 찾았다. 선암사 경내에는 수령이 350~600년으로 추정되는 매화나무가 50여 그루 자라고 있는데, 이른 봄 따뜻한 남도의 봄 햇볕 속에 활짝 핀 매화꽃은 오래된 절의 고적한 풍경과 어울려 가히 환상적이라는 찬탄을 받아 왔다. 이곳의 매화는 색이 깨끗한데다 단아하고 기품이 있으며, 향기도 깊고 은은해 매화 중에서도 '명품'으로 꼽았다. 선암사의 매화나무는 절 이름을 따 '선암매'라고 불렀다. 50여 그루 중 흰 매화 한 그루와 분홍 매화 한 그루가 천연기념물(제488호)로 지정되어 있다. 고려 대각국사 의천 (1055~1101)이 선암사를 중창할 때 와룡송과 매화나무를 심었다는 기록이 당시의 상량문에 있었다고 한다. 그러나 이 매화나무의 나이는 600년으로 추정하는 만큼 대각국사가 심었다는 사실과는 맞지 않는다. 이 나무들은 그 이후에 심어진 것으로 추정된다.

'매화'는 고결한 이미지로 인해서 선비들의 사랑을 많이 받았지만 선비들의 전유물은 아니었다. '매화'는 지조와 절개의 상징으로 흔히 쓰였지만 반대로 염색적인 이미지를 풍기는 말로도 쓰였는데 기생이나 여자들의 이름에 '매화'라는 말이 많이 쓰인 것이 그러한 경우이다. 조선 초기의 기생 '설중매(雪中梅)'는 조선의 개국 공신들이 설중매에게 동가식 서가숙하는 신분이니 늙은 자기와 동침할 수 있겠느냐고 희롱하자, 왕씨를 섬기다가 이씨를 섬기는 분들이니 당연히 모셔야 되지 않겠느냐고 응수했다고 해서 이름에 걸맞은 매운 기개를 보여준다.

설중매는 '눈 속에 핀 매화'라는 뜻이다.

그러나 조선 후기 실전된 판소리 〈강릉매화타령〉에 등장하는 일등 명기 '매화'는 강릉 부사에 의해 골생원의 수청 기생이 되어 자신의 의도와는 관계없이 미색으로 골생원에게 욕정의 대상이 되는 인물에 불과하다. 이 작품은 〈매화골로가(梅花骨老歌)〉로 불리기도 했는데, '골(骨)'은 여색을 지나치게 좋아하는 사람을 뜻하는 '색골(色骨)'의 '골'을 의미하는 것으로 볼 수 있다. 경기 통속민요 〈매화타령〉(일명 매화가)은 남녀 간의 사랑과 이별을 주제로 한 유희요인데 노래 제목은 후렴의 가사 "좋구나 매화로다"에서 비롯된 것이고, 노랫말에 나오는 '매화'는 꽃 이름이 아니라 기녀의 이름이다.

'매화나무골'은 충북 증평군 도안면 도당1리에 있는 골짜기 이름이다. "'금당'에서 '은행정'으로 가는, '금당' 끝부분에 있는 골짜기이다. '매화나무골'은 '매화나무'와 '골'로 나뉘며, '매화나무가 있는 골짜기'로 풀이된다"(증평문화원)는 설명이다. '매화골'은 대구시 남구 봉덕1동 743번지 일대로 "지금부터 3, 40년 전만 해도 과수원과 농지가 주를 이루고 있었으며 특히 743번지(신일교회 근처) 일대는 몇 채의 집들이 모여서 부락을 형성하고 있었는데 이 마을 주변에는 매화나무가 많아 경치가 아름답기로 이름이 나서 사람들은 그곳을 매화골이라 불렀다고 한다"(남구청 홈페이지)는 설명이다.

'매월동(梅月洞)'은 서울시 중구 봉래동1가에 있던 마을로서, "매화나무가 많이 심겨 있던 데서 마을 이름이 유래되었다. 매동(梅洞)이라고도 하였다"(『서울지명사전』)고 한다. 전남 영광군 군남면 동월리에 있는 자연마을 '매화동'은 "매화나무가 많이 자생하여 매화고랑 또는 매화골이라고 하다가 마을이 형성되어 매화동이라고 하였다"(『두산백과사전』)는 설명이다. 평양시 상원군 수산리 '매화나무골'은 골짜기 이름인데 "매화나무(매실나무)가 자랐다"고 하고, 평양시 역포구역 용산리의 서쪽 경계에 있는 골짜기 '매화골'은 "지난날 매화가 많이 피곤 하였다. 현재 농경지로 이용되고 있다"(『조선향토대백과』)는 설명이다.

'매화' 관련 지명은 전국적으로 아주 많다. 그러나 대부분 매화나무 실체는 없고 특히 풍수지리와 연관 지어 '매화낙지형'으로 유래를 설명하는 경우가 많다. 매화낙지는 매화가 땅에 떨어진 형국을 뜻한다고 하는데 자손이 크게 발복하는 명당자리로 알려져 있다. 이렇듯 추상적인 개념으로 마을의 유래를 얘기하는 경우 매화 지명이 우리말 '뫼(메)'를 한자 '매(梅)'로 바꾸어 표기하면서 비롯된 것이 많다. 대표적인 것으로 '매골(맷골)'을 들 수 있는데 한자로는 '매곡(梅谷)'으로 쓰고 행정지명으로 매곡리가 된 것이다. '매골'의 '매'는 산의 우리말 '뫼(메, 미)'로 '매골'은 '산골'이라는 뜻이다.

충남 아산시 탕정면 매곡리(梅谷里)는 매곡1리, 매곡2리, 매곡3리로 이루어진 배산임수의 풍요로운 농촌 마을이다. "매곡1리는 매골 또는 맹골이라고도 하는데, '매골'은 높은 곳에 있는 마을이라는 의미이다. 이를 한자로 잘못 옮기어 '매곡(梅谷)'이 되고 마을 이름으로도 쓰이게 되었다"(『한국향토문화전자대전』)고 한다. 전남 영암군 학산면 매월리는 1914년 행정구역 통폐합에 따라 매곡리(梅谷里)의 매(梅) 자와 대월리의 월(月) 자를 따서 매월리(梅月里)라 했다. 1789년의 『호구 총수』에는 매곡(梅谷) 지명이 나온다. 자연마을 매곡은 대흥동 서쪽에 있는 마을로 큰 산밑이 되며 매실이라고도 하였다고 한다(『한국향토문화전자대전』).

여기서 '매실'은 매화나무의 열매인 매실이 아니라 '매곡'과 같은 말로 '실'은 '골(谷, 골 곡)'을 뜻하는 우리 옛말이다. 경남 의령군 궁류면 압곡리 압곡2구의 전래 지명은 '매곡(梅谷)', '매실'이다. 마을 뒤 골짜기가 '매소골 / 매수골 / 매시골'인데 옛날엔 매화나무가 여러 그루 있었기 때문에 지은 이름이라는 설도 있지만 '매곡(梅谷)', '매소골'의 '매'는 '매화나무'가 아니라 '산'을 뜻하는 옛말인 '뫼'에서 유래한 것으로 보는 것이 적절하다는 설명이다(의령의 지명유래).

여주 능서면 매화리(梅花里)는 우리말 이름 '매꼬지'를 한자로 바꾸어 쓴 것이다. 본래 여주군 수계면의 지역으로서, 산이 곶으로 되었으므로 매꼬지 또는 매화지라 하였는데 1914년 행정구역 폐합에 따라 매화리라 했다고 한다. '매꼬지'는 '메(山)+꽃이'로 분석되고 이때 '꼬지'는 '곶'으로 산줄기가 불쑥 튀어나온 지형을 가리킨다. 이 '곶'을 '꽃'으로 보고 한자 '화(花)'로 바꾸어 쓴 것이다.

죽을 때 꽃을 피우는 대나무

대밭마 · 대밭골 · 대숲골 · 죽림리

나모도 아닌거시 풀도 아닌거시
곳기는 뉘시기며 속은 어이 뷔연는다
뎌러고 사시(四時)예 푸르니 그를 됴하하노라

수 (水), 석(石), 송(松), 죽(竹), 월(月) 다섯 벗을 노래한 윤선도의
「오우가」 중 '대(竹)'를 노래한 것이다. 이 시조에는 '대'의 중요한
특성이 잘 드러나 있다. 나무도 아니고 풀도 아니라는 말은 나무이면서
풀이라는 말과 같은데, 그것은 '대'가 나무의 특성과 풀의 특성을 함께
가지고 있다는 의미이기도 하다. '대'는 갈대, 벼, 보리, 밀, 사탕수수,
옥수수와 같이 볏과 식물이면서도, 키가 크고 오래 사는 점에서는 나무를
닮았다. 그런 특성 외에도 위 시조는 곧고 속이 비어 있는 줄기의 특성과
함께 사철 푸른 '대'의 특성을 선비들의 덕성인 양 예찬하고 있다.

그런데 이 시조에서 하나 빠뜨리고 있는 중요한 특성이 있는데 바로
생명력이다. 일본 히로시마 원폭이나 베트남 전쟁의 고엽제에도 살아남은
식물이 대나무라고 하거니와 그 강인한 생명력은 익히 알려져 있다.

이런 대나무의 놀라운 생명력은 우선적으로 그 번식 방법에서 찾을 수 있다. 대나무는 꽃을 피우지 않는다. 대신 땅속줄기를 통해 번식하는데, 땅속에서 옆으로 뻗어나가는 줄기 마디에서 뿌리와 싹을 틔워 번식한다. 이때 새롭게 나온 싹을 '죽순'이라 하는데 대나무는 이 죽순으로 번식하는 셈이다. 죽순은 생장 속도가 눈이 부신데 하루에 평균 50~60cm씩 자라고 어떤 종류는 무려 100cm까지 자라기도 한다. 그래서 생겨난 말이 '우후죽순'이다. 이렇게 대나무는 땅속에서 거미줄처럼 줄기를 확장해 가는 왕성한 번식력을 갖고 주변의 다른 생물체의 성장을 막으며 급속도로 확산한다. 그래서 숲을 이루게 되는데, 소나무나 기타 식물들은 거기에 끼어들지를 못한다.

이러한 대나무도 꽃을 피울 때가 있는데 죽을 때이다. 아니 꽃이 핀 후에는 말라 죽는다. 대나무에 꽃이 필 때는 한두 그루에서만 피는 것이 아니라 주변의 대나무 전체가 꽃을 피운다. 대나무는 번식의 특성상 뿌리로 연결되어 있기 때문이다. 대나무가 꽃을 피우는 이유에 대해서는 아직 과학적으로 규명되지는 않았다. 이에 대해 대나무가 뿌리로 번식하다가 그것이 어려우면 꽃을 피워 열매를 만드는 것으로 보기도 한다. 대나무의 건강 상태에 따라 몇십 년 만에 피울 수도 있고, 백 년 만에 피울 수 있다고도 한다. 어쨌든 죽음을 각오하고 꽃을 피운다는 것은 생존이 그만큼 절실하다는 뜻으로 볼 수 있을 것 같다.

대나무는 번식의 특성상 군락을 이루는 것이 보통이다. 은행나무나 감나무처럼 한 개체가 독립적으로 우뚝한 경우가 없다. 지명에 나타난 대나무도 그런 특성을 반영하고 있다. 대개 '밭'이나 '숲'이 붙어 지명을 이루는데, '대밭'이니 '대숲'이니 하는 지명이 그렇다. 한자로는 '대 죽(竹)' 자에 '밭 전(田)' 자를 써서 '죽전'이라 불렀고, '수풀 림(林)' 자를 써서 '죽림'이라고 불렀다. 대나무 지명에 '밭(田)' 이름이 많은 이유는 대나무의 고유한 생태 이외에도 대나무를 인위적으로 많이 심고 가꾼 데에도 있다.

순천시 주암면 죽림리 겸천서원과 대숲

옛날에 대나무는 단순히 지조 있는 선비들의 완상물만은 아니었다. 그것은 국가적으로나 서민들의 생활 속에 여러모로 쓸모가 많아 정책적으로 심고 가꾸기를 장려하기도 했던 작물이다. 또한 대나무는 주요한 공물이기도 했는데 주종은 청대죽과 전죽이었다. 청대죽은 약재로 사용되는 죽력(竹瀝)을 만드는 데 썼고, 전죽은 주요 무기인 화살을 만드는 데 이용되었다. 죽순과 죽제품도 공물이었는데, 죽순은 궁중요리나 국가 제사에 사용되었고, 죽제품으로는 대표적으로 부채 같은 것이 있었다. 또 천막용이나 깃대용의 장대죽도 공물로 배정되었는데, 대나무는 여러모로 아주 중요한 원자재였던 셈이다. 정조 19년(1795)에 전라감사가 올린 장계에는 담양, 순창 등 전남 지역 23개 읍에 공죽전(公竹田)이 58곳, 사죽전(私竹田)이 1,041곳이고, 청대죽(靑大竹)을 배양하는 밭이 13곳인 것으로 되어 있다. 따뜻한 곳을 좋아하는 대나무의 생태상 '대밭(죽전)'은 영호남에 집중되어 있었다.

경북 고령군 운수면 대평리의 '대밭마'는 "20여 세대의 농가가 있는데,

옛날 이곳 언덕에 대나무가 많아 붙인 이름이다. 달리 대밑·죽전(竹田)이라고도 한다'(『한국향토문화전자대전』)는 설명이다. '마'는 '마을'의 방언(경북)이다. 구미시 선산읍 습례리에 속하는 자연마을 '대밭골'은 "마을이 자리 잡고 있는 곳과 뒷산 가장자리에 대나무밭이 여기저기 많아서 대밭골이라 불렸다고 한다. 또한 죽전(竹田)이라고도 한다'(『한국향토문화전자대전』)는 설명이다. 순천시 주암면에 있는 죽림리(竹林里)는 대숲이 많다 하여 붙여진 이름인데, 우리말로는 '대숲골'이라 불렸다.

통영시 광도면을 흐르는 죽림천(竹林川)은 용호리 발암산 남동쪽 사면에서 발원하는데 죽림천 지명은 용호리의 죽림에서 유래했다. '죽림'은 고려 시대부터 죽림부곡(竹林部曲)이라고 불렸으며, 예로부터 마을 뒤편 기슭에 대나무가 무성하게 숲을 이루었던 것에서 유래한 '대밭골'의 한자 지명이라고 한다(『한국지명유래집』). 대밭골산은 경북 청도군 이서면 칠엽리 대밭골에 위치한 산이다. '대밭골'에 위치하고 있기 때문에 '대밭골산'이라고 했다. 대밭골산의 대나무밭은 화양읍 죽림사 부근의 대밭과 더불어 군에서 직접 관리하는 죽전이었다. 이곳에서 생산되는 청죽은 칠엽청죽으로 푸르고 굵고 질이 좋기로 유명했다고 한다. 『여지도서』에는 청도군의 진공 물품으로 청대죽, 죽순, 첩선죽(貼扇竹) 등이 들어 있다. '첩선'은 접었다 폈다 하게 된 '쥘부채'를 뜻한다.

제3부

식물 지명 2—풀

연애하기 좋았던 붉은 수수밭골

수수알골 · 쉬알골 · 쑤시밭골

장 이머우 감독의 영화 〈붉은 수수밭(紅高粱, 홍고량)〉은 중국 현대 문학의 대표 작가 중 한 사람인 모옌(2012년 노벨문학상 수상)의 소설을 각색한 작품으로 1988년 베를린국제영화제에서 황금곰상을 수상했다. 제목이 아주 인상적인 이 작품의 주 무대는 붉은 수수밭과 수수를 원료로 고량주를 만드는 양조장이다. 영화에서는 고량주도 붉은 색깔로 나오는데 전체적으로 붉은 색조가 중요한 상징성을 띠고 있다. 영화 속에는 여주인공 주얼과 남주인공 위잔아오가 붉은 수수밭 속에서 사랑을 나누는 장면도 있는데, 두 팔과 두 발을 편 채 누운 주얼과 그 앞에 무릎을 꿇은 위잔아오를 수수가 에워싸고, 태양은 수숫잎 사이로 황금처럼 반짝인다. '붉은 수수'는 따로 붉은색을 띠는 특별한 종자를 가리키는 것이 아니라 '수수'의 일반적인 색깔을 표현한 말이다. 이는 영화 속에서 원시적인 건강한 생명성을 상징하는 것으로 볼 수 있다.

이에 비해 우리의 수수밭 사랑은 은근하고 능청스럽다. 『함양군사』에 수록되어 있는 민요 〈정요〉는 임과 수수밭에서 사랑을 나누던 내용을 노래한 것이다. "당신하고 나하고 정들적에 / 수수밭 고랑에서 정들었지

/ 수수밭 임자가 누구신가 / 구시월까지만 참아 주소 / 구시월까지만 참아 주면 / 수수밭 도지는 내 물어줌세." 또 다른 지역에서는 "너하고 나하고 정들제 / 육칠월 수수밭 그늘에서 정들었지 / 수수밭 도지는 내 물어줄께 / 구시월까지는 참아 주소"라고 해서 수수가 한창 무성할 때인 '육칠월'을 넣기도 한다. 노래에서 화자는 남의 수수밭에서 임과 사랑을 나눈 것으로 보이며, 추수를 구시월까지 참아 달라는 것은 그 사랑을 오래 더 나누고 싶은 마음을 드러낸 것이다. 도지는 남의 논밭을 빌려 쓰고 내는 소작료이다. 결국 이 노래에서 수수밭은 키가 커서 남의 눈을 피하기 좋은 은근한 사랑의 공간으로 그려져 있는 것이다.

수수는 사람이 심어 기르는 곡식 가운데 키가 가장 크다. 품종에 따라 키가 사람 허리 정도 오게 개량한 것도 있지만 일반적으로 2m 이상이고, 3m에 이르는 것도 있다. 수수 이삭이 팰 무렵 아래서 올려다보면 까마득하다. 이렇게 키가 큰 수수는 8월이 되어 해가 짧아지기 시작하면 줄기 맨 꼭대기에 이삭을 올리고 뒤이어 꽃을 피운다. 속담에 "봉산 수숫대 같다"는 말도 있는데, 황해도 봉산에서 나는 수숫대가 유달리 키가 큰 데서, 키가 멀쑥하게 큰 사람을 비유적으로 이르는 말이다. 수숫대는 수수의 줄기를 부르는 말인데 '수수깡'이라고도 한다. 속이 충실하며, 10~13개의 마디가 뚜렷하다. 수확한 후 수숫대는 울타리(울바자)를 만드는 데 많이 쓰이기도 했다. 수숫대는 처음에는 잎과 줄기가 녹색이지만 차츰 붉은 갈색으로 변한다. 수숫대가 붉은 이유를 두고 오누이를 잡아먹으려고 썩은 동아줄을 타고 오르던 호랑이가 동아줄이 끊어지면서 수수밭에 떨어졌는데, 그때 흘린 피 때문에 수숫대가 붉어졌다는 옛날이야기가 전하기도 한다.

오곡 중의 하나로 우리에게 아주 친숙했던 수수는 어원적으로는 우리말이 아니다. 수수를 한자어로는 고량(高梁) 또는 촉서(蜀黍)라고 했는데, 이 중 '촉서'의 중국음이 'shushu'로, 『훈몽자회』(1527)에도 "슈슈曰蜀黍(슈

슈왈촉서)"로 나온다. 옥수수는 중국에서 '옥촉서(玉蜀黍)'로 썼던 것으로 '옥(玉)'을 우리식 한자음(중국음은 위)으로 읽어 '옥수수'가 된 것이다. 중국에서 애초 옥수수를 수수(촉서)의 일종으로 인식하였기 때문에 옥수수(옥촉서)라 하였는데, '옥'자를 붙인 이유는 희고 단단한 옥수수의 알곡 형태가 '옥'과 같기 때문이다. 옥수수는『역어유해』(1690)부터 문헌에 등장한다.

충북 증평군 증평읍 남차1리 '수수밭골'은 "'윗말' 남쪽에 있는 골짜기이다. '수수밭골'은 '수수밭'과 '골'로 나뉘며, '수수를 심은 밭이 있는 골짜기'로 풀이된다"(증평문화원)라고 설명하고 있다. 평안북도 천마군 송현리 '수수알골'은 "동북쪽 송령천 상류 기슭에 있는 골짜기. 지난날 골 안에 수수밭이 있었다. 수수밭골이라고도 한다"(『조선향토대백과』)는 설명이다. '수수알'은 '밭'의 'ㅂ'이 탈락된 형태이다. 평안남도 성천군 삭창리 '수수앗골'은 삭창리 서쪽에 있는 골짜기인데, "지난날 수수를 재배하던 밭이 있다. 수수밭골이라고도 한다"라고 설명한다.

평안남도 대동군 대동읍의 북쪽 덮을메 아래에 있는 마을 '수억동'은 "수수 농사를 많이 하던 곳이라 하여 수수밭골이라 하였는데, 점차 수악골, 수억골로 변했다"고 한다. '수수밭골'이 '수억골'로 바뀐 것이다. '수수'의 평안도 방언형으로는 '쉬수', '쉬쉬' 등이 있는데, 이곳에서는 그것을 줄여 '수'로 불렀던지 그 '수'에 '밭'을 붙인 수밭이 수알, 수악으로 바뀌어 수악골이 된 것으로 보인다. 평안북도 창성군 봉천리 '쉬알골'은 봉천리 동남쪽에 있는 골짜기로 "수수를 많이 재배하였다 하여 수수밭골이라고도 한다"는 설명이다.

경북 영양군 석보면 택전리의 자연마을 '수구내미'는 "솔두들 북쪽에 위치한 이 마을은 논이 적고 밭이 많아서 밭농사로 수수를 많이 재배하여 수구내미라고 한다(심승락(62) 제보). 옥수수를 옥수구로 말하는 고장이 있듯이 수수도 수구로 말하는 지역이 있다"(영양군 지명유래)고 한다.

'수수'의 경북지방 방언형으로 '수꾸', '수끼' 등이 있다. 경남 의령군 화정면 화양리에는 골짜기 이름으로 '쑤시밭골'이 있는데 '쑤시'는 '수수'의 경남지방 방언형으로 보인다. 경남지방에서는 수수떡, 수수밥, 수숫대를 각각 '쑤시떡', '쑤시밥', '쑤싯대'라고 부르기도 한다.

면화는 솜꽃 목화는 나무에 핀 꽃

면화골·메나골·미영밭골

요즘 졸업식장에서는 선물로 목화 꽃다발이 인기라고 한다. 인기 있는 모 TV 드라마에서 졸업식 선물로 목화 꽃다발이 사용된 이후 주목을 받기 시작했다고 한다. 드라마가 아니더라도 목화 꽃다발은 구름같이 하얀 솜 뭉치가 몽실몽실 달린 모양이 따뜻한 정을 전달하기에는 제격이기도 하다. 또한 목화의 꽃말이 '어머니의 사랑'이라는 것이 알려지면서 어머니 생신 선물로도 인기를 얻고 있다고 한다. 목화는 하얀 솜 뭉치가 주는 부드럽고 따뜻한 느낌으로 해서 사람들의 사랑을 많이 받고 있는 것 같다.

그런데 목화 꽃다발에서 '하얀 솜뭉치'를 그대로 '목화꽃'으로 알고 있는 사람들이 많은데 이는 사실이 아니다. '하얀 솜뭉치'는 열매가 터지면서 그 속에서 생겨난 것이고 '목화꽃'은 따로 있다. 그러니까 목화꽃이 먼저 피었다가 지면 끝이 뾰족한 달걀 모양의 열매가 맺히고, 이 열매[다래]가 익어 터지면 씨를 감싸고 있던 솜이 꽃처럼 탐스럽게 퍼지는 것이다. 생물학적으로 이 솜은 씨앗을 둘러싸서 씨를 퍼뜨리는 데 도움을 주기 위해 만들어진 것이라고 한다. 그런 목화송이를 우리는 흔히 꽃으로 인식한 것이다. 그래서 "한 나무에 꽃이 두 번 피는 것이 뭔가?" "열매 맺은 뒤에 꽃 피는 것이 무엇일까?" 같은 수수께끼를 낳았다. 또 "꽃 중에 제일 아름다운 꽃은 뭐지?" 같은 수수께끼를 낳기도 했는데, 답은 모두 목화이다. 가장 아름다운 꽃으로 꼽히는 이유도 '솜' 때문인데, 그것으로 사람이 따뜻한 옷과 이불을 만들어 쓰기 때문이다.

목화송이를 '꽃'으로 인식한 것은 옛사람들도 마찬가지였다. 원래 고려 말에 문익점이 목화씨를 가지고 원나라에서 돌아올 적의 기록(『고려사』열전)에 '목화'는 '목면(木緜)'으로 나온다. '緜(햇솜 면)'은 '綿(솜 면)'의 본디 글자로 뜻은 같다. 이 목면이 세종 때 기록에는 분화된 형태로 나오는데 '면포(緜布)', '면화(緜花)', '면자(緜子)' 등이 그것이다. 여기서 '면포'는 목화솜에서 실을 뽑아 짠 옷감 곧 '무명'을 뜻하고, '면화'는 '목화솜'을 뜻하고, '면자'는 '목화씨'를 뜻하는 것으로 보인다. '면화'는 200근이니 300근이니 해서 '근'으로 계량한 것을 보아 '솜' 형태로 거래가 된 것으로 보인다. 그러니 당시에도 목화송이를 꽃으로 인식해서 '꽃 화(花)' 자를 붙인 것이다.

이는 세조 때의 기록에서 좀 더 구체적으로 확인이 된다. 『세조실록』(세조 9년 10월 11일 기사, 1463년)에는 세조가 세자에게 이른 말이 기록되어 있는데 다음과 같다. "네가 입은 목면(木綿)의 옷은 지극히 심히 질박하고 누추하나, 사람들이 부지런히 수고하여서 만드는 데는 이 의복과 같은 것이 없다. 밭을 갈아 씨앗을 뿌리고 김을 매고 북돋우어서 목화를 따고 베를 짜서 이를 만드니, 너는 마땅히 옷을 보거든 여자의 공력이 쉽지 않은 것을 생각하라." 이 중 '목화를 따고'는 원문에 '채화(採花, 딸 채, 꽃 화)'로 나와 목화송이를 꽃으로 인식하고 있음을 볼 수 있다. 곧 '목화송이 따는 것'을 '꽃을 따는 것'으로 표현한 것이다. 지금 우리가 쓰는 '목화'라는 말은 훨씬 후대에 보이기 시작한다. 목화(木花)는 한자어이지만 중국에도, 일본에도 없는 우리만의 한자어이다. 이 말은 중종 때(1507년)

대간의 상소 중에 '목화'라는 말이 처음 쓰인 이후 확산되어 명종 6년(1551)에는 예조에서 올린 공식 문건(계문)에 '목화'라는 말이 쓰인 것을 볼 수 있다. '면화'가 '솜 꽃'의 뜻이라면 '목화'는 '나무에 핀 꽃'으로 해석할 수 있다.

'뫼나골'은 서울 금천구 독산3동에 있던 마을 이름이다. 『서울지명사전』에 따르면 "옛날 백씨가 면화를 많이 심었다 하여 면화골이라 하였는데 음이 변하여 뫼나골이 된 데서 마을 이름이 유래되었다"고 한다. 원주시 문막읍 건등리에는 자연마을 중에 '메나골'이 있다. 지역에서는 "'메나'는 목화의 영서지방 사투리. 메나골은 곧 목화골이라는 뜻"이라고 설명한다. 이곳 '메나'도 '면화'에서 음이 변해 된 말로 보인다. 강원도 횡성군 갑천면 추동리 '면화밭골'은 '메나밭골'이라고도 하는데, "띠밭골 위에 있는 골짜기를 가리키는 것으로 예전에 면화를 많이 심어서 붙여진 이름"이라고 한다.

'메나골' 지명은 북한 지역에서도 많이 볼 수 있다. 평안북도 향산군 용성리 '메나골'은 골짜기 이름인데, "목화밭이 있었다. 면화골이라고도 한다"(『조선향토대백과』)는 설명이다. 평안북도 벽동군 사창리 '메나골[棉花-]'은 사창리의 서쪽 갈밭골 옆에 있는 골짜기이다. "지난날 목화를 많이 재배하였다. 미누골 또는 메누골이라고도 한다"는 설명이다. '메나골'이 '미누골', '메누골'로도 바뀐 것을 볼 수 있다. 이 밖에도 '메네골', '메내골' 등도 모두 같은 유래를 갖는 지명으로 소개되고 있다.

한편 목화를 부르던 말에는 '미영'이라는 말도 있었는데 특히 전라도, 경상도 지방에서 많이 쓰였다. '미영'은 '목화'뿐 아니라 '무명'이나 '솜'을 가리키는 말로도 쓰였다. '목화솜'에서 빼낸 실(무명실)로 짜낸 옷감을 '무명'이라 불렀는데, 연구자들은 이 '무명'이 순우리말이 아니라 '목면(木綿)'의 중국어 발음인 '무미엔'을 우리식으로 발음하면서 무면〉무명으로 변한 말로 본다. '미영' 또한 '면(綿)'의 중국어 발음인 '미엔'에서 비롯된 것으로 보기도 한다. '무명'이나 '미영'은 목면이 중국에서 들어오면서 명칭까지 따라 들어온 셈이다.

경주시 양남면 기구리 '미영밭골'은 "미영밭(목화밭)이 있던 골짜기로 용숫골 북쪽에 있다"는 설명이다. 전남 해남군 송지면 군곡리에 있는 자연마을 '미영밭골'은 "미영밭(목화밭)이 있었다 하여 붙여진 이름"이라고 한다. 진도군에서도 목화밭을 '미영밭'이라고 했는데, 부녀자들이 목화밭에서 잡초를 뽑으면서 부르던 〈미영밭노래〉가 전하기도 한다. 경남 함양읍 '명박골'은 옛날 목화가 잘 되던 골짜기로 '메영밭골'이 변하여 '명박골'이라 부르게 되었다고 한다.

여뀌꽃과 흰 해오라기

여꾸말 · 여꾸실 · 여뀌울

앞 여울에 고기와 새우 많으매

백로가 물결을 뚫고 들어가려다

사람을 보고 문득 놀라 일어나

여뀌꽃 언덕에 도로 날아 앉았네

목을 들고 사람 가기 기다리나니

보슬비에 온몸의 털 다 젖는구나

그 마음은 오히려 여울 고기에 있는데

사람들은 그를 한가하게 서 있다고 이르네

　　　　— 「여뀌꽃과 흰 해오라기」, 『동문선』 제4권, 한국고전번역원

고려 때의 문신이자 문장가인 이규보(1168~1241)가 지은 「요화백로(蓼花白鷺)」라는 제목의 한시다. 보슬비 오는 날 여뀌가 무성하게 자란 물가를 배경으로 먹이를 노리고 있는 백로를 재미있게 그려내고 있다. 이와 같이 옛 시문에서는 물가 풍경을 그리는 데 흔히 붉은 여뀌꽃을 등장시키고 있다. 한자는 '요화' 또는 '홍요화'라 썼다.

1527년에 간행된 한자 학습서『훈몽자회』에는 '蓼'가 '엿귀 료'로 나온다. 채소류로 분류해 놓아 예전에는 식용했던 것을 알 수 있다. 또한 여뀌의 옛말이 '엿귀'인 것을 알 수 있는데, 어원적으로는 꽃차례에 작은 열매가 '엮어져' 있는 형상에서 비롯된 이름으로 추정하기도 한다. 여뀌는 마디풀과의 한해살이풀로 습지 또는 시냇가에서 높이 40~80㎝로 자란다. 지금은 한낱 잡초로밖에 취급하지 않지만 예전에는 지혈의 효과가 있어 상처가 났을 때 찧어서 바르기도 했고, 매운맛을 내는 조미료로 사용하거나 누룩을 빚는 데도 사용했다. 또한 물고기를 기절시킬 정도의 독성분이 있어서 '어독초(魚毒草)'라 부르기도 했는데, 아이들이 냇가에서 놀면서 이 풀을 짓찧어 피라미 같은 작은 물고기를 잡기도 했다.

　　요천은 섬진강의 지류들 중 하나로 전북 남원시의 중앙부를 지나 남서부의 금지면에서 섬진강으로 흘러 들어가는 하천이다. 하천 주위에 여뀌꽃이 많이 핀다 하여 '여뀌 요' 자 요천으로 불렀다고 하는데 우리말 이름은 전하지 않는다. 그러나 아주 오래된 이름으로 옛 문헌에 많이 등장한다.『신증동국여지승람』(남원도호부)에는 "요천(蓼川)이 부의 동남쪽 1리에 있는데 시내 가운데에 바위가 있어 그 모양이 소와 같으므로 우암이라 한다"고 기록되어 있다. 더불어 강희맹(1424~1483)의 시를 인용하고 있는데, "한 줄기 긴 시내가 옛나루에 접했으니, 바람이 압록을 흔들어 고기비늘 같은 물결을 이루었네. 외로운 배가 여뀌꽃 언덕에 숨었다 비쳤다 하니, 그림 속에 분명히 사람이 있는 것 같도다"라고 되어 있다.

　　경북 안동시 와룡면 나소리는 안동호 주변에 위치하고 있으며, 마을 앞으로 하천이 흐른다. 자연마을 요촌(蓼村)은 옛날 요촌부곡이 있었던 마을로 아주 오래전부터 불린 이름인 것을 알 수 있다. 낙동강 변 약 4km에 한해살이풀인 여뀌가 무성한 지대를 개척하여 마을을 조성했다고 하여 이름이 붙여졌다고 한다(『향토문화전자대전』).『신증동국여지승람』(안동대도호부)에는 '요촌부곡'과 함께 '요촌탄'도 나오는데 "부의 동쪽 40리에 있다. 예안현의 부진의 하류이다"라고 되어 있다. 이곳이 고향인 구봉령(1526~1586)의 시문집 『백담집』에는 "관복 갖춘 성대한 반열로 봉루를 조현하니 / 고향의 소나무와 계수나무 꿈속에도 시름겹네 / 어느 때 맑은 달밤에 외로운 배 띄우고서 / 붉은 여뀌 핀 가을 창강에서 노를 저을까"라는 시가 전하기도 한다. 부기에 "요촌은 낙동강 상류인데 살 곳으로 정한 곳이다"라고 적혀 있다.

'여꾸다리'는 전북 김제시 백산면 상정리에 있는 자연마을 이름이다. 『디지털김제문화대전』에는 "마을 주위에 여뀌[마디풀과의 한해살이풀. 잎이나 줄기에 털이 없으며, 매운맛으로 향신료나 약재로 쓰임]가 무성하고 마을 앞에 냇물을 건너는 다리가 있어 여뀌 '요(蓼)', 다리 '교(橋)'자를 써서 요교(蓼橋)라고 부르던 것을 우리말로 풀어 '여꾸다리'가 되었다고 한다"라고 되어 있다.

'여꾸밭머리'는 서울 광진구 자양동 뚝섬유원지 일대에 있던 벌판으로서, 지대가 낮아 여뀌가 무성하였던 데서 유래된 이름이라고 한다. 충남 청양군 청양읍 교월리 '여꾸말'은 냇가가 되어서 여뀌가 많아 이름 붙여졌다고 한다. '여꾸실'은 전남 순천시 주암면 요곡리(蓼谷里)의 우리말 이름이다. 마을에 여꾸풀이 많아서 그렇게 부르게 되었다고 한다. 경기도 이천시 설성면 제요리에 있는 요곡동은 우리말로 여뀌울, 여뀌꼴, 역꿀 등으로 불렸다.

양산같이 생긴 노란 마타리꽃

마타리우물 · 마타리재 · 마타리골

황순원의 단편소설 「소나기」에서 소녀가 소년에게 말문을 트기
위해 한 첫마디는 "애, 이게 무슨 조개지?" 하는 것이었다. 개울에
서 잡아 올린 비단조개를 손바닥에 올려놓고 물은 것이다. 서울에서
이사 온 소녀에게는 시골에서 새롭게 마주치는 모든 것이 궁금하기 그지없
었을 터이지만 물어볼 상대가 없는 외로운 처지이기도 했다. 그러니
개울가에서 마주친 같은 또래의 소년에게 호감을 가지면서 처음 던진
말이 조개의 이름을 묻는 것이었다. 그리고 두 번째 물음은 '원두막'이었
고, 세 번째 물음은 '마타리꽃'이었다. 소년이 꽃을 한 옴큼 꺾어 와
"이게 들국화, 이게 싸리꽃, 이게 도라지꽃 ……" 하고 일러줄 때 소녀는
"도라지꽃이 이렇게 예쁜 줄은 몰랐네. 난 보랏빛이 좋아! (…) 그런데,
이 양산같이 생긴 노란 꽃이 뭐지?" 하고 물었던 것이다. 소년이 "마타리꽃"
이라고 일러주자 소녀는 마타리꽃을 양산 받듯이 해 보인다. 약간 상기된
얼굴에 살포시 보조개를 지으며 말이다.

이 작품의 계절적인 배경이 가을이고 보니, 꽃도 모두 가을꽃일 수밖에
없다. 마타리 역시 가을을 대표하는 들풀꽃(야생화)의 하나이다. 마타리는

늦여름부터 가을까지 꽃이 계속해서 피어 오래도록 볼 수 있다. 길가, 초원지 등에서 다른 풀과 어울려 자라지만 꽃이 필 때면 노란 꽃대가 높이 자라 돋보이고 눈에 잘 띈다. 마타리꽃은 1.5m 정도로 자라는데 원줄기는 곧게 자라고 윗부분에서 가지가 갈라진다. 꽃자루 끝에 매달린 작은 꽃송이들은 일직선을 이루고 있어 마타리가 무리 지어 피어 있는 모습을 보면 역삼각형 꽃들이 노랑꽃 물결을 이룬다.

들풀로서는 키가 아주 크고 황금색 꽃이 인상적인 마타리는 어른들에게는 꽃보다 나물거리나 약재로서 더 관심을 끌었던 풀이다. 마타리는 봄철 연한 순은 나물로 먹고 전초(잎, 줄기, 뿌리를 모두 가진 풀포기)는 약으로 썼다. 마타리의 어린 순은 끓는 물에 데쳐서 나물무침이나 볶음으로 먹었고, 쓴맛을 우려내 찌개나 국거리로 하기도 하고, 쌀과 섞어 나물밥을 지어 먹기도 했다.

북한 지역의 민요 〈나물소리〉를 보면, 지방마다 열거하는 나물 종류가 조금씩 다르지만 '마타리'는 거의 모든 노래에 빠지지 않고 들어가 있다. 이 중 평안북도 선천군 민요는 "이편저편 넘나물 / 동동굴러 돌나물 / 쥐었다 펼쳤다 고사리 / 맡아먹는다 마타리나물"로 되어 있는데, '마타리'를 '맡아 먹는다'로 표현한 것을 볼 수 있다. '맡다'는 책임지고 담당한다는 뜻으로 볼 수 있다. 다른 지방의 경우도 "맡아보니 마타리요" "맛이 있다 마타리"라고 표현해서 마타리를 '맡다'와 비슷한 음으로 인식하면서 귀하게 취급한 것을 볼 수 있다.

마타리는 패장(敗醬: 패할 패, 된장 장)이라는 생약명으로 알려져 있는 약초이기도 하다. 마타리의 뿌리가 달린 전초를 패장이라고 하여 약재로 이용한 것이다. 마타리는 뿌리가 도라지처럼 굵은 것이 옆으로 뻗는데 여기에서 된장 썩은 것 같은 고약한 냄새가 난다. 그래서 패장이란 이름이 붙여진 것이다. 마타리의 뿌리줄기 및 전초는 열을 내리고 해독하며 어혈을 풀고 고름을 배출하는 등의 효과가 있어 한방에서 약재로 이용한다.

이 마타리와 생김새가 비슷해서 꽃이 피기 전에는 구분하기 어려운, 같은 마타릿과의 풀에 '뚝갈'이라는 것이 있다. 뚝갈의 꽃은 흰색인 것이 가장 중요한 차이점인데, 한자로는 '백화패장'이라 쓰기도 했다. 중국 의서에서는 똑같이 패장으로 썼다. 마타리와 마찬가지로 이른 봄에 어린 잎과 줄기를 식용했다. 사전에도 '뚝갈나물'이니 '똑갈지짐이' 같은 음식이 등재되어 있다. '뚝갈지짐이'는 "뚝갈을 고추장에 지진 음식"이라고 한다.

'마타리' 지명은 흔치 않다. 나물로도 식용하고 약재로도 이용한 풀이지만 흔하디흔한 들풀이어서인지 지명에는 별로 보이지 않는다. 인천광역시 강화군 양사면 인화리에는 '마타리우물'이 '닥바우 아래에 있는 우물'이라는 간단한 설명으로 소개되어 있다(『인천광역시사』). 우물 지명에서는 흔히 우물가에 있는 나무나 풀 등을 이름에 붙이는 것으로 보아서 '마타리우물'도 우물가에 마타리가 많이 자라고 있어 이름 붙여진 것으로 볼 수 있다. 그러나 물맛이 '패장(썩은 된장)'같이 별로 좋지 않아 붙여졌을 가능성도 있다. '마타리우물'은 『한국지명총람』에 강화읍 남산리에도 있었던 것으로 나온다. "문천말에 있는 우물"이라는 간단한 설명 외에 유래에 대한 이야기는 없다. 단지 막탈정(莫奪井)이라는 한자 지명이 병기되어 있는 것이 눈에 띄는데, '막탈'은 '마타리'를 한자의 음을 빌려 표기한 것으로 보인다.

'마타리고개'는 평안남도 온천군 온천읍 청산동 동쪽에 있는 고개인데, "마타리라고 하는 산나물이 많이 분포되어 있다는 데서 유래된 지명"(『조선향토대백과』)이라는 설명이다. 평안북도 운전군 월현리 천주산 남쪽에 있는 '마타리재'는 "마타리나물이 많이 분포되어 있다"고 한다. 황해남도 안악군 월정리의 북쪽에 있는 골짜기 '마타리골' 역시 "마타리나물이 많이 분포되어 있다"는 설명이다.

도롱이나 부채를 만들던 줄풀

주을내 · 주랏들 · 주라골

줄 포(茁浦)는 전북 부안군 줄포면 줄포리에 있는 포구이다. 변산반도 남부의 곰소만 동쪽에 위치하는데, 이 곰소만을 예전에는 줄포만이라 불렀다. 줄포는 특히 조기의 3대 어장 중 하나인 위도가 만 가까이에 위치하고 있어 서해안의 주요 어항으로 이름을 떨쳤고, 1875년 개항 이후에는 쌀 수출항으로 군산항 다음으로 번성했던 곳이다. 지금은 개흙의 퇴적으로 수심이 얕아지면서 폐항이 되어버렸다. "줄포리는 본래 줄이 많이 났던 포구여서 줄래포(茁萊浦)로 부르다가 줄포가 되었다"(『한국지명유래집』)고 하는데, 임진왜란 전부터 토지 관계 고문서에는 '주을래리(注乙來里)', '주을내(注乙內)' 등의 지명이 보인다. '주을'은 '줄'을 이두식으로 표기한 것이고, '래(來)'나 '내(內)'는 우리말 '내(川)'를 한자의 음을 빌려 표기한 것으로 보인다. 그러니까 '줄포'는 '줄(줄풀)'이 많이 자라던 하천인 '줄내'에서 비롯된 것으로 볼 수 있다.

'줄(茁)'은 한자의 음이 우리말 같은 느낌이 드는데, 풀싹이나 풀이 처음 나는 모양을 뜻하는 중국 한자다. 뜻으로 보면 우리말 '줄(줄풀)'과 관련이 없는데 음이 같아서 빌려 쓴 것으로 보인다. 한국제 한자 '줄(茁)'은 위의 '주을내'에서 쓰인 것과 같은 '주(注)'와 '을(乙)'을 포개어 썼는데, 이는 새끼줄, 동아줄 같은 '줄(線)'을 표기하는 데 썼다. '줄포'의 '줄'은 순우리말이다. '줄'은 '줄풀'로도 불렸는데 못이나 물가에서 무리 지어 자라는 수생식물이다. 이삭이 올라오기 전까지는 잎 모양이 갈대나 부들을 닮아서 갈대나 부들로 잘못 알고 있는 사람도 많다. 줄풀은 갈대나 부들보다 잎이 훨씬 넓고 크며 더 무성하게 자라는 특징이 있다. 한자어는 '고장초(苽蔣草)'로 약재로 쓰였고, 잎이나 줄기를 말려서 도롱이, 차양, 자리, 방석, 부채 같은 것을 만들기도 하였다. 줄풀은 볏과의 여러해살이풀로 열매(고미)는 옛날에 구황식품으로 먹기도 했다.

논산시 상월면 석종리에는 '주내'라는 마을이 있는데, "주내 옆에 있는 마을로 줄내, 주을천, 주천이라고도 한다"(논산문화원)는 설명이다. '주내'는 내(川)의 이름이기도 한데 상도리 용화사에서 발원하는 물이 석종리에 이르러 대명이의 대명내와 합하는 곳이라 하여 두내 또는 주내, 주을천, 주천이라 했다고 한다. 그러나 두 물이 합하여 '두내'라고 했다는 것은 별칭에 대한 어원 설명이고, 이곳 '주내'는 '줄내'에서 비롯된 것으로 보인다. 그것은 '주을천(注乙川)'이라는 특이한 한자 지명에서 확인이 된다. 주내, 주천의 '주'는 모두 '줄'에서 'ㄹ'이 탈락한 어형이기도 하다.

남양주시 별내면 화접리에 있는 마을 '주을내(주을동)'도 같은 예이다. '주을내'는 마을 이름이면서 개천의 이름이기도 하다. 이곳 주을내도 '줄이 지나간 마을'이라 하여 줄흘내, 줄을내, 주을내, 주을동 등으로 부르게 되었다고도 하고, 주을(注乙)의 '주(注)'가 '부을 주' 자인 것과 연관 지어 '블-불-벌(벌판)' 곧 '벌판에 형성된 마을'이라고 보기도 하는데(『남양주시 전래지명』), '주을내'의 쓰임을 보면 '줄풀' 관련 지명으로 보인다.

'줄(풀)' 지명은 '줄내'뿐 아니라 '줄개', '줄논', '줄늪', '줄둠벙', '줄못' 등 물과 관계된 지명에 많이 보인다. 변화된 형태로 좀 특이한 것으로는

'주랏들' 같은 것이 있다. 충북 증평군 도안면 화성3리 '주랏들'은 '줄앗들'을 연음한 것이고, '줄앗들'은 '줄밭들'에서 'ㅂ'이 탈락한 어형으로 볼 수 있다. 곧 '줄밭들〉줄앝들〉줄앗들'로 변한 것으로 뜻은 '줄풀이 밭을 이룬 들'로 볼 수 있는 것이다. 평안남도 북창군 송남노동자구 북쪽에 있는 골짜기 '주래골'은 "줄풀이 무성하게 자라고 있어 줄앝골 또는 줄밭골이라고도 한다"(『조선향토대백과』)는 설명이다. '줄앝골' 역시 '줄밭골'에서 'ㅂ'이 탈락한 어형으로, 이 '줄앝골'이 '주라골'로 발음되고 여기서 변화된 것이 '주래골'로 보인다.

한편 '주라골' 지명은 기다란 '줄(線)'의 의미로 쓰인 것도 있어 조심스럽다. '물'과 관계되는 것이 아니라 바위나 산, 고개 등에 붙은 경우 특히 그렇다. 평안남도 숙천군 홍오리 남쪽에 있는 골짜기 '주라골'은 "자작봉 아래에 위치해 있다. 골 안에 줄바위가 있어 유래된 지명인데, 원래 줄암골이라고 하던 것이 음운변화로 주라골이 되었다"(『조선향토대백과』)고 한다. '줄바위'는 바위가 줄지어져 있는 경우 붙는 이름이다. 평안남도 평성시 고천리 '주라골'은 골 안에 줄바위가 있어 '줄바위골'이라고도 하고, 평양시 강동군 향목리 '주라골' 역시 바위들이 줄지어 서 있어 '줄바위골'이라고도 한다는 것이다.

가난한 동네 녹두밭윗머리

녹두거리 · 녹디밭골 · 녹두골

'녹두거리'는 비근하게 말하자면 서울대학교 정문 앞의 먹자골목이다. 달리 말해서는 신림동 고시촌을 녹두거리로 이해하는 사람도 있다. 행정적으로는 서울시 관악구 대학동의 상업지역을 말한다. 대학동은 신림동의 행정동으로 관악산과 서울대학교를 제외하면 실제 거주 지역 한가운데에 있는 '녹두거리'가 동의 대부분을 차지하고 있다. 녹두거리는 줄여서 보통 '녹두'라고 부르는데 대학동보다는 인지도가 더 높다.

『한국민족문화대백과사전』에서는 이에 대해 "신림9동 주변 일명 '녹두거리'라고 불리는 곳은 고시촌과 먹자골목이 있다. 과거에는 서울대 학생운동의 동네로, 막걸리를 마시며 사회 개혁을 논하는 서울대 학생들이 삼삼오오 몰려들었다고 한다. 현재는 준 유흥가로 발전되어 서울대 학생들의 술과 밥을 공급하는 객주가 역할을 하고 있다"라고 쓰고 있다.

이 '녹두거리' 이름은 70년대 후반에서 80년대 이곳에 있던 막걸릿집인 '녹두집'에서 유래되었다고 한다. 그러니까 시작은 학생들 상대의 싸구려 술집이었던 것이다. 그런데 '녹두집' 이름은 안주로 빈대떡(녹두전, 녹두

부침개)만을 전문으로 한 데서 비롯된 것이 아니고 보면 어떤 숨은 의미가 있는 것 같다. 말하자면 당시 학생운동의 신화였던 녹두장군 전봉준의 별명을 술집 이름에 씀으로써 학생들의 발길을 붙잡은 것으로 볼 수 있다는 것이다. 동학농민혁명의 지도자였던 전봉준은 몸이 왜소하였기 때문에 흔히 '녹두'라 불렸고, 뒷날 녹두장군이라는 별명이 생겼다. 실제로 전봉준은 유난히 키가 작아 5척(약 152cm)에 불과했고, 성인이 되어서도 '녹두'라는 별명을 들었다고 한다. 녹두(綠豆: 푸를 녹, 콩 두)는 녹색이기 때문에 녹두라 불렸고, 팥보다도 작아 작은 것을 비유할 때 쓰인 말이기도 하다.

동학혁명 때 유행했던 민요에 〈녹두새요〉가 있다. 가사는 "아랫녘 새야 웃녘 새야 / 전주 고부 녹두새야 / 녹두밭에 앉지 마라 / 두류박 딱딱 우여"로, 여기에서 새는 민중이고, 두류박은 전주 고부에 있는 두류산을 가리키며, 녹두새는 전봉준의 별명이고, 딱딱 우여는 날아가라 또는 해산 하라는 뜻이다. 이는 전봉준이 일으킨 동학혁명이 실패할 것을 예언한 참요로 보인다. 이 노래가 서정적으로 변해서 된 것으로 "새야새야 파랑새 야 / 녹두밭에 앉지마라 / 녹두꽃이 떨어지면 / 청포장수 울고간다"라는 민요는 지금도 전국적으로 전승되고 있다. 여기에서도 '녹두꽃'은 녹두장 군 전봉준을 '청포장수'는 일반 백성을 가리키는 것으로 볼 수 있다. 청포(淸泡)는 녹두의 녹말로 쑨 묵으로 녹두묵을 뜻한다. 보통 청포묵이라 고 많이 부르는 것이다.

녹두는 콩과의 한해살이풀이다. 열매는 긴 꼬투리로 열리며 안의 씨는 녹색의 작고 동그란 모양이다. 씨를 갈아서 묵, 빈대떡 따위로 먹거나, 씨에 싹을 틔워 길러서 숙주나물로 먹기도 한다. 숙주나물은 알아도 그것이 녹두를 키워낸 것이라는 사실은 모르는 사람이 많다. '숙주나물'의 옛말이 '녹두기름'이고, 전남 지방에서는 지금도 '숙주나물'을 '녹두나물' 이라고 부른다. 평안, 함북, 황해도 지방도 마찬가지다. 전의 하나로 즐겨

녹두밭

녹두꽃

먹는 빈대떡은 녹두를 물에 불려 껍질을 벗긴 후 맷돌에 갈아 나물, 쇠고기나 돼지고기 따위를 넣고 번철이나 프라이팬 따위에 부쳐 만든다. 녹두전, 녹두빈대떡이라고도 부른다.

수원시 팔달구 매향동의 옛 지명에 '녹두밭머리'가 있다. 이는 "비가 내려야 곡식을 심을 수 있는 모래밭으로, 가뭄에 잘 견디는 녹두 등을 심었기 때문에 붙여진 이름"(『두산백과사전』)이라고 한다. '밭머리'는 "밭이랑의 양쪽 끝이 되는 곳"을 이르는 말이다. 이에 대해 수원시 남향동 지명유래에서는 "인근 마을에서는 하릴없이 앉아 있는 모습을 빗대어 '녹두밭머리 신세'라고 말한다. 이는 옛날 과부촌 사람들이 농사를 짓다가 하릴없이 이 지역에 앉아 있었던 모습에서 연유한 것이라 한다"라고 쓰고 있다. 예전에 이곳에는 어려운 사람들이 많이 살았다고 한다.

이와 관련해서 지명에서는 '녹두밭윗머리'라는 말이 더러 쓰인 것을 본다. '녹두밭윗머리'라는 말은 못사는 동네를 비유적으로 일컫는 말로 비가 내려도 물이 고이지 않고 메말라 녹두나 겨우 심을 정도로 척박한 땅을 가리킨다. 국어사전에는 "비가 내려도 고이지 아니하여 녹두나 심을 정도의 메마른 밭"이라고 나온다. 참고 어휘로 '천둥지기'가 소개되어 있는데, 이는 "빗물에 의하여서만 벼를 심어 재배할 수 있는 논" 곧 '천수답'을 가리킨다. 녹두는 가뭄에 견디는 힘이 강해 메마른 밭이나 밭둑과 산기슭의 묵은 땅에 많이 심었다. 그렇다 보니 농사가 잘 안되고 가난한 동네를 자조적으로 '녹두밭윗머리'라 부른 것이다.

경남 함안군 산인면 신산리의 자연마을 '녹디밭골'은 녹두밭이 있었던 데서 유래되었다고 한다. 평북 창성군 연풍리 '녹두밭골'은 연풍리 남서쪽 독바위골 아래에 있는 골짜기인데 녹두밭이 있다고 한다. 강원도 법동군 노탄리 돈두루 북쪽에 있는 골짜기 녹두밭골은 골 안에 녹두가 잘된다는 밭이 있다고 한다. 밀양시 단장면 평리 산대추마을 '녹두골'은 평리마을 시리봉 뒤 동편 골짜기의 이름인데, 골짜기에 있는 밭에서 녹두가 많이 난다고 하여 생긴 지명이라고 한다. 주민들은 흔히 녹디낭골로 부르고 한자는 녹두곡(綠豆谷)으로 적었다.

물음표 모양의 고비와 고사리

고비덕 · 고사리데기 · 고새울 · 궐동리

고비가 고사리를 달리 부르는 말 정도로 알고 있는 사람들이 의외로 많은 것 같다. 그러나 고비와 고사리는 비슷하지만 엄연히 다른 종이자 다른 이름이다. 시에 유난히 음식물이 많이 등장하는 백석 시인의 시 「가즈랑집」에는 봄에 가즈랑집 할머니가 뜯는 산나물을 열거하는 대목이 있는데, "제비꼬리 마타리 쇠조지 가지취 고비 고사리 두릅순 회순" 등이 나온다. 여기에서도 고비와 고사리를 따로 떼어서 부르는 것을 볼 수 있다. 정지용은 「호랑나비」라는 시에서 "송화가루 노랗고 뻑 뻑국 고비 고사리 고부라지고 호랑나비 쌍을 지어 훨 훨 청산을 넘고"라고 봄의 정경을 묘사하고 있는데, "고비 고사리 고부라지고"라는 표현에서 두 개를 별개로 말하면서 공통적으로 고부라지는 특징을 강조하고 있다.

고비나 고사리 모두 어린 순이 물음표(?)같이 고부라진 모습을 하고 있다. 어원적으로는 둘 모두 '곱다(曲)'에서 만들어진 말로 추측된다. 고비와 고사리의 가장 확실한 차이는 '고비'는 한 뿌리에서 여러 줄기가 올라오는 데 비해 '고사리'는 한 뿌리에서 한 줄기만 올라오는 것이다.

또한 '고비'는 순 자체가 짙은 갈색을 띠고 흰 솜털로 싸인 채 동그랗게 말린 모양인 데 비해 '고사리'는 초록색을 띠며 순 끝부분이 세 갈래로 갈라져 주먹 모양으로 둥글게 감겨 뭉쳐진 모양을 하고 있다. 그래서 어린아이의 손을 비유적으로 '고사리손'이라고 이르기도 한다. 고비나 고사리 모두 어린 순을 꺾어 봄나물로 식용하는데, '고비'가 쓴맛이 좀 더 강하지만 줄기가 통통하고 부드러워 식감이 더 좋다고 말하기도 한다.

강릉시 왕산면 대기리에는 '괴비데기'라는 지명이 있다. '괴비데기'는 대기3리 동초밭이라는 마을에서 정선군 북면 구절리 쪽으로 약 1km정도 떨어진 곳에 있는 언덕이다. "고비를 이 지역에서는 '괴비'라 해서 괴비가 많은 언덕이라는 뜻으로 괴비데기라 불렀다"고 한다. 이 '괴비데기'는 국어사전에도 실려 있는데, '고비덕산(高飛德山)'이라는 이름으로 나온다. "강원도 강릉시 왕산면과 정선군 북면 사이에 있는 산. 태백산맥에 속한다. 높이는 1,020m"라고 설명하고 있다. 한자 '고비덕'은 뜻과는 상관없이 음으로만 표기한 것이다. '덕'은 '큰 언덕'이나 '크거나 넓은 곳'을 나타내던 말인데 한자로는 '덕(德)'으로 표기되었다. '데기'는 이 '덕'에 '이'가 붙어 변한 말이다.

강원도 횡성군 강림면 월현2리에는 '고비덕'이라는 마을과 '고비덕재'라는 고개가 있다. '고비덕'에 대해서 『횡성군지』는 "월현2리 2반에 속하는 마을로 예전에 고비가 많아서 붙여진 이름이다. 웃고비덕과 아래고비덕이 있다. 아래고비덕에서 구한말 의병대장 민긍호가 일본군에게 체포되었다고 한다. 현재도 민긍호가 체포될 당시 묵었던 집터가 있다"라고 설명하고 있다. 민긍호 의병대장이 이곳에서 전투를 벌일 당시의 기록에는 영월군 수주면 궐덕리(蕨德里), 혹은 궐덕촌으로 나온다. '고비덕'을 한자로 옮긴 지명이 '궐덕리'인데, '궐'은 뜻을 빌리고(훈차) '덕'은 음을 빌려(음차) 표기한 것이다.

'궐(蕨)'은 『훈몽자회』에도 '고사리 궐' 자로 나오고 전통적으로 고사리를 뜻하는 한자로 써온 것인데, 여기서는 '고비'를 나타내기 위해 쓰인 것으로 보인다. 그러니까 우리말 '고비'를 한자의 음을 빌려 표기할 때는 '고비(高飛)'로 바꾸고, 뜻을 빌려 표기할 때는 '궐(蕨)'로 바꾸어 쓴 것이다. 함경남도 덕성군 궐파산(蕨坡山)은 『신증동국여지승람』(함경도 이성현 산천)에도 나오는 오래된 지명인데, '궐파'는 '고비덕' 혹은 '고사리덕'을 한자의 뜻을 빌려 표기한 것이다. '파(坡)'는 '언덕 파' 자로 비탈이나 고개를 뜻하기도 한다. 『동여도』에는 '궐파령'으로 나오고, 현재는 '궐파산' 혹은 '궐령'으로 부른다고 한다.

한편 같은 횡성군 강림면 강림3리에는 '고사리골', '고사리재'라는 지명도 있어 '고비'와 '고사리'를 분별해서 이름 붙인 것을 확인할 수 있다. 『횡성군지』에는 '고사리골'이 "고사리재 옆에 있는 골짜기를 가리키는 것으로 큰고사리골과 작은고사리골이 있다. 고사리가 많아서 붙여진 이름"이라고 되어 있고, '고사리재'는 "강림3리 송실에서 강림4리로 넘어가는 고개를 가리키는 것으로 고사리가 많이 나서 붙여진 이름"이라고 되어 있다. 강원도 철원군 근남면 잠곡리의 자연마을 '고사리덕'은 "고사리가 많다는 산골짜기에 위치해 붙여진 이름"이라고 하고, 양강도 김정숙군 거룡리에 있는 '고사리데기'는 고사리가 많이 분포되어 있는 '덕(언덕)'이라는 설명이다.

'고새울'은 충남 예산군 대술면 궐곡리의 우리말 이름이다. 예산군 지명 유래에는 "궐곡1리의 중심을 이루는 고새울은 고사리가 많이 자생하므로 '고사리울', 변하여 고새울 또는 한자로 궐동이라 하였다. 실제 산간마을인 고새울 주변에는 '고사리밭'으로 불릴 정도로 예전에는 고사리가 지천으로 나서 봄철이 되면 뭇 아낙네들의 발길이 끊이질 않았다고 한다"라고 되어 있다. 영조 때의 지리지 『여지도서』에는 대지동면에 '궐동리(蕨洞里)'로 기록되어 있어 오래된 지명인 것을 알 수 있다.

매운맛의 대명사 고추와 후추

고추말 · 고추봉 · 후추우물 · 초정약수

매운맛을 내는 대표적인 양념류에 고추와 후추가 있다. 공통적으로 '-추'가 들어가 있는데, 두 말 모두 어원적으로는 한자어이다. 고추는 '고초(苦椒)', 후추는 '호초(胡椒)'에서 온 말이다. 고초의 '고(苦)'는 지금은 주로 '쓰다'는 뜻으로 쓰이지만 조선 시대에는 '맵다'는 뜻으로 쓰였기 때문에 입속에서 타는 듯이 매운 고추의 특성을 나타낸 것이다. 호초의 '호(胡)'는 오랑캐를 뜻하는데 '호나라'에서 전래되었다는 의미다. 여기서 호나라 곧 오랑캐 나라는 중국에서 중앙아시아 쪽을 가리킨 말로 보인다. 고초, 호초에 공통적으로 쓰인 '초(椒)'는 중종 때의 『훈몽자회』에는 '고쵸 쵸'로 나온다. 여기에서의 '고쵸'를 두고는 논란이 있는데, 지금의 '고추'를 뜻한다고 보는 이가 있는 반면에 고추는 임진왜란 때 일본에서 들어온 것이기 때문에 그 이전에 쓰인 '고쵸'라는 말은 매운 열매의 총칭으로 호초, 천초(초피), 진초를 의미한다고 보는 이도 있다. 실제 고추를 호초(胡椒)라고 기록한 경우도 많다.

어쨌든 한자어 '고초(苦椒)'에서 온 것으로 보이는 15세기의 '고쵸'라는 말은 19세기에 '고초'를 거쳐 20세기에 '고추'로 모습을 나타낸다. 방언형으로는 '고치'나 '꼬치' 같은 것도 있다. 일찍이 『삼국사기』에는 '고쵸쵸'를 쓴 '초도'라는 지명이 나오는데 『당서』에는 패강(대동강) 입구에 있는 것으로 나오고, 지금은 북한의 남포시 항구구역 초도리를 이루는 섬이다. 이 초도를 『만기요람』(1808)에서는 '초가 생산되기 때문에 붙은 이름'이라고 쓰고 있다. 이때의 '초(椒)'에 대해 우리의 재래종 '고추'라고 주장하는 이도 있지만 확인하기는 어렵다. '초피'나 '산초'를 가리킨 것으로 볼 수 있기 때문이다.

'고초전(苦草田)'은 말 그대로 '고추밭'을 한자로 쓴 지명이다. 이는 "서대문구 연희동의 옛 자연마을인 연희궁 앞 궁 뜰에 있던 밭으로서, 조선 시대 나라에서 쓰는 고추를 심었던 밭이었다고 전하는 데서 유래된 이름"(『서울지명사전』)이라고 한다. 『동국여지비고』(한성부)에는 채소를 세납으로 받아서 임금의 찬거리에 충당하는 내농포(內農圃)의 포전이 돈화문 밖 동쪽 가에 있다고 나오는데, '고초전'은 "서쪽 연희궁 앞들에 있다"고 나온다. '고추'는 별도로 밭을 두고 관리했던 것으로 보인다.

서울 영등포구 도림1동사무소에서 영등포1동으로 넘어가는 고개로 '고추말고개'가 있다. 『서울지명사전』에는 "겨울철 고개를 넘을 때 바람이 몹시 차서 고추처럼 맵다 하여 유래된 이름"이라고 설명한다. 그러나 이런 설명은 너무 개연적일 뿐 아니라 이곳 지형에도 어울리지 않는다. 이에 비해 영등포문화원의 〈영등포이야기〉에서는 '고추말'을 '고지마루'에서 변화된 것으로 보아 신빙성이 있어 보인다. '고지'는 '곶'으로 '길게 내뻗은 지형'을 일컫는 말이고 '마루'는 등성이를 가리키는 말이다.

평안남도 신양군 송전리 구일봉 서북쪽에 있는 봉우리 '고추봉'은 "봉우리가 곧추 솟아 있다 하여 고추봉이라 하였다"(『조선향토대백과』)고 한다. 황해북도 연산군 대평리 소재지의 남쪽에 있는 산봉우리 '고추봉'은 "급경사를 이루며 곧추 솟아 있다 하여 고추봉이라 하였다"는 설명이다. 천안시 동남구 안서동에 있는 '고추날'은 "올라가는 비탈진 날맹이 비탈이 심하고 고추같이 우뚝 섰다고 고추날이라고 하였다"는 설명이다. 모두 '고추'를 발음이 비슷한 '곧추'의 의미로 쓴 것이다. '곧추'는 "굽히거나 구부리지 아니하고 곧게"라는 뜻을 갖는다. 그러니까 곧게 솟은 산봉우리나 비탈진 지형을 '고추'라고 부른 것이다.

후추는 후추나무의 붉은 열매를 익기 전에 따서 말린 것으로 대개는 가루로 만들어 약재나 양념으로 썼던 것이다. 후추나무는 인도 남부가 원산지인 열대성 상록 관목으로 우리나라에서는 재배하지 못해, 후추는 전량 중국이나 일본을 통해 수입해서 썼다. 후추는 수입품이었던 탓에 매우 귀중한 물품으로 취급되었고 일부 특권층에서만 이용하였다. 따라서 대부분의 서민들은 천초(川椒)를 후추 대신 사용하기도 해서 '천초'를 '후추'라 부르기도 했다. '천초'는 '초피', '제피', '조피'라고도 불렸는데, 지금도 우리가 추어탕을 먹을 때 이것을 뿌려 먹기도 한다.

후추 지명은 우물 지명에 더러 보이는데, 물이 톡 쏘는 맛이 있는 특이한 우물에 붙여졌다. 서울 중구의 초정동(椒井洞)은 '후추우물'을 한자로 쓴 이름이다. 이곳에 있는 우물 맛이 톡 쏘는 것이 후추를 탄 것 같다 하여 '후추우물'이라 하였고 한자명으로 '초정'이라고 하였다는 것이다. 서울 강동구 둔촌동 '둔촌약수'는 "물맛이 맵고 싸하므로 호추우물, 한자명으로 초천이라고 하였다. 또 찬우물·냉정·호추우물·초천·둔촌약물·호초우물·후추우물이라고도 하였다"(『서울지명사전』)라는 설명이다. 청주시 청원구 내수읍 초정리에 있는 유명한 '초정약수'는 『동국여지승람』에도 나온다. "초수(椒水)는 고을(청주목) 동쪽 39리에 있는데 그 맛이 후추 같으면서 차고, 그 물에 목욕을 하면 병이 낫는다. 세종과 세조가 일찍이 이곳에 행차한 일이 있다"라고 기록되어 있다. 번역을 "후추 같으면서"라고 했는데 원문은 그냥 '초(椒)'로 되어 있다.

사자 발같이 생긴 강화 사자발쑥

쑥밭다리 · 쑥밭들 · 쑥밭재

강화군 길상면 선두리에는 '쑥밭다리'라는 마을이 있다. 『인천시사』에는 "무추내 동쪽에 있는 마을로 약쑥의 명산지로 알려진 곳"으로 소개되어 있다. 또한 애전(艾田)이라는 지명에 대해서는 "사자발약쑥이 많이 나는 마을로 보통 쑥밭다리라고 부른다"는 설명이다. 애(艾)는 쑥 애 자이고 전(田)은 밭 전 자이다. '쑥밭다리'에서 '다리'는 내를 건너는 다리(橋)가 아니라 '들(野)'을 뜻하는 말이다. 옛날에 '들'은 '달', '다리'로도 실현되었다. 그러니까 '쑥밭다리'는 '쑥밭들'이라는 뜻으로 쑥을 심은 밭이 들처럼 펼쳐진 모습을 이르는 말이다. 교동면 고구리에는 '쑥밭들' 지명도 있는데 "고읍 서북쪽에 있는 들로 쑥밭이 있었다"라는 설명이다.

위에서 '쑥밭다리'를 '사자발 약쑥이 많이 나는 마을'로 설명했는데, '약쑥'은 나중에 붙인 말이고 원래는 이 지역 쑥을 '사자발쑥'으로 불렀다. 한자로는 '사자족애(獅子足艾)'로 썼다. 쑥잎이 사자의 발 모양으로 갈라져 끝이 뾰족하고 뒷면에 흰 털이 나 있어서 붙여진 이름이다. 이 '사자족애'는 『세종실록지리지』(강화도호부)에도 나오는데, 토산 약재로 분류되어 있다. 또한 『신증동국여지승람』(1530년)에도 강화도호부 토산에 '사자족애'가 기록되어 있어 일찍부터 이름이 나 있었던 것으로 보인다.

지금도 '사자발쑥'은 '강화약쑥'이라는 이름으로 명맥을 잇고 있는데, 주로 약재로 쓰이고 그 외에도 뜸쑥과 쑥환, 쑥분말, 쑥차, 쑥음료 등으로 상품화되어 판매되고 있다. 이 쑥은 우리가 봄에 여린 싹을 나물로 뜯어 먹는 보통의 쑥과는 조금 다른 것이다. 5월 말쯤 키가 1m 가까이 자라면 수확하기 시작한다고 하는데, 쑥대까지 말려서 약용으로 사용한다고 한다. '쑥대'는 쑥의 줄기를 뜻하는 말인데 '쑥대밭', '쑥대머리', '쑥댓불' 등 여러 말에 쓰였다. '쑥대밭(≒쑥밭)'은 "쑥이 무성하게 우거져 있는 거친 땅"을 뜻하지만 "매우 어지럽거나 못 쓰게 된 모양을 비유적으로 이르는 말"로도 많이 쓰였다. 땅에 얌전히 주저앉아 있는 이른 봄의 쑥이 아니라 다 자라 어지럽게 우거져 있는 쑥대의 모습을 비유적으로 표현한 것이다.

강원도 금강군 단풍리 소재지 동쪽 광산골에 있는 마을 '쑥밭'은 한자로는 봉전(蓬田)이라 썼다. 봉(蓬)도 '쑥 봉' 자이다. '쑥밭'에는 전설이 전하는데 "옛날 김동지란 사람이 이 마을에 살았는데 하루는 세 신선을 만나서 놀다가 한잠 자고 깨어나 집에 돌아와 보니 어느새 50년이란 세월이 흘러 처자도 없고 집도 없어졌으며 집터에는 쑥만 무성하였다 한다"(『조선향토대백과』)라는 이야기다. 옛날에는 50세가 되면 머리털이 약쑥같이 희어진다고 하여 '애년(艾年, 쑥 애)'이라고 하고 50세가 넘으면 '애로(艾老)'라고 불렀다고 전해지는데, 이와 관련이 있는 이야기인 것 같다.

경남 산청군 삼장면 유평리에 있는 고개 '쑥밭재'는 예전에는 '애전령(艾田嶺)'이라고 일컬었다. 지리산 천왕봉에서 북쪽으로 중봉과 하봉을 거쳐 쑥밭재에 이르며, 쑥밭재를 경계로 동남쪽으로는 덕천강 상류, 북서쪽으로는 칠선계곡의 물줄기로 나뉜다. '쑥밭재'는 조선 시대 유학자들이 산청의 덕산에서 대원사를 거쳐 지리산 천왕봉으로 오르는 지리산 유람

코스의 길목에 있었다. 박치복은 1877년에 "계곡을 따라 절벽을 붙잡고 올라 애전령(艾田嶺)에 이르렀다"라고 『남유기행』에 기록하였다.

경북 봉화군 물야면 오전2리 '쑥밭'은 한자로는 쑥 애(艾) 자와 밭 전(田) 자를 써서 애전이라 하였다. 유래에는 두 가지 설이 있는데 하나는 이 지역이 물이 합수되는 지역이라 하천이 범람하여 늘 늪지대였기 때문에 수전(水田)이라 하였는데, 늪지대를 다른 말로 '쑤뱅이'로 부르던 것이 변천되어 '쑤밭', '쑥밭'으로 부르게 되었다는 것이다. 다른 하나는 이곳 약수물(오전약수탕)이 피부병에 효험이 있다고 하여 문둥병 환자들이 약수를 먹고 몸을 씻으며, 이 지역에 있는 쑥으로 피부에 뜸을 뜨고 달여 먹어 병을 고쳤다는 말이 전해 내려오고 있어 '쑥밭'이라 불렸다는 것이다. 둘 중에는 전자가 더 신빙성이 있어 보인다. 다른 지역의 예를 보면 '물이 많은 곳' 곧 '수(水)' 지명이 변형되어 '쑥'으로 나타나기도 한다.

이런 예는 쑥고개에서도 보이는데 숯을 굽던 '숯고개'가 '쑥고개'로 바뀐 것이다. 관악구 봉천8동에서 신림2동으로 넘어가던 고개로 '쑥고개'가 있는데, 옛날에 숯을 굽던 가마가 있어 '숯고개'라 하였던 것이 세월이 지나면서 '쑥고개'로 변하였다고 한다(『서울지명사전』). 평택 송탄의 '쑥고개' 역시 '숯고개'에서 변해 된 것이다. 한자로는 원래 숯 탄(炭) 자 탄현으로 썼다.

생강 농업의 종가 완주 봉동생강

샹들·샹바위·새앙골

파, 마늘, 생강은 우리 음식에 쓰이는 향신료의 삼총사이다. 이 중 생강은 우리나라에만 국한되지 않고 세계적으로도 후추 다음으로 인기가 높은 향신료이다. 생강의 원산지는 후추와 함께 인도·말레이시아 등 고온다습한 동남아시아로 추정된다. 우리나라에 도입된 시기는 알 수 없으나,『고려사』에는 현종 9년(1018)에 북쪽 변방에서 전사한 장수와 병졸의 부모처자에게 차·생강·베를 하사했다는 기록이 있고, 의약서인『향약구급방』(1236)에는 약용식물로 기록되어 있어 일찍부터 재배가 이루어졌을 것으로 추측된다.

고려 시대에 천민들이 집단으로 모여 살며 광물이나 수공품의 생산을 맡아 하던 특수 행정구역으로 소(所)라는 것이 있었다. 이 소 중에 좀 이색적인 것으로 강소(薑所: 생강 강, 바 소)라는 것이 있었는데, 이른바 '생강'을 재배 생산하여 나라에 공납하던 소였다.『세종실록지리지』(전라도 나주목 해진군)에 소가 넷이 기록되어 있는데 그중 하나가 '생강(生薑)'이다. 여기서 '생강'은 물품의 이름이자 그대로 소의 명칭으로 쓰인 것을 볼 수 있다. 해진군은 전남 해남과 진도를 합친 이름(1409~1437)인데

'생강(소)'은 진도에 속했다.

조선 시대 들어서 생강의 재배 지역은 점차 확대되었던 것으로 보이는데, 『세종실록지리지』에는 전주, 나주, 남원 등 전라도 14개 지역의 토공혹은 약재에 '생강'이 기록되어 있다. 토공은 그 지방의 토산물을 바친다는 뜻으로 '공물'을 이르는 말이다. 이 중 전주부 토공 '새앙'은 "읍의 사람들이 업으로 삼는다"고 기록되어 있어 전업적으로 생강을 재배했음을 알수 있다. 원문에는 '강(薑, 생강 강)' 또는 '건강(乾薑)'으로 나오는데, 고전번역원에서는 '새앙' 또는 '마른 새앙'으로 번역하고 있다. '새앙'은 '생강'과 같은 말이다.

이중환은 『택리지』에서 각 지방의 특수 농산물에 대해서도 큰 관심을 기울였는데, 부농들이 "진안의 담배밭, 전주의 생강밭, 임천·한산의 모시밭, 안동·예안의 왕골밭" 등을 매점해서 이익을 보는 자원으로 삼고 있다고 지적한다. 이러한 곳들은 지역민들의 생업이라기보다는 대규모의 재배지로서 부자들이 이익을 독점하는 데 기여한다는 것이다. 조선 후기에 이르면 생강이 경제적인 특수 작물로 부각되어 있는 것을 볼 수 있다.

전주의 생강밭은 현재 '봉동생강'이 그 맥을 잇고 있는 것으로 보인다. '봉동생강'은 전북 완주군 봉동읍 지역을 중심으로 재배 유통 판매되는 생강을 이르는 말이다. 국어사전에는 '봉상생강'으로 올라 있기도 한데, 지금의 봉동은 봉상면과 우동면을 통합하면서 바뀐 이름이다. 완주의 '봉동생강'은 오랜 역사와 전통을 이어온 한국 생강 농업의 종가를 자처하고 있다. 충남 서산 또한 생강으로 유명한데 이는 일제시대에 봉동의 생강을 가져와 재배하기 시작한 것으로 알려져 있다.

공주시 의당면 두만리 양지말 앞에는 '샹들'이라는 들이 있다. 지자체의 지명 유래에서는 "옛날에 이곳에서 생강을 많이 심었다 하여 샹들이라 한다(생강을 샹이라고 함)"라고 설명하고 있다. 사전에서는 생강과 비슷한 말로 '새앙', '생'을 들고 있는데, 방언형에는 '새양', '시앙' 등도 있다. 공주의 '샹'은 '시앙'이 줄어서 된 것으로 보인다. 이곳 방언으로 '샘'을 '시암', '샴'이라 부르는 것과 같다. 황해남도 안악군 월지리의 옛 이름으로 강평(薑坪)이 있는데 "생강을 많이 심던 벌이 있는 마을이라 하여 강평"(『조선향토대백과』)이라는 설명이다. 우리말 이름은 전하는 것이 없지만 의미상으로는 '샹들(새앙들)'을 생각해 볼 수 있다.

경남 거창군 위천면 강천리의 자연마을 강동은 속칭 '새앙골'이라 한다. 『위천면지』에는 "마을 뒤 버드나무 가지에 꾀꼬리 둥지가 있어 새앙골이라 한다. 형국은 와우형이다. 생원 정제안께서 생강을 재배하여 주민들에게 적선하였다 하여 생강 강 자를 따서 강동이라 한다"라고 되어 있다. '꾀꼬리 둥지가 있어 새앙골'이라는 설명은 납득이 되지 않고 '생강' 곧 '새앙' 관련 설명이 설득력이 있어 보인다. 한자 지명을 '생강 강' 자로 쓴 것이 이를 뒷받침하고 있다.

한편 논산시 부창동에 속하는 법정동 강산동은 "산의 형태가 마치 생강처럼 생겼다고 하여 생미 또는 생매·강매·강산이라 하였다"는 설명이다. 생강을 재배한 곳이 아니라 생강처럼 생겼다는 설명이 특이하다. 말하자면 '생강'이 비유적인 표현으로 쓰인 것이다. '생미', '생매'에서 '미', '매'는 산의 우리말 '뫼'의 이형태고 '생'은 '새앙'과 같은 말이다. 그러니까 '생미'는 '새앙뫼'이고 이를 한자로 바꾼 것이 '강산'이 된다. 대전시 동구 구도동에 있는 '샹바위'는 '새앙바위'라고도 부르고 한자는 '강암'으로 썼다. 이 역시 '새앙'의 형태에 빗댄 것으로 보인다. 바위가 있는 산은 '샹바위산'으로 부르기도 했다. '생강' 곧 '새앙'을 비유적으로 표현한 말로 '새앙뿔'은 "생강처럼 짧게 난 소의 뿔"을 가리키고, '새앙손이'는 "손가락 모양이 생강처럼 생긴 사람"을 가리킨다.

'산산'은 마늘산

마늘메 · 마늘봉 · 마늘메봉

『삼국사기』(권 제32 잡지)에는 신라 풍습에 '계절마다 지내는 제사 장소'가 기록되어 있는데, 그중 "입추 후 해일에는 산원 (蒜園)에서 후농을 제사 지낸다"고 해서 마늘과 관계된 지명이 나온다. '산원'은 정확히 어디에 있는지 밝혀진 바가 없지만 일반적으로 '마늘밭'으로 해석할 수 있는 말이다. 그렇게 보면 마늘은 삼국시대부터 재배했고, 그것을 한자로는 '산(蒜)'으로 표기했다고 할 수 있다. 『고려사』(권7 세가)에는 계율을 어기는 승려를 논죄하면서 "불경을 강송하는 장소는 헐어서 총산지주(葱蒜之疇)를 만든다"고 힐난하는 대목이 있는데, '총산지주'는 '파와 마늘밭'으로 해석할 수 있는 말이다. '총(葱)'은 '파', '산(蒜)'은 '마늘', '주(疇)'는 '밭(두둑)'을 뜻한다.

원래 '산(蒜)'은 '달래'를 가리키는 말이었다. 그러다가 한나라의 장건이 서역에서 포도·호두·석류·호초 등과 함께 '산의 새로운 품종 곧 '마늘'을 가져왔다. 이 품종은 '산'과 비슷하나 훨씬 커서 이것을 '대산(大蒜)' 또는 '호산(胡蒜)'이라 하고, 이전부터 있었던 '산' 곧 '달래'는 '소산(小蒜)'이라 하여 서로 구별하였다고 한다. 우리나라에는 마늘이 본격적으로 재배되고 보편화되면서는 달래 대신 마늘을 '산'으로 많이 썼던 것으로 보인다. 1527년에 최세진이 편찬한『훈몽자회』는 '산(蒜)'은 마늘, '소산(小蒜)'은 달래라 하였다.

『삼국사기』(권 제48 열전)에는 백제 때 도미의 처가 도미를 다시 만나 마지막에 가서 살았던 곳이 '고구려의 산산(蒜山)'으로 나온다.『삼국사기』(권 제6 신라본기)에는 '[김유신 등 아홉 장군이] 칠중하를 건너 산양(蒜壤)에 이르렀다'는 기사가 있는데 이 '산양'을 '고구려의 산산'으로 보는 견해도 있다. '칠중하'는 파주의 칠중성 근처 임진강을 가리킨다. 이 밖에도『삼국사기』에는 산산성, 산산현 등의 지명이 보이는데 모두 정확한 위치는 밝혀지지 않고 있다. '산산'은 문자의 의미로 보면 '마늘산'을 뜻한 것으로 보이지만 확인이 되지 않는다.

순천시 주암면 구산리는 '마늘산'(346m)의 북쪽 자락이 내려오는 구릉 지대에 위치해 있다. 1914년 행정구역 개편 때 선산마을·구산마을·금곡마을 세 마을을 합쳐 개설했다. 이 중 선산마을은 '마늘산'에서 이름을 따온 것으로 보인다.『한국향토문화전자대전』에서는 이에 대해 "선산은 마을 뒤에 마늘 조각 형상을 한 산이 있어 '말메' 또는 '마늘메'로 부르다 한자로 뜻 옮김 하면서 '산산(蒜山)'이 되었다. 그러나 같은 소리를 거듭해 부르기가 어색해 '선산'으로 바꾸어 불렀다고 전해진다"라고 설명하고 있다. 이해가 되는 대목이다. '산산'은 뜻은 다르지만 음이 같은 한자를 거듭해 부르기가 어색했을 것은 뻔하다. 그래 한자는 바꾸지 않고 '산산'을 '선산'으로 부르게 되었을 것이다. 실록이나『신증동국여지승람』등에 함경도 덕원, 평안도 상원, 전라도 화순, 경상도 김해, 황해도 황주와 봉산 등에 '산산(蒜山)' 지명이 적혀 있는데, 현대에까지 전하지 않는 것이 혹 이 때문인지도 모르겠다.

『조선향토대백과』에는 '마늘메', '마늘산', '마늘봉' 등 '마늘' 지명이 많이 소개되어 있다. 황해남도 송화군 용호리 '마늘산'은 "용호리의 남쪽에 있는 산. 해발 180m. 마늘처럼 생겼다. 말봉산이라고도 한다"라고 설명되어 있다. 또한 '망월봉'에 대해서는 "용호리의 남쪽 마늘산에 있는 봉우리. 지난날 달맞이를 하였다. 마늘처럼 생겼다 하여 마늘봉이라고도 한다"는 설명이다. 여기에서 '마늘처럼 생겼다'는 것은 '통마늘'이 아닌 '마늘쪽'의 형상으로 보아야 어울릴 것 같다.

평양시 상원군 은구리 '마늘메'는 "은구리 차일봉 남쪽 식송리와의 경계에 있는 산. 해발 329m. 마늘쪽같이 생겼다. 마늘산이라고도 한다"는 설명이다. '메(뫼)'는 '산'의 우리 옛말이다. 평양시 상원군 식송리 토동 서쪽에 있는 마을 '마늘메'는 "마늘처럼 생긴 산 아래에 위치해 있다"고 한다. 산 이름을 따로 밝히지는 않고 있지만 똑같이 '마늘메'로 불렀을 것으로 짐작된다. 황해북도 황주군 침촌리 소재지의 동북쪽 선봉리와의 경계에 있는 산 '마늘메'는 "마늘처럼 둥그렇게 생겼다"고 하고, 같은 황주군 대동리 소재지의 남동쪽 선산골 뒤에 있는 산 '마늘메'는 "마늘쪽처럼 생겼다"고 한다.

황해북도 수안군 도전리 소재지의 서북쪽에 있는 봉우리 '마늘메봉'은 "산마늘이 많이 분포되어 있었다 하여 마늘메봉이라 하였다"고 한다. 같은 수안군 평원리 '마늘메산'은 "산마늘이 많이 자라고 있다"고 하고, 성교리 소재지의 서남쪽 평원리와의 경계에 있는 '마늘메산' 역시 "산마늘이 많이 자라고 있다"고 한다. 수안군의 세 '마늘메봉(산)'은 모두 '산마늘'로 설명하고 있어 특이하다. '산마늘'은 '멩이·맹이·명이'라고도 하는데, 산에서 나는 나물류 중 유일하게 마늘 맛과 향이 나는 것이다. 서늘한 고산지대에 자생하는 산나물로 잎을 간장에 절여 장아찌를 만들어 먹는데, 흔히 고기와 함께 먹는다. '산마늘'은 울릉도에서는 춘궁기에 목숨을 이어준다 하여 '명이나물'이라고 불렀다고 한다. 울릉도의 산지 숲속에 자라는 이 '울릉 산마늘'은 잎이 넓고 둥근 반면 내륙의 '산마늘'은 잎이 길고 좁아 생물학적으로는 차이가 있다고 한다.

삘기 뽑아 먹던 띠

띠울 · 모동 · 모리

어머니 아버지 무덤이나 조상의 무덤을 찾아가 참배할 때 무덤 앞이나 주변에 술을 따라 붓는 것을 흔히 본다. 대개는 별생각 없이 의례 그렇게 해야 하는 줄로만 알고 행한다. 더러는 돌아가신 분이 생전에 술을 좋아해서 술 한잔 드시라고 술을 붓는 것으로 알고 있는 사람들도 있다. 그러나 알고 보면 이것도 제례의 한 절차이고 거기에는 담긴 뜻도 있다. 술을 무덤에 붓는 것은 말하자면 강신(降神)으로 신(혼백)을 불러오는 절차이다. 향을 피우는 것은 하늘에 있는 신을 불러오고, 술을 붓는 것은 땅에 있는 신을 불러오는 것이다. 그런 뒤에 비로소 참신을 하게 된다.

그런데 실내에서 제사를 모실 때에는 바닥에 그냥 술을 부을 수는 없다. 그래서 모사기(茅沙器)라는 그릇을 사용하게 된다. '모'는 '띠 모' 자이고, '사'는 '모래 사' 자 그리고 '기'는 '그릇 기' 자다. 그릇의 형태는 보통 작은 사발처럼 생겼으며 굽이 높다. 여기에 깨끗한 모래를 담고 띠풀을 한 뼘 정도 잘라 가운데를 붉은 실로 묶어서 모래에 꽂는다. 띠 묶음 대신 청솔가지를 꽂기도 한다. 제사를 시작할 때 강신 술잔을

촛불 위에 세 번 돌리고 바로 이 모사기에 세 번 나누어 붓는다. 땅에 있는 신을 부르는 것이다. 그러니까 모사기는 땅바닥을 상징하는 것이다.

모래에 풀을 꽂아 땅을 상징한 것이 아주 자연스럽게 느껴진다. 그런데 왜 하필 '띠'였을까? 땅에 뿌리 내리고 자라는 수많은 풀 중에 '띠'가 선택된 데에는 그만한 대표성을 인정했다는 얘기다. 사실 '띠' 만큼 흔하고 우리에게 친숙한 풀도 없을 것이다. 볏과에 속한 여러해살이풀로 키도 커서 억새와 더불어 여러모로 쓸모도 많았다. 그것으로 도롱이(비옷)를 만들어 썼고 지붕을 해 얹기도 했다. '띠'로 지붕을 이은 집을 '띠집(모옥)'이라 불렀다. 한방에서는 '띠뿌리'를 약재로 사용하기도 했다. 또 어린아이들이 배고플 때 즐겨 뽑아 먹던 '삘기'도 이 '띠'의 어린 꽃이삭이다. 달짝지근하면서 계속 씹으면 껌처럼 질겅거려 아이들이 좋아했다.

논산시 양촌면 모촌리의 우리말 이름은 '띠울'이다. 마을에 띠가 많이 있어서 띠울 또는 모촌이라 하였다고 한다. '띠울'의 '울'은 마을을 뜻하는 말이다. '띠울'을 한자로 바꾼(훈차) 말이 '모촌'인데, '띠 모(茅)' 자에 '마을 촌(村)' 자를 썼다. 영조 때의 『여지도서』에는 모촌면 모촌리가 관문으로부터 20리 거리에 119호가 살고 있는 것으로 나와 상당히 큰 마을이었던 것을 알 수 있다. 또한 마을에는 백제 시대 고분군도 있어 오래전부터 큰 세력의 마을이었을 것으로 추정된다. 조선 후기에는 이운규라는 종교사상가가 띠울마을에 은거하면서 최제우, 김광화, 김항 등을 지도했다고 알려져 있다. 특히 일부(一夫) 김항은 띠울과 인접한 남산리에 거주하면서 그에게서 큰 영향을 받았는데, 1885년 후천개벽 사상을 역리적으로 체계화한 『정역』을 완성하기도 했다.

충남 부여군 규암면 모리(茅里)에 있는 자연마을 모동(茅洞)은 띠가 많이 났다 하여 '띠울'이라 불리다 한자화한 이름이다. '모리', '모동'은 모두 '띠 모(茅)' 자를 쓰고 있다. 『여지도서』에는 천을면 모동리로 나와

제주 성읍 민속마을 띠집

오래된 동네임을 알 수 있다. 그러니까 마을 이름은 처음부터 '모동'이었는데, '리' 이름이 되면서 '모동리'가 되었다가 '동(洞)'과 '리(里)'가 중복된 표현이라 '동'을 빼고 '모리'라 쓴 것으로 보인다. 조선 시대에는 부여군 천을면에 속했다가 1914년 행정구역 통폐합에 따라 규암면에 모리로 편입되었다.

대전시 유성구 계산동은 빈계산(암닭산) 아래에 자리하고 있다고 하여 계산이라 이름이 붙여졌다. 자연마을 중에 '띠울'은 "사기막골 옆으로 자리한 마을로 모곡(茅谷)이라고도 부르는데, 옛날에는 마을 근처에 띠(茅)가 많아서 붙여진 이름이다. 옛날에는 이곳의 띠를 베어 도롱이를 만들기도 했고, 멀리 서해안에서 겨울에 김을 뜨는 발을 만들기 위해 이곳에서 띠를 사 가기도 했다고 한다'(유성문화원 지명유래)고 되어 있다. 『여지도서』에는 옛 진잠현 읍북면에 모곡리(茅谷里)로 나온다.

한편 '띠울' 지명은 뒤쪽에 위치한 마을 '뒤울'에서 음이 변한 것도 있어 한자 지명도 같이 살펴야 한다. 논산시 상월면 대명리에 있는 자연마을 '띠울(띠울)'은 "대명골 뒤쪽에 있는 마을로 후동이라고도 부른다"는 설명이다. 한자를 '뒤 후' 자 후동(後洞)으로 썼다. 그러니까 애초에는

'뒤울'로 불리면서 한자는 '후동'으로 썼는데, 우리말 이름이 뒤울〉디울
〉띠울로 바뀌어버린 것이다.

세계적으로 우리나라에만 있는 모데미풀

모데기 · 남원 회덕마을

모데미풀은 꽃도 아름답지만 이름 또한 아름답다. 모데미, 모데
미…… 발음하기도 부드럽고, 요란하지 않으면서 고상한 기품이
느껴진다. 말의 뜻을 모르는 만큼 무언가 신비로운 느낌마저 드는데
이래저래 많은 궁금증을 불러일으키는 풀이다. 사실 모데미풀은 우리
주변에서 쉽게 찾아볼 수 없는 것이다. 높고 깊은 산속에 숨어 있어
어지간한 '꽃쟁이'가 아니고서는 그 존재조차 알기 어려운 풀이고, 공을
들이지 않고서는 쉽게 만나볼 수 없는 꽃이기도 하다.

모데미풀은 우리나라 특산 식물이다. 이른바 한반도 고유종인데 한반
도에만 국한되어 자연적으로 분포 서식하고, 세계적으로 우리나라에만
있는 생물 종이다. 국립수목원에서 발간한 『한국의 희귀식물』에서는
모데미풀을 위기종의 하나로 소개하고 있다. 그만큼 우리에게는 귀한
꽃인데, 국립생물자원관의 『한반도의 생물다양성 백과사전』에는 "우리
나라 평북 묘향산, 강원 금강산, 설악산, 대암산, 점봉산, 태백산, 광덕산,
경북 소백산, 전북 덕유산, 지리산, 제주 한라산 등에 분포하는 한국
고유종이다. 모데미풀 1종이 모데미풀속 1속을 이룬다. 운봉금매화, 금매

화아재비라고도 부른다"라고 설명되어 있다.

모데미풀을 최초로 채집하여 학명을 정한 것은 일본 식물학자 오오이 지사부로(大井三次郎)이다. 일제강점기인 1935년의 일이다. 운봉금매화, 금매화아재비 등의 이름은 우리나라 식물학자들이 1949년에 식물이름집을 펴내며 이름 붙인 것으로 알려져 있다. 오오이는 학명 외에 이 식물을 모데미풀(モデミサウ)로 불렀는데, 이 이름은 그가 처음 이 풀을 발견한 장소 곧 남원 운봉의 '모데미'라는 지명에서 따온 것으로 밝히고 있다. 모데미풀이 처음으로 등록된 『일본식물분류학회지』에는 "(지리산) 부근 북쪽 면을 채집하다가 마침 주산맥의 중앙부에서 마주친 운봉-모데미 (Unbon-modemi) 야영지 부근의 자그맣게 흐르는 냇가 옆 초원에서 모랑과에 속하는 아직 본 적이 없는 식물을 채집했다. (…) 화명(和名, 일본 꽃 이름) 모데미풀은 운봉 모데미로부터 가져왔다. 운봉은 전북 남원군의 지명 운봉을 조선에서 읽은 것이고, 모데미도 조선어로서 '산이 합하는 곳(山の 合さる 所)'의 의미라고 전해지고 있다"(『한반도의 생물다양성 백과사전』에서 재인용)라고 되어 있다.

그동안 모데미풀의 이름을 두고는 계속 논란이 있어 왔다. 이 꽃에 관심 있는 사람들이 현지에서 확인한 바로 '모데미'라는 지명이 없다는 것이고, 또 일찍이 『조선식물향명집』(1937)의 공저자 중 한 사람인 도봉섭이 "이것은 전북 남원군 운봉 무덤에서 처음 채취하였으며 '무덤'이 일본어화하여 '모데미'로 변한 것이다"라고 쓴 글이 알려지면서 논란이 있어 왔던 것이다. 그러나 위의 『일본식물분류학회지』에는 '운봉 모데미' 가 분명하게 채집지 지명으로 기록되어 있어 '모데미풀' 이름은 지명에 근거한 것이 확실해 보인다. 단지 약간의 오차는 있는데, 현지에서 지금 확인되는 지명은 '모데기'이기 때문이다.

남원시 주천면 홈페이지의 마을 소개에 따르면 덕치리 회덕마을(현재는 주천면이지만 운봉읍과 경계를 접하고 있음)은 "원래는 마을 이름을

'모데기'라 불렀다. 그 뜻은 풍수지리설에 의해 덕두산, 덕산, 덕음산의 덕(德)을 한곳에 모아 이 마을을 이루었다는 뜻으로 '모데기(會德, 회덕)'라 하였으니 모데기는 '모덕'이 변한 것임을 알 수 있다'라고 설명되어 있다. 회덕은 '모데기'의 '모'를 모을 회(會) 자로 쓰고, '데기'는 큰 덕(德) 자를 써서 한자화한 지명이라는 것이다. 지역에서 말하는 풍수지리설에 의해 세 산의 덕을 한곳에 모아 마을을 이루었다는 설명은 일본의 학회지에 기록된 "모데미도 조선어로서 '산이 합하는 곳(山の合さる所)'의 의미라고 전해지고 있다'라는 내용과 일치하는 것으로 '모데미'와 '모데기'가 같은 이름인 것은 틀림없어 보인다.

'모데기'의 유래에 대한 또 다른 설로는 운봉에서 오는 길과 달궁 쪽에서 오는 길이 모인다고 해서 '모데기'라고 했다는 설도 있다. 회덕마을 '모데기'는 그것이 산인지 길인지 무엇인지 확실하지 않지만 무언가 모인 곳이라는 뜻은 분명해 보인다. 지명에서 '모데기'는 앞에 모여 있는 '무엇'이 붙는 게 일반적이지만, '무엇'을 떼고 그냥 '모데기' 또는 '무데기'로 부르기도 했다. 이때의 '모데기', '무데기'는 '무더기'의 방언형이다. 소나무가 많이 모여 있어 '솔모데기'로 부르거나 돌이 많이 쌓여 있어 '돌무데기'로 불렀는데, 이를 줄여서 '모데기', 무데기'로 부르기도 한 것이다.

한편 '무더기'와 비슷한 뜻을 가진 말에는 '더미'도 있다. '더미'의 방언으로는 '데미'라는 말도 있다. '흙무더기'를 방언으로 '흙무데기', '흙모데기'라고 불렀고, '흙더미'를 '흙데미'라고도 불렀다. "돌이 한데 모이거나 돌을 한데 모아 쌓은 더미" 말하자면 '돌무더기'를 '돌데미'라고도 했다. 이렇게 보면 운봉 '모데미'는 '모데기'의 방언형으로 볼 수도 있을 것 같다. 어쨌든 동일한 장소를 일컫는 동일한 이름인 것은 분명해 보인다.

강아지풀을 닮은 조 이삭

조밭골 · 조알골 · 속전동

우리 속담에 "얻어먹는 놈이 이밥 조밥 가리랴"라는 말이 있다. 한창 궁하여 얻어먹는 판에 이밥 조밥 가릴 수 없다는 뜻으로, 자기가 아쉽거나 급히 필요한 일에는 좋고 나쁨을 가릴 겨를이 없음을 비유적으로 이르는 말이다. 여기서 '이밥'은 '흰쌀밥'을 가리키고 '조밥'은 '좁쌀로 지은 밥'을 가리킨다. 그러니까 '이밥'은 좋은 밥, '조밥'은 나쁜 밥을 뜻한다고 볼 수 있다. 요즘 말로 하면 '찬밥 더운밥 가리랴'일 텐데, '흰쌀밥'은 '더운밥'으로, '조밥'은 '찬밥'으로 바뀐 셈이다. '좁쌀'은 '조'의 열매를 찧은 쌀을 뜻하는 말로 '알'이 아주 작은 탓에 작고 좀스러운 사람이나 물건을 비유적으로 이르는 말로 흔히 쓰이기도 했다.

태종 때 좌의정을 지낸 박은(1370~1422)에게는 다음과 같은 일화가 전한다. "태종이 하루는 미행으로, 박은의 집에 갔다. 그때 은의 지위는 높고 이름났지만 가세는 매우 가난하였다. 마침 조밥을 먹다가 재채기가 나서 곧 맞이하여 절하지 못하고, 문밖에 조금 오래 서 있으니 임금이 매우 노하였다. 은이 황공하여 사실대로 아뢰니, 임금이 이르기를, "경은 재상인데 조밥을 먹는가?" 하고, 사람을 시켜 들어가 보게 하였는데 과연 사실이었다. 임금이 놀라고 감탄하면서 특별히 청문(동대문) 밖 고암전[북바위밭]의 땅을 약간 하사하였다."(『동국여지비고』한성부) 태종은 박은이 재상인데도 '조밥'을 먹고 있는 데 놀라고, 그의 청빈함에 감탄했다는 이야기이다. 여기서 당시에 쌀은 왕, 왕족, 관료, 양반 등 지배층의 주식이었고, 일반 백성들의 주식은 좁쌀이었다는 사실을 짐작해 볼 수 있다.

조밥이 가난한 사람들의 주식이었던 현실은 일제강점기의 소설에서도 엿볼 수 있다. 1924년에 발표된 김동인의 「운수 좋은 날」은 인력거꾼인 김 첨지가 그날따라 손님이 많아 돈을 좀 번 '운수가 좋은 날'에 아내의 죽음을 맞이하는 아이러니를 통해 당대 민족의 비참한 현실을 고발한 작품이다. "그의 아내가 기침으로 쿨럭거리기는 벌써 달포가 넘었다. 조밥도 굶기를 먹다시피 하는 형편이니 물론 약 한 첩 써 본 일이 없다. (…) 병이 이대도록 심해지기는 열흘 전에 조밥을 먹고 체한 때문이다. 그때도 김 첨지가 오래간만에 돈을 얻어서 좁쌀 한 되와 십 전짜리 나무 한 단을 사다 주었더니 김 첨지의 말에 의지하면 그 오라질 년이 천방지축으로 남비에 대고 끓였다. 마음은 급하고 불길은 닿지 않아 채 익지도 않은 것을 그 오라질 년이 숟가락은 고만두고 손으로 움켜서 두 뺨에 주먹덩이 같은 혹이 불거지도록 누가 빼앗을 듯이 처박질하더니만 그날 저녁부터 가슴이 땅긴다, 배가 켕긴다고 눈을 홉뜨고 지랄병을 하였다." 당시는 도시의 하층 노동자뿐 아니라 가난한 농민들도 많은 집에서 조밥을 상식으로 했다고 한다. 그때 부족한 조는 콩 등 다른 잡곡과 함께 만주에서 수입해 먹었다.

우리나라에서 조의 재배 역사는 신석기시대로 거슬러 올라간다. 1999년 부산 영도구 동삼동 패총 유적의 집 자리에서 발견된 불에 탄 조 75알과 기장 16알은 방사선 탄소 연대 측정 결과, 신석기 중기인 기원전 3360년으로 나타났다. 이는 농경이 신석기 중기에 이미 한반도 전역에서 이루어졌고, 조를 중심으로 한 잡곡류가 재배되었음을 짐작할 수 있게 해 준다. 이후 역사시대로 들어서서는 조가 대표적인 재배 작물로 자리 잡았음을 여러 기록에서 확인할 수 있다. 대표적으로 좁쌀을 의미하는 글자인 '속(粟)' 자를 일반 곡물의 의미로 썼고, 국가에 바치는 조(租, 조세)를 좁쌀로 한 데서도 알 수 있다. 이러한 역사를 갖는 조는 해방 직후인 1940년대까지 벼 다음으로 재배 면적이 많을 정도로 중요한 곡식이었다.

'조바심(동사는 조바심하다, 조바심치다)'은 국어사전에도 두 가지 뜻으로 나온다. 하나는 "조마조마하여 마음을 졸임. 또는 그렇게 졸이는 마음"이고, 다른 하나는 "조의 이삭을 떨어서 좁쌀을 만듦"이라는 뜻이다. 그렇게 보면 전자는 후자에서 뜻이 생긴 것으로 볼 수 있다. 곧 조마조마하게 졸이는 마음은 조의 이삭을 떠는 일에서 생긴 말인 것이다. '바심'은 "곡식의 이삭을 떨어서 낟알을 거두는 일" 곧 '타작'을 뜻하는 말이다. 그런데 조를 바심하는 일은 도리깨로 두드려도 곡식알이 잘 떨어지지 않아 손으로 비비고 문지르고 가진 애를 쓰는데 손바닥은 쓰리고 일은 더디다. 그래서 조를 바심할 때는 힘은 힘대로 들고 생각처럼 되지 않아 초조하고 조급해지기 일쑤이다. 그래서 몹시 초조하여 안절부절못하면 "왜 그리 조바심이냐"라고 하게 된 것이다.

조 이삭은 강아지풀을 닮았다. 실제로도 조의 원종은 강아지풀이고, 조와 강아지풀은 서로 교배 가능하다고 한다. 영어로는 조를 foxtail millet 이라고도 하는데, 이삭의 모습이 여우 꼬리를 닮아서 그렇게 부른 것 같다. 조는 벼와 달리 물을 적게 필요로 하는 밭작물로 메마르고 척박한 땅에서도 잘 자란다. 예전에는 화전에서도 우선적으로 심었다. 강원도 삼척시 도계읍 동쪽 황조리에 속하는 해발고도 1,224m의 육백산은 정상부에 넓은 고위평탄면이 있어 과거 화전민들이 화전을 일궈 농사를 짓던 산이다. 육백산이라는 이름은 산 정상부의 지형이 평평하고 그 넓이가 육백 마지기나 된다고 해서 붙은 이름이라기도 하고, 또 서속(黍粟, 기장과

조) 씨를 육백 섬이나 심을 정도로 넓다는 데서 생겨났다고도 한다(『한국향토문화전자대전』).

전라남도 여수시 돌산읍 금봉리에 있는 자연마을 '속전(粟田)'은 조밭골 또는 서숙밭골이라 하던 옛 지명을 한자로 표기한 마을 이름이라고 한다 (『한국향토문화전자대전』). '속전'은 조 속 자에 밭 전 자를 썼는데 '조밭'을 한자 표기한 이름이다. '서숙'은 '서속(黍粟)'이 변한 말로 본래 '기장과 조'를 가리키는 말이지만 '조'만을 가리킬 때도 썼다. 경기도 연천군 신서면 마전리에 있는 자연마을 '조밭골'은 예부터 조를 많이 심었던 곳이라 붙여진 이름이라고 한다. 한자로는 '속전동(粟田洞)'이라고 썼다.

경북 영천시 중앙동에 속하는 법정동인 과전동은 옛날부터 토질이 메말라 논농사보다 과수 농사를 하였는데, 밤나무가 많아 한때는 율전(栗田)이라 하였고, 조밭이 있어 조밭골 또는 속전(粟田)이라고도 하였으며, 서과동이란 지명도 전하는데, 이를 종합하여 과전동이라 명명한 것으로 보인다. 원래는 조선 후기 영천군 내서면에 속한 지역으로, 조밭이 있어 조밭골 또는 속전이라 하였다고 한다(『한국향토문화전자대전』).

강원도 세포군 성평리에 있는 골짜기 '조밭씨골'은 골 안에 조 씨를 받던 종자밭이 있었다고 한다. 양강도 갑산군 사평리 '조밭등덕'은 사평리 소재지의 북서쪽에 있는 덕을 부르는 이름인데 예전에 조를 심던 밭이 있다고 한다. '덕'은 '고원의 평평한 땅'을 이르는 말이다. 평안남도 영원군 도삼리 바메기에 있는 골짜기 '조밭골'은 조밭이 개간되어 있다고 한다. 평안북도 영변군 관하리 '조앝골'이나 평안남도 증산군 광제리 '조앗골'은 모두 '조밭골'의 '밭'에서 'ㅂ'이 탈락하여 '앝(앗)'의 형태를 보인다(『조선향토대백과』).

댕댕이로 만든 멋쟁이 모자 정동벌립

댕댕이산 · 댕댕이버덩 · 댕댕이골

개 (강아지)를 가리키는 인터넷 신조어 중에 '댕댕이'라는 것이 있다. 컴퓨터 모니터로 볼 때 '댕' 자와 '멍' 자가 잘 구별되지 않는 착시 현상에서 '멍멍이'를 '댕댕이'로 부르기 시작한 것으로 알려져 있다. '멍멍이'도 어린아이의 말로 어른스럽지 못한 면이 있지만 '댕댕이'도 장난스러운 느낌이 없지 않아 보인다. 그런데 '댕댕이'는 실제로 개를 부르던 이름이어서 흥미롭다. 진돗개, 삽살개 같은 우리나라 토종개 중의 하나로 꼬리가 없는 개(꼬리가 짧은 개) '동경견(東京犬)'이 있었는데, 이 개를 경상도 지역에서는 '댕댕이'라고도 부른 것이다. '동경견'에서 '동경'은 '경주'의 옛 이름으로 '동경견'은 '동경이' 또는 '경주견'으로도 불렸고, 사투리로는 '댕갱이', '댕댕이', '댕견', '댕구', '동동개' 등 여러 이름으로 불렸다. 현재는 천연기념물 제540호로 지정되어 있다.

'댕댕이'는 예전에 '댕댕이덩굴'을 가리키는 말로 많이 쓰였던 말이다. '댕댕이넝쿨', '댕강덩굴', '댕대미덩굴', '댕댕이줄'이라고도 불렸고, '댕댕이바구니'는 댕댕이덩굴의 줄기로 결어 만든 바구니를 부르던 말이다. 우리 속담에는 '항우장사도 댕댕이덩굴에 넘어진다'는 것도 있다. 비록 힘이 세더라도 방심하여 조심하지 않으면 실수를 할 수 있으므로 작고 보잘것없다 하여 깔보아서는 안 된다는 말이다. 댕댕이덩굴은 칡덩굴보다는 가늘고 약해 보이지만 쉽게 끊어지지 않는 강인함이 있다. '댕댕이'의 어원을 '댕댕하다'로 보기도 하는데, '댕댕하다'에는 '누를 수 없을 정도로 굳고 단단하다'나 '힘이나 세도 따위가 크고 단단하다'는 뜻이 있다.

'댕댕이'는 여러해살이 덩굴풀로 줄기는 목질에 가깝고 잔털이 있으며 물체에 감기어 뻗는 성질이 있다. 농촌의 들판 가장자리나 산기슭 초지와 관목 덤불, 숲 가장자리 등의 양지에서 흔하게 자라는데, 길이는 3m 정도로 그리 길지 않다. 한자로는 목방기(木防己)라고 했는데 뿌리를 약용으로 썼다. 특히 댕댕이의 줄기는 내구성이 강하고 축축한 상태에서는 잘 구부러지는 특성이 있어 풀공예 재료 중 장점이 가장 많은 재료로 꼽혔다. 또 줄기의 직경이 2mm 미만이므로 공예품을 만들면 그 짜임새가 섬세하고 고운 질감을 준다. 이러한 장점으로 일찍부터 우리 조상들은 댕댕이덩굴로 삼태기, 바구니, 채반, 수저집 등 생활 기물을 만들어 사용하였고 고삐를 만들거나 등짐을 동여매는 끈으로도 쓰였다.

이 댕댕이는 모자를 만드는 데도 쓰였는데 제주도 토속의 멋쟁이 모자 '정동벌립'이 그것이다. 제주도에서는 '댕댕이'를 '정동(정당)'이라 불렀고, '벌립'은 '벙거지'를 뜻하는 제주도 말이다. 『한국민속대백과사전』에서는 '정동벌립'을 "야생 '댕댕이덩굴'로 결어 만든, 차양이 있는 제주지역의 하절기 노동용 모자"로 정의하고 있다. 제주 사람들이 머리에 쓰던 모자는 댕댕이덩굴로 만든 정동벌립, 대나무를 쪼개어 만든 대패랭이, 소의 잔털로 만든 털벌립 등이 있었는데, 정동벌립과 대패랭이는 대체로 차양이 넓어 강한 햇빛으로부터 보호해 주고 통기성이 좋아 여름에 즐겨 썼고, 털벌립은 단단하고 비바람에 강해 겨울에 주로 썼다고 한다.

정동벌립은 제주도 목부와 농부들이 산과 들에서 여름에 햇빛이나 비 가림용으로 썼다. 무늬나 장식 없이 정동 줄기인 '날'로만 엮은 것으로 머리통이 낮아 머리에 쓰면 답답하지 않다. 또한 차양이 다른 모자에 비해 넓어 특히 산간에서 나들이나 일할 때 햇빛 가리개로 알맞은 쓰개 거리였다. 비가 오는 날은 이것을 머리에 쓰고, '띠(茅)'로 엮어 만든 비옷인 '도롱이'를 입고, '나막신'을 신으면 완전 무장이 되었다. 또 표면이 가늘고 매끄러우므로 머리에 쓰고 가시덤불 속을 헤쳐나가도 얼굴이 긁히거나 상하지 않았다고 한다. 깨끗하게 잘 만든 것은 남녀 모두 나들이 때도 쓰고 다녔지만 관가에는 쓰고 갈 수가 없었다고 한다.

정동벌립의 주재료인 댕댕이넝굴은 추석 전에 마디가 길고 곧은 1~2년 생 덩굴을 걷어서 잎과 가지를 깨끗하게 훑어 낸 다음, 지붕 위나 돌담 등 바람이 잘 통하고 직사광선이 고루 잘 쪼이는 곳에 널어 말린다. 거의 한 달여간 햇볕과 이슬로 말리는데 밤이슬을 맞힌 것이 더욱 좋다고 한다. 이렇게 말린 댕댕이 줄기를 물을 축이고 부드럽게 다듬어서 썼다고 한다. 모자를 만드는 일은 '벌립 겯는다'라고 했는데, 대체로 농한기에 남자들이 했고 하나를 겯는 데 6일 정도 걸렸다고 한다. 곱게 짠 것은 매우 정교하여 멋스러웠는데 그것은 이칭에도 잘 나타나 있다. '정동벌립' 을 '약속벌립'으로 부르기도 했는데, 바람 부는 날 이 모자를 쓰고 걸어가면 넓고 가벼운 차양이 까딱까딱하므로 마치 사람이 약속할 때 고개를 끄덕이 는 것 같다고 하여 붙여진 이름이라고 한다.

청라국제도시의 '청라'라는 이름은 원래부터 이곳에 있던 동네 이름에 서 비롯된 것이 아니고, 서곳에 있던 작은 섬 '청라도'에서 비롯된 것이다. 이름뿐 아니라 이 지역 전체가 기존의 인천 지역이 아니라, 간척사업을 통해 새롭게 만들어진 땅에 새롭게 조성된 신도시이다. 지금은 이름만 남기고 사라진 섬 '청라도(靑蘿島, 푸를 청, 담쟁이덩굴 라)'를 『한국지명유 래집』(중부편)에서는 "섬의 모양이 댕댕이넝굴처럼 뻗었다고 하는 유래 로부터 지명이 나왔을 것으로 전한다"고 쓰고 있다. '청라'를 '댕댕이덩굴' 로 해석하고 있는 것을 볼 수 있다.

댕댕이넝쿨로 만든 채반.

그러나 '청라도'의 우리말 이름이 '파렴(파라+염, 파란 섬)'이고 보면 '청라도'는 풀과 덩굴로 뒤덮여 있는 섬이라고 볼 수 있다. 여기에서의 덩굴은 '댕댕이덩굴'뿐 아니라 '담쟁이덩굴'이나 '칡덩굴' 등 흔히 야산을 뒤덮고 있는 온갖 덩굴식물을 두루 일컬은 것으로 보아야 할 것이다. 어쨌든 '청라' 지명은 '댕댕이'가 덩굴식물의 대표 격으로 지명유래에 이름을 올린 것이다. 이런 예는 충남 보령시 청라면에서도 볼 수 있는데, 『보령의 지명유래』에서는 "칡과 당대미가 많았으므로 청라면"이라고 설명한다. '당대미'는 '댕댕이'의 방언형이다.

경북 청송군 청송읍 월외리에 있는 태행산(933m)은 진보면과 청송읍의 경계가 되는 산이다. 예전에도 진보현, 청송부, 영덕현의 경계 지표가 되었던 산이다. 태행산이 있는 월외리(月外里)라는 지명은 『호구총수』에도 기록되어 있을 정도로 오래된 지명이지만 조선 시대 자료에서 태행산이라는 명칭은 나타나지 않는다. 그러다가 1911년의 『조선지지자료』에

'태행산'이라는 명칭이 등장하는데 여기에 '댕댕이산'이라는 우리말 이름이 함께 등장해 눈길을 끈다. 민간에서는 오래전부터 '댕댕이산'으로 불러왔음을 알 수 있다. 이 산에 덩굴식물이 많아 '댕댕이산'이라 불렸을 가능성이 큰 것으로 보고 있다(『향토문화전자대전』).

강원도 인제군 인제읍 상동리 '댕댕이버덩'은 "남북리와 경계가 되는 산부리 끝에 있는 버덩으로 댕댕이가 많았다고 한다"(인제군 홈페이지)는 설명이다. '버덩'은 높고 평평하며 나무는 없이 풀만 우거진 거친 들을 가리키는 말이다. 천안시 동남구 광덕면 매당리 '댕댕이'는 당깨울 남서쪽에 있는 마을 이름인데, 댕댕이 풀이 많이 있었다고 한다. 평안남도 신양군 신양읍 큰골에 딸려 있는 골짜기 '댕댕이골'은 "댕댕이풀이 많이 자라고 있다"(『조선향토대백과』)는 설명이다. 제주시 도련동 '정동골'은 댕댕이 덩굴이 많은 곳을 가리킨 이름이라고 한다. '정동'은 댕댕이덩굴을 가리키는 제주말이다.

왕십리 미나리깡 미근동 미나릿골

미나리깡 · 미나리골 · 근동

겨울날 따스한 볕을 임 계신 데 비추고자

봄미나리 살찐 맛을 임에게 드리고자

임이야 무엇이 없을까마는 내 못 잊어 하노라

— 고시조, 작자 미상, 『청구영언』

여기서 '임'은 임금을 가리키는 것으로 보아 이 시조를 '연군의 정'을 노래한 것으로 보기도 한다. 그러나 남녀 간의 사랑하는 '임'으로 보아도 무방하다. '봄미나리 살찐 맛'을 드리고 싶어 하는 것으로 보아서는 시적 화자를 여성으로 보는 것이 더 어울릴 것도 같다. 봄의 미각을 살릴 수 있는 음식물로 봄미나리를 우선적으로 꼽고 있는 것이다. 봄에 미나리는 살이 통통하게 오른다, 야들야들 부드럽고 여리면서 줄기 속이 꽉 차 있다. 날것을 한입 깨물면 아삭아삭하면서 상큼한 향이 입 안 가득 퍼진다. 장다리는 한철이요 미나리는 사철이라지만 봄 미나리는 다른 계절을 압도하고도 남음이 있는 것이다.

조선 후기 개성적인 문인으로 음식에도 관심이 높았던 심노숭(1762~

1837)은 「미나리 노래(水芹歌, 수근가)」의 첫 구절을 "한양성 동쪽 왕십리에는 / 집집마다 문 앞에 미나리"로 시작하고 있다. 내용 중에는 별미로 '미나리 강회'를 들기도 했는데, 데친 미나리와 생파를 적당히 나누어, 엄지손가락 크기로 둘둘 묶어선 저민 생선이나 고기를 넣어 초장에 찍어 먹는다고 썼다. 서울 성동구 왕십리는 예로부터 근교농업이 발달해 도성 안에 무, 배추 등 채소를 공급하는 단지였는데 그중 '미나리'도 큰 몫을 차지했다. 이는 1960~70년대까지도 계속되었는데 '왕십리 미나리꽝'은 일종의 랜드마크가 되기도 했다.

'미나리꽝'은 국어사전에 "미나리를 심는 논. 땅이 걸고 물이 많이 괴는 곳이 좋다"라고 나온다. '미나리깡'이라고도 하고 지역에 따라서는 '미나리광', '미나리강'으로 발음하기도 한다. 원형은 '미나리광'으로 보이는데, '광'의 어원에 대해서는 한자어 '광(壙, 시체를 묻기 위하여 판 구덩이)'에서 왔다고 보기도 하지만 확실한 것은 아니다. 또한 곡식이나 세간을 넣어두던 곳간의 의미인 우리말 '광'이 붙어 '미나리광'이 되었다고 보기도 한다. 미나리는 한번 심어 놓으면 줄기를 잘라도 계속 자라난다는 특징을 감안할 때 '곳간'의 뜻으로 쓰였을 가능성은 있다. 장독대를 '장광(醬광)'이라 쓰고 흔히 '장꽝'이라 부르는 것과 같다. '미나리꽝'은 한자로 '근전(芹田)' 또는 '수근전(水芹田)' 등이 문헌에 보인다. '근(芹)'은 '미나리 근' 자이다. 『고려사』(열전 임연)에 처음 '근전'이 나오고, 고려말 목은 이색의 시에도 "개구리가 미나리밭(근전)에서 우는데"라고 해서 '근전'이 나온다.

『서울지명사전』에 '미나리꽝'은 중랑구 중화동 동2로에 있었던 것으로 되어 있다. "동2로 서쪽 중랑천변 일대에 있던 미나리밭으로서, 이곳은 저지대인 데다가 상습침수지역으로 미나리 재배에 최적지였다고 한다"라고 되어 있다. 또 다른 '미나리꽝'은 동대문구 용두동 39번지에 있었는데 "동대문구 용두동 39번지 경동시장 일대는 미나리밭으로서 미나리꽝이라고 하였다"라고 나온다.

'미나릿골'은 서대문구 미근동·합동·의주로1가동·충정로2가동·충정로3가동에 있던 마을 이름인데, 이 일대가 미나리밭이었던 데서 마을 이름이 유래되었다고 한다. 미나리밭은 굉장히 넓게 퍼져 있어서, 지금 충정로 2·3가에서부터 미근동은 물론 합동·의주로까지 근동이라 불렀다고 한다. '근동(芹洞)'은 '미나릿골'을 한자로 표기한 것으로 '미나리근' 자를 썼다. 미근동은 '초리우물(꼬리우물)'의 '미'와 '미나릿골'의 '근'을 합성한 지명이다. 『동국여지비고』에는 이 지역이 한성부 서부 반송방 '수근전계(水芹田契)'로 나온다. 또 다른 '미나리골'은 중구 을지로5가에 있었는데, "미나리를 재배하는 논이 넓게 자리하고 있던 데서 마을 이름이 유래되었다(『서울지명사전』)"고 한다. 마찬가지로 한자명은 '근동'이라고 하였다.

조선 성종 19년(1488)에 명나라의 사신으로 왔던 동월이 쓴 「조선부」에는 "왕도(한성)와 개성 사람들 집의 작은 못에는 모두 미나리를 심는다"라고 기록되어 있다. 이것은 비단 서울이나 개성에만 한정한 이야기는 아닐 것이다. 단지 중국의 사신으로서 자신이 머물렀던 대표적인 고을을 예로 든 것이라 본다면, 당시 이러한 현상은 전국적인 것으로 보아야 할 것이다. 그만큼 우리나라 사람들이 일찍부터 미나리를 즐겨 먹고, 많이 먹었다는 것을 미루어 짐작할 수 있다. 미나리의 유명한 산지로는 지금은 없어졌지만, 서울의 광나루와 남원, 완주, 온양, 창원 등이 손꼽혔다.

'미나리'의 '미'는 '물(중세어로는 '믈')'에서 온 말로 본다. '물'이 어두에 와서 다른 말을 수식할 때는 받침 'ㄹ'이 탈락하여 '무/모' 또는 '미'로 쓰일 때가 있다. 예컨대 무자위, 무소, 무너미 등의 '무'와 미나리, 미더덕, 미장이 등의 '미'가 바로 그것이다. 16세기 『훈몽자회』에는 '芹'이 '미나리근'으로 나온다. 미나리는 줄기 아랫부분이 물에 잠기는 곳에서 가장 잘 산다. 또한 청정한 수질보다는 적절히 부영양화된 수질을 좋아하며, 거머리가 살 정도의 환경이 최적이라고 한다. 예전에 미나리를 키우는 밭, 미나리깡은 마을에서 흘러나오는 물이 여과되는 곳이기도 했다. 말하자면 미나리가 수질 정화에도 큰 역할을 한 것이다.

제4부

농기구 지명

농기구의 한류 'Ho-mi'

호미골 · 호무골 · 호미실 · 호미산

호미는 논과 밭의 김을 매는 데 쓰는 쇠로 된 농기구이다. '김'은 '논밭에 난 잡풀'을 이르는 말이고 '김을 맨다'는 것은 이 잡풀을 뽑는 일이다. 또한 호미는 밭에 종자를 심거나 감자, 고구마 따위를 캘 때도 쓴다. 끝은 뾰족하고 위는 대개 넓적한 삼각형으로 되어 있는데 목을 가늘게 휘어 구부린 뒤 둥근 나무 자루에 박는다. 호미는 지역에 따라서 또는 기능에 따라서 다양한 형태와 종류가 있었다. 그러나 기계화와 제초제, 비닐 농법 등으로 김매기 자체가 줄어들면서 현재 호미는 작은 규모의 밭농사에서만 더러 쓰일 뿐이다.

이러한 우리 고유의 농기구인 호미가 근래에는 외국에서 인기를 끌고 있다고 해서 화제다. 세계 최대 온라인 쇼핑몰인 아마존에서 'Ho-mi'가 2018년도엔 원예 생활용품 톱10에 들었다고 한다. 말하자면 농기구의 한류인 셈이다. 소비자들은 이것만 있으면 뭐든 할 수 있다는 반응인데, 말하자면 땅을 파거나 흙을 고르거나 잡초를 제거하거나 모종을 심는데 두루 적합해서 서양의 원예용 모종삽과는 비교가 되지 않는다는 얘기다. 미국이나 유럽에 비해 산지가 많고 농지가 좁아 소량 재배에 적합하게

EZ Digger Korean Gardening Tool Wide Blade Hoe Ho-mi Homi Better Home Garden

★★★★☆ ˅ 132

$14⁰⁰

Ships to Republic of Korea

JOVELY Premium Forged Gardening Hand Plow Hoe, Korean Daejanggan Style Ho-Mi(Weeding Sickle) for EZ Digger Tools 1 Pack

★★★★☆ ˅ 34

$12⁵⁹

Ships to Republic of Korea

🏬 Small Business ˅

amazon.com에서 검색되는 Ho-mi

발전한 우리 농기구 호미가 서구의 작은 정원이나 텃밭을 가꾸는 원예용 도구로 각광을 받을 줄은 누구도 상상 못 했을 것이다.

　충북 진천군 초평면 오갑리에는 '호미골'이라는 지명이 있다. 『진천군 지명 유래』에서는 "'호미'는 흙을 팔 때 이용하는 농기구이다. '호미'의 날처럼 삼각형 모양을 하고 있는 골짜기가 '호미골'이다. 이 골짜기에 조성된 마을을 그렇게 부르기도 한다. '호미골'은 산으로 둘러싸여 아늑한 느낌을 준다. 지역에 따라서는 '호무골'로 나타나기도 한다"라고 설명하고 있다.

　'호무골'은 청주시 상당구 용담동에 있는 마을로 '호미골'이라고도 한다. 전설에 따르면 호무골을 호무(虎舞: 범 호, 춤출 무)로 써서 호랑이가 춤을 춘 골짜기 또는 마을로 해석하기도 하고, 호미(湖美: 호수 호, 아름다울 미)로 써서 마을 북쪽에 아름다운 호수가 있어서 생겨났다고 하기도 하고, '홀어미골'로 보아 마을에 과부가 많아서 생겨난 것이라고 해석하기도 한다. 『한국향토문화전자대전』에서는 "호무골은 호미골과 같이 호미처럼 생긴 골짜기로 해석된다. (…) 산으로 둘러싸인 골짜기가 마치 호미의 날 또는 삼태기처럼 삼각형 모양을 하고 있어서 명칭의 의미와 잘 어울린다"라고 설명하고 있다.

제천시 수산면 서곡리는 조선 말 청풍군 근남면에 속했다가 1914년에 수산면 서곡리가 된 지역이다. 1985년 충주댐 건설로 대부분 지역이 수몰된 마을로 수산면 중앙부 북단에 자리 잡고 있다. 마을 지형이 호미처럼 생겨서 '호무실'이라 하였고, 한자로는 '호미 서(鋤)' 자를 써서 서곡(鋤谷)으로 표기하였다. '실'은 골짜기를 가리키는 옛말로 한자로는 '골 곡(谷)' 자를 썼다. 같은 제천시 청풍면 연론리에도 '호미실' 지명이 있는데, 일명 '호무실'이라 하기도 했고 한자로는 서곡이라 썼다. 연론리도 1985년 충주댐 건설로 대부분 지역이 수몰되었는데, 이 중 동남쪽에 있는 '호미실'은 고도 175~200m 지대에 자리 잡은 마을로 산에서 내려다보면 마을 형세가 호미처럼 생겨 붙여진 이름이라고 한다. 충북 영동군 학산면 서곡리 역시 한자는 서곡(鋤谷)으로 쓰는데 우리말 이름은 '호미실'이고 "지형이 호미와 같다 하여 호미실이라 칭하였다"고 한다.

평안북도 대관군 신상리 중부에 있는 골짜기 '호미골'은 "지난날 돌이 많아 호미를 여러 개 가지고 하루 일을 하였다 한다"(『조선향토대백과』)는 설명이다. 다른 지역의 '호미골' 지명이 대체로 호미의 형상에 빗댄 것에 비해 이곳은 여러 개의 호미를 가지고 일을 했다고 해서 생긴 지명으로 얘기하는 것이 특이하다. '돌이 많아' 다른 농기구를 사용하기가 어려워 호미로만 땅을 일군 밭의 특성에서 생겨난 이름으로 보인다.

‘호미’ 지명으로 많이 알려진 곳으로는 ‘호미곶’이 있다. 그러나 호미곶의 ‘호미’는 ‘범 호(虎)’ 자에 ‘꼬리 미(尾)’ 자를 쓰고 유래담도 다르다. ‘호미곶’은 경북 포항시의 영일만과 동해 사이에 바다 쪽으로 불쑥 튀어 나간 반도 지형(곶)을 부르는 이름이다. 일제강점기인 1918년 이후에는 ‘장기갑(이곳의 조선 시대 현 이름이 장기현이었음)’으로 불리다가 1995년 ‘장기곶’으로 바꾸었고, 2001년 12월 ‘호미곶(虎尾串)’이라는 이름으로 다시 바꾼 것이다. 이 지역을 ‘호랑이의 꼬리’로 보는 시각은 1908년 우리나라 최초의 잡지인 『소년』 창간호에 최남선이 한반도를 호랑이로 묘사하면서부터 시작되었다고 한다.

‘호미산(虎尾山)’은 평안북도 피현군 백마노동자구 북쪽에서 서쪽으로 길게 뻗은 산이다. “옛날 한 힘장사가 산에 나무하러 갔다가 범을 만났는데, 범의 꼬리를 잡고 휘두르는 바람에 범의 몸뚱이는 빠져버리고 꼬리만 달랑 가지고 돌아왔다 한다”(『조선향토대백과』)는 이야기만 전한다. 경북 울진군 울진읍 호월리에 있는 ‘호미산’은 “용저리마을 앞산이 범의 꼬리와 흡사하다 하여 호미산이라 한다. 또한, 범의 형상을 한 풍수지리적으로 명당이 나올 수 있는 산이라 하여 호명산이라고도 한다”(『한국향토문화 전자대전』)는 설명이다. 호미산성이 있는 경남 의령군 정곡면 죽전리의 ‘호미산’도 산의 형태가 호랑이 꼬리를 닮았다 해서 얻은 이름이라고 하는데 뚜렷한 근거는 확인하기가 어렵다.

낫 놓고 기역 자도 모른다고?

낫머리 · 낫거리 · 낫골 · 겸동

작자 · 연대 미상의 고려 속요 중에 「사모곡」이라는 것이 있다. 우리말(속칭)로는 '엇노리'라고 했는데, 이는 '어머니 노래'라는 뜻이다. 가사를 현대어로 풀어보면 "호미도 날이 있지마는 / 낫처럼 들 리가 없습니다 / 아버지도 어버이지마는 / 위 덩더둥셩 / 어머니같이 사랑 하실 분이 없습니다 / 아아, 임들이여! / 어머니같이 사랑하실 분이 없습니 다"로 되어 있다. 아버지들이 보면 좀 섭섭할지도 모르겠지만 이 작품은 어머니의 사랑을 그 무엇과도 비교할 수 없는 것으로 노래하고 있다. 이 노래의 표현상의 두드러진 특징은 아버지와 어머니를 농기구인 호미와 낫에 비유하고 있는 데에 있다. 호미도 날이 있지마는 낫처럼 잘 들지 않는다는 사실에 빗대어 어머니의 사랑이 보다 상냥하고 속정이 깊다는 것을 표현하고 있는 것이다. 여기에 사용된 비유물로서의 호미와 낫은 서민 대중의 생활 속에 오래전부터 아주 친근한 농기구였던 것은 말할 필요가 없다.

'낫 놓고 기역 자도 모른다'는 속담은 기역 자 모양으로 생긴 낫을 보면서도 기역 자를 모른다는 뜻으로, 아주 무식함을 비유적으로 이르는 말이다. 또 그렇게 글을 읽을 줄 모르는 무식한 사람을 '까막눈이'라고도 했는데 한자로는 '문맹(文盲)'이라 일렀던 말이다. 그런데 훌륭한 한글 덕분에 문맹률이 거의 '0%'에 가깝다는 현대의 한국 사회에서도 이 속담을 자세하게 새겨줘야 하는 까닭은 어디에 있을까. 그것은 이제 'ㄱ'을 읽을 줄 몰라서가 아니라 거꾸로 '낫'이 무엇인 줄 몰라서 생겨나는 것은 아닐까. 낫이 어떻게 생겼고 그것을 무엇에 쓰는 것인 줄 모르는 아이들에게는 'ㄱ'이 무슨 문자인지 몰랐던 사람들만큼이나 이 속담이 몸에 와닿지 않을 것은 분명하다.

'낫'은 곡식, 나무, 풀 따위를 베는 데 쓰는 아주 기본적인 농기구이다. 국어사전에는 "시우쇠로 'ㄱ' 자 모양으로 만들어 안쪽으로 날을 내고, 뒤 끝 슴베에 나무 자루를 박아 만든다. 늑구겸"이라고 되어 있다. 여기서 또 다른 문제에 부닥치게 되는데, '시우쇠'는 무엇이고, '슴베'는 또 무엇이란 말인가. 또다시 사전을 찾아야 한다. '시우쇠는 "무쇠를 불에 달구어 단단하게 만든 쇠붙이의 하나"로 나와 있고, '슴베'는 "칼, 괭이, 호미 따위의 자루 속에 들어박히는 뾰족하고 긴 부분"이라고 되어 있다. 모두 예전에는 생활 속에서 흔히 쓰던 말이겠지만 낫 한번 손에 잡아보지 못한 요즘 사람들에게는 참으로 알기 어려운 말들이다. 누구 탓이라기보다는 생활 환경이 그만큼 바뀌고 문명이 달라진 탓이리라.

요즘은 시골에서조차 낫은 찾아보기 어렵거나 어디 창고 구석에 녹슨 채 처박혀 있기 일쑤다. 곡식을 수확할 때는 콤바인으로 해치우고, 풀은 제초제를 써서 죽여버리거나 길게 자란 풀은 예초기로 베어버린다. 옛날에는 풀도 여러모로 유용해서 소를 먹이거나 퇴비를 만드는 데 요긴하게 썼지만 지금은 아무 쓸모가 없는 존재가 돼버렸다. 나무 역시 애써 낫으로 가지를 쳐서 지게에 지고 와 땔감으로 쓸 이유가 없어져 버린 지 오래다. 시골에서도 오래전부터 가스나 기름을 쓰고 있고 더러 나무가 필요하다 하더라도 이제 나무를 해 올 사람이 없는 것이 요즘 농촌 현실이기도 하다.

『관촌수필』의 작가 이문구(1941~2003)는 1970년대 말 3년 남짓 발안에서 살았다. 발안은 경기도 화성군 향남면(현 화성시 향남읍)에 속한 곳이나 향남을 일반적으로 발안이라 불렀다. 아주 오래전에 이 마을은 서해 바닷물이 들어오는 갯벌이었는데 갯벌 안쪽에 있다고 하여 벌의 안이라는 뜻으로 '벌안'이라고 부르던 것이 한자로 쓰면서 발안(發安)이 된 곳이다. 그는 이곳 발안에서 그의 또 다른 대표작 『우리 동네』를 쓰는데, 주로 이 동네에서의 농촌 체험을 바탕으로 했던 것으로 보인다. 그러나 소설의 특성상 발안 동네의 실제 지명이나 인명은 쓰지 않고 있다.

대신 에세이에서는 이곳 발안에서의 생활을 솔직히 밝혀 적고 있다. 그는 발안(향남면 행정리 205번지)에 가족과 함께 살면서 그 자신 농촌 출신이면서도 이방인 티를 내지 않고 그 동네 사람이 되기 위해 지극 정성 애를 썼는데, 「남의 하늘에 묻어 살며」라는 에세이에서는 동네 상갓집에 달려가 속필로 부고 봉투 쓰는 일을 떠맡아 하면서 자신이 살던 동네나 둘레 부락들 이름을 알게 된 사연을 적고 있다. "우리 게(동네) 이름이 쇠면이며 둘레 부락들은 분비 앞고래, 개내벌, 덕지, 쌀뿌리, 밭더 굴, 안더굴, 낮머리, 샘골, 자치울 따위로 불린다는 것을 짯짯이 알게" 되었다고 쓴 것이다. 이 작은 마을 지명들은 사실 그 동네 오래 살면서 그 동네 사람이 되지 않고는 알기 어려운 이름들인데, 그중 '낫'과 관련해서 는 '낮머리'라는 지명이 눈에 띈다.

'낮머리'는 '낫머리'를 잘못 전해 들은 것으로 보인다. 화성문화원 자료(화성문화원 홈페이지, 화성의 역사와 문화-지명유래)에는 '겸두리' 라는 한자 지명이 함께 수록되어 있어서 '낫머리'가 맞는 것으로 짐작된다. '겸(鎌)'은 '낫 겸' 자이고 '두(頭)'는 '머리 두' 자로, 겸두리는 '낫머리'를 한자의 뜻을 빌려 표기한 것이다. "겸두리(鎌頭里)[낫머리]: 마을 주위를 감싸고 있는 뒷산의 모습이 흡사 낫의 머리와 비슷하다고 하여 붙여진 이름이라고 전하며 순우리말로는 낫머리로 불렀다"고 설명하고 있다. 뒷산의 지형을 '낫머리'로 부르면서 그것이 마을 이름이 된 것을 알 수 있다.

'낫머리' 지명은 충남 서산시에도 있다. 서산문화원 홈페이지 '서산의 문화-지명'에서는 '장동-낫머리'를 "낫머리는 장동 2통 2반을 말하는데 특별한 의미는 없고 마을 지형이 낫과 같이 기역 자로 생긴 지형이다. "머리"란 산천의 끝 또는 동리 또는 마을의 끝이라는 뜻으로 말할 때 붙여지는 이름이다"라고 설명하고 있다. 마찬가지로 지형이 'ㄱ' 자로 생겨 붙여진 이름인 것을 알 수 있다.

'낫거리' 지명은 경북 군위군 소보면 평호리에서 찾아볼 수 있다. 군위군 홈페이지에는 '낫거리'가 한자어 '괘겸'으로 씌여 있는데, '괘'는 '걸 괘(掛)' 자이고 '겸'은 '낫 겸' 자로 짐작이 된다. 그렇다면 '낫걸이'가 '낫거리'로 변화한 것으로 볼 수 있다. 평호리(平湖里)는 사방이 산으로 둘러싸인 평지에 자리한 마을로 작은 하천이 흐르며 논농사가 주로 이루어진다고 하는데, 자연마을 중에 '괘겸(낫거리)'은 "평지마 남동쪽에 있는 마을로 마을의 지세가 낫 모양으로 생겼다 하여 붙여진 이름이다'라고 설명하고 있다. 지세가 낫 모양으로 생겨 이름 붙인 것으로 볼 수 있다.

'낫골'은 대구광역시 달성군 하빈면 무등2리에 있는 자연마을 이름이다. 마을이 형성된 지형은 전체적으로 낮은 산이 많고 들이 넓은 지역인데, 낫골 마을은 뒤는 용재산(253.8m)이 북쪽에서 남쪽으로 둘러싸고 있고, 앞은 성산(274.4m)이 동서쪽 방향으로 펼쳐져 있어 전체적으로는 두 산의 골짜기에 위치한다. 하빈 이씨들이 집성촌을 형성한 낫골 마을은 마을의 모양이 낫처럼 구부러져 있는 골짜기라 하여 붙여진 이름이라고 한다(『한국향토문화전자대전』). 낫 겸(鎌) 자를 써서 겸동이라고도 하였다. 경북 안동시 노하동은 안낫골, 밧낫골, 저봉골, 고등골, 양지마, 수류골, 숩밤다리 등의 자연마을로 이루어져 있는데, 이 중 안낫골(일명 안노하골)

은 낫골 안쪽 마을을 가리키고, 밧낫골은 낫골 바깥 마을을 일컫는다. 노하동 동쪽에 있는 마을로 예전에는 밭이 많았으나 지금은 논이 더 많다고 한다. 낫골은 낫 모양으로 생긴 골이라 하여 붙여진 이름이라고 한다(『한국향토문화전자대전』).

쇠스랑으로 왜적을 쳐 죽인 쇠스랑 장군

쇠스랑골 · 소시랑봉 · 쇠스랑개

경 남 고성은 임진왜란 때 왜적이 서진하는 길목에 위치해 있어 많은 침략을 받았던 지역이다. 임진왜란 당시 이순신 장군이 두 차례에 걸쳐 이곳 당항포에서 대첩을 거두기도 했지만 육지에서도 의병들이 목숨을 걸고 왜적에 맞서 싸웠다. 당항포관광지에는 충무공의 영정을 모신 숭충사(崇忠祠)가 있고, 당시 고성 지역의 의병 44인의 공을 기리기 위해 세운 '임진란창의공신현충탑'도 있다. 여기에 등재된 인물 중에 이덕상은 농군을 모아 고성 군령포에서 농기구로 왜적을 물리치고, 이순신 진중에서도 전공을 세워 선무원종2등공신에 녹훈되고 훈관으로 수문장을 지낸 것으로 알려져 있다.

기록 중에 농군을 모아 '농기구'로 왜적을 물리쳤다는 대목이 특히 눈에 띈다. 이에 대해 고성군 홈페이지에서는 삼산면 두포리 장지마을의 전설로 '쇠스랑 장군' 이야기를 올려놓았는데, "임진왜란 때 지금의 미룡리 대밭골에서 농민이 퇴비를 장만하고 있었는데 마침 왜적이 쳐들어와 주민을 닥치는 대로 죽이고 가재를 불사르는 등 온갖 횡포를 저지르고 있을 때 이덕상이라는 숨은 장사가 퇴비를 장만하던 쇠스랑으로 왜적을

처 죽였는데 그 수효가 석 둘음 한 갓(한 둘음은 20명, 한 갓은 10명)이나 되었다 하며 그 후 왜적에게 쫓겨 이곳 장지마을에서 은신하여 생명을 유지하게 되었다 하여 이곳의 지명을 장군의 이름을 따서 '덕상개'라 하였으며 숨은 장군이라 하여 '숨은장군 이덕상공'이라 하였고 쇠스랑으로 왜적을 물리쳤다 하여 '쇠스랑 장군'으로 불리고 있으며 공의 공덕비가 영선재에 있다"라고 쓰여 있다.

평범한 농기구인 쇠스랑이 무기로 그것도 왜적을 무찌른 병장기로 사용된 것을 볼 수 있다. 평소에 무기를 지닐 수 없었던 양순한 농민들로서는 위급한 때에 우선 손에 잡히는 것이 뾰족한 쇠붙이가 달린 농기구였고, 그중 삼지창같이 긴 막대기(자루)가 박힌 쇠스랑이 제일 적당했을 것 같다. 이런 예는 다른 지역에서도 찾아볼 수 있다. 전북 남원시 향교동에 있는 '남원 만인의총'은 정유재란(1597) 때 남원성 전투에서 순절한 민·관·군 1만여 의사들의 합장 유적이다. 만인의총에서 소장 관리하고 있는 유물 중에는 '쇠스랑'도 있는데 "남원성 전투에서 참전 의사들이 왜병의 조총에 맞서 무기 대용으로 사용한 농기구"라는 설명이 붙어 있다. 이는 서양의 경우도 마찬가지였던 것으로 보인다. 농노들의 반란을 '횃불과 쇠스랑(torch and pitchfork)'이라고 표현하기도 했는데, 건초용의 쇠스랑을 'pitchfork'라 했다.

김홍도(1745~1816 이후)의 『단원풍속도첩』 중 〈논갈이〉 그림은 아래쪽에서는 한 명의 농군이 한 쌍의 소가 끄는 쟁기로 흙을 갈아엎고, 위쪽에서는 두 명의 농군이 쇠스랑으로 흙을 고르는 모습을 한 화면에 담았다. 사선 방향으로 진행되는 소의 움직임과 X자로 교차된 쇠스랑의 표현이 화면에 동감을 부여하고 있다. 쇠스랑은 쟁기로 간 흙덩이(쟁깃밥)를 잘게 부수고 고르는 데 쓰였는데, 소가 없는 농가에서는 쇠스랑만으로 밭갈이를 하기도 했다.

쇠스랑은 땅을 파헤쳐 고르거나 두엄·풀 무덤 등을 쳐내는 데 쓰는

김홍도, 〈논갈이〉

농기구이다. 수렁이 져서 소가 들어서기 어려운 논에서는 이것으로 파서
엎고, 덩어리진 흙을 깼다. 또 밭의 흙을 파서 고르기도 하고 씨를 뿌린
뒤에 이것으로 흙을 덮기도 하며 두엄을 쳐내는 데에도 쓴 것이다. 모양은
갈퀴 모양으로 서너 개의 발이 달리고 기역자로 구부러진 한쪽 끝에
나무 자루를 박았다. 명칭은 지역에 따라 소시랑, 소스랑, 쇠시랑, 소스랭
이, 쇠서랑 등으로도 불렀다. 『훈몽자회』(1527)에는 '杷'가 '서흐레[써레]

파'로 나오는데, "민간에서는 철파를 쇼시랑이라 부른다"는 설명이 붙어 있다. '철파(鐵杷)' 곧 '쇠써레'를 '쇼시랑'이라 부른다고 해서 '쇠스랑'을 '써레'의 일종으로 인식했음을 보여준다. '써레'는 갈아 놓은 논의 바닥을 고르는 데 쓰는 농기구이다.

충남 예산군 광시면 하장대리에 있는 '소스랑들'은 쇠스랑으로 갈아 모를 심어서 붙여진 이름이라고 한다. 들의 특성이 쟁기질하기가 어려웠 던 것으로 보인다. 그러나 이런 예는 아주 드물고 쇠스랑 지명은 대부분 쇠스랑의 형상에 빗대 이름이 붙여졌다. 경남 의령군 용덕면 소상리 '소시랑골(구소상)'은 마을의 지형이 '쇠스랑'을 닮았기 때문에 '소시랑 골'이라 불렀다는 설이 있다고 한다. 『의령의 지명』에는 "이는 마을의 지도를 보면 그럴 수도 있다는 생각을 하게 된다. 작은 마을이지만 세 골짜기로 이루어져 있기 때문에 각 골짜기가 '쇠스랑'의 '세 발'을 연상시 키기도 한다. 그리고 실제로 마을 뒷산의 고갯길인 농실재(논실재)에서 내려다보면 마을의 지형이 소시랑[쇠스랑] 모양의 지형을 확인할 수 있다"고 되어 있다.

경기도 광주시 곤지암읍 삼합리에 있는 '소시랑봉'은 "삼합리의 남쪽에 있는 큰 산봉우리이다. 마을에서 올려다보면 마치 쇠스랑 발처럼 여러 산줄기가 내려와 있어 붙여진 이름이다'(광주문화원 홈페이지)라는 설명 이다. 청주시 남이면 부용외천리 '소시랑봉(쇠시랑봉)' 역시 모양이 쇠스 랑처럼 생겼다고 한다. 강원도 횡성군 둔내면 우용1리 '쇠스랑봉고개'는 당중산에서 자포곡리로 넘어가는 고개를 가리키는 것으로, 산의 봉우리가 세 개로 쇠스랑처럼 생겨서 붙여진 이름이라고 한다.

북한의 『조선향토대백과』에도 '쇠스랑' 관련 지명이 많이 수록되어 있는데 설명은 대체로 비슷하다. 황해북도 인산군 대풍리 '쇠스랑골'은 "쇠스랑처럼 세 갈래로 갈라져 있다"는 설명이고, 강원도 금강군 송거리 '쇠스랑골'은 "쇠스랑처럼 여러 가닥의 가짓골이 뻗어 나갔다"는 설명이다. 황해북도 인산군 인산읍 소재지 남쪽에 있는 마을 '쇠스랑골'은 "마을 주변에 있는 산줄기가 쇠스랑처럼 세 갈래로 뻗어 있다"고 하고, 황해북도 연산군 상곡리 소재지의 동남쪽에 있는 마을 '쇠스랑골' 역시 "쇠스랑처럼 세 갈래로 갈라진 골짜기에 위치해 있다. 마을 주변에 소나무, 참나무가 무성하게 자라고 있으며, 그 아래로 머루와 다래가 많이 분포되어 있다"는 설명이다.

강원도 평강군 상송관리 '쇠스랑봉'은 "산릉선에서 뻗은 줄기가 쇠스랑처럼 생겼다"고 하고, 황해북도 토산군 양사리 소재지 남쪽에 있는 봉우리 '솟으랑봉'은 "쇠스랑같이 생겨 쇠스랑봉이라고도 한다"고 한다. 황해남도 신천군 발산리 '쇠스랑가지산'은 쇠스랑 가지처럼 생겼다고 한다. 한편 '쇠스랑'은 개울 이름에도 붙여진 것을 볼 수 있는데, 강원도 평강군 낭월리 동쪽에 있는 개울 '쇠스랑개울'은 물이 쇠스랑처럼 빠져 흐른다는 데서 비롯된 지명이라고 한다. 평안남도 숙천군 백암리 진수산 동쪽에 있는 개울 '쇠스랑개'는 세 개울이 합류하여 그 형태가 마치 쇠스랑 같다 하여 비롯된 이름이라고 한다.

아침가리는 아침나절이면 모두 가는 작은 따비밭

따비골 · 따부골 · 따불

20년 7월 15일 산림청은 7월의 추천 국유림 명품 숲으로 강원도 인제군 기린면 진동리에 있는 '아침가리계곡 숲'을 선정했다. 인제 방태산의 구룡덕봉 기슭에서 발원하여 20km를 흘러 방태천으로 들어가는 아침가리계곡은 너도바람꽃 · 복수초 · 얼레지 · 참꽃마리 · 산꿩의다리 · 금강초롱 등 수많은 야생화가 자생하고 열목어 · 수달 · 족제비 등 희귀 동물들이 서식하고 있으며, 신갈나무 · 물푸레나무 · 피나무 · 분비나무 등 다양한 식물군락이 모여서 천연 숲을 이루는 등 고유의 생태계가 잘 보존되어 있다. 자연경관이 수려하고 가까이에 방태산자연휴양림 · 방동약수 · 점봉산 등이 있어 일찍부터 산을 좋아하는 사람들의 주목을 받던 곳이다.

이러한 유명세에는 '아침가리'라는 이름도 한몫을 했던 것 같다. '아침' 이라는 말이 주는 산뜻한 느낌과 함께 '가리'가 도대체 무슨 뜻인지 궁금증도 함께 일었던 것이다. '가리'는 '갈이'를 연음한 것으로 '밭갈이' 의 그 '갈이'이다. '아침가리'를 한자로는 아침 조(朝) 자에 밭갈 경(耕) 자를 써서 '조경동'이라 쓰기도 했다. 그러니까 '아침가리'는 '아침'과

'갈이'가 합성된 말로 '아침나절에 (모두) 간다'는 뜻이다. 아침나절이면 밭갈이를 모두 끝낼 수 있을 정도로 땅이 작다는 뜻을 담고 있는 것이다. 여기서 '가리'는 '밭갈이하는 땅'을 뜻한다. 인제군 지명 유래(기린면 방동리 아침가리)에서는 "방골 동남쪽 산골짜기에 있는 마을로 마을에 밭이 적어서 아침나절에 다 갈 수 있었다고 한다"라고 설명한다.

사실 '아침가리'는 부르기 좋은 이름이지만 거기에는 화전민들의 고단한 삶의 흔적이 배어 있다. 흔히 인제의 방태산 기슭에 숨어 있는 산골 오지를 일컫는 말로 '삼둔 사가리'라는 말을 쓰는데 이 역시 마찬가지이다. 삼둔은 산기슭에 자리 잡은 평평한 둔덕 세 곳 곧 방태산 남부 홍천쪽 내린천을 따라 있는 살둔(생둔), 월둔, 달둔을 가리키고, 사가리는 북쪽 방대천 계곡의 아침가리, 적가리, 연가리, 명지가리를 두고 그렇게 부른다. 이 '삼둔 사가리'가 『정감록』에 '난을 피해 편히 살 수 있는 곳'으로 나와 있다면서 '은둔'의 땅으로 신비스럽게 말하기도 하는데 사실은 화전민들이 어렵사리 개척해서 근근하게 생활을 영위하던 삶의 현장이었다.

'아침가리'를 포함해서 '사가리'는 본래 깊은 산간 계곡 가에 있던 작은 밭들을 일컫던 말이다. 예전에는 이런 밭을 '따비밭'이라 불렀는데 "따비로나 갈 만한 좁은 밭"을 뜻하는 말이다. '따비'는 "풀뿌리를 뽑거나 밭을 가는 데 쓰는 농기구"로 쟁기보다 좀 작고 보습이 좁다. 자루에 달린 발판을 눌러 땅에 날을 박아 흙을 뒤집었다. 돌이나 나무뿌리가 많은 밭을 개간할 때 사용된 농기구로 고된 노동의 상징물이기도 하다. 옛날에는 '따비한다'고 하면 화전같이 산지를 새로 개간하는 것을 뜻했고, '따비밭' 하면 따비로 개간한 밭으로서 경사가 지고 면적이 작아 소나 쟁기를 쓸 수 없고 오직 따비로만 갈이를 할 수 있는 땅을 가리켰다.

따비는 가장 원시적인 농기구의 하나로 꼽히는 것이다. 우리나라에서 따비의 유적은 대전에서 발견된 기원전 4세기경의 '농경문청동기'가

최초인 것으로 보인다. 쌍날따
비로 밭을 일구는 모습이 분명
하게 새겨져 있다. 일궈진 밭고
랑이 앞쪽에 있는 것으로 보아
삽질하듯 뒤로 물러서면서 작
업을 했던 것으로 보인다. 이렇
듯 따비는 농기구 중에서 가장
오래된 것으로 쟁기나 가래, 삽
등은 이 따비에서 발달된 형태
로 볼 수 있다.

따비

『사료 고종시대사』(1868년, 고종 5년 10월 21일)에는 강원도 암행어사
신헌구가 현지 상황을 "금년에 여러 고을의 논농사는 고루 잘 익었다고
할 수 있습니다. 그러나 영월·평창·정선 세 고을 및 원주의 주천 이동과
강릉·삼척의 영서에 위치한 여러 면(面)에는 본래 논이 없어서 오로지
화전으로 업을 삼아 석산(石山)의 돌이 많은 땅에 불을 놓아 따비밭을
일궈 조를 심어서 가난한 백성들이 생활을 합니다. 그런데 금년 여름
장마를 치르고 난 끝에 일찍 서늘한 바람이 불어 곡식 이삭을 말렸으므로
흉년을 면치 못하였습니다"라고 임금께 아뢴 대목이 있다.

여기서는 화전으로 일구는 돌이 많은 땅을 '따비밭'이라 썼는데 원문에
는 없는 말이다. 한문에서는 '따비'를 '耒(따비 뢰)'로 썼는데, 『훈몽자
회』(1527)에는 '耒 따보 래'로 나온다. 서호수(1736~1799)의 『해동농서』에
는 '따뷔'라고 표기되어 있고, 서유구(1764~1845)의 『임원경제지』에서는
'답리(踏犁: 밟을 답, 쟁기 리)'라 하면서 우리말로 '따뷔'라고 부르는
연장을 소개하고 있다. "호남 연해의 도서 지방에서 자갈이 많아 소
쟁기를 쓸 수 없는 데서는 때로는 답리로 갈기도 한다'라고 설명한 것으로
보아 당시에도 따비는 도서 지방에서나 사용하고 있었음을 알 수 있다.

따비는 쟁기의 보급과 함께 대부분의 내륙 지역에서는 자취를 감추었지만, 제주도를 비롯한 서해 도서 지방에서는 근년까지도 규모가 작고 돌이나 나무뿌리가 많은 밭을 일구는 데 사용하였다.

충남 보령시 청소면 야현리 '따불'은 이름이 특이하다. 영어의 '더블'을 연상시키는데 알고 보면 '따부'의 변형이다. '따부'는 '따비'의 방언형이다. 보령시 청소면 지명 유래에는 "통골 남쪽 산골짜기에 자리한 마을을 따불이라고 부른다. 진당산은 옛날에는 산봉에 봉화대가 있었다. 아래에 조그만 미을로 옛날에는 진당산당각시를 위하는 산제당집이 있었다고 한다. 산골이라 따부를 일구어 먹는 마을이라 하여 따부골 즉 따불이라고 한다"라고 되어 있다. 아산시 인주면 해암2리 '따비골(따빗골)'은 예전에 '따비밭'이 있어서 붙여진 이름이라고 한다.

전주시청 자료(동별 지명 유래)에 따르면 중화산동의 '따박골'은 "다른 이름으로 따빗골이라고도 한다. 따비는 땅을 뒤집거나 나무뿌리 등을 캘 때 삽처럼 밟아서 땅을 파거나 뒤집는 데 쓰는 도구이다. 보통 따비의 형태는 가운데가 비어 있고 양쪽에 길게 날이 있는 형태이다. 따빗골의 지형 역시 따비의 양날에 해당하는 산줄기가 나란히 뻗어 있고 그 사이에 골짜기가 형성되어 있다. 따박골은 따빗골에서 비롯되었으나 소리의 변화로 말미암은 것이다"라고 되어 있다. 지형이 '따비'를 닮아 생긴 지명인데, 현재는 가로명 '따박골로(길)'에 쓰이고 있다.

보습 대일 땅이 있었더면 이처럼 떠돌으랴

보습곶이 · 보습바위 · 보섭봉

거의 100여 년 전인 1920년대 일제강점기에 이상화 시인이 「빼앗긴 들에도 봄은 오는가」(1926년, 『개벽』 6월호)를 썼다면, 김소월 시인은 「바라건대는 우리에게 보습 대일 땅이 있었다면」(1925년, 시집 『진달래꽃』)을 썼다. 둘 모두 저항시로 분류할 수 있는데, '빼앗긴 들'이나 '보습 대일 땅'은 일제에 빼앗긴 우리 땅 곧 조국의 의미로 볼 수 있다. 김소월 하면 흔히 '이별의 정한'이나 '임에 대한 그리움'을 노래한 시들을 떠올리기 쉬운데, 「바라건대는 우리에게 보습 대일 땅이 있었다면」은 식민지 현실에 대한 뼈저린 인식을 바탕으로 현재의 상황을 극복하려는 의지를 보여준다는 점에서 특징적이다.

"나는 꿈 꾸었노라, 동무들과 내가 가지런히 / 벌 가의 하루 일을 다 마치고 / 석양에 마을로 돌아오는 꿈을 / 즐거이, 꿈 가운데 // 그러나 집 잃은 내 몸이여 / 바라건대는 우리에게 우리의 보습 대일 땅이 있었더면! / 이처럼 떠돌으랴, 아침에 저물손에 / 새라 새로운 탄식을 얻으면서 ……"에서 '보습 대일 땅'은 곧 '농사지을 땅'을 의미한다. '보습'은 원문에는 '보섭'으로 되어 있다. 사전에는 '보습'과 같은 말로 나온다. 『훈몽자회』(1527)에는 '보십'으로 나오기도 한다. '보습'은 쟁기 같은 농기구의 술바닥에 끼우는 넓적한 삽 모양의 쇳조각을 이르는 말이다. 소로 쟁기질을 할 때 땅을 갈아서 흙덩이를 일으키는 구실을 한다.

보습의 재질은 대부분이 쇠이지만 선사시대에는 돌로 만든 것이 있었다. 돌보습은 땅을 파고 갈거나 뒤엎는 데 쓰는 중요한 농기구로 신바닥 모양이나 버들잎 모양이 많고, 길이는 30~65cm의 것이 보통이다. 선사시대의 돌보습은 쟁기 보습으로 두 사람 이상의 협업이 필요하다. 가축을 이용히기 이전으로 한 사람은 앞에서 끌고 한 사람은 뒤에서 조정하는 식이었을 것으로 추측된다. 최초의 쟁기에 관한 기록으로는 『삼국유사』(노례왕조)에 "쟁기보습 및 빙고를 만들고 수레를 만들었다"는 기록이 있다. 여기에 나타난 쟁기 보습은 아마도 철제 보습이었을 것으로 짐작된다. 그리고 『삼국사기』(신라본기)에는 지증왕 3년(502)에 소 쟁기를 쓰기 시작하였다는 기록이 있다.

서울시 중구 수하동·삼각동에 걸쳐 있던 마을로서, '보습곶이'라는 곳이 있었다. 『서울지명사전』에는 "삼각동의 지형이 땅을 가는 농기구인 보습처럼 생긴 데서 마을 이름이 유래되었다. 한자명으로 리동(犁洞)이라고 하였다"고 되어 있다. 삼각동은 이곳의 지형이 삼각형 지형으로 생긴 데서 유래된 것이지만 이는 일제 때(1914년) 만들어 붙인 지명(삼각정)이다. 원래 이곳 지형에 근거해 생겨난 이름은 '보습곶이'이다. 구체적으로는 "남산으로부터 청계천으로 흐르는 창동천 지형이 쟁기의 술바닥에 맞추는 삽 모양의 쇳조각인 보습과 같이 되었으므로 보습곶이"라 부르게 된 것이다.

한자 지명 '이동(리동)'의 '리(犁)'는 '려'로도 발음하며 밭을 간다는 뜻과 쟁기, 또는 보습을 나타낸 한자이다. 보습곶이의 아래쪽에 있던 '아래보습곶이'를 하리동이라고 했고 '웃보습곶이'를 상리동이라 했다. '보습곶이'는 영조 27년(1751)에 간행된 『어제수성윤음』「도성삼군문분

계총록」에는 남부 대평방 '보십내계', '보십외계'로 나오는데, 갑오개혁(1894) 때 합하여 '보십계'가 되었다. 이때의 '보십(甫十)'은 뜻과는 상관없이 '보습(보십)'을 한자의 음을 빌려 표기한 것이다. '보습고지'는 국어사전에도 나오는 말이다. 어원은 '보습고지'로, "보습처럼 삐죽하게 생긴 논밭의 한 부분. =보습귀퉁이"로 되어 있다. 그러니까 일반명사로서 '삐죽하게 생긴 논밭의 한 부분'을 일컫던 말이 비슷한 지형의 일정 지역을 가리키는 지명으로 쓰인 것이다. 지명에서 '고지'는 '곶[串]'에 접미사 '-이'가 결합된 어형으로 보는데, 길게 뻗은 땅을 가리킨다.

김포시청에서 48번 국도를 따라 강화 방면으로 가다 보면 염하(강)를 건너는 강화대교가 나온다. 강화대교를 건너기 직전 우측(북쪽) 방향으로 약 4km 지점에 북한을 마주하고 있는 마을이 월곶면 보구곶리다. 이 마을은 문수산의 북쪽 줄기가 한강 어귀, 즉 조강 쪽으로 길게 뻗어나간 서편 기슭에 자리 잡고 있는데, 유도 쪽으로 뻗어나간 산줄기 형상이 보습처럼 생겼기 때문에 보습곶이, 보수곶이, 보수구지라 했다고 한다. 영조 때의 『여지도서』 경기도 통진현 방리에는 '보구곶(甫口串)'이 관문으로부터 북쪽으로 15리에 193호가 거주하는 것으로 나온다. 『한국지명유래집』에는 "보구곶이라는 지명은 원래 '보수구지' 또는 '보습고지'였으나 이를 한자로 표기하는 과정에서 보구곶이 되었는데, 이는 문수산의 북쪽 줄기가 유도 쪽으로 뻗어나간 모양이 보습과 같아 붙여진 이름"이라고 되어 있다.

'보습곶이(고지)' 외에도 '보습' 지명은 다양한 모습을 보여준다. 서울시 금천구 시흥동 새봄교회 바로 앞에 있던 바위 이름은 '보습바위'인데 보습처럼 생긴 데서 유래된 이름이라고 한다. 보는 사람에 따라 칼처럼, 쟁기처럼 생겼다 하여 칼바위 또는 쟁기바위라고도 부른다. 평양시 상원군 대홍리 범의굴 서쪽 보섭봉에 있는 바위는 보습처럼 생겨 '보습바위'라 불렀다고 한다(『조선향토대백과』). 봉우리 이름 '보섭봉'도 이와 관련이

삼각형 모양의 보구곶리(강화대교 북쪽)

있다. 황해북도 수안군 석담리 '큰보습산골'은 소재지의 북동쪽에 있는 큰 골짜기인데, 보습처럼 생긴 산이 솟아 있다는 설명이다. 황해남도 태탄군 유정리 북쪽에 있는 마을 '보습골'은 보습처럼 생긴 골 안에 위치해 있어 붙여진 이름이다. 양강도 김정숙군 자서리 동쪽 장진강 기슭에 있는 마을 '보습점'은 지난날 보습을 만들던 대장간이 있었다고 한다.

'丁'자 고무래를 닮은 곰뱃골 곰배령

곰배등 · 곰배산 · 고무래봉 · 정봉

곰 배령은 듣기만 해도 친근감이 느껴지는 이름이다. '곰'이나 '배' 같은 친숙한 말이 들어가서일까. 그래서인지 민간어원설로 "곰이 배를 보이고 누운 것처럼 생겼다"고 재미있게 말하기도 한다. 점봉산 (1,424m) 남쪽 능선에 자리한 곰배령은 강원도 인제군 인제읍 귀둔리 곰뱃골 마을에서 기린면 진동리 설피밭 마을로 넘어가는 고개다. 해발 1,100m의 고지에 넓은 평원으로 형성돼 계절별로 각종 야생화가 군락을 이루어 '천상의 화원'이라는 이름으로도 알려져 있는 곳이다.

그러나 설악산국립공원에 속한 점봉산 일대는 천연원시림보호구역으로 지정되어 있어 출입이 제한된다. 보호 수종이 많다 보니 국유림관리소에서 산림유전자원보호구역으로 지정했고, 국립공원관리공단에서는 비정규 등산로로 묶어 놓았다. 곰배령 탐방은 진동리 방면에서만 이루어지는데 제한된 인원이 사전 예약에 의해서만 가능하다. 진동계곡의 원시림은 '극상림(생태적으로 가장 안정된 상태를 취하고 있는 삼림)'으로 남한 최고의 생태계 박물관이라고도 한다.

곰배령 지명은 고개 아래 귀둔리 '곰뱃골'에서 유래한 것으로 보인다.

인제읍 귀둔리 지명 유래에 따르면 '곰뱃골'은 "양지말 동쪽에 있는 마을로 지형이 곰배(고무래) 같다 하여 지어진 이름"이라고 한다. 한자로는 정동(丁洞)으로 썼고 곰배령(곤뱃령)은 정산령(丁山嶺)으로 썼다. 정(丁)은 '천간 정' 자이나 보통 '고무래 정'으로 많이 부르는 한자이다. '고무래 정'으로 부르는 이유는 글자의 모양이 '고무래'라는 농기구를 닮았기 때문이다. 국어사전에서도 고무래는 "곡식을 그러모으고 펴거나, 밭의 흙을 고르거나 아궁이의 재를 긁어모으는 데에 쓰는 '丁' 자 모양의 기구"라고 설명하고 있다. 장방형이나 반달형의 널조각에 긴 자루를 박아 만든다. 지역에 따라 고물개, 곰배, 당그레, 밀개 등으로 다양하게 불렀는데, 곰뱃골이나 곰배령의 '곰배'는 바로 이 '고무래'를 가리키는 말이다.

제주도 지방의 노동요 중에 〈곰배질노래〉라는 것이 있다. 고무래(곰배)로 밭에서 흙덩어리를 부수면서 부르는 민요이다. 밭을 쟁기로 갈아 놓으면 흙덩어리가 그대로 남아 있어 싹이 잘 나지 않고 성장이 더디다. 그래서 흙덩어리를 부수어 토양을 부드럽게 하기 위하여 고무래질을 한다. 이때 혼자 또는 여럿이 "요놈의 덩어리 / 헤쳐나 져라 / 뼈개어나 져라 / 우리 어머니 무슨 날에 / 날 낳았는고 / 남 낳은 날에 / 날 낳았으면 / 남이 운들 내야 울랴'라고 노래한다. 고무래질의 동작이 고무래를 번쩍 들어 내리치는 힘으로 흙덩어리를 때려서 부수게 되므로, 동작의 율동에 맞게 가락이 따르는 것이다.

그런데 노래 내용을 보면 '곰배'는 일반적으로 말하는 '곰방메'인 것으로 보인다. '곰방메'는 쟁기로 간 논밭의 흙덩이(쟁깃밥)를 두들겨 부수는 데 썼던 농기구이다. 또한 골을 편평하게 다듬고, 씨 뿌린 뒤 흙덩이를 고르면서 씨앗을 덮는 데도 사용했다. 곰방메는 메의 지름이 6~10㎝, 길이가 30㎝ 남짓한 통나무에 길이 1.5m 내외의 자루를 'T'자 모양으로 박았다. 이 곰방메를 지역에 따라서 통곰배, 뭉퉁곰배, 곰뱅이, 곰배라고도 불렀다. 곰방메로 흙을 깨는 작업은 남녀노소 누구나 비교적 쉽게 할

수 있는데, 그것을 곰방메질, 뎅이치기, 뎅이깨기 또는 곰배질이라고
했다.

경남 의령군 정곡면 오방리 '곰배등'은 "행정 남쪽에 있는 등성이이다.
(…) 산이 동네 앞을 막아서고 있으며 생김새가 생활 도구로 널리 쓰였던
고무래 모양이기 때문에 이런 지명이 붙었다고 전한다"라고 되어 있다.
또한 '곰배등재' 지명도 있는데 이는 곰배등을 넘는 재(고개)로 설명하고
있다. 경남 창녕군 성산면 정녕리(丁寧里)는 "마을이 형성되어 있는 동편의
산줄기가 남북으로 연결되고 중고개에서 서쪽으로 국도까지 한 줄기가
뻗어 나와 대합면 태백산과 이어지니 그 지형이 '丁' 자와 같이 생겼으므로
'곰배' 같다 하였다. 이는 '장정 丁' 자를 속칭 '곰배 정' 자라 한 것으로
'곰배'는 흙덩이를 부수거나 고를 때 쓰는 농기구 고무래의 이곳 토박이말
이다"라고 유래를 설명하고 있다.

강원도 법동군 노탄리 '곰배산'은 소재지 마을 뒤에 있는 산으로 고무래
처럼 생겼고 고무래산이라고도 한다는 설명이다(『조선향토대백과』). 강
원도 김화군 학방노동자구 곰배산 기슭에 있는 마을은 '곰배산마을'로
불렀는데 한자로는 정산(丁山)마을로 썼다. 강원도 김화군 어호리에 있는
'곰배산'은 고무래처럼 생겨 '고무래산' 또는 '고무래봉'으로도 불렀다.

충남 청양군 장평면 지천리에 위치한 나지막한 '고무래봉'(132m)은
동쪽의 칠갑산 산줄기가 서남쪽으로 흘러내리면서 만들어 놓은 산봉우리
에 해당한다. '고무래봉'은 산의 생김새가 마치 고무래와 닮았다 하여
붙여진 것으로 '고무래봉'이라는 마을도 존재한다. 충남 예산군 광시면
광시리 새장터 서쪽에 있는 봉우리 '고무래봉'(77m)은 고무래처럼 생겼다
하여 붙여졌다고 전해진다. '고무리봉' 또는 '정봉'이라고도 불린다고
한다(『한국지명유래집』).

채워지면 비워지는 운명의 삼태기

삼태미골 · 삼태기안 · 삼태봉

예전에 시골 농가에서 가장 흔히 볼 수 있는 농기구 중의 하나가 삼태기였다. 삼태미, 삼태, 발소쿠리, 짚소쿠리, 꺼랭이, 어랭이로도 불렸다. 주로 재나 두엄을 퍼담아 나르는 데 쓰는 용구지만 타작할 때는 곡식을 퍼서 가마니에 담는 데도 쓰였고, 또 허리에 끼고 밭에 씨앗을 뿌릴 때도 쓰이는 등 용도가 다양했다. 삼태기는 가는 싸리나 대오리, 칡 또는 새끼 따위로 엮어서 만드는데, 앞은 벌어지고 뒤는 우긋하며 좌우 양편은 울이 지게 엮어서 만든다. 지금으로 치면 쓰레받기 모양에 가깝다.

이런 모양 탓에 지형을 표현할 때도 흔히 삼태기에 빗대기도 했다. 마을의 위치가 한쪽을 빼고 삼면이 모두 산으로 둘러싸여 있는 경우 '삼태기 같다'고 말하기도 하고, 풍수지리를 들어 '삼태기 형국' 얘기를 하기도 한다. '안골' 지명 같은 경우도 흔히 삼태기 안처럼 생겨 아늑하다느니 삼태기처럼 우묵한 곳에 들어앉았다고 표현한다. 그러나 풍수지리에서 '삼태기 형국'을 말할 때는 마냥 좋기만 한 것은 아니다. 이런 형은 순환적인 특징을 갖는다고 보는데, 말하자면 가득 채워지면 곧 비워지게 된다는 것이다. 그것은 운반 도구로서의 삼태기의 특성을 반영한 해석인데, 이 도구는 물건이 오래 머무르지 못하고 채워지면 비워야 하는 속성을 갖고 있는 것이다.

삼태기

그러니까 삼태기 형국은 곡물을 채울 때는 잘살게 되지만, 그 안에 채워진 것을 덜어낼 때는 가난해진다고 한다. 한 세대가 번갈아 가면서 흥망성쇠가 찾아온다는 얘기다. 또 안쪽에 터를 잡아야 더 부자가 된다고도 한다. 삼태기가 안쪽이 깊고 바깥쪽이 얕기 때문이다. 그래서 삼태기 형국의 마을에서는 바람에 날아가지 말라고 한쪽이 터진 곳에 나무를 일렬로 심기도 한다. 비보 숲과 같은 개념이다. 충남 천안시 동남구 병천면 탑원리의 등재마을은 마을 뒷산이 성과 같이 둘러 있는데 이와 관련된 전설이 전하고 있다. 이 부락이 삼태미 형으로 생겨서 곡식이 삼태미에 채워지면 넘치므로 큰 부자는 나지 않고 작은 '삼태미 부자'는 생긴다는 전설이다.

'삼태밋굴(골)'은 서울 중구 만리동2가에 있던 마을 이름이다. 한자로는 삼태동(三台洞)이라 썼다. '삼태'는 별이름(삼태성)의 뜻도 있고, 삼공(영의정, 좌의정, 우의정)의 뜻도 있지만 여기서는 단지 음을 빌려 표기한 것이다. 『서울지명사전』에서는 "마을 지형이 흙이나 거름을 담아 나르던 삼태미(삼태기의 경기도 방언)를 닮았던 데서 마을 이름이 유래되었다. 삼태밋굴·삼태밋골이라 하였는데, 한자명으로 삼태동이라 하였다"라고 설명하고 있다.

'삼태기마을'은 평양시 순안구역 오산리의 소재지 마을이기도 하다. "마을 지형이 삼태기 같다 하여 삼태기마을이라고 한다"(『조선향토대백과』)는 설명이다. 평안북도 정주시 신천동의 동남쪽 침향리와의 경계에 있는 '삼태기말'은 "삼태기처럼 우묵하게 생겼다"고 한다. 평양시 강동군 순창리에 있는 '삼태마을'은 "마을이 삼태기처럼 생긴 골 안에 위치해 있다"고 한다. 이 '삼태'는 '삼티', '삼치'로 변형되어 나타나기도 한다. '삼티마을'은 평안북도 정주시 애도동의 동남쪽에 있는 마을인데, "삼태기처럼 오목한 곳에 위치해 있다"는 설명이다. '삼치마을'로도 불린다.

성남시 수정구 상적동의 저푸리 북쪽 남향판의 골짜기는 이름이 '삼태기안'이다. 연천군 연천읍 옥산리 '삼태골'은 불견이고개 남쪽에 있는 골짜기인데, "지형이 삼태기 형상이라 하여 지어진 이름"이라고 한다. '삼태기' 지명은 골짜기 이름에 많은데, 삼태기가 골짜기 지형을 나타내기에 알맞기 때문인 것으로 보인다. 평안북도 선천군 수청리 '삼태기골'은 '삼티골'이라고도 했는데, "삼태기처럼 오목하게 생겼다"고 한다. 평양시 순안구역 용복리에 있는 '삼태기골' 역시 "마을 형태가 삼태기처럼 생겼다 하여 삼태기골이라고 한다"는 설명이다

한편 '삼태기' 지명은 산 이름에도 보이는데 대개 '삼태산', '삼태봉' 형태이다. 충북 단양군의 어상천면과 영춘면에 걸쳐 있는 삼태산(878m)은 『신증동국여지승람』(영춘)에는 삼타산(三朶山)으로 나오는데 『해동지도』나 『대동여지도』에는 삼태산(三台山)으로 표기되어 있다. 『단양군지』에는 큰 삼태기 세 개를 엎어 놓은 듯이 보이기 때문에 '삼태기산'으로 불리기도 했다고 되어 있다. 경기도 양평군 서종면과 가평군 설악면 경계에 있는 삼태봉(三台峰, 684m)은 봉우리의 생김새가 '농기구 삼태기를 닮았다'고 하여 삼태봉이라는 이름이 붙었다고 한다(『한국지명유래집』). 그러나 이외의 다른 대부분의 삼태봉은 '세 개의 봉우리'를 삼태성(삼형제별)에 비유하여 비롯된 지명으로 얘기하고 있다.

멍에는 완만한 '∧' 모양이다

멍에골 · 멍에실 · 멍에미 · 몽애배미

'**사**'랑의 기로에 서서 슬픔을 갖지 말아요'로 시작하는 가수 김수희의 노래는 뜻밖에도 제목이 '멍에'이다. 그러나 뒷부분의 가사 내용 곧 '아무리 아름답던 추억도 상처를 남기고, 소중했던 그 날들이 내게서 떠나지 않으리'라는 것을 보면 '멍에'가 '사랑의 멍에'라는 것을 알게 된다. 그러니까 비록 헤어졌지만 사랑했던 추억에서 쉽게 벗어날 수 없다는 것을 '멍에'라고 표현한 것이다. 우리가 '멍에를 쓰다', '멍에를 메다'같이 쓸 때 '멍에'는 어떤 구속이나 억압을 뜻한다. 그런 점에서는 사실 부정적인 이미지를 갖는 말이 '멍에'이다.

'멍에'는 "수레나 쟁기를 끌기 위하여 마소의 목에 얹는 구부러진 막대"를 가리키는 말이다. 완만한 '∧' 모양이다. 소가 논밭에서 일할 때나 달구지를 끌 때는 한시도 이 멍에에서 벗어날 수가 없다. 그래서 '멍에'가 쉽게 벗어날 수 없는 구속이나 억압을 비유적으로 이르는 말로 쓰이게 된 것이다. 1960년대에 경운기가 등장하고부터는 소도 노동에서 해방되고 논밭에서 퇴장하게 되었지만 그와 더불어 소에 부속되던 많은 도구들도 쓸모없게 되어 사라지고 말았다. '멍에'나 '굴레' 같은 것들도

소의 목 위에 걸린 멍에

마찬가지 운명이었는데 말만은 그것이 비유적인 의미로 사용되면서 지금도 살아남아 있는 것이다.

경남 밀양시 가곡동 '멍에실'은 국토지리정보원이 신축년(2021년) 소의 해를 맞아 전국의 소 관련 지명을 분석해 발표하면서 언론에 소개되기도 했는데, 마을 모습이 소에 씌우는 멍에와 닮았다는 것이다. 발표에는 구유(먹이를 담아주는 그릇), 길마(소 등에 얹어 물건을 운반하는 데 쓰는 연장), 코뚜레(고삐를 매기 위해 소의 코에 끼우는 고리) 등도 포함되어 있었는데 모두 소와 관련된 농기구들이다. 밀양문화원 홈페이지에서는 가곡동 명칭 유래에 대해 "현 가곡동 4통(멍에실) 마을의 양쪽 산이 우뚝 솟아올라 그 형상이 꼭 소의 멍에 같이 생겼다 하여 한자로 가(駕) 자와 곡(谷) 자를 합성하여 가곡이라 했다"고 적고 있다.

'가(駕)'는 '멍에 가' 자이다. 또한 '멍에실'의 '실'은 '골(谷)'을 뜻하는 우리 옛말로 '가곡'은 '멍에실'을 훈차한 표기이다. '멍에실'은 '멍에골'로도 나타나는데, 충북 괴산군 청천면 관평리 '멍에골'은 소의 멍에를 닮았다 하여 붙여진 이름이라고 한다. 울산시 울주군 두서면 활천리 '멍에골'도 천연치수골 동쪽에 있는 골짜기로 멍에처럼 생겼다 한다.

'멍에미', '머미'는 충북 청주시 상당구 남일면 가산리에 있는 자연마을 이름이다. 마을 뒷산이 멍에처럼 지형이 생겼다 하여 붙여진 이름이라고 한다. '멍에미', '머미'에서 '미'는 '뫼(산)'를 뜻하는 것으로 보인다. 한자 지명 '가산'도 여기에서 비롯된 것인데, 남일면 행정복지센터 홈페이지에 따르면 "본래 청주시 남일상면의 지역으로서 산이 멍에처럼 생겼다 하여 멍에미가 줄어져서 머미 또는 가산이라 하였는데 1914년 행정구역 통폐합에 따라 가산리라 하여 남일면에 편입"하였다고 한다. 영조 때의 지리지 『여지도서』에는 가산리(駕山里)가 관문으로부터 남쪽으로 20리 거리에 137호가 거주하는 것으로 나온다.

'멍에'는 경남 함안군 법수면 강주리 가곡동의 우리말 이름이다. 한자로는 '멍에 가' 자를 써서 '가곡'이라 했다. '멍에'는 법수면 소재지에서 서쪽으로 약 1km 떨어진 곳에 위치하며, 강주리 4개 동 중의 하나로 법수산 아래에 자리하고 있다. 함안군 홈페이지에는 "멍에골은 법수산에서 내려다보면 마을을 둘러싼 산기슭의 형태가 소 멍에와 유사하여 붙여진 이름으로, 가곡은 멍에 가(駕) 자와 골 곡(谷) 자를 사용한 한자어"라고 되어 있다.

강원도 강릉시 성산면 보광리 '멍에재'는 사천면과 성산면의 경계가되는 산줄기에 있는 작은 고개이다. 멍에재를 연결하는 능선들은 사천면과 성산면의 분수계가 되어 북으로는 사천천, 남으로는 남대천 본류와 연결되는 소지류의 분계점이 된다. 생김새가 소에게 씌우는 멍에와 같이 생겼다고 하여 이름이 붙여졌다고 한다(『디지털강릉문화대전』).

'멍에'는 논과 밭에도 이름이 붙여졌다. 충북 증평군 증평읍 덕상2리 '멍에자리'는 '노루봉골' 동쪽에 있는 들 이름이다. 증평문화원 홈페이지에 "'멍에자리'는 '멍에'와 '자리'로 나뉜다. '멍에'는 '수레나 쟁기를 끌기 위하여 마소의 목에 얹는 구부러진 막대'를 뜻한다. 따라서 '멍에자리'는 '수레나 쟁기를 끌기 위하여 마소의 목에 얹는 구부러진 막대 모양으로 생긴 자리'로 풀이된다. 실제로 이곳은 소의 멍에처럼 생겼다'라고 되어 있다. '멍에논'은 서울시 구로구 가리봉동에 있던 논으로서, "다른 논 가운데 멍에처럼 가로 뻗었다고 하여 유래된 이름"(『서울지명사전』)이라고 한다. 충남 논산시 광석면 이사리의 '멍에논' 역시 "마치 모양이 소의 멍에처럼 생겼다 하여 '멍에논'이라 불렀다"고 하고, 경남 의령군 가례면 괴진리 '몽애배미'도 '멍에 모양의 논'으로 말하고 있다. '멍에'가 '몽애'로 음이 바뀌었다.

연세대 뒷산 안산은 질마재

길마재 · 질막고개 · 질매섬 · 안마도

'**질** 마재'는 쇠똥처럼 흔한 땅 이름으로 전국 방방곡곡에 있었다. 질마재의 질마는 소 등에 얹어 물건을 운반하는 데 쓰는 농기구로 표준어는 '길마'이다. 지역에 따라 지르마, 질매, 지르매라고도 불렸다. 옛말은 기르매, 기르마이다. 말굽쇠 모양으로 구부러진 나무 두 개를 앞뒤로 나란히 놓고, 안쪽 양편에 두 개의 막대를 대어 이들을 고정시킨다. 안쪽에는 소 등이 까지지 않도록 짚으로 짠 언치를 대어 소 등에 얹는다. 질마는 그 자체만으로도 짐을 실을 수 있지만 대개는 옹구나 발채 또는 거지게 따위를 올려놓기 위한 받침대의 구실을 하는 데 쓰였다. 이 질마를 옆에서 보면 양쪽으로 솟아 있고 그 사이로 길이 나 있는 고갯길의 형상과 비슷해서 고갯길 지명에 흔히 쓰였다. 질마재는 한자로는 안현(鞍峴: 안장 안, 고개 현)으로 표기되었다. 원래 안장은 말의 등에 얹어서 사람이 타기 편하도록 가죽으로 만든 마구를 뜻하는 것으로 질마와는 모양이 다르나 통상 질마를 '안장 안' 자로 표기했다.

그런데 농기구인 질마재 이름이 서울 한복판에도 있어서 흥미롭다. 물론 옛날에는 도성 밖이었지만 도성이 지척인 곳에, 그것도 산 이름으로 질마재가 쓰였던 것이다. 바로 안산이다. '안산'의 우리말 이름이 '질마재'였다. 한자로는 '안현(鞍峴)'으로 썼다. 안산은 지금은 연세대 뒷산 정도로 인식하고 있는데, 예전에는 도성 안의 인왕산과 지척에서 짝을 이루는 산으로 중요하게 인식되었다. 독립문공원이 있는 현저동(현 무악동)에서 홍제동으로 넘어가는 고개인 무악재를 사이에 두고 동쪽에는 인왕산(338m)이 있고, 서쪽에는 안산(296m)이 있다.

『서울지명사전』에는 '안산'을 "서대문구 현저동에 있는 산으로 기봉, 무악, 봉화뚝, 봉우재, 봉우뚝, 기산, 질마재라고도 한다"고 되어 있다. 여기에 '질마재' 이름이 들어가 있다. 조선 후기에는 '안산'을 '질마재'라 부르고 '안현'이라고 썼는데, 안산이라는 이름은 이 안현에서 온 것으로 보인다. 안현은 동봉과 서봉의 두 봉우리로 이루어져 있는데 그 모양이 마치 말의 안장 즉 질마와 같이 생겨 붙여진 이름이라고 한다. 봉화뚝, 봉우재, 봉우뚝 등은 모두 봉수대와 관련된 이름인데, 조선 시대에는 안현의 동봉과 서봉에 각각 봉수대가 있어서 평안북도 강계와 의주에서 오는 신호를 받아 마지막으로 남산의 봉수대로 신호를 보냈다고 한다.

겸재 정선의 『경교명승첩』 중에는 〈안현석봉(鞍峴夕烽)〉이라는 그림이 있다. 양천현(서울 양천구)의 진산인 파산(궁산) 소악루에서 한강 건너 안현을 바라보며 그린 그림이다. 해 질 무렵 봉화가 피어오르는 안현과 그 뒤로 우람한 인왕산을 그리고 머리만 빼꼼히 내민 백악(북악)도 그렸다. 안현을 뾰족한 봉우리로 그렸는데 그 끝에 붉은색으로 봉홧불을 그려 넣은 것이 마치 호롱불 같다. '안현석봉'에서 석봉은 봉우리 이름이 아니라 '저녁 봉화'라는 뜻이다. 저녁 석 자 봉화 봉 자 석봉이다.

원래 봉수는 밤에 불로서 알리는 봉(烽)과 낮에 연기로서 알리는 수(燧)를 합친 말이다. 그러니까 봉화는 야간의 '봉'만을 가리킨 말이었으나 후대에 주간의 '수'까지 합친 뜻으로 통칭된 것이다. 어쨌든 '안현석봉'은 저녁 무렵이니 봉홧불이다. 그리고 봉화는 아무 일 없는 평화 시에는 한 줄기만 올리도록 되어 있는데, '안현석봉'의 봉홧불은 한 줄기다. 이른바 '평안화'이다. 아무 변란이 없는 평화로운 세상을 알리고 있는 것이다. 겸재는 65세인 영조 16년(1740년)에 양천의 현령으로 부임해 가서는 5년 동안 매일 저녁 이 질마재의 봉화를 건너다보았을 것이다. 안현 너머는 바로 임금이 계신 곳이요 바로 자신의 고향집(인왕산 계곡)이 있는 한양이었다. 한 줄기 호롱불처럼 피어오르는 질마재의 봉홧불을 보며 정선은 편안하게 하루를 마무리했을 것이다.

『열녀춘향수절가』의 '사랑가' 대목에서 이도령이 부르는 노래에도 안현의 봉화가 나오는데 우리말 '질마재 봉화'로 나온다. "질마재 봉화세 자루 꺼지고 남산 봉화 두 자루 꺼지면 인경 첫 마디 치는 소리 그저 뎅뎅 칠 때마다 다른 사람 듣기에는 인경소리로만 알아도 우리 속으로는 춘향 '뎅' 도련님 '뎅'이라 만나 보잤구나 사랑 사랑 내 간간 내 사랑이야'라고 노래한다. 인경은 인정(人定)이라고도 했는데 조선 시대에 통행금지를 알리기 위해 치던 종(혹은 종을 치던 일)을 가리킨다. 그러니까 죽더라도 너(춘향)는 인정이 되고 나(이도령)는 마치 되어 춘향 '뎅' 도련님 '뎅' 마주쳐서 사랑의 소리로 만나자는 것이다.

이 노래에서는 질마재 봉화가 꺼지고, 남산 봉화가 꺼지면 인정을 치기 시작했다는 사실을 알 수 있다. 변방으로부터 평안하다는 봉화가 오고, 최종적으로 남산 봉화가 이를 알리면 인정을 치기 시작한 것이다. 말하자면 나라 안이 평안하니 안심하고 잠자리에 들라는 신호였던 셈이다. 또한 '질마재 봉화가 꺼지고, 남산 봉화가 꺼지면'이라는 표현에서는 도성 사람들이 두 개의 봉화를 모두 볼 수 있었다는 사실을 확인할 수 있다. 실제로 지금의 안산에서도 서울 시내 사대문 안이 거의 조망이 되는 것을 보면 당시 도성 사람들 또한 안현 곧 질마재의 봉화를 쉽게 볼 수 있었을 것이다. 순차적이지만 질마재 봉화가 오르고, 이어 남산의 봉화가 오르고, 인경을 치기 시작하면 볼만한 풍경이었을 것도 같다.

어쨌든『열녀춘향수절가』에서 확인할 수 있는 것은 19C 중반경까지도 민간에서는 '안산'을 우리말 이름 '질마재(길마재)'로 불렀다는 사실이다.

'질마고개'는 충남 공주시 우성면 상서리의 뱀고지 동쪽에 인접해 있는 고개이다. 길마의 형상에서 비롯된 지명으로 본래는 '길마고개'인데, 구개음화에 의해 '질마고개'로 변한 것이다. 한자 이름 '길마치(吉馬峙)'도 길마고개에서 길마를 음차하고, 고개를 '치'로 훈차한 것이다.『디지털공주문화대전』에는 "질마고개의 모양이 길마와 모습이 흡사해서 만들어진 지명이다. 즉 고개의 형상이 소의 등에 얹는 안장인 길마처럼 생겼다고 하여 그리 불렀다. 또한 이 고개에 달리는 말이 끄는 수레의 바퀴 자국이 두 개 남아 있고, 예전에 장사들이 이 고개에 질마를 벗어 두고 갔다고 하여 '질마고개'라고도 한다는 설도 있다"고 되어 있다. 질마고개의 아래에 있는 마을도 '질마고개'라 불렀다.

'질막고개'는 '질막재'라고도 불렀는데, 충북 청주시 사창동 천수골과 복대 공동묘지 사이에 있던 고개이다. '질막고개'는 '질마고개'에 'ㄱ'이 첨가된 어형이며, '질마고개'는 '길마고개'의 구개음화 어형이다. 사창동 행정복지센터 홈페이지에 "'길마고개'는 아주 흔한 고개 이름이다. '길마고개'의 '길마'는 '짐을 실으려고 소의 등에 얹는 안장'이다. 따라서, '길마고개'는 '길마'처럼 생긴 고개로 해석된다. '길마'처럼 높고 가파른 고개여서 붙여진 이름이다. '길마고개'가 '질마고개'로 변하고 이것이 다시 '질막고개'로 변한 것이 되므로, '질마고개'나 '질막고개'는 '길마고개'와 같은 의미로 해석된다"고 적혀 있다. '질막재' 역시 '질마재'의 변형으로 보고 있다.

'길마섬'은 충남 태안군 남면 신온리의 남서단에 있는 섬이다. 현지에서는 '길마섬'의 구개음화된 발음으로 '질마섬'이라고도 한다.『한국지명유래집』에는 "섬의 모양이 길마처럼 생겼다고 해서 붙여진 이름이다. 한자로 표기하여 안마도(鞍馬島)라고도 한다. 관련 지명으로 '질마섬뿌리'가

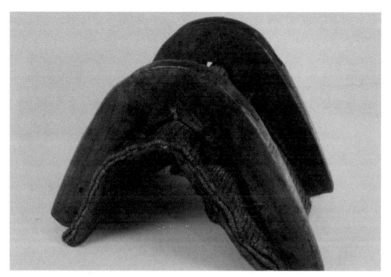

길마

있다. 이것은 '질마섬부리'의 경음인데 질마섬에 형성된 부리를 말한다"
고 쓰여 있다. '안장섬'은 경남 고성군 하일면 춘암리에 있는 섬이다.
같은 책에 "섬 중앙의 동쪽과 서쪽 해안선이 만입하여 허리가 잘록한
모양이다. 이러한 섬 모양을 장구나 안장에 빗대어 장구섬, 안장섬으로
부르며 안장의 경상도 방언인 질매섬으로도 부른다"고 쓰여 있다. 『1872년
지방지도』(구소비진)에는 안마도로 기록되어 있다. '안마(鞍馬)'는 "안장
을 얹은 말"을 뜻하는 말이기도 하다.

돼지구융같이 늘어선 '병든 서울'

구유골 · 구수산 · 구융골 · 구시물

시인 오장환의 대표작 중 하나인 「병든 서울」은 해방의 기쁨과
혼란 속에서 느끼는 분노와 좌절, 그리고 그것을 극복하려는
의지를 표현한 것으로 평가받고 있다. 형식상 장시에 속하는 이 시는
1945년 12월 『상아탑』 창간호에 발표되었다가, 이듬해인 1946년 7월에
간행된 『병든 서울』이라는 시집에 표제작으로 실렸다. 시적 화자(시인)는
해방을 병실에서 맞이했는데, 소문을 듣고 병원을 뛰쳐나가 마주친 현실
은 새 나라의 비전 대신 장사치와 기회주의적인 정치꾼들만 거리를 활보하
고 있었다. 이 시의 제목 '병든 서울'은 바로 이런 부정적인 현실을 가리킨
말이다.

아름다운 서울, 사랑하는 그리고 정들은 나의 서울아
나는 조급히 병원 문에서 뛰어나온다.
포장 친 음식점, 다 썩은 구루마에 차려놓은 술장수
사뭇 돼지구융같이 늘어선
끝끝내 더러운 거릴지라도

아, 나의 뼈와 살은 이곳에서 굵어졌다.

'병든 서울'을 '더러운 거리'로 묘사하고 있는데, '돼지구융' 같다는 비유가 눈에 띈다. 알고 보면 시적 화자의 뼈와 살이 굵어진 거리의 현재적인 모습이 '돼지구융' 같다는 것이다. 여기서 '구융'은 '구유'의 방언으로, '돼지구융'은 쉽게 말하자면 '돼지 밥그릇'이다. 소나 말과 달리 돼지는 잡식성이라서 사람이 먹고 남은 음식 찌꺼기나 쌀뜨물, 쌀겨, 비지 같은 것을 먹여 키웠다. 그런 탓에 '돼지구융'은 지저분하기 이를 데 없었다. 시인 오장환은 '병든 서울'을 그런 '돼지구융'이 늘어선 거리로 신랄하게 표현한 것이다.

소, 말이나 돼지에게 먹이를 담아 주는 그릇을 '구유'라고 불렀다. 흔히 긴 통나무의 속을 길고 우묵하게 파내고 양 마구리에 귀를 달아서 외양간의 기둥 사이에 고정시켰다. 강원도 산간지대에서는 지름 50cm, 길이 4~5m에 이르는 큰 통나무로 만들어 서너 마리의 소를 함께 먹이기도 했다. 소가 들어서는 쪽은 구유의 벽을 조금 높게 만들고 비슷한 간격으로 서너 개의 구멍을 뚫어서 소의 고삐를 꿰어둔다. 통나무가 귀한 곳에서는 위는 넓고 바닥은 좁게 널쪽으로 짜서 쓰기도 하고 돌을 우묵하게 파서 대신하는 경우도 있었다. 돼지의 먹이를 담아 주는 구유는 흔히 돌이나 시멘트로 만들었는데 바닥은 얕고 형태는 네모꼴이었다.

'구유'는 곳에 따라 '구융', '구수', '구시', '구이', '궁이', '귀', '귀영' 등 다양하게 불렸고, 변이형도 많다. '구유'는 지명에 아주 많이 쓰였는데, 그중 '구유골'은 『표준국어대사전』에도 실려 있을 정도다. "경사가 급하며 강바닥이 좁고 깊은 골짜기. 주로 산악 지대에서 볼 수 있는데, 구유처럼 깊게 팬 모양이다"라고 되어 있다. '구유'라는 것이 그만큼 우리 생활에 중요한 용구였고 주변에서 흔히 볼 수 있었기 때문일 것이다.

충북 진천군 백곡면 구수리는 백곡초등학교 뒤쪽에 있는 마을을 '구수골' 또는 '구수'라 한 데서 유래한 이름이다. 삼국시대 김유신 장군이 군사 훈련을 하면서 말에게 먹이는 죽 그릇을 아홉 군데에 설치하였다 하여 '구슬' 또는 '구실'이라 하였다가 '구수'가 되었다고도 하는데, 이는 아홉 구(九) 자에 물 수(水) 자를 쓴 한자 지명에 근거해 지어낸 이야기에 불과하다. 『한국향토문화전자대전』에서는 "구수는 구유의 방언형으로 중세 국어 '구싀'로 소급된다. 따라서 구수골은 '구유처럼 긴 골짜기'로 풀이할 수 있다"라고 설명한다.

　전북 김제시 서암동에 있는 '구수산(九水山, 46m)'은 소나 말의 먹이를 담는 '구수통(구유의 사투리)' 형상이라서 붙여진 이름이다. 뒷산은 '구수산', 앞산 밑에는 생수가 솟는 물구멍이 아홉 군데가 있어 '구수멀'로 불렸다는 설도 있다고 한다(『한국향토문화전자대전』). '구수골산'은 충남 금산군 남이면 하금리의 하금천 마을 남쪽에 있는 산이다(424m). 『한국지명유래집』은 "산에 소 밥통인 구시(구유)처럼 생긴 구수굴이 있어 붙여진 이름이라고도 하고, 산 자체의 모양이 구시처럼 생겨 불리게 되었다고도 한다"라고 설명하고 있다.

　'구시물'은 제주시 애월읍 상귀리에 있는 용천수를 이르는 말이다. '구시물'은 고려 때 삼별초의 식수원이었다고도 하는데, 아무리 가물어도 마르지 않는 질 좋은 생수라서 지금도 사용하고 있다고 한다. 『한국향토문화전자대전』에서는 "'구시(구유, 槽)+물'의 합성어이다. 구시물은 샘 모양이 '소구시(여물통)'처럼 생겼다고 해서 붙여진 이름이다. 또 나무나 돌을 파서 수로를 만든 것이라는 뜻도 포함되고 있다"라고 설명한다. 충남 예산군 오가면 원천리에 있는 '구수논'은 지형이 구수(구유)처럼 생겨서 불린 이름이고, 광주시 서구 본촌동 '구시논' 역시 구시(구유)처럼 생겼다는 설명이다.

　강원도 횡성군 우천면 산전리의 '구융골'은 "닥밭골에 있는 골짜기로, 골 모양이 구유처럼 생겨서 붙여진 이름"(횡성군 우천면 지명 유래)이라고 한다. '구융'은 '구유'의 방언형이다. 같은 횡성군 갑천면 삼거리에도 '구융골'이 있는데, "동막에 있는 골짜기를 가리키는 것으로 골 모양이 소 구유처럼 생겼다고 해서 붙여진 이름"이라는 설명이고, 공근면 공근리 '구융골'은 "절골에 있는 골짜기로, 골이 소 구유처럼 생겨서 붙여졌으며 '귀융골'이라고도 한다"는 설명이다.

경북 봉화군 봉화읍 문단1리 '귀이골'은 "길게 뻗은 마을 형상이 귀(구유)처럼 생겼다 하여 귀이골로 불리게 되었다"고 한다. 한자로는 조동이라 했는데, 조는 '구유 조(槽)' 자이다. 경남 거창군 웅양면 군암리 자연마을 '구수'는 "풍수설에 뒷산은 소와 같고, 마을은 구유 형국이라 구유통 '조' 자 조동(槽洞)이라 하며 구유의 사투리 '구시'가 '구수'로 바뀌었다'(웅양면 지명 유래)는 설명이다. 진주시 금산면 갈전리 조동(槽洞)은 조선 후기 조동면의 중심이 되는, 갈전리에서 으뜸가는 마을이었다. 마을 지형이 '말구시(구유)' 형국이라 하여 이름 지어졌다고 한다.

홈통을 놓아 물을 대던 홈다리들

홈실 · 홈들 · 홈태골 · 명동

'홈을 파다' '홈통' 같은 말에서 '홈'은 외래어가 아니다. '홈'은
순전한 우리말이고, 그것도 아주 오래전부터 쓰여왔던 말이다.
국어사전에는 '홈'이 "물체에 오목하고 길게 팬 줄"로 나오고, "홈이
패다"나 "바닥에 홈을 파 그쪽으로 물이 흐르도록 만들었다"는 용례를
들고 있다. 또한 '홈통'에 대해서는 "물이 흐르거나 타고 내리도록 만든
물건. 나무, 대, 쇠붙이 따위를 오목하게 골을 내거나 대롱을 만들어
쓴다. ≒물홈통"이라고 설명하고 있다. '홈통(홈桶)'이라고 해서 '통(桶)'은
한자임을 밝히고 있다. '홈'은 어원적으로는 우리말 '호비다[좁은 틈이나
구멍 속을 갉거나 돌려 파내다]'나 '후비다'와 관련이 깊은 것으로 보인다.

이 홈 혹은 홈통을 한자로는 일찍부터 '명(梧)' 자로 썼다. 뜻으로는
물을 이끄는 데 쓰는 골이 진 나무홈통을 가리키는 말로 쓴 것이다.
그런데 이 '명' 자가 국자라는 것이 흥미롭다. 국자는 한국에서 만들어진
한자로, 한국에서만 쓰인다. 1614년 이수광이 편찬한 우리나라 최초의
문화백과사전『지봉유설』(권7 문자부)에서는 '명' 자에 대해 다음과 같이
쓰고 있다. "김시습의 「유금오록」에, '북명사(北梧寺)에서 모란을 본다'는

276

시가 있다. 상고하여 보니 명이란 글자는 (중국)운서에는 보이지 않는다. 지금 세속에서 나무의 속을 파서 물을 끌어오는 것을 명이라고 한다. 즉 방언에 소위 홈[凰音(호음)]이라고 하는 것이다." 여기서 눈에 띄는 것이 '호음'이라는 표기이다. '명'을 방언 곧 우리말로는 '홈'이라 불렀다는 것이고, 이를 이두식으로 '호음(凰音)'이라 쓴 것이다. 호음은 한자의 뜻과는 관계없이 음을 빌려 표기한 것으로, '음(音)'은 이두식 표기에서 흔히 'ㅁ'을 표기한 것이다. 지금도 지명에 '호음리(好音里, 예산군 고덕면)'가 보이는데, 이는 우리말 '홈골'을 이두식으로 표기한 것이다.

김시습의 시에 나오는 북명사는 신라 때 절로 보이는데, 홈통 명(榠) 자를 쓴 것이 특이하다. 실체는 전하지 않고 기록으로만 전한다. 『동경잡기』(1711년)에 "부의 남쪽 30리에 있다. 지금은 여염(백성의 살림집이 많이 모여 있는 곳)이 되었다. 속칭 명곡(榠谷)이라 하는데, 석탑이 아직도 남아 있다"고 쓰여 있다. '명곡'은 우리말로는 '홈실' 또는 '홈골'로 읽을 수 있다. 지금도 경주시 내남면 명계리(榠溪里)에는 '홈실마을'이 있는데, 전하는 말로는 북명사가 있었던 곳이라고 한다.

명계리의 명계는 '홈통 명(榠)' 자에 '시내 계(溪)' 자를 썼는데, '홈실'이라는 지명은 동네 입구에 좌우로 산이 가려져 마을 모양이 마치 홈에 물이 흐르는 형상과 같다고 하여 붙여졌다고 한다. 지자체에서는 유래를 "옛날에 북명사라는 절이 있었는데 그 절이 있었던 자리에 돌홈이 있었다 한다. 돌홈을 놓아서 물을 먹으려고 했는지 절 소유의 논에 물을 대려 했는지 알 수 없으나 근래까지만 해도 그 자리에 돌홈이 놓인 것을 보았다는 사람이 많았다. 그래서 이 돌홈의 홈 명 자와 이 마을에 있는 계곡이 매우 좁아서 마치 홈과 같다 하여 시내 계 자를 써서 명계라고 한다"고 설명하고 있다.

전국적으로 '홈' 지명은 아주 많은데, 대개 유래는 두 가지로 나뉜다. 하나는 지형이 특히 골짜기가 좁고 길게 패여 홈통과 같은 형상을 한 경우이고 다른 하나는 마을에 실제 홈통이 있어 논에 물을 대거나 샘물을 끌어다 쓴 경우이다.

경북 성주군 초전면 월곡리 '홈실'은 '호음실'로도 불리며 한자로는 '명곡(榴谷)', '호음곡(好音谷)'으로 썼다. 성주군 홈페이지에는 마을 이름이 고려 때 붙여진 것으로 되어 있다. 곧 "고려 충숙왕 때 이견간에 의해 호음곡이라 칭하여졌다. 1317년 명곡이라 개칭되었다가 1914년 행정구역 개편시 월곡동이 되었다"고 소개하고 있는 것이다. 나아가 이 이름이 원나라 순제가 지어준 것이라고까지 이야기하고 있어 흥미롭다. 고려 충렬왕, 충선왕, 충숙왕 3조에 벼슬을 한 산화 이견간이 1317년 원나라에 사신으로 갔을 때 원나라 순제가 선생의 문장과 풍채에 탄복하여 선생이 살고 있는 곳을 물었다. 그래 '호음실'이라 하여 그림을 그려 보이니 순제가 보고 마을에 물이 적겠다고 걸수산(乞水山)의 물을 당겨오기 위하여 '명(榴)' 자를 처음 만들어 마을 이름으로 정해 주었다는 것이다. 걸수산은 '물을 구걸하는 산'으로도 읽을 수 있는데, 원래는 물이 귀한 산이라 갈수산(渴水山)으로 불렀다가 음이 변해 걸수산이 되었다고 한다.

경남 거제시 연초면 명동리는 원래 부르던 이름은 '홈태골(홈대골, 홈골)'이었다. '홈태'는 홈통의 이 지역 방언으로, '홈대', '홈때', '홈테꺼리' 등으로도 쓰였다. 골짜기가 많아 계곡에서 흐르는 물을 홈통으로 논에 대어서 생긴 이름이라고 한다. 영조 45년(1769) 방리 개편 때 명동방(榴洞坊)이었고, 고종 26년(1889)에도 명상(榴上)과 명하(榴下)리였는데, 고종 32년(1895)에 명상(明上)과 명하리(明下里)로 개칭하였고, 1915년에 명동리(明洞里)가 되었다고 한다. 홈통 '명(榴)' 자가 밝을 '명(明)' 자로 바뀐 것이다. 지역에서는 이를 두고 양지에 위치하여 해도 뜨고 달도 비쳐 밝은 마을이라 명동이라 했다고 하는데, 이는 바뀐 한자를 두고 편의적으로 해석한 것에 불과하다.

다른 지역의 경우에도 홈골을 '명동(榴洞)'이라 쓰다가 '명동(明洞)'으로 바꾼 곳이 더러 있다. 이는 대개 음이 같은 데다가 뜻이 좋은 한자 곧 '밝을 명'으로 바꾸어 쓴 것들이다. 경남 하동 적량면 동리 명천마을은 생김새가 마치 홈과 같다 하여 '홈내골(梘川谷, 명천곡)' 혹은 '홈내'라 하였는데, 홈통 명 자가 드물게 쓰여 익숙하지 못하다 하여 '명(梘)' 자 대신 '명(明)' 자로 바꾸어 명천(明川)이라 쓰게 되었다고 한다. 홈골은 한자 지명이 바뀐 곳도 있지만, 우리말 음이 바뀐 곳도 많다. 대표적인 것으로 '홈골'이 '홍골'로 바뀐 것이다. 발음의 편의에 따라 바뀐 것으로 보이는데 예가 많다. 나아가 바뀐 '홍'을 그대로 한자 표기해서 원래의 뜻을 짐작하기 어렵게 된 곳이 있기도 하다.

경남 양산시 명동의 명동마을은 행정지명이며, 속칭으로는 '홈실마을'로 부른다. 그리고 명동 바로 옆 마을 이름은 '외홈마을'이다. '홈실마을'의 유래에 대해『디지털양산문화대전』에서는 "명(梘)은 우리말로 '홈'을 뜻한다. 농사를 지을 때 논에 물을 대기 위해 사용한 홈(梘)이 일제강점기 초에 한자로 바뀌면서 명(梘)이 된 것"이라면서 "옛날 시명골은 깊은 골짜기로 되어 있어 주변의 논밭에 물을 보낼 수 없었기 때문에 마을 주민들은 시명골의 상, 중, 하에 보(洑)를 막아서 논에 물어 대었다. 그런데 도랑을 설치해 물길을 따라 논에 물을 보내다 보니, 도랑이 길면 물이 땅에 스며들어 논에는 물이 제대로 가지 않는 문제가 생겼다. 그래서 마을 주민들이 지혜를 짜낸 것이 바로 긴 나무나 대나무로 홈(梘)을 파고 홈과 홈을 연결하여 논으로 물을 보내는 것이었다"고 설명한다. 홈의 연결은 밑에 장대 받침을 세우고 그 위에 홈과 홈을 연결했다고 한다.

'홈다리들'은 충북 진천군 진천읍 상신리의 '우렁터' 동쪽에 있는 들 이름이다. 이에 대해『진천군 지명 유래』에서는 "'홈다리'와 '들'로 분석된다. '홈다리'는 '홈들'의 변형이다. '홈들'에 접미사 '-이'가 결합하여 '홈드리'가 되고 '홈드리'가 제1음절 모음에 이끌려 '홈다리'가 된 것이거나, '홈들'이 직접 '홈달'로 변한 뒤에 접미사 '-이'가 결합하여 '홈다리'가

된 것이다. '홈들'은 '홈을 파거나 홈통을 놓아 물을 대던 들'이라는 뜻이다. 아울러 '홈드리'나 '홈다리'도 그와 같은 의미를 띤다'라고 설명하고 있다. 여기에 '들'이 덧붙은 것은 '다리(野)'의 뜻이 모호해지자 이를 강화하기 위해 같은 의미의 '들'을 결합시킨 것으로 본다. 전국적으로 '홈들, 홈드리, 홈다리'라는 지명이 광범위하게 분포한다.

"칼 갈아요~ 가위 갈아요" 외던 칼갈이

숫돌산 · 숫돌메 · 숫돌고개 · 지석강

예전에 골목길을 누비고 다니며 목청으로 손님을 부르던 장수 중에는 '칼갈이'도 있었다. "칼 갈아요~ 가위 갈아요"라고 외치든지 그도 아니면 그냥 반말로 "칼 갈~어" 외치며 다니다 일감이 걸리면 골목 한구석에 쭈그리고 앉아 칼을 갈던 칼갈이 장수. 장비라고는 작은 그라인더와 숫돌, 그리고 칼 갈 때 물을 뿌리는 작은 물통 그것이 전부였다. 초기에는 가정집들에서도 칼이나 가위를 많이 들고 나왔지만 시간이 지나면서는 음식점이나 미용실, 양장점같이 칼, 가위를 많이 쓰는 가게들이 주 고객이 되었다고 한다.

일반 가정집에서 칼을 갈아 쓰지 않게 된 것은 스테인리스 칼이 많이 보급되면서부터라고 한다. 스테인리스스틸(강)로 만든 이 칼은 녹이 슬지 않고 칼날이 잘 무뎌지지 않아 칼을 갈 필요를 별로 느끼지 않게 된 것이다. 거기에 더해 세대가 젊어지면서 집에서 음식을 그렇게 많이 해 먹지도 않아 칼을 예전같이 많이 쓰는 것 같지 않다고도 한다. 또 칼이 무뎌질 정도가 되면 새것을 사다 쓰지 구차하게 남의 손에 맡기려고 하지 않는다는 것이다. 근래에는 전동식 칼갈이나 간편한 칼갈이 기계도 많이 나와 칼갈이를 찾을 일이 그만큼 없어졌다고 한다.

무쇠 칼밖에 없었던 옛날에는 집집마다 숫돌이 한두 개씩은 있었다. 남정네가 낫을 들고 일 나갈 때면 숫돌에 낫을 한번 갈아서 들고 나갔고, 여인네들도 가끔은 부엌에서 쓰는 칼이나 바느질에 쓰는 가위를 남정네들에게 갈아 달라고 부탁하곤 했다. 숫돌은 칼이나 낫 따위의 연장을 갈아 날을 세우는 데 쓰는 돌이다. 입자가 고운 납작한 돌(점판암)을 대개 네모지고 길쭉하게 떠서 사용했는데 특별하게 정해진 모양은 없었다. 별로 눈에도 안 띄고 하찮은 듯 보이는 돌이지만 우리 생활에는 필수적인 용구였다. 역사도 아주 오래된 것인데, '간석기(마제석기)' 제작 기술의 보급과 발전을 알려주는 중요한 용구 중 하나라고 한다. 석기시대의 석기 제작도 먼저 적당한 크기로 석재를 쪼갠 뒤 형태를 만들게 되는데, 1차 조정을 거친 후에 최종적으로 숫돌을 이용하여 갈아 만들었다. 숫돌은 한자로는 지석(砥石, 숫돌 지) 또는 여석(礪石, 숫돌 여)이라 썼다.

전남 영암군 신북면 월평리에 있는 여석산은 높이 61m에 불과한 야산이지만 역사는 아주 오래되었다. 우리말로는 '숫돌산' 또는 '싯돌메', '숫돌메'라 불렀는데 이곳에서 숫돌을 캐냈기 때문에 부르게 된 이름이라고 한다. 이곳은 고려 태조 왕건과 후백제 견훤의 쟁패의 현장으로도 알려져 있는데, 그 당시 왕건의 군사들이 칼을 가는 숫돌을 캐냈다고 한다. 정상 부근에 있는 지소(池沼)는 돌을 파낸 자리에 물이 고여 생긴 것이라 하며, 실제 못 주변 바위 표면에 당시 군사들이 돌을 캐낸 흔적인 빗살무늬가 남아 있다고 한다(『한국향토문화전자대전』).

여석산에는 왕건과 관련하여 '용천검' 전설이 전해 내려오고 있다. "왕건이 후백제를 토벌할 때의 일이다. (…) 당시 왕건은 후고구려의 왕이 하사한 용천검을 지니고 있었는데, 오랜 전투 탓에 칼이 몹시 무디었다. 영암 지역을 토벌하는 데 고전하자 왕건은 용천검을 탓하며 화를 냈다. 이를 염려한 왕건의 부인이 매일 천지신명께 기도를 올렸고 어느 날 기도를 하다 보니 발밑에 숫돌이 하나 놓여 있었다. 부인은 그 숫돌에 용천검을 갈아서 왕건에게 건네주었다. 다음 날 왕건은 전투에서 대승할 수 있었다. 그 후로 이 지역의 숫돌이 좋다는 소문이 삽시간에 퍼졌다. 수년을 두고 숫돌을 무한량 파내니 그곳에 못이 생겼고 그 깊이가 무한정 깊어져 중국까지 통하게 되었다. 중국에서 삼경에 닭이 울면 그 소리가 여석산 천지까지 들렸고, 비가 오니 항아리 덮으라는 말소리까지 들렸다. 그러자 사람들은 여석산에서 숫돌 캐는 것을 그만두었다'(『디지털영암문화대전』「명숫돌이 나온 여석산」)는 이야기다.

'숫돌고개'는 경기도 고양시 덕양구 신도동에 위치한 고개이다. 오금동에서 삼송동 쪽으로 넘어가는 통일로에 있는 고개로 예로부터 군사·교통의 요충지였다. 『고양군지』에는 여현(礪峴: 숫돌 여, 고개 현)으로 기록되었으며 고양군의 남쪽 15리 지점에 위치하는 것으로 기록되어 있다. 『한국지명유래집』에는 "이 산등성이에서 칼을 가는 숫돌이 많이 생산되었다고 한다. 일명 여석현이라고도 불린다. 『조선지도』와 『팔도군현지도』에서 각각 양주와의 경계 지점에 여석현으로 기재되었다"고 되어 있다. '숫돌고개'는 한자로는 '여현', '여석현', '여석령', 여석치' 등 다양하게 기록에 나타난다.

'숫돌' 지명은 경기도 양평에도 있다. '지평(砥平)'이 그것인데, '지'가 바로 '숫돌 지(砥)'인 것이다. 양평은 1908년 '양근군'과 '지평군'을 합하여 '양평군'을 설치하면서 새롭게 합성된 지명이다. 이에 비해 '지평'은 아주 오랜 역사를 갖는 지명으로 고려, 조선 시대에는 '지평현'으로 썼고, 삼국시대에는 '지현현(砥峴縣)'으로 기록에 보인다. 이때의 '지현'은 '숫돌 지' 자에 '고개 현' 자를 썼는데 우리말로는 '숫돌고개'로 불렀을 것으로 추측되는 지명이다. 『삼국사기』에 지평현은 본래 고구려 지현현을 신라 경덕왕 때 지평으로 개칭하였다고 기록되어 있다.

이에 대해 『한국지명유래집』은 "지평은 숫돌 생산지였던 이 고장 지산

(砥山)을 본떠서 불린 것이며, 후대로 오면서 평지에 논농사를 위한 저수지를 만들고 제방을 쌓아 들판의 지형을 가꿔 온 데서 유래한 것이라고 전한다. 지평은 원주와 홍천길이 만나는 곳으로 사람들의 왕래가 많아 '오랫동안 사용한 숫돌처럼 평평하다'는 뜻의 유래도 전해진다"라고 설명하고 있다. 그러니까 애초의 '숫돌고개', '숫돌산' 지명에서 평지를 가리키는 '지평'으로 바뀌어 온 것으로 볼 수 있다. 현재는 '지평면', '지평리' 지명으로 남아 있다.

한편 전남 화순군 이양면 봉회산 일대에서 발원하여 나주시의 남평읍을 지나 영산강과 합류하는 지석천(砥石川)도 '숫돌(지석)' 지명이어서 눈길을 끈다. 나주시 일대의 지석천은 경관이 뛰어나 인근의 광주 시민들이 즐겨 찾는 곳으로 일명 '드들강'이라고도 부른다. 그런데 『해동여지도』(남평·능주)에는 하천의 중류에 '지석강(砥石江)'과 함께 '지석산(砥石山)' 지명이 표기되어 있어 지명의 유래를 짐작해 볼 수 있게 한다. 이로써 보면 '지석강'은 '지석산'에서 비롯되었을 가능성이 크다. 아무래도 '숫돌'은 강보다는 산지에서 채취하기 쉽기 때문이다.

멍석에 말아 몽둥이로 치던 덕석말이

멍석바위 · 멍석골 · 덕석골 · 덕석굽이

"**멍** 석을 깔아 준다"는 말은 "하고 싶은 대로 할 기회를 마련해 준다"는 뜻이다. "김 감독은 그들이 자신도 몰랐던 끼를 펼칠 멍석을 펴 주었다"와 같이 쓴다. "하던 지랄도 멍석 펴 놓으면 안 한다"는 말도 있다. 일껏 잘하던 일도 더욱 잘하라고 떠받들어 주면 안 한다는 말이다. 여기서 '멍석'은 '자리(공간)'나 '기회'의 뜻으로 쓰였다. '자리'는 "앉거나 누울 수 있도록 바닥에 까는 물건"인데 예전에는 주로 왕골·부들·갈대 따위로 짜서 만들었다.

이에 비해 농사용 자리는 짚을 걸어 만들었는데 이를 '멍석'이라 불렀다. '멍석'은 주로 곡식을 널어 말리는 데 쓰였고 거기에 맞게 크기도 아주 컸다. 가로 350cm, 세로 210cm쯤 되는 장방형으로 보통 벼 한 가마를 널어 말릴 수 있고, 두께도 2cm나 될 만큼 두툼해서 무게가 12~15kg이나 나갔다. 그래서 옮기기 쉽게 네 귀에 고리 모양의 손잡이를 달기도 했다. 멍석을 짜는 데에는 손질이 많이 가서 한 닢을 장만하려면 능숙한 이라도 일주일쯤 걸렸다고 한다. '닢'은 납작한 물건을 세는 단위로, 흔히 돈이나 가마니, 멍석 따위를 셀 때 썼다. 이런 '멍석'은 농사가 많은 집은 여러

닢을 마련해 두고 썼다.

평양·평안도 민요 「멍석놀이」는 "비온다 비온다 멍석 말아라 / 멍석 말아라 멍석 말아라 / 해난다 해난다 멍석 펴라 / 멍석 펴라 멍석 펴라"라고 해서 가사 내용이 아주 단순하다. 전라도 민요 「덕석몰자」도 "몰자몰자 덕석몰자 몰자몰자 덕석몰자 / 비 온다 덕석몰자 비 온다 덕석몰자 / 풀자 풀자 덕석풀자 풀자풀자 덕석풀자 / 볕 난다 덕석풀자 볕 난다 덕석풀자" 라고 해서 단순 내용을 반복하고 있다. '덕석'은 '멍석'의 방언형이고, '몰지'는 '말자'의 방언형이다. 곡식을 넣어 말릴 때는 비 오는 것을 가장 경계했는데, 그에 따라 멍석을 펴고 마는 고된 노동을 반복해야 했다. 멍석을 마당이나 큰길 위에 깔고 곡식을 넣어 말릴 때는 하루 2~3회 당그래로 저어 골고루 말린다. '당그래'는 '고무래'의 방언으로, '고무래'는 곡식을 그러모으고 펴는 데에 쓰는 'ㅜ' 자 모양의 도구이다. 장방형이나 반달형 또는 사다리꼴의 널조각에 긴 자루를 박아 만든다.

멍석은 주로 곡식을 넣어 말리는 데에 쓰였지만, 집안에 큰일이 있을 때 예를 들면 큰 잔치 때나 상을 당했을 때 마당에 깔아 손님을 모시는 데 쓰기도 했다. 가난한 집에서는 방에 장판 대신 멍석을 깔고 지내기도 했다. 또 예전에 권세 있는 집안에서 사사로이 사람을 멍석에 말아 놓고 뭇매를 가하던 일이 있었는데 이를 '멍석말이'라고 했다. 멍석이 형벌의 도구로도 쓰인 것이다.

'멍석말이'는 '덕석말이'라고도 했는데 본래는 공동체적인 형벌이었던 것으로 보인다. 전통 시대 촌락사회의 규범을 위배한 사람에게 벌을 내리는 일종의 자치적 통제 방식이었다는 말이다. 부모에게 지나치게 불효한 사람이 생겼을 경우 문중의 항렬이 높은 이나 연장자가 동네 회의를 열어서 벌줄 것을 결의하면, 죄지은 사람을 마을 사람들이 모인 앞에 끌어내어 덕석에 말아서 사람들이 몽둥이로 때리거나 발로 차기도 한다. 이때 멍석은 공포심을 극대화하면서 때리는 사람을 알 수 없게 하는 효과도 있었던 것으로 보인다. 이러한 관습은 불량한 행위를 제재하여 마을의 질서와 규범을 유지시키는 데 그 의의가 있었다.

‘멍석말이’는 또 다른 뜻이 있는데, 농악의 판굿이나 탈춤의 춤사위를 일컬을 때 사용하기도 했다. 농악에서 상쇠를 앞세우고 풍물을 치면서 일렬로 서서 안으로 나사 모양으로 돌아 들어갔다가 다시 나사 모양으로 되돌아 나오는 것을 말했다. 연행을 할 때 상쇠가 가장 중심부로 돌아 들어갔을 때의 모양이 마치 멍석을 말아 놓은 형태와 같다고 하여 ‘멍석말이’라는 이름이 붙었다. 호남 지방의 농악에서는 멍석처럼 말아 들어갔다가 되돌아 나와 풀어진다고 하여 ‘되풀이진굿’이라고 불렀다. 농군들이 농악에 맞추어 흥겹게 놀 때 허리를 굽히고 앞으로 나아가면서 멍석을 말듯 두 손을 저어서 노는 소박한 농무를 ‘멍석말이춤’이라 부르기도 했다.

‘멍석말이’는 장례를 치를 형편이 못 되는 시체를 멍석에 말아서 산골짜기에 내다 버리는 일을 뜻하기도 했다. 멍석이 관의 구실을 한 셈이다. 멍석은 지역에 따라 덕서기, 덕석, 턱성, 터서기라고 불렀다. 이 중 ‘덕석’은 따로 “추울 때에 소의 등을 덮어 주는 멍석”의 뜻으로 쓰이기도 했다. “덕석이 멍석이라고 우긴다”는 속담은 “약간 비슷함을 빙자하여 그 실물인 것처럼 자처함을 비유적으로 이르는 말”이다.

‘멍석바위’는 경기도 성남시 수정구 심곡동에 있는 편평한 바위 이름이다. “마을 남쪽 등성 너머로 응달말 뒷산에 멍석 5-6장 깐 것 같은 넓적한 바위”(성남시 홈페이지)라는 설명이다. 인천시 강화군 화도면 동막리 ‘멍석바위’는 “장전 뒤에 있는 바위로 넓어서 벼를 널어 말릴 수 있다”고 한다. 충남 천안시 동남구 풍세면 미죽리에 있는 ‘멍석바위’는 “나반들 위에 있는 바위. 넓은 멍석처럼 생겼다고 한다”는 설명이다. 황해남도 강령군 금정리의 동북쪽 병풍산 남쪽에 있는 ‘멍석바위’는 멍석처럼 넓게 생겼다고 한다.

'멍석골'은 평안북도 태천군 송원리의 서쪽에 있는 골짜기 이름이다. "지형이 멍석처럼 평평하게 생겼다 하여 멍석골이라 한다"(『조선향토대백과』)는 설명이다. 황해북도 곡산군 고성리의 북쪽 두루봉 아래에 있는 골짜기 '멍석골'은 "멍석을 펴놓은 것처럼 편편하게 생겼다"고 한다. 평안남도 평원군 대풍리 서북쪽 큰알메 옆에 있는 굽이길 '멍석굽이'는 "멍석을 말아 놓은 것처럼 생겼다. 몽석굽이라고도 한다"는 설명이다.

'덕성마을'의 '덕성'은 '덕석'이 변해서 된 이름이다. 전남 담양군 금성면 덕성리에 있는 사연마을 '덕성'은 석현천이 흐르는 평지에 위치한 농촌 마을로 통일신라 경순왕 때(서기 930년경) 마을이 형성되었다고 한다. 지명 유래에 대해서는 "마을의 주변에 노적봉이 있고 당그래봉이 있어 그 가운데 마을이 위치한 것에 비유하여 노적봉에서 당그래로 곡식을 끌어내려 덕석에 말리는 형국이라 하여 덕석으로 불리웠고 덕석이 점차 덕성으로 변천 조선 시대 말부터 덕성으로 불린 이래 현재에 이르고 있다"(담양군 홈페이지)고 한다. '노적봉'은 '노적가리'처럼 생긴 봉우리를 가리키는 말로, '노적가리'는 한데에 수북이 쌓아 둔 곡식더미를 뜻한다. '당그래'는 곡식을 그러모으고 펴는 데에 쓰는 'ㅜ' 자 모양의 도구이다. 이곳 '덕석' 지명은 '노적봉'과 '당그래봉' 사이에 위치한 평지인 탓에 자연스레 붙여진 것으로 보인다.

'덕석골'은 경남 의령군 궁류면 압곡리에 있는 골짜기 이름이다. 곡식을 널어 말리는 방석(짚방석)의 지역어가 '덕석'이기 때문에 큰 덕석 한 장 펴놓을 정도밖에 안 된다는 이야기가 전한다. 광주시 북구 화암동 '덕석바위'는 바위의 모양이 덕석을 펴놓은 것처럼 생겨서 덕석바우라고 불렸다고 한다.

이에 비해 충남 당진시 정미면 덕삼리 '덕석골'은 "추울 때에 소의 등을 덮어 주는 멍석"인 '덕석'과 관련된 지명이다. '덕삼리'는 자연마을 '덕석골'의 '덕' 자와 3상 8판서가 속출하였다는 '삼상지평' 마을의 '삼'

자를 따서 덕삼리라 부르게 된 이름이다. 덕삼리의 자연마을 8개 중 하나인 '덕석골'은 "해미장과 면천장의 중간 지점인 황소고개[수당리와 덕삼리 경계를 이루는 큰 고개] 아래에 자리 잡은 지역으로 황소가 운반 수단이었던 때에 장사꾼이 면천장을 다녀오는 길에 높은 황소고개를 넘어와 이곳에서 소에게 먹이를 주고 땀이 마르기 전에 덕석[소 등에 덮은 방한재]을 입혔다 하여 '덕석골'이라 부르기 시작하였다"(『한국향토 문화전자대전』)고 한다.

팽개쳐 참새떼를 쫓던 팡개

팡개바위 · 팽개바위 · 팽암

허수아비가 정말로 허수아비가 되어버린 지도 오래라 한다. 예전에 참새를 쫓기 위해 막대기와 짚 따위로 만들어 사람 옷을 입혀 논밭에 세워 놓던 '허수아비'는 "제구실을 하지 못하고 자리만 차지하고 있는 사람을 비유적으로 이르는 말"로도 쓰였는데, 지금의 허수아비는 비유적인 말 그대로 무용지물이 된 것이다. 요새 참새는 옛날에 비해 약고 눈치가 빨라져 허수아비로는 도무지 약발이 먹히지 않는다고 한다. 그래서 빛 반사를 이용한 은박지 줄이나 바람개비부터 매 모양의 모빌, 조류 퇴치기, 새망까지 다양한 퇴치 수단들을 모두 동원하는데, 그래도 참새 떼는 들녘을 농락하면서 농민들의 속을 태운다.

가을 들판에 벼가 한창 익어갈 때 새들로부터 받는 스트레스는 옛날에도 더하면 더했지 조금도 덜하지 않았다. 땀 흘려 농사지은 곡식을 새들에게 뺏길 수 없기에 들판에 허수아비를 세우고 '후여' 소리를 치며 열심히 새 떼를 쫓았다. 새 쫓기가 시작되면 농가의 아이들은 사내와 계집애의 구별 없이 모두 들판으로 내몰리기도 했다. 오죽하면 이런 스트레스는 정월 대보름날 풍습으로도 자리 잡게 된다. '새 쫓기'는 정월 14일 밤 또는 대보름날 아침에 새를 쫓는 시늉을 하는 풍속을 가리킨다. 마당에 나가 울타리를 막대기로 두드리며 '후여, 후여' 외치며 새 쫓는 시늉을 하는데, 이렇게 하면서 그해 논밭에 새가 오지 않기를 바랐다. 『동국세시기』는 '창명축조(唱名逐鳥)'라 하여 관동의 산간지방에서 여러 아이들이 일제히 온갖 새의 이름을 부르면서 쫓는 시늉을 하는데, 풍년 들기를 기원하기 위한 것으로 소개하고 있다.

'팡개'는 논밭의 새를 쫓는 데 쓰기 위하여 대나무로 만든 도구이다. 지역에 따라 '팽개', '팽매'라고도 불렀다. 길이 50~60㎝ 되는 대나무 막대기의 한끝을 네 갈래로 짜개서 十자 형으로 작은 막대를 물리고 단단히 동여맨다. 이것을 흙에 꽂으면 그 사이에 흙이나 작은 돌멩이가 박힌다. 논이나 밭에 모여드는 새를 쫓기 위하여 이를 내두르면 사이사이에 박혔던 흙이나 돌이 멀리까지 날아가므로 새가 놀라 달아난다. 팡개를 휘둘러 새를 쫓는 것을 '팡개질'이라고도 했다. "짜증이 나거나 못마땅하여 물건 따위를 내던지거나 내버리다"는 뜻으로 쓰는 '팽개치다'는 '팡개치다'라고도 했는데, 이는 '팡개질'하는 모습에서 나온 것이다.

'팡개' 외에도 새를 쫓는 도구로는 '태'라는 것이 있었다. 한자어로는 '파대(破帶)'라고 했다. '태'는 짚을 꼬아 만든 줄 끝에 삼, 말총, 짐승 가죽 따위를 매어 만드는데 이것을 둘러서 치면 그 끝이 휘감기게 되어 총소리와 같은 소리가 난다. 소리에 놀라 새가 달아나게 하는 것이다. 태는 지역에 따라 '뙈기'(전라남도 영광)··'파대'(경상북도 울진)··'딸기'(전라북도 봉동)··'태기'(경상북도)··'챗쪽'(경상북도 문경) 등으로 불린다(『한국민족문화대백과』). 함남 지역에서는 '팽개치다'를 '태기치다'라 말하기도 했다.

'팡개바위'는 충남 부여군 충화면 팔충리의 용골 동쪽 길가에 있는 바위이다. "30여 자 높이로 솟아 있는데 길 가는 사람들이 돌을 팽개질하여 바위를 넘기는 풍습이 있다 하여 이름을 팡개바위라 한다"(『한국지명유래집』)는 설명이다. '팽개바위'는 충북 제천시 덕산면 선고리에 있는 고목고개 남쪽 산 밑에 높이 솟아 있는 바위이다. '선고리 팽개바위 유래'는 덕산면 선고리에서 팽개바위와 관련하여 전해 내려오는 이야기 이다. 임진왜란 때 탄금대에서 신립(1546~1592) 장군과 고니시 유키나가 가 바위 멀리 던지기로 내기를 하여 우리 편이 던진 바위가 지금의 선고리 고목고개까지 날아와서 조선이 이겼는데, 그때 던진 바위가 '팽개 바위[投石(투석)]'라는 암석 유래담이다(『한국향토문화전자대전』). 실제 의 탄금대 전투에서는 졌지만 신립 장군과 조선군의 모습을 자랑스럽게 그리고 있다.

충북 음성군 원남면 문암리는 본래 음성군 원서면 지역이었으나 1914년 행정구역 폐합에 따라 눌문리 일부와 팽암리를 병합하고 문암리라 하여 원남면에 편입되었다. 이때 눌문의 '문(文)' 자와 팽암(彭岩)의 '암(岩)' 자를 따서 지금의 이름이 되었다. 여기서 '팽암'은 '팽개바위'를 한자로 표기한 이름이어서 흥미롭다. 문암리 시오랭이마을(문암3리)에서 백마령 까지를 가실터길이라고 부르고 있는데, 가실터길에는 둥근바위·팽개바 위·사모바위 등의 세 바우(삼암 또는 삼바우)가 있다. 『두산백과』에는 "옛날에 한양으로 과거를 보러 가던 가실터길이 있으며, 돌을 던져서 바위 위에 얹으면 소원이 성취된다는 팽개바위가 있다"고 소개되어 있다.

'핑게바우' 또는 '팽개바우'는 충북 진천군 초평면 영구리의 '벌통날' 밑에 있는 바위이다. 『진천군 지명유래』에는 "'핑게바우'는 '팽개바우'에 서 변형된 어형으로 추정된다. 전국에 '팽개바우'라는 바위가 여러 군데 존재한다. 이들에는 '전에 장정들이 돌을 던져 바위 넘기기 내기를 했다', '꼭대기에 턱이 있는데 팽개를 쳐서 돌이 얹히면 아들을 낳는다고 한다', '옛날 왜병과의 접전 때 팽개를 쳤다', '돌을 집어 던져서 바위에 얹히면 소원이 성취된다' 등과 같은 이야기가 전한다. 이들 이야기를 종합해 보면 '팽개'는 '팡개'의 방언형으로 볼 수 있다"고 쓰여 있다. 예전에 이곳 주민들은 개울가에서 '팽개바우'를 향해 돌팔매질을 했는데 바위를 넘어가게 하거나 바위에 얹히게 하였다고 하는데, 이를 힘겨루기의 한 방식으로 해석하고 있다.

머슴 새경을 결정하던 들돌 들기

들돌거리 · 들독거리 · 들돌골 · 거석리

'들 돌들기'라는 놀이가 있었다. 성인 남자들만의 놀이다. '들돌'은 '들어 올리는 돌'이라는 뜻이다. '들돌들기'는 무거운 돌을 들어 올리며 힘을 겨루는 놀이다. 놀이 방법은 양발을 벌리고 굽은 자세로 땅뜨기, 물박치기, 허리 올리기, 가슴팍 올리기, 등 넘기기 등이 있다. 때론 두레꾼들이 편을 갈라 가슴에 품고 당 돌기, 어깨에 메고 당나무 돌기, 마을 돌기를 하기도 한다. 또 머리 위로 치켜올리기, 들돌을 지게에 지고 양손으로 귀 잡고 일어서기 등 여러 방식이 있었다.

'들돌'은 단단하고 무거운데 큰 들돌의 경우는 젊은이들이 지면에서 들어 올리는 땅 뜨기를 할 수 있는 정도의 돌이며, 작은 들돌은 쌀 한 가마의 무게로 등 넘기기를 할 수 있는 정도의 돌이다. 마을 제단인 당집에 있는 들돌은 한 손으로 들 수 있을 만큼 가볍기도 하다. 돌의 모양은 대개 타원형이거나 원형으로, 한 마을이 가지는 들돌의 수는 한두 개인데 많은 곳은 대여섯 개인 곳도 있다. '들돌'을 부르는 말도 다양했는데, 들독 · 등돌 · 든돌 · 진쇠돌 · 당산돌 · 신돌 · 초군돌 · 차돌백이돌 등으로 불렀다. '진쇠'는 성인 품앗이꾼을 가리키고 '초군'은 나무꾼을 가리킨다.

대개 정월 대보름, 유월 유두, 칠월 칠석, 백중, 추석 등의 명절에 들돌 들기를 하는데, 소동들이 진쇠가 되기 위해 마을 원로인 좌장 앞에서 들돌을 들어 판정을 받기도 했다. 일인력(一人力) 들돌을 넘기면 진쇠의 온품 값을 받고 성인이 되었으므로 장가도 갈 수 있다. 이인력 들돌을 넘기면 장사라 하며, 삼인력 들돌을 넘기면 '머리나이'라고 하여 곱절의 품값을 받고 풍물판의 기수로 선발되기도 했다. 그러나 명절뿐 아니라 평소에도 휴식 공간인 당산나무 밑에서 심신의 단련과 친목을 다지기 위해 틈나는 대로 들돌 들기를 했다. 들돌은 대개 동네 어귀나 길목, 당산나무 밑, 정자 앞, 당집 앞, 장자 집(부잣집) 마당, 텃논 등에 놓여 있었다.

전남 보성군 노동면 '거석리'는 이곳에 들독(들돌)이 있다 하여 '들독거리'라 부르던 것에서 유래한 지명이다. '독'은 '돌'의 방언이다. 거석리의 한자는 '들 거(擧)' 자에 '돌 석(石)' 자로 '들돌'을 훈차한 것이다. 『한국세시풍속사전』에서는 "전남 보성군 노동면 거석리(擧石里)의 들돌은 당제가 끝나면 지난해 들돌 장원이 들돌을 들어 당제를 잘 지냈는지를 확인한다. 그 후에 들돌 놀이를 하는데 들돌을 드는 정도에 따라 상머슴, 담살이 등으로 구분하여 새경을 결정한다. 한편 아기를 못 가진 부녀자들은 들돌에 금줄을 치고 정화수를 떠 놓고 소원을 빌면 득남한다고 한다"라고 설명하고 있다. '상머슴'은 '일을 잘하는 장정 머슴'을 가리키고, '담살이'는 '머슴살이'의 방언이다. 또한 '새경'은 일 년 동안 일해 준 품삯으로 주인이 머슴에게 주는 곡물이나 돈을 가리킨다.

전북 남원시 금동에 있는 길 이름에 '들독거리'가 있다. 들독놀이를 하던 곳이라 하여 붙여진 이름으로 들독을 '들떡'이라 발음하여 일명 '들떡거리'라고도 한다. 검멀삼거리에서 금정사거리에 이르는 주 간선 도로와 고샘길이 만나는 길목을 가리키는데, 골목길을 '들독골목'이라고도 한다. 『한국향토문화전자대전』은 "예전에는 음력 6월 15일 영천 이씨 집과 진주 강씨 집 머슴들의 새경을 결정하기 위해 들독놀이를 했으며, 이때 상머슴이 결정되었다. (…) 들독놀이는 온 마을 사람들이 관전하였으며 젊은 부녀자들은 현장에 나오지 못하고 부근 울타리 안에 숨어서 몰래 훔쳐보았다. 그중 들독놀이에 특히 관심 있는 사람은 부모나 머슴의 주인들로, 자기의 아들이나 머슴이 들독놀이에서 지게 되면 몹시 시새움을 하였다. 이는 건강과 집안의 부와 직결되었기 때문에 그날부터 머슴에게는 고기 등을 배가하여 먹였고 자식들에게는 인삼, 꿀, 닭 등을 장복시켜 남들에게 뒤지지 않게 하기 위해 최선을 다했다"라고 설명하고 있다.

반선마을에서 시작해 지리산 화개재에 있는 산장까지의 계곡을 뱀사골이라 부르는데, 그중에서도 상류 일대에 '들돌골(거석곡)'이라는 지명이 있다. 마을이나 거리가 아닌 상류 계곡에 '들돌' 지명이 있어 특이하다. 이곳은 반달곰과 변강쇠에 얽힌 전설이 전하기도 하는데, 지리산 반야봉에 살던 반달곰이 포수의 화살에 맞아 사경을 헤매고 있을 때 산신령이 나타나 고로쇠 수액을 마시라고 해 산신령의 계시대로 수액을 마신 반달곰은 씻은 듯 나았다고 한다. 이 이야기를 전해 들은 변강쇠가 뱀사골을 찾아 반달곰이 마신 고로쇠 수액을 마시고 원기를 회복해 500근이나 되는 들돌을 들었다고 해서 '들돌골'이라는 것이다. 그러나 이는 고로쇠의 효능을 강조하기 위해 근래에 지어 붙인 이야기로 보인다. 그보다 이곳은 지리적인 위치나 계곡의 특성으로 보아 '들돌'로 쓸 만한 둥근 돌들이 널려 있어 '들돌골'로 부른 것으로 추측된다.

깊은 산 절벽 밑에 세워 놓은 벌통

설통바위 · 설통바위골 · 멍덕봉

E BS 〈한국기행〉은 '깊고 깊은 산골짝에' 5부작 중 4부 '절벽 위 그 사나이' 편에서 깊은 산골짝 바위 절벽을 찾아다니는 벌꾼 스승과 제자를 화면에 담은 적이 있었다. 강원도 춘천시 사북면 산길을 오르는 벌꾼의 지게 위에는 기다란 통나무가 실려 있는데, 새로 설치할 벌통이다. 통나무를 그대로 속을 파서 만든 것으로 무게가 11~15kg 이 나간다고 한다. 통나무는 냄새나 수액을 빼내기 위해 강물에 넣어 두 달, 또 건조하느라 두 달 걸리는 수고로운 과정을 거치지만 그보다는 계곡을 넘고 넘어 깊은 산비탈 깎아지른 절벽을 찾아 설치하는 것이 더 고된 작업이라 한다.

그런데 이 통나무 벌통을 벌꾼들이 '설통'이라 부르는 것이 특이하다. 왜 그냥 벌통이라 하지 않고 설통이라 부르는 걸까. '설통'은 산간에서 고목이나 바위틈의 자연 상태에서 서식하는 토종벌이 분봉할 때 이를 유인해서 정착하도록 하고, 자연 상태 그대로 돌보다가 가을에 한 번 채밀하는 벌들의 집이다. 통나무 같은 자연 소재로 만들지만 어디까지나 인공적으로 설치하는 벌통이다. 벌꾼들은 이 자연 상태의 토종벌을 '산벌'

이라 부르고 이들이 깃드는 벌통을 달리 '설통'이라 부르는 것이다.

국어사전에는 바위틈에 집을 짓고 사는 벌을 '석벌'이라 하고, "산속의 나무나 돌 사이에 석벌이 모아 놓은, 질이 좋은 꿀"을 '석청(石淸)'이라 한다고 되어 있다. 꿀을 채취하는 사람들은 이를 구분해서 목청과 석청으로 나누기도 한다. 야생의 토종벌들이 나무에 벌집을 친 목청(木淸)과 돌 사이에 벌집을 친 석청(石淸)으로 나누는 것이다. 또 땅속에 벌집을 지을 경우 토청이라 부르기도 한다. 목청과 석청은 일반 꿀보다 훨씬 비싸게 치며, 그중에서도 더 비싼 건 석청이라고 한다.

석청은 절벽이나 바위틈에 집을 짓고 사는 토종벌들이 모아둔 꿀로 일반 꿀보다 풍부한 영양소가 함유되어 있어 산삼에 버금가는 식품으로 알려졌다. 이 석청만을 전문적으로 채취하는 사람들도 있다고 하는데, 이들은 천 길 낭떠러지에서 등산용 로프 하나에 의지해 목숨을 담보로 작업을 한다. 이들을 '석청 사냥꾼'이라고도 부르는데, 국내에 몇 사람 되지 않는다고 한다. 몇십 년 전만 해도 인제군의 3대 특산물 중 하나는 '석청'이었다고 한다. 황해북도 신평군 거리소리의 골짜기에는 '석청골'이라는 지명도 있는데, 지난날 '꿀바위'가 있었다고 한다.

이러한 '석청'에 비해 '설통'은 어디까지나 인공적으로 설치하는 벌통이다. 이 '설통'의 어원은 불분명한데 벌꾼들은 두 가지로 얘기하는 것 같다. 하나는 그냥 서 있는 통이라 '설통'이라 부른다는 것이고 다른 하나는 '벌통을 설치한다'는 의미라는 것이다. 그러나 한자어 '설치'의 '설(設)'에도 '세운다'는 뜻이 있고 보면 공통적으로 '세우다', '서 있다'의 의미가 있는 것 같다. 통나무 벌통은 보통 약 70~80cm 높이로 만든다고 하는데 이 정도 높이면 세운다는 말이 어울릴 법도 하다. 설통 관련 지명에는 바위 지명이 많은데 이는 설통을 주로 산 중턱 바위 절벽 밑에 설치한 때문인 것으로 보인다.

강원도 법동군 영저리에 있는 바위는 "벌통을 놓기 좋은 바위라 하여

설통바위라 하였다. 벌통바위라고도 한다'(『조선향토대백과』)고 되어
있다. 강원도 양구군 남면 용하리 '설통바위'는 "바위 밑에 벌통을 놓으면
벌이 잘 든다 하여 설통바우라 함"이라는 설명이다. 강원도 평강군 천암리
에 있는 골짜기 '설통바위골'은 "골 안에 산벌을 치기 위해 벌통을 놓았던
바위가 있다. '설통'은 이 지역의 사투리로 '벌통'을 뜻한다"고 한다.
강원도 이천군 건설리에 있는 바위등성이 '설통이마'는 "지난날 벌통을
놓고 꿀을 받았다. 벌통이마라고도 한다"는 설명이다.

강원도 횡성군 안흥면 안흥4리 '설통바위골'은 "소라니골 안에 있는
골짜기로 자작나무골 옆에 있는데 설통을 많이 놓아 붙여진 이름"이라고
설명하고 있다. 충북 제천시 신월동 '설통바위산'은 "불당골 동쪽 벌통
놓은 바위가 있는 산골짜기"를 이르는 말로 설명하고 있다. 같은 제천시
청풍면 단리 곳집마을 2반은 "벌 설통을 가져다 놓으면 잘되기 때문에
'설통밭골'이라고 한다"는 설명이다.

'설통'은 자리 잡기가 완료된 후에는 고무 대야나 뚜껑으로 위를 덮고
그 위에 돌을 올려놓는데 예전에는 짚으로 삿갓처럼 만든 '멍덕'을 덮었다.
'멍덕'은 사전에도 나오는 말인데, "벌통 위를 덮는 재래식 뚜껑. 짚으로
틀어서 바가지 비슷하게 만든다"라고 되어 있다. '멍덕' 역시 지명에도
쓰였는데 대개 삿갓처럼 생긴 형상을 빗댄 것이다.

전북 진안군 주천면에 있는 산봉우리 명덕봉(845.5m)은 "봉우리가
짚을 틀어서 바가지처럼 만들어 재래식 벌통 위를 덮는 뚜껑인 멍덕처럼
생겼기 때문에 명덕봉이라 하였다고 전한다"(『한국향토문화전자대전』)
라고 되어 있다. 평안남도 신양군 지동리 멍덕고개(487m)는 "멍덕(짚으로
바가지 비슷하게 만든 씌우개)과 같이 생겼다 하여 멍덕고개라 하던
것이 멍덜고개로 음운 변화되었다. 몽둥골고개라고도 한다"(『조선향토
대백과』)라는 설명이다.

마당 가의 어리와 추녀 밑의 닭둥우리

둥우리골 · 둥지리봉 · 닭둥지마을

옛날에 닭은 주로 마당에 풀어 놓고 키웠다. 더러 싸라기[부스러진 쌀알] 같은 것을 뿌려 주기도 했지만 하루 종일 마당 가에서 무언가를 쪼아 먹으며 닭들은 잘도 컸다. 이때 시골집 마당 한구석에는 흔히 원통형의 어리가 놓여져 있었다. 어리는 병아리를 가두어 기르기 위해 덮어 놓는, 싸리나 대나무 또는 가는 나무로 둥글게 채를 엮어 만든 것이다. 흡사 밥공기를 엎어 놓은 것 같이 생겼다. 박경리의 『토지』에는 "넉넉한 구석이라곤 없어 뵈는 빈 마당에 칡넝쿨로 엮은 어리 하나가 엎어져 있고 어리 속에서 삐악거리는 병아리 이외 인적기가 없다"와 같이 묘사되어 있다. 옛날 초등학교 1학년 국어 교과서엔 '삐약 삐약 병아리'라는 글귀와 함께 마당 가에 어미 닭과 병아리 그리고 '어리'가 그려져 있었다.

이에 비해 '둥우리'는 암탉이 알을 낳거나 품을 수 있도록 짚이나 댑싸리 따위로 만든 그릇 모양의 용구를 가리킨다. 놓이는 곳도 마당이 아니라 새끼로 얽어 추녀나 서까래 밑에 매달아 두었다. 다른 여러 가지 용도의 둥우리와 구별하기 위해 닭이 알을 낳고 품는 둥우리를 따로

'닭둥우리'라 부르기도 했다. 둥우리를 부르는 명칭은 지역에 따라 아주 다양했다. 경기도 지역에서는 '둥어리'라 하고 충청도에서는 '알둥저리'라 하며, 강원도와 전라남도에서는 '둥지리'라 부르기도 했다. 전라북도에서는 '둥주리'라고도 했다. 일반적으로는 이를 줄여서 간단히 '둥지'라고 많이 불렀다.

『사성통해』에서 '람(籃)'은 '다는 둥지'라고 써 놓았다. '단다'는 말은 닭의 둥우리를 기둥이나 벽에 매달아 둔다는 뜻이다. 또 『훈몽자회』에는 '루(簍)'를 '둥주리'라 풀이해 놓았다. 둥우리의 형태는 일정치 않지만 대개 용마름처럼 가운데를 등성이 지게 엮고, 끝을 모아서 새끼줄로 양쪽 또는 네 귀퉁이를 매달았다. 보통 천정과 벽면 없이 사방이 트이게 만들어 닭이 들어가기 쉽게 만들었고, 들어가 앉은 후에는 아늑한 느낌을 주기 위해 가운데가 움푹 들어가고 가장자리가 위로 들리도록 하고 짚을 깔아 주었다. 둥우리는 양쪽을 묶은 두 가닥의 새끼를 이어 추녀 밑이나 광 또는 헛간의 적당한 장소에 매다는데, 네 귀에 새끼를 달아매는 경우도 많다. 그러면 닭은 시키지 않아도 생태적으로 거기에 올라가 알을 낳았다. 둥우리를 만들어 주지 않으면 닭은 제멋대로 헛간 구석에 알을 낳기도 하고 숲속에 들어가 몰래 알을 낳는다.

'등지리봉'은 경북 영주시 안정면 여륵리, 봉현면 노좌리·하천리, 장수면 성곡리 사이에 위치한 산이다(543m). 풍기읍 남쪽에 남북으로 길쭉하게 벌려 있는 산줄기에 있다. 남으로는 예천군 감천면의 주마산이 있고, 북으로는 주마산·시루봉·용암산이 연이어 있다. 『한국지명유래집』에는 "산의 모양이 새의 둥우리처럼 생겨 붙여진 지명이라고 한다. 『조선지형도』에는 한자로 소봉(巢峰)이라고 적혀 있고, '등지리봉' 발음이 일본어로 병기되어 있다"고 되어 있다. '소봉'에서 '소(巢)'는 '새집 소' 자이다. 『한국향토문화전자대전』에서는 똑같은 산을 '집봉'으로 소개하고 있다. "집봉은 등지리봉이라고도 불리는데, 새의 둥우리처럼 생겼다 하여 붙여

닭 둥우리

진 이름"이라고 적혀 있다.

'둥지리봉'은 전남 순천시 황전면 금평리와 구례군 문척면 중산리 사이에 위치한 산이다(690m). 산 북서쪽으로 섬진강 본류가 곡류하고 남서쪽으로 천황치, 천황봉, 삽재 등의 산줄기가 이어진다. 서쪽 사면의 수직 바위벽에서 물줄기가 떨어지면서 형성한 용서폭포가 있어 관광객들이 많이 찾는다. 유래와 관련해서는 "산의 모양이 짚으로 크고 두껍게 엮은 둥지리처럼 생겨서 지명이 유래했다는 설이 있다"(『한국지명유래집』)고 한다. 『순천시사』에는 '동주리봉', '서롱산'으로 수록되어 있는데, '둥지리봉'을 한자화하여 '서롱봉(서롱산)'이라고 한 것으로 보인다. '서(棲)'는 '살다'의 뜻이고, '롱(籠)'은 '대그릇', '새장'의 뜻이다. 『조선지형도』(괴목리)에 황전면 금평리 북서쪽에 '서롱봉'으로 기재되어 있다. '둥지리봉'은 경북 예천군 용문면 성현리에도 있는데, "엉고웃들 동쪽에 있는 산으로, 새의 둥지리(둥우리)처럼 생겼다"는 설명이다.

황해북도 금천군 양합리의 북동쪽에 있는 마을 '둥우리골'은 둥우리처럼 생겨 불린 이름이라고 한다. 충남 당진시 신평면 운정리는 총 8개

반으로 이루어져 있는데 이 중 5반은 중구리로 원래 마을 지형이 알을 품는 둥지 형국으로 '둥우리'라 불리던 것이 변해 '중구리'가 되었다고 한다. 경기도 용인시 처인구 원삼면 죽능리 '둥지골'은 새 둥지 모양의 아늑한 곳에 마련된 보금자리라는 뜻이라 말한다. 오래된 지명으로 보이지는 않는다. '둥지골'은 죽능6리로 전원형 빌라와 주택 등 신주거 공간과 박물관·미술관 등의 문화 공간이 어우러져 새롭게 형성된 동네다.

평안북도 선천군 연봉리에 있는 골짜기 '둥지골'은 "닭의 둥우리처럼 오목하게 생겼다'(『조선향토대백과』)는 설명이다. 평안북도 운산군 부흥리 소재지 마을 동남쪽 칼봉 기슭에 있는 골짜기 '둥지골'은 "새 둥지처럼 오목하게 생겼다"고 하고, 평안남도 순천시 신리의 서쪽에 있는 골짜기 '둥지골' 역시 "새둥지처럼 생겼다"고 한다. 강원도 천내군 화라노동자구 소재지의 북쪽에 있는 '둥지마을'은 "새 둥지처럼 높은 곳에 위치해 있다 하여 둥지마을이라 하였다"고 한다.

평안북도 정주시 대송리의 동남쪽 대송천 건너편에 있는 '둥지골마을'은 "개일봉 북쪽 기슭의 둥지처럼 오목한 골짜기에 위치해 있다"는 설명이다. 평안북도 대관군 신온리의 북쪽 물방아골 옆에 있는 마을 '둥지거리'는 "산으로 둘러싸여 있는데 지형이 둥그렇고 우묵하게 생겼다"고 한다. 평안북도 태천군 송태리의 중부에 있는 '닭둥지마을'은 "닭 둥지처럼 오목한 골 안에 위치해 있다"고 하고, 양강도 운흥군 대동노동자구 소재지 마을에 있는 골짜기 '새둥지골'은 "새 둥지가 많이 있었다는 데서 비롯된 지명이다. 새둥지바위골이라고도 한다"는 설명이다.

Y자 모양의 양다리 디딜방아

물방아골 · 물방아거리 · 방아골 · 방아다리

얽 둑빼기요 왼손잡이인 장돌뱅이 허 생원이 평생 인연이 없는 것이라고 생각하는 '계집'과 '뒤에도 처음에도 없는 단 한 번의' 인연을 맺은 곳은 다름 아닌 '물방앗간'이었다. 보이는 곳마다 메밀밭이어서 개울가 어디 없이 하얀 꽃이 피어 있는 달밤. 봉평에서 제일가는 일색이었던 성 서방네 처녀와의 단 한 번의 인연. 이효석의 「메밀꽃 필 무렵」은 물방앗간에서의 하룻밤 인연의 소생이 지금 봉평에서 대화까지의 밤길을 함께 가고 있는 젊은 장돌뱅이 '동이'일 것이라고 암시하고 있다. 물방앗간은 대체로 마을로부터 얼마간 떨어진 개울가에 있었다. 그러니까 조금 외지고 인적이 드물다. 방아 찧을 일이 없는 밤이라면 더욱 한적한 곳이다. 그러니 자연스럽게 남녀 간의 은밀한 만남의 장소로 이용하기 좋았다.

'물방아'와 '물레방아'는 물의 힘을 이용한다는 점에서는 같지만 구조는 많이 다르다. 가장 큰 차이는 물레방아는 크고 둥그런 '바퀴(수차)'가 있고 물방아는 그것이 없다는 것이다. 물방아는 굵고 긴 통나무의 한끝을 구유(마소의 먹이를 담아 주는 큰 그릇)처럼 길게 파서 물이 담기도록

하고 다른 끝에는 구멍을 뚫고 공이를 박았다. 수로에서 흘러드는 물이 물받이에 가득 차면 물의 무게 때문에 물받이 쪽이 주저앉고 공이 쪽은 들려 올라간다. 이때 물받이에 담겼던 물이 쏟아지면서 공이가 떨어진다. 이러한 과정이 반복되면서 곡식을 찧게 되는 것이다. '물방아'는 '물레방아'에 비해 수량이 적은 곳에 설치되었다.

우리 선조들이 만들어 쓴 방아에는 물방아, 물레방아, 연자방아, 디딜방아가 있었는데, '물방아', '물레방아'는 물의 힘을 이용하고 '연자방아'는 소나 말의 힘을 이용하였다면 '디딜방아'는 사람 다리의 힘을 이용하는 것이 달랐다. 이 중 가장 흔한 것은 디딜방아였다. 지방에 따라 '디딜방아(방애)', '딸각방아', '발방아', '손방아' 등으로 불리는 디딜방아는 이름 그대로 발로 방아다리를 디뎌서 방아를 찧는다. 디딜방아에는 한 사람이 디디는 외다리방아와 두 사람(혹은 네 사람)이 디디는 양다리방아가 있다. 중국을 비롯해서 다른 나라는 모두 외다리방아인데 우리나라만 양다리방아가 있다고 한다.

양다리방아는 줄기가 Y자 모양으로 뻗은 큰 나무로 만든다. 방아머리에는 박달나무나 쇠뭉치로 공이를 끼우고 밑에 바닥에는 돌확을 묻는다. 양쪽으로 갈라진 방아다리는 두 사람이 발로 디디는데 위쪽 천장에는 새끼줄을 늘어놓아 이것을 잡고 방아를 밟도록 했다. 앞쪽에 나무를 가로로 놓아 손잡이처럼 잡고 하도록 된 것도 있다. 보통 한 마을에 2~3개의 디딜방아가 있었는데, 개인과 마을 공동 소유로 나누어진다. 개인 소유인 경우에는 가족, 친척들이 주로 썼고, 마을 공동 소유인 경우에는 마을 사람들이 1년에 한 번씩 공동으로 수리하고, 순서를 정해 방아를 찧었다고 한다.

디딜방아는 확돌에 나락을 넣고 찧다가 절반가량 껍질(왕겨)이 벗겨지면 키나 풍구로 까부르고, 다시 찧고 까부르기를 반복하여 뉘가 보이지 않을 때까지 하는데 보통 세 벌 찧기로 끝낸다. 디딜방아에는 방아채를 밟는 사람과 방아확의 곡식을 돌보는 사람, 까부르는 사람들이 필요하다. 방아 찧는 일은 손이 많이 가고, 오랜 시간 작업해야 하는 고된 일이어서 이웃과 품앗이를 했다. 디딜방아로 세 벌 찧기를 한 쌀은 겨가 완전하게 벗겨진 백미가 아니고 현미에 가깝기 때문에 한 번을 더 찧어 백미로 만들거나, 현미 상태로 보관하다가 밥을 짓기 전에 절구에 넣고 찧어서 겨를 벗겨냈다.

　전통적인 우리의 방아는 일제강점기 이후 도정 기계가 도입되면서 급속하게 자취를 감추었다. 예전의 물레방앗간은 정미소로 바뀌었고, 이마저도 근래에는 대규모 도정 공장, 미곡종합처리장으로 바뀌었다. 전통적으로 '방아로 곡식을 찧거나 빻는 곳'을 '방앗간'이라 불렀다. 디딜방아로 곡식을 찧거나 빻는 집을 '디딜방앗간'으로 불렀고, 물방아로 곡식을 찧는 집은 '물방앗간'으로 불렀다. 마찬가지로 물레방아를 설치하여 놓은 집은 '물레방앗간'으로 불렀다. 방아를 찧을 때 곡식이 비에 젖으면 안 되기 때문에 방아가 놓인 곳은 대개 집으로 지어져서 '간(間)' 자가 붙은 것이다.

　'물방아거리'는 경기도 성남시 분당구 이매동 관할에 있던 옛 지명이다. 이매동과 야탑동 사이에 있던 자연마을로 안말, 갓골과 함께 조선 시대 광주군 돌마면 이매리를 구성하였다. 『한국향토문화전자대전』에 따르면 "예전에 이 지역에 물레방아가 있어서 이매수울 들에서 생산되는 곡식의 도정을 하였다고 전한다. 그래서 물레방아거리라 불렀는데 변음이 되어 물방아거리로 바뀌었다"고 한다. 충남 공주시 탄천면 장선리는 마을 중앙으로 하천이 흐르고 그 주변에 들판이 조성되어 있는 전형적인 농촌 마을이다. 자연마을 중에 '물방아거리'가 있는데, 마을에 물방아가 있었다 해서 이름 붙여졌다고 한다. 충북 음성군 삼성면 천평리는 서쪽과 동쪽에 각각 작은 하천이 흐르고 하천을 따라 평야가 발달한 곳이다. 자연마을 박알미(천평3리)에 '물방아거리들'이라는 땅 이름이 있다.

그런데 개울가에 위치한 물방아에 '거리'라는 이름이 붙은 것이 의아하다. '거리'라는 것은 "사람이나 차가 많이 다니는 갈" 곧 길거리를 뜻하는 말이 아닌가. 그렇다면 이 '거리'는 원래의 말에서 변형된 것으로 볼 수밖에 없다. 가장 유력한 것으로는 '개울'의 방언형인 '걸'을 들 수 있을 것 같다. 경남 양산시 주남동에는 "물방아걸(川): 위 중뫼산밑 서쪽에 있는 거랑(개울). 됫거랑이 합류됨"이라는 지명이 있는데, '물방아'와 관련된 설명은 없지만 '물방아가 있는 개울'을 뜻하는 것으로 짐작된다. 이렇게 보면 위의 '물방아거리'는 '물방아가 있는 개울'을 뜻하는 것으로 볼 수 있을 것 같다.

'방아' 지명은 '물방아골(물방앗골)'같이 방아 혹은 방앗간이 있던 장소를 가리키는 지명이 많다. 그러나 방아다리, 방아고개, 방아재, 방아봉, 방아논, 방아샘같이 전혀 방아가 있지 않을 만한 곳에 이름이 붙은 경우도 많다. 이런 경우는 지형, 지물이 방아 형국을 하고 있어서 붙여진 것으로 판단된다. 이때의 방아는 디딜방아 곧 양다리방아이다. 양다리방아는 방아다리가 두 갈래의 발판으로 된 구조로 전체적으로는 Y자 형상이다. 특정의 지형, 지물이 양다리방아처럼 Y자 모양을 하고 있는 경우에 방아 지명이 적극 사용된 것이다.

대표적으로 '방아다리'는 Y자 모양을 하고 있는 '들(野)'을 가리킨다. 실제로 Y자 모양을 하고 있는 다리(橋)가 거의 없을뿐더러, '다리'가 '들(野)'의 뜻으로 쓰이는 경우는 아주 많다. 전국적으로 '방아들'이라는 들 이름이 많은데 지역에 따라서는 '방아달', '방아드리'로 나타나기도 한다. 국어학자들은 대개 '방아다리'를 '방아들(방아달, 방아드리)'에서 변한 어형으로 본다. '방아다리'는 다리가 아니라 Y자 모양의 들을 가리키는 것이다.

장작불로 소금을 굽던 가마 '벗'

벗마을 · 벗말 · 염촌

'푸른벗말'은 농촌전통테마마을로 선정되면서 새롭게 지어 붙인 이름이다. 섬 지역이기 때문에 바다의 이미지를 살려 '푸른'이라는 말을 덧붙였는데 본래는 그냥 '벗말'이다. '벗말'도 '벗'이라는 말이 우선적으로 '친구'를 떠올리기 때문에 새로 지어 붙인 것으로 생각하기 쉽지만 그렇지는 않다. '벗말'의 '벗'은 "염전에서 쓰는 소금 굽는 가마"를 뜻하는 말로, "벗 따위의 소금 굽는 시설을 하여 놓은 집. =벗집"을 뜻하기도 했다. 그러니까 '벗말'은 '벗'이 있는 마을' 곧 소금을 생산하는 마을이라는 뜻이다. 한자로는 '소금 염(鹽)' 자에 '마을 촌(村)' 자를 써서 '염촌'이라 했다.

'푸른벗말'은 인천광역시 옹진군 북도면 신도에 있다. 마을 앞의 넓은 문전옥답은 예전에는 갯벌로 소금 생산에 이용되던 곳이다. 『인천광역시사』에는 "이 논벌에서 생산된 소금이 조선 말에 이르기까지 바닷물을 끓여서 만들던 자염이다. 염분(鹽盆: 소금가마)이 있던 갯벌이라 하여 벗마을(염촌)이라고 부르게 되었다. 이곳에서 만들던 소금은 그 품질이 뛰어나 소금 중에 참소금이라 하여 진염이라 하였고, 이곳 사람들을 진염 사람이라 불렀다. 현재도 논벌 중앙 지점인 소금 창고가 있던 지역에 '벗개'라는 지명이 남아 있어 옛날 진염의 고장임을 보여주고 있다'라고 되어 있다.

옛날에 소금을 만들던 방식은 지금과 많이 달랐다. 지금은 염전에 바닷물을 가두어 햇빛에 말리는 방식이지만 예전에는 바닷물을 가마에 넣고 졸이는 방식이었다. 지금 햇빛에 말린 소금을 '천일염'이라 부르는 데 비해 옛날 소금은 '삶을 자(煮)' 자를 써서 '자염(煮鹽)'이라 했다. 그런데 예전이나 지금이나 바닷물을 그대로 사용하지는 않았다. 농도가 낮기 때문이다. 옛날에는 바닷가의 뻘밭에 바닷물을 끌어들여 농축하고, 이를 갈아엎어 다시 바닷물을 끌어들여 농축하는 작업을 반복해서 소금기가 농축된 흙에 바닷물을 부어 염수(함수)를 얻었다. 이 염수를 가마솥에 넣고 열을 가해 소금을 만들었는데 이것이 바로 '자염'이다. '불 화(火)' 자를 써서 '화염'이라고도 했다. 소금을 '굽는다'라고 말하는 것도 여기에서 비롯된 것이다. 이러한 자염 생산에 있어 가장 큰 어려움이 바로 장작 조달에 있었다고 하는데, 자염의 특성상 어쩔 수 없는 일이기도 했다.

경기도 안산시 단원구 대부북동에 있던 자연마을 '벗말'은 대부동주민센터 남동쪽에 있는 마을로 옛날에는 바닷물이 이곳까지 들어와 소금을 굽는 벗집이 많았다고 하여 생긴 이름이라고 한다. 같은 단원구 대부동동의 자연마을 '고유지' 앞에 있던 '염벗'은 "조선 시대 세종 때부터 있었다. 옛날에는 가마솥에 불을 때어 소금을 제조하였으나 근래에는 천일염전이다. 안깨[만아들]는 염벗으로 들어오는 갯고랑으로 말부홍포와 신당포 사이에 있었으며, 나무배와 소금배 등이 드나들던 곳이다'(『한국향토문화전자대전』)라는 설명이다. '염벗'은 '벗'과 같은 말인데, '벗'에 '소금 염' 자를 덧붙여 쓴 말이다.

대산반도와 이원반도로 둘러싸인 가로림만은 서해안 중에서도 조수

간만의 차가 큰 곳으로 유명한데 염전 개발에 유리한 조건을 갖추고 있는 곳이다. 특히 대산반도의 북단에 위치한 충남 서산시 대산읍 독곶리, 화곡리, 오지리 일대는 조선 시대부터 자염(화염) 생산이 성하였고, 그 후 천일제염으로 바꾸어 소금의 생산이 많았던 곳이다. 그중 오지리에 '벗'과 관련된 지명으로 남은 것이 '벌말포구'이다. 벌말포구는 벌천포라고도 불렸는데, 예로부터 염전이 유명했던 지역이다. '벌말'은 소가 쟁기질로 소금을 만드는 '벗질'에서 유래된 '벗마을'이 '벌말'로 바뀐 것이라고 한다(『디지털서산문화대전』). 본래 '벗질하다'는 "벗에 간수를 붓고 불을 때서 자염을 만드는 일"을 뜻하는데, 여기서는 소금기가 농축된 흙을 얻기 위해 소로 뻘밭(염전)을 갈아엎는 쟁기질을 '벗질'로 얘기하고 있는 듯하다. 어쨌든 '벌말'은 '벗말'에서 음이 변해 된 것으로 '벌판'을 뜻하는 '벌말'과는 상관이 없다.

'벗멀'은 황해남도 연안군 나진포리의 서쪽에 있는 마을 이름이다. 『조선향토대백과』에는 "지난날 소금밭이 있었다. 벗말이라고도 한다"고 되어 있다. '벗마을'은 황해남도 청단군 신생리의 서남쪽에 있는 마을로 협동조합 조직 당시 지은 조합 이름이 마을 이름으로 되었다고 한다. 소금 굽는 벗이 있다 하여 불린 이름이라고 한다.

자염을 만드는 과정에서 원료가 되는, 농축된 염수(함수)를 얻는 일은 아주 중요하고 힘든 일이었다. 이 일이 지명에 반영된 곳도 있는데 바로 백령도의 가을리이다. 『백령진지』 방리조에는 '대갈염(大乫鹽)', '소갈염(小乫鹽)' 등의 지명이 보이는데 바로 가을리(加乙里)의 옛 지명이다. '땅이름 갈' 자와 '소금 염' 자를 써서 '갈염'이란 지명으로 전해졌는데 조선 선조 때부터 국영 염전의 '염벗'이 있었던 곳이다. 『인천광역시사』에는 "이곳 지명을 '갈염' 또는 '가을' 등으로 부르는 것은 '갯벌을 쟁기를 대고 갈다'라는 '갈'의 뜻이다. 질이 좋고 많은 양의 소금을 생산하기 위해서는, 사리 때 갯벌 밑바닥에 잠겨 있는 짙은 염분이 위로 올라오게끔

거리[쟁기]를 대고 갈아엎어야 하고 오랫동안 웅덩이에 잡아 두었던 염도가 높은 물을 섞어서 우려낸 후 이것을 솥에다 끓여야만 했다. 즉, 쟁기를 대고 염도 높은 뻘 바닥을 갈아엎어 만드는 소금이라 하여 갈염이라 하였다"라고 되어 있다.

제5부

세간살이 지명

머리에 이고 물 길어 나르던 동이

동이골 · 동이말 · 동이점골 · 분점리

정지용의 「향수」(1927)는 고향에 대한 그리움을 노래하면서 토속적인 소재들을 등장시키고 있는데, 그중 2연에는 '질화로'와 '짚베개'가 나온다. 지금은 모두 박물관에나 가야 볼 수 있는 것들이지만 예전엔 시골 방안에서 흔히 접했던 생활 용구들이었다. '질화로'는 말 그대로 "질흙으로 구워 만든 화로"로 서민 대중이 겨울철이면 애용하던 것이었다. 당시에도 좀 있는 집은 무쇠 화로, 놋쇠 화로, 백동 화로 등 금속류의 깨지지 않고 값나가는 화로를 썼지만 서민들은 값싸면서 흙내나는 질화로에 된장찌개 덥히고 밤 구워 먹으며 정감 있게 겨울을 났다.

고향의 언어로 향토성이 짙은 시들을 많이 썼던 백석은 「야우소회 ─ 물닭의 소리 5」에서 '나의 정다운 것들'로 "가지 명태 노루 뫼추리 질동이 노랑나비 바구지꽃 메밀국수 남치마 자개짚섹이 ……" 등을 꼽고 있는데, 여기에 '질동이'도 들어 있다. '질동이'는 "질흙으로 빚어서 구워 만든 동이"를 가리킨다. 속담에 "질동이 깨뜨리고[깨고] 놋동이 얻었다"는 말이 있는데, 대단찮은 것을 잃고 그보다 더 나은 것을 가지게 되었다는 말로 상처한 뒤에 후처를 잘 얻었다는 말로 쓰이기도 했다.

'동이'는 둥글고 배가 부르고 아가리가 넓으며 양옆으로 손잡이가 달려 있는 질그릇으로, 흔히 물 긷는 데 써서 '물동이'라고 많이 불렀다. 우물에서 물을 퍼담아 머리에 똬리를 얹고 물동이를 인 여인의 모습은 시골에서 쉽게 볼 수 있는 풍경이었다. 김홍도의 풍속화 〈우물가〉를 보면 옛날의 물동이 모양을 확인할 수 있다.

이 〈우물가〉는 김홍도의 다른 풍속화와 마찬가지로 조선 후기 우물 풍속을 잘 보여주고 있다. 우물은 잘 다듬은 돌로 둥그렇게 둘레돌을 쌓아 그 위에 올라서서 물을 긷게 되어 있다. 물을 퍼 올릴 때는 두레박을 사용했던 것을 볼 수 있는데, 두레박은 둥근 박을 둘로 잘라 만든 바가지에 나무를 질러 넣고 그 위에 손잡이 같은 나무 막대기를 세운 모양으로 그 끝에 줄을 길게 매어 사용한 것이다. 물동이도 두 가지를 볼 수 있는데, 회색 질그릇으로 된 것이 있고, 나무로 짠 것이 있다. 둘 모두 머리에 이거나 들기에 편리하도록 바깥면 양쪽에 손잡이가 달려 있다.

예전에는 대부분의 마을에 우물이 하나밖에 없었기 때문에 각각의 집에서 이 우물물을 길어다 썼다. 집집마다 새벽부터 우물에서 물을 길어다가 부엌에 있는 물독(물두멍)에 그날 쓸 물을 가득 채우는 것은 여인네들의 중요한 일이었다. 이때 물을 길어 나르는 물동이는 자연히 여인네들의 필수품이자 애용품이 될 수밖에 없었다. 동이로 물을 나른 뒤 부엌에 모셔 둘 때는 '동이아래'라는 질그릇을 썼다. '동이아래'는 대야 같은 모양으로 물동이 밑바닥에 흙이나 더러운 것이 묻지 않도록 받쳐 놓는 질그릇이다. 규범 표기는 '물동이자리'이다. 전통 가옥의 부엌은 바닥이 흙으로 되어 있어 물기가 묻은 그릇이 놓이는 곳은 항상 질척거려 물동이를 받쳐 두었던 것이다.

황해북도 곡산군 무갈리 소재지 북동쪽 수리봉 앞에 있는 '질골'은 마을에 도기점이 있어 불린 이름이다. 『조선향토대백과』에는 지명과 관련하여 재미있는 전설이 소개되어 있다. 옛날 곡산고을 원님이 새로 부임하여 오자 마을 사람들과 아전들이 모두 연도에 마중을 나갔는데, 가마에 앉아 있는 원의 키꼴이 어찌나 작고 체모가 없던지 보는 사람들이 모두 혀를 찼다. 그런 후 고을 아전들은 원님의 초췌한 모색과 아이 같은 체통을 비웃으며 도무지 영을 들으려고 하지 않았다.

원님은 이들에게 본때를 보여주어야겠다고 생각하고 질골에 있는 도기점에 명하여 머리에 씌울 수 있는 질동이를 아전들의 수만큼 만들게 하였다. 그러고는 다음 날부터 조회를 하러 올 때에는 그것을 뒤집어쓰고 야 관가에 들어올 수 있다고 말하고 어기면 사또의 명을 어긴 죄로 곤장을 쳤다. 이후부터 아전들은 아침 조회 때면 늘 질동이를 푹 눌러쓰고 원 앞에 꿇어앉게 되었으며 질동이를 벗은 후에도 감히 원을 올려다보지 못했다. 이때부터 아전들의 머리에 씌울 질동이를 구워낸 일이 있다 하여 이 마을을 '질골'이라고 불렀다는 이야기다. 여인네들이 매일 아침 머리에 이고 물을 길어 나르는 물동이를 아전들에게 거꾸로 머리에 씌워 벌을 주었다는 게 재미있다.

'질동이'는 지명에서 주로 '동이'로 나타난다. 황해남도 신원군 검촌리의 북쪽에 있는 마을 '동이골'은 "장수산 기슭에 위치해 있는데, 마을이 들어선 모양이 물동이같이 생겼다. 분동이라고도 한다'(『조선향토대백과』)는 설명이다. '분'은 '동이 분(盆)' 자로 보인다. '동홀이'는 공주시 반포면 학봉리에 있는 마을 이름인데 한자는 '동흘(東屹)'로 표기되어 있다. 공주시 지명 유래에 따르면 민목재 남동쪽에 위치하는데, "마을 지형이 동이와 같다 해서 동홀이, 동홀리 또는 동월이라 부르는 마을"이라고 한다. 둘 모두 마을의 지형을 '동이'에 빗대었다. 그러나 '동이' 지명은 아무래도 동이의 제작과 관련된 것이 많다.

'동이골'은 평안남도 평성시 백송리 긴골 북쪽 한끝에 있는 마을인데, "지난날 동이를 구웠다"고 한다. 황해북도 금천군 원명리 소재지의 남서쪽에 있는 마을 '동이골'은 "옛날 독점이 있었다"고 한다. '독'은 간장,

술, 김치 따위를 담가 두는 데에 쓰는 큰 오지그릇이나 질그릇을 가리킨다. '점'은 '가게 점(店)' 자를 쓰지만 판매보다는 제작과 관련이 깊다. 평안남도 평원군 용상리의 동쪽에 있는 마을 '동이말'은 "지난날 독점이 있었다"는 설명이다. 경기도 양평군 양서면 신원리 '동이점골(분점)'은 묘골 동쪽의 마을로 옹기점이 있었다 한다. 1914년 행정구역 통폐합 전에는 분점리라 했다.

질그릇과 오지그릇 그리고 옹기

질골 · 오지말 · 옹기말 · 독점

질그릇 수저통은 부엌에서 수저를 담아 걸어 두는 그릇이다. 바닥에 물 빠지는 구멍이 몇 개 있고, 위에는 노끈을 매는 구멍이 두 개가 있다. 끈을 매서 부뚜막 위에 걸어놓고 수저를 닦아서 이 안에다가 넣어 보관했다. 흙으로 만들어 요란하지 않고 질박한 느낌을 준다. 쇠가 아닌 흙으로 만든 솥으로 질솥이라는 것도 있다. 크기가 작아 음식을 조금씩 끓이거나 뚝배기처럼 화로 위에서 끓여 먹을 때 썼다. 작아서 휴대하기 쉬운 장점도 있다. 보리밥이나 억센 나물 혹은 푹 익혀야 할 고깃국 등을 은근한 불에 오래 익히기에는 질솥만 한 것이 없었다고도 한다. 보통 질그릇은 질흙만으로 잿물을 덮지 않고 구워 만든 그릇으로 겉면에 윤기가 없다.

이에 비해 오지그릇은 잿물(오짓물)을 입혀 다시 구운 것으로 검붉은 윤이 나고 단단하다는 차이가 있다. 오지그릇은 그냥 오지라고도 했는데 국어사전에는 좀 더 자세하게 "붉은 진흙으로 만들어 볕에 말리거나 약간 구운 다음, 오짓물을 입혀 다시 구운 그릇"이라고 되어 있다. 오짓물은 짚이나 나무를 태운 재를 우려낸 물로 한자어로는 유약이라 한다. 이렇게 오짓물을 입혀 다시 구우면 검붉은 윤이 나고 단단해진다. 잘 익은 오지그릇은 밤색이나 검정에 가까울 정도로 색이 짙고, 손이나 작은 돌로 두드리면 맑은 쇳소리가 난다. 이런 오지그릇을 흔히 옹기라고 말하는데, 원래 옹기(甕器, 항아리 옹)는 질그릇과 오지그릇을 통틀어 이르는 말이다. 그러던 것이 전체적으로 질그릇의 사용이 줄어들면서 옹기가 오지그릇을 일컫는 말이 되었다. 질그릇이나 오지그릇을 한자로는 모두 도기(陶器, 질그릇 도)라고 썼다.

충북 제천시 청풍면 도곡리는 '질그릇 도(陶)' 자를 쓴다. 우리말 이름은 '질골'이다. 『향토문화전자대전』에 따르면 "옹기를 빚는 질흙이 많아 질골 또는 도곡, 새로 도기점이 들어서서 새점 또는 신점이라 하였다"고 한다. 예부터 옹기로 유명한 마을이었다고 한다. 경기도 양평군 양서면 도곡리의 우리말 이름은 '질울'이다. '울'은 '골(谷)'에서 온 말로 보이는데, 그렇게 보면 '질골'과 같은 뜻의 말이 된다. 옛날 도곡리의 반장이라는 마을에서 질그릇과 옹기를 구워 팔았다 한다. 황해북도 판문군 덕수리 중심에 있는 소재지 마을 '질울'은 예전에 질그릇을 구웠다고 해서 이름 붙여졌다고 한다. '도동'이라고도 했는데 '질그릇 도' 자이다.

'오지울'은 충남 공주시 정안면 대산리에 있는 자연마을 이름이다. 옛날에 오지그릇을 만들던 옹기점이 있었다 해서 '오지말'이라 부르게 되었다고 한다(공주시 홈페이지). 경북 예천군 풍양면 '오지리(梧枝里)'는 옛날 이 마을에서 오지그릇을 만들었다 하여 붙여진 이름이다. 양강도 풍서군 상리 소재지의 북동쪽에 있는 골짜기 '오지골'은 "지난날 오지그릇을 만들었다"(『조선향토대백과』)는 설명이다. 양강도 김정숙군 삼서리 아래소 뒤에 있는 골짜기 '오지골' 역시 "지난날 골 안에서 오지그릇을 만들었다 하여 오지골이라 하였다"고 한다. 서울시 영등포구 영등포동8가에 있던 '옹기말'은 옛날에 이곳에서 오지그릇을 구웠던 데서 마을 이름이 유래되었다고 한다. 6·25 때까지도 장독, 자배기, 김장독, 항아리, 물동이 등의 오지그릇을 구워 팔았다고 한다.

옹기 중에 대표적인 것으로는 아무래도 '독'을 꼽아야 할 것 같다. 사전에서 '독'은 "간장, 술, 김치 따위를 담가 두는 데에 쓰는 큰 오지그릇이나 질그릇. 운두가 높고 중배가 조금 부르며 전이 달려 있다"고 설명하고 있다. '쌀독', '장독', '술독', '김칫독', '물독'같이 앞에 담는 것을 붙여서 많이 불렀는데, '오지그릇이나 질그릇' 중에서도 큰 축에 속한 특징이 있다. 경북 군위군 효령면 매곡리 도곡은 우리말로 '독골'이라 했는데, "임란시 피난 온 도공들이 이곳에 정착하여 칡덩굴을 제거하고 개척하여 그릇을 구워 만들었다고 하여 독골이라 불려지고 있다"(군위문화원 지명 유래)고 한다. 인천시 석남동 '독골'은 옛날에 독을 굽던 곳이라서 '독골'이라 하였다는데, 한자는 옹곡이라 썼다. 충남 부여군 외산면 장항리 '독비짓골'은 옛날 독을 만드는 도요지가 있었다 해서 불린 이름이라고 한다. '비짓'은 '빚다'에서 비롯된 말로 보인다. 비슷한 지명으로 '독짓골' 같은 것도 있다.

경남 통영시 도로명 중 '미우지3길'은 좀 특이한 변천 과정을 겪었다. 이 길은 미우지해안로와 미수로를 잇는 갈래 길인데, 옛 미수1동의 동리명이었던 미오동(美吾洞)의 토박이 지명 '미우지'에서 유래되었다고 한다(통영시 홈페이지). 미수1동의 옛 동리명은 큰 오지그릇이나 질그릇을 일컫는 '독아지'(독)를 굽는 마을이라 하여 '독오지리(禿吾之里)'라 칭했으며, 1900년 진남군 때 전래의 지명이 상스럽다고 하여 '독(禿)'자를 '미(美)'자로 바꾸어 미오지(美吾之) 및 미오동으로 개칭한 이래 토박이 지명으로 '미오지' 및 '미우지'라 칭하게 되었다는 것이다.

'독골' 지명은 전국적으로 아주 많은데 그에 못지않게 많은 것이 '독점' 지명이다. 독점에서 '점'은 '가게 점(店)' 자를 썼다. 그러나 판매만을 전문으로 하는 요즘 가게와는 다른 개념으로 주로 만드는 곳을 이른 말이다. 부산시 기장군 정관읍 달산리에 있던 '독점마을'은 한자로는 질그릇 도 자 도점마을이라 썼다. 『부산역사문화대전』에서는 명칭 유래에 대해 "독점[陶店] 마을은 옹기를 파는 가게라는 뜻으로, 이곳에서 도공들이 옹기를 만들어 장사꾼들에게 팔았다고 한다. 한자 그대로 읽으면 도점이 되지만 현재도 독점으로 불리고 있다"라고 쓰고 있다.

'독점'은 경상남도 함안군 대산면 옥렬리에 속한 자연마을 이름이다. "독점[陶店] 마을의 독[陶]이란 운두가 높고 중배가 약간 부르며 전이 달린 큰 오지그릇이나 질그릇 따위를 말하는데 옛날에 독을 많이 구워내던 곳이라 하여 독점이라 부르게 되었으며 옹점(甕店)이라고도 하였다"(『한국향토문화전자대전』)고 한다. 경기도 고양시 일산서구 일산1동에 있던 옛 마을 '독점말'은 이곳에 독, 항아리 등을 만드는 공장이 있어서 붙여진 지명이라고 한다. 이곳의 독은 일제강점기 때는 경의선을 통해 여러 지역으로 운송됐고 일산 장날에는 많은 양의 질그릇이 팔려나갔다고 한다.

김유정의 고향 실레마을은 떡시루 모양

시랫골 · 시릿골 · 시루굴 · 시루미

경춘선의 기차역으로 강촌역과 남춘천역 사이에 김유정역이 있다. 한국 철도 최초로 역명에 사람 이름을 사용한 역이다. 원래는 신남역이었는데 이곳 출신인 소설가 김유정을 기리기 위해 2004년에 역명을 바꾸었다. 주소도 바뀌었는데 도로명 주소는 강원도 춘천시 신동면 김유정로 1435 김유정역이다. 예전 주소는 신동면 증리 859-3번지이다. 바로 이 역 앞에 있는 증리가 김유정의 고향인데, 증리를 우리말로는 '실레마을'로 불렀다. 지금 이곳에는 김유정 문학촌이 세워져 있고 작품에 나오는 지명을 둘러보는 문학산책로(실레이야기길)가 조성되어 있기도 하다.

신남역이 영업을 시작한 것이 1939년이라고 하니 1937년 스물아홉 나이에 죽은 김유정은 훗날 자신의 이름을 딴 김유정역을 한 번도 밟아 본 적이 없다. 그는 1936년 『조광』에 발표한 「五月의 산골작이」라는 수필에서 자신의 고향을 다음과 같이 묘사하고 있다. "나의 고향은 저 강원도 산골이다. 춘천읍에서 한 이십 리가량 산을 끼고 꼬불꼬불 돌아 들어가면 내닷는 조고마한 마을이다. 앞뒤 좌우에 굵찍굵찍한 산들이 빽 둘러섯고 그 속에 묻친 안윽한 마을이다. 그 산에 묻친 모양이 마치 옴푹한 떡시루 같다 하야 동명을 실레라 부른다. ……"

소설가답게 주변 산세와 마을의 위치에 대한 묘사가 적실하다. 한마디로 하자면 마을이 "옴푹한 떡시루" 안에 들어앉은 것 같다는 것으로 분지형이라는 얘기다. '실레'는 시루의 방언형으로 보이는데 '실내'로도 쓰고 있다. 시루는 떡이나 쌀 따위를 찌는 데 쓰는 둥근 질그릇으로 한자는 보통 '증(甑)' 자를 썼다. 『훈몽자회』(1527)에는 '시르 증'으로 나온다. '실레마을'은 꽤 오랜 동네로 영조 때 지리지인 『여지도서』에는 증리(甑里)로 나온다. 관문으로부터 남쪽으로 이십 리 거리에 있는 것으로 나와 김유정의 서술과 일치한다.

전남 화순군 이양면 증리의 이름은 증동에서 유래되었다. 1912년 『지방행정구역 명칭일람』에는 능주군 도림면 서원동·증동(甑洞)·사은동으로 되어 있는데, 1914년 지방행정구역 폐합으로 화순군 도림면 증리로 개편되었다. 시루 증 자를 쓰는 증동 마을은 '시리적굴'이라고 부르는데 마을이 시루처럼 생겨서 증동이라 하였다고 전한다. '적굴'의 의미는 불분명한데, 마을은 동, 서, 북이 산으로 둘러싸여 있고 남쪽 계곡도 경사가 심한 산간이라는 것으로 보아 시루형 분지라 '시리' 이름이 붙은 것으로 보인다. '시리' 또한 시루의 방언형으로 지명에 많이 쓰였다.

경북 경주시 암곡동 '시랫골'은 풍수가 이곳을 지나다가 마을의 지형이 떡을 찌는 시루 형국이라 하여 이름 붙여졌다고 한다. 암곡동은 깊은 골짜기 안에 위치한 마을이라 '어두운 골짜기'라는 뜻으로 암곡 또는 암실이라 불렸다고 하는데, '시랫골'은 암곡의 남쪽에 위치한다. '시랫골' 은 '시릿골'이라고도 하고 한자로는 시래(時來), 시리(時里)로 썼다. 마을이 잘 살 때가 오기를 바라는 마음으로 '때 시(時)' 자를 써서 그렇게 불렀다고도 한다. 그러나 '시래', '시리'는 '시루'의 방언형으로, 단지 한자의 음을 빌려 표기한 것에 불과하다. 충남 서천군 서천읍 '시루굴'은 마을 지형이 시루처럼 생겨 시루굴인데 한자로는 화리(禾里)라 부른다고 한다. '화(禾)'의 지금 훈은 '벼'이지만, 옛 훈은 '쉬'였다. 옛 훈대로 읽으면 '화리'는 '쉬리'가 되는 것이다.

'시루' 지명은 분지형에 이름 붙였을 경우에는 타당한 것이지만 산봉우리에 붙인 경우에는 달리 해석해야 할 필요가 있다. 경남 김해시 대동면 예안리의 자연마을 '시례'는 예안리의 중심이 되는 마을이다. 시루처럼 생긴 '시루봉'이 있다고 하여 '시루골'이라고 불리던 것이 변하여 '시릿골', '시랫골', '시례'가 되었다고 한다(『두산백과』). 『호구총수』에는 시례리(詩禮里)로 나온다. 충남 예산군 대술면 시산리(詩山里)는 '시루봉' 밑이 되므로 '시루미' 또는 증산, 변하여 시산이 되었다고 한다. 충남 부여군 양화면에 있는 시음리(時音里)는 '시루미', '시름개'라고도 부르는데 뒷산이 시루처럼 생겼다 하여 붙여진 이름이라고 한다.

마을 이름에 많은 '시루뫼', '시루메', '시루미', '시리미'는 대개 마을 뒷산의 형태가 시루 모양이라 이름 붙였다고 설명한다. 산의 이름이 그대로 마을 이름이 된 것이다. 그런데 연구자들은 봉우리 이름에 붙은 '시루'는 '높음', '으뜸'을 나타내는 옛말 '수리'에서 온 것으로 보고 있다. 수리는 '높음', '으뜸'을 나타내는 고대어 '살'이 '살 〉 술+(이) 〉 술이 〉 수리'같이 변이된 말로 보는데, 현대어 '정수리'라는 말에 그 흔적이 남아 있다. 이 '수리'가 오랜 세월 음운 변화를 거치며 시리, 시루, 수레 등으로 바뀌었다고 본다. 그러니까 '시루뫼', '시루메', '시루미', '시리미' 등은 단지 산봉우리를 가리키는 말로 실제 떡을 찌는 '시루'와는 상관없는 경우가 많다는 것이다.

방배동 중국집 이름 함지박

함지박골 · 함지골 · 함지누게골 · 함박산

방배동 카페골목과 가까운 곳에 '함지박사거리'라는 지명이 있다. 이 이름을 처음 듣는 사람들은 "함지박이 뭐야?"라고 묻기도 하고, 그중 함지박이 무엇인지 아는 사람은 "왜 함지박이래?"라고 묻기도 한다. 그럴 때 함지박이 나무로 만든 그릇이라고 말하기는 쉽지만, 왜 '함지박사거리'라 부르게 되었는지에 대해 대답할 때는 조금 난처한 기분이 들기도 한다. 왜냐하면 '함지박'이 근처에 있는 중국집 이름이었기 때문이다. 그러니까 함지박을 닮아서라든지 함지박을 만들어서라든지 좀 더 지명으로서 의미 있는 설명을 기다리는 사람한테는 맥빠지는 대답이 될 수밖에 없었던 것이다. 그 중국집이 고급 중화요리 식당으로 꽤나 이름이 나 있기는 했지만 지명으로 쓰기에는 아무래도 격이 떨어질 수밖에 없었다. '함지박'은 1978년도에 개업해서 40년 전통을 자랑했지만 결국 경영난으로 폐업해서, 지금은 '함지박사거리' 지명을 존속시킬 것인지 아니면 다른 이름으로 바꾸어야 할지 고민스러운 모양이다.

'함지박'은 "통나무의 속을 파서 큰 바가지같이 만든 그릇"으로 '함박' 또는 '함지'라고도 불렀다. 보통 커다란 통나무를 반으로 쪼개어 그 안쪽을 파서 만든다. 나무를 팔 때 까뀌와 자귀라는 연장으로 찍어 깎기 때문에 연장 자국이 그대로 남아 있는 함지박도 많다. 나무가 무겁기 때문에 들기 쉽도록 그릇 가에 크게 전을 붙여 만든다. 함지박은 쉽게 나무를 구할 수 있고 수축 팽창이 적은 피나무로 많이 제작되었다. 피나무는 강원도뿐만 아니라 우리나라 전역에 널리 자생하는 수종으로 재질이 무르며 굵은 결이 별로 없어 속을 파내거나 깎고 하는 용도로 많이 쓰였다.

함지박은 음식을 씻거나 버무리거나 반죽할 때 등에 쓰이는 생활 용기이다. 김장 소 또는 깍두기를 버무리거나 떡가루를 반죽하는 등의 경우를 예로 들 수 있다. 이뿐 아니라 떡이나 과줄 등을 담아서 운반할 때, 음식을 담아서 보관할 때도 사용했다. 또 그릇이 튼튼하기 때문에 맷돌이나 체를 맷다리(쳇다리) 위에 받쳐 놓고 거기서 나오는 내용물을 받아내는 데도 쓰였다. 다양한 용도에 쓰였기 때문에 집집마다 크기가 다른 여러 개의 함지박이 있기도 했다. 함지박은 통나무를 활용하여 만드는 만큼 튼튼해서 가정에서 대를 물리면서 사용하기도 하였다.

평안북도 벽동군 대풍리 '함지박골'은 중부 삼인덕골 옆에 있는 골짜기 이름인데, "함지처럼 생겼다. 함지골이라고도 한다"(『조선향토대백과』) 라고 설명하고 있다. 황해남도 은률군 은혜리 '함지박골'은 은혜리의 남쪽에 있는 골짜기로 "함지처럼 움푹하게 생겼다"고 한다. 함지박 지명은 '함지박'보다는 '함지'로 많이 나타나는데 의미는 같다. 양강도 풍서군 노흥리 동쪽에 있는 골짜기 '함지골'은 "함지 모양으로 되어 있다"는 설명이고, 강원도 천내군 염전리에 있는 골짜기 '함지골'은 "함지처럼 움푹 파여 있다"는 설명이다.

이와 같이 함지박 지명은 지형과 관련된 것이 많지만 제작과 관련된 것도 있다. 함지박이 통나무를 파서 만드는 만큼 나무가 많은 삼림 지역에 집중되어 있다. 양강도 삼지연군 포태노동자구 포태골 동북쪽에 있는

'함지골'은 "지난날 골 안에서 함지를 만들었다 하여 함지골이라 하였다"고 한다. 양강도 김정숙군 도롱덕리의 동쪽에 있는 '함지골'은 "지난날 골 안에서 함지를 만들어 팔았다 한다"고 되어 있다. 양강도 운흥군 동포리 '함지동'은 골짜기 이름인데, "함지를 파던 누게가 있었다. 함지누게골이라고도 한다"는 설명이다. '누게'라는 말이 생소한데, '누게'는 "비바람이나 피할 수 있게 간단히 얽어서 지은 자그마한 막집"을 뜻하는 북한어이다. 평안남도 회창군 신성리 십자봉 남쪽에 있는 '함지누게골'은 "지난날 골 안에 함지(나무로 만든 그릇)를 만드는 누게(초막)가 많았다"고 한다.

경남 합천군 대양면 '함지리'는 대부분의 지대가 산지로 이루어져 있는 산간 마을이다. 한자는 함지(咸池)로 썼는데, 원래 "해가 진다고 하는 서쪽의 큰 못"을 뜻하는 말이지만 여기에서는 그냥 음만을 빌려 쓴 것으로 보인다. '함지마을'은 함지박 같은 마을의 지형에서 붙여진 지명이라고 전해진다. 양강도 삼수군 관서리 소재지 서남쪽에 있는 마을 '함지동'은 "함지를 만드는 집이 있던 골 안에 위치해 있어 함지동이라 하였다"고 한다.

함지박 지명은 '함지' 외에 '함박'으로도 쓰였는데, 골짜기보다는 산 이름에 많이 쓰였다. 그런데 산 이름으로 쓰인 경우 유래는 그렇게 간단치가 않다. 부산시 기장군 일광면 용천리에 소재한 함박산(含朴山, 458m)은 생김새가 함지박을 엎어 놓은 듯하다는 데서 지명이 비롯되었다고 전한다. 이에 반해 경남 창녕군 영산면 교리와 도천면 덕곡리 경계에 위치한 함박산(含朴山, 501m)은 유래를 '한밝뫼'에서 찾고 있다. 『한국지명유래집』에는 "지명의 어원은 '크게 밝은 뫼(산)'라는 의미의 한밝뫼에서 함박산으로 표현된 순우리말이라고 한다. 한자로는 우리말 '함박'이라는 음과 그 의미가 통하는 함박꽃의 한자어를 써서 '작약산(芍藥山)'이라 하였다고 한다"라고 되어 있다. 『여지도서』(영산)에는 "작약산이 현의 동쪽 2리에 있으며, 영취산에 이어진다"라고 쓰여 있고, 『1872년지방지도』 등 고지도에도 작약산으로 표기되어 있다.

삼겹살 굽기 좋은 소댕

소댕이 · 소당바위 · 소두방재 · 소탱이골

솥은 밥을 짓거나 국 또는 물을 끓이는 데 사용하는 중요한 부엌살림의 하나이다. 예전에는 주로 무쇠로 만들어 무쇠솥이라 하고, 솥뚜껑도 무쇠로 꼭지가 달린 것을 썼다. '소댕'은 바로 이 솥뚜껑을 편하게 이르는 말로 사전에는 "솥을 덮는 쇠뚜껑"이라고 나온다. 여기서 '쇠뚜껑'은 쇠로 만든 뚜껑이라는 뜻이다. '소댕'은 가운데가 볼록하게 솟고 복판에 뾰족한 손잡이가 붙어 있다. 소댕의 손잡이는 '소댕꼭지'라고 불렸다.

우리 속담에 '자라 보고 놀란 가슴 소댕 보고 놀란다'라는 것이 있다. 지금은 '소댕'을 '솥뚜껑'으로 바꾸어 뜻을 보다 분명히 말하지만 예전에는 그냥 소댕으로 말했다. "어떤 사물에 몹시 놀란 사람은 비슷한 사물만 보아도 겁을 냄을 이르는 말"로 지금도 많이 쓰이지만 정작 '자라'나 '솥뚜껑'은 낯선 말이 되어버렸다. 자라는 그 등이 솥뚜껑처럼 생긴 데다가 작지만 한번 물면 절대로 놓지 않고 살점을 뜯어낼 만큼 강한 이를 가졌다. 그래서 자라에 놀란 사람은 소댕 보고도 놀란다는 말이 생겨난 것이다. '소댕으로 자라 잡듯'이라는 속담도 "그저 모양만 비슷한 전혀 다른 물건을 가지고 와서 딴소리를 하는 경우를 비유적으로 이르는 말"로 쓰였다.

예전에 시골에서는 소댕을 뒤집어 지짐질을 할 때 많이 썼는데 지금으로 말하면 프라이팬이다. 지짐질은 부침개를 부치는 일을 뜻하는데, 이 지짐질을 '소댕질'이라고도 했다. 강원도에서는 '메밀전병'을 '메밀소뎅이'라고 한다. '소뎅이'는 솥뚜껑을 뒤집어 화로에 올려 기름을 두른 뒤 여기에 밀가루나 메밀가루와 같은 반죽을 얇게 펴 부쳐낸 전(적)을 이르는 말이기도 한데, 만두소처럼 김치와 두부, 돼지고기, 시래기 등을 다져 넣은 '메밀전병'도 '메밀소뎅이'라 부른 것이다. 제주 전통음식의 대표라 할 수 있는 '제주빙떡'도 메밀가루를 묽게 반죽해서 소댕에 부치고, 채 썰어 데쳐낸 무를 양념해 소로 넣고 길쭉하게 말아서 만들었다. 근래에는 소댕을 삼겹살을 구울 때 사용하여 '솥뚜껑 삼겹살'이라 부르기도 한다.

충남 천안시 성거읍 송남리 '소댕이'는 지형이 솥뚜껑 같다고 해서 붙여진 이름이라 한다. 강원도 판교군 판교읍 서남쪽에 있는 산의 이름은 '소댕꼭지'다. 『조선향토대백과』에는 "솥뚜껑 꼭지처럼 생겼다. 소뚜껑 꼭지라고도 한다"라고 되어 있다. 평안남도 북창군 소창리 서쪽에 있는 마을 '소당이'는 "솥뚜껑처럼 생긴 언덕에 위치해 있다. 소동부락이라고도 하고 한자 표기로 소장동이라고도 한다"는 설명이다. 서울 강북구 우이동 소당바윗굴에 있는 '소당바위'는 '바위가 넓적하고 꼭지가 있어 솥뚜껑 즉 소댕처럼 생긴 데서 유래된 이름'(『서울지명사전』)이라고 한다. 충남 홍성군 홍북읍 석택리는 홍북읍의 북부에 위치한 소당산 남서쪽에 있는 농촌 마을이다. 소당산은 소댕처럼 생겼다 하여 붙은 이름이라고 한다(『두산백과』).

'소두방재'는 부산시 기장군 정관읍에 있는 고개 이름이다. 『디지털부산문화대전』에서는 "소두방재라는 이름은 지형의 모습에서 유래되었다.

소두방은 소댕[솥을 덮는 쇠뚜껑]의 방언인데, 산을 멀리서 바라보면 둥글넓적한 모양이 마치 솥을 엎어 놓은 듯하기도 하고 솥뚜껑을 덮어 놓은 듯하기도 하다 하여 붙은 이름이다. 옛날부터 주민들은 이곳을 가리켜 소두방이라 하였으며 그 산 아래의 분지를 소두방 아래, 산허리를 돌아 지나는 길을 소두방재라 불렀다고 한다'라고 설명한다. '소두방'을 한자로는 솥 정(鼎) 자에 갓 관(冠) 자를 써 '정관'이라 했고, '소두방재'를 '정관령'이라고 했다. 충북 증평군 증평읍 용강1리에도 '소두방재'가 있는데 '솥두빙재'라고도 하였다. 지명 유래에서는 "'소두방'·'솥두방'은 모두 '솥뚜껑'을 뜻하는 '소댕'의 방언형으로, '소두방재'·'솥두방재'는 '소댕 모양으로 생긴 고개'로 풀이된다"는 설명이다.

한편 '소댕'이 '솥을 만드는 곳'을 이르는 말로 쓰이기도 해 흥미롭다. 충주시 소태면은 우리말 이름으로 '소댕이' '소탱이골'이 전한다. 영조 때 지리지인 『여지도서』(충원현)에는 성태양면으로 나온다. 관할하는 리에 부동리(釜洞里)가 있는데, 부(釜)는 가마 부 자로 부동리를 '가마골'로 불렀던 것 같다. 여기서 가마는 가마솥과 같은 말로, '소댕이', '소탱이골'과 관련이 있어 보인다. 성태양면은 1898년 『충청도읍지』에 충주군 소태면으로 표기된다. 『한국지명유래집』에서는 "지명은 가마솥을 굽던 마을이라 하여 소댕이 또는 소탱이골이라고 불렀는데 이것은 후에 소태양면, 소태면으로 변화하였다고 전한다"라고 쓰고 있다. 현재는 소태면에 있는 야동리가 "옛날에 솥을 만드는 풀무가 있었으므로 풀무골 또는 야동"이라 하였다고 하는데, '소댕이', '소탱이골'과 관련이 있어 보인다. 충주는 옛날에 '다인철소' 등 여러 곳에 철산지가 있었고, 충주에서 산출되는 토산품 중에서는 철이 으뜸으로 꼽히기도 했다.

'소댕이나루'는 전남 영암군 서호면 태백리에 있었던 나루 이름이다. 명칭은 조선 시대에 이 지역(무안군 일로읍 구정리 숯골)에 있었던 '솟다리포'의 지명을 이어받은 것으로 볼 수 있다. '솟다리포'는 한자로 '정족포(鼎

足浦)'라 했는데 여기에는 관원이 머무르는 철소원(院)과 철제 무기를 생산하여 군기감에 납품하는 무기 제작소, 즉 철소(鐵所)가 있었다. 이 철소와 철소원은 조선 중기에 폐쇄되고 정족포만 기능을 유지하였다. 17세기 중반에 간행된『동국여지』에 "고철소원이 정족포에 있다"라는 기록이 있다(『한국향토문화전자대전』). 그러나 '솥의 발'을 뜻하는 '솟다리' 지명이 어떻게 해서 '솥의 뚜껑'을 뜻하는 '소댕' 지명으로 바뀌게 되었는지는 알 수가 없다.

한편 '소댕이'는 귀신에게 제사 지내는 곳을 이르는 지명으로 쓰이기도 해 조심스럽다. 흔히 무속에서 귀신에게 제사 지내던 신당을 '소당'이라 부르기도 했는데, 이 소당이 '소댕이'로 음이 바뀐 것이다. 인천시 서곶면 '소데이(마을)'는 '소댕이'라고도 불렀는데, "삼한시대 하늘에 제사를 지내던 특별구역인 소도(蘇塗)에서 유래하여 생긴 이름"이라고 한다.

쪽박산과 대박산

똥그랑산 · 한박산 · 대박촌

어떤 사람이 사업을 하다가 망했을 때, "저 친구, 쪽박 찼어"라고 말하는 것을 본다. 달리 말하면 '거지가 됐다'는 말이다. 그런데 왜 '거지가 됐다'는 말을 '쪽박을 찼다'라고 표현하게 되었을까. 그것은 옛날에 거지들이 구걸을 할 때 쪽박을 차고 다녔던 데서 유래한 표현이다. '쪽박'은 '작은 바가지'를 가리키는 말인데, 거지들이 이 '쪽박'으로 밥을 얻으러 다녔기 때문에 비롯된 말인 것이다. '바가지'라는 말도 '박'에 '작은 것'을 가리키는 접미사 '-아지'가 결합된 말이지만, '쪽박'의 '쪽'도 '작은'을 뜻하는 접두사이다. '쪽문', '쪽담', '쪽배', '쪽가위', '쪽지'같이 쓰였다.

'쪽박산'은 서울시 강남구 대치동 현대아파트 자리에 있었던 산 이름이다. 우면산 줄기에 형성된 이 산은 1970년대 강남 도시 개발로 인해 대규모 아파트 단지가 들어서면서 흔적도 없이 사라졌다. 사람들은 쪽박산 이름처럼 작은 산은 손쉽게 밀어버리고 대신 고층 빌딩과 아파트를 세우면서 강남권을 대표하는 주거단지를 만든 것이다. 본래 '큰 고개' 밑에 있어 '한티(또는 한터)'라 불렸던 마을은 '대치동(大峙: 큰 대, 고개치)'이라는 한자 이름으로 살아남았지만 '쪽박산'은 이름과 함께 영 사라지고 만 것이다.

예전에도 이 지역 사람들은 쪽박산에 둘러싸여 답답하고, 비가 많이 내리면 탄천과 양재천이 자주 범람하여 농사가 제대로 되지 않자 쪽박산이 없어져야 부자마을이 되고, 부자마을이 될 수 있는 터는 한티마을뿐이라고 믿었다고 한다(『한국향토문화전자대전』). 원래는 작은 바가지를 엎어 놓은 것 같은 산의 모양새를 두고 소박하게 붙여진 이름 '쪽박산'에 대해 마을 사람들이 부정적인 인식을 갖고 있었음을 엿볼 수 있다. 그렇다고 해도 '쪽박산'이 없어져서 대치동이 '대박' 났다는 논리는 '억지풍수'에 불과하다고 해야 할 것이다. 애초에 '쪽박산' 없이도 대박 난 곳이 한두 군데가 아니기 때문이다.

『서울지명사전』에는 모두 네 곳의 '쪽박산'이 수록되어 있다. 이 중 서초구 방배동에 있던 '쪽박산'은 '똥그랑산'이라고도 했다고 소개되어 있다. 서초구 홈페이지에서는 "쪽박 엎어 놓은 것 같다 하여 쪽박산"이라고 설명하고 있다. 이로써 보면 방배동 '쪽박산'은 쪽박을 엎어 놓은 것처럼 동그랗게 생긴 데서 유래된 이름인 것을 알 수 있다. 양천구 신정동에 있던 '쪽박산'은 '단산', '당산', '신정산' 등 다른 여러 이름으로도 불렸다. 이 중 '단산(丹山)'은 나무가 없는 벌거벗은 둥근 산을 뜻한다고 하고, '쪽박산'은 모양이 쪽박처럼 생겨서 붙여진 이름이라고 한다. 이 산은 경기도 광주에서 떠내려왔다는 전설도 있는데, 이는 외따로 떨어져 있는 동산에 흔히 따라붙는 이야기이기도 하다. 전국적으로 쪽박산은 많은데 대개 '쪽박처럼 생겼다'든지 '쪽박을 엎어 놓은 것처럼 생겼다'는 설명이다.

이 '쪽박산'의 반대말이라 할 수 있는 것으로 '대박산'이 있다. 전남 나주시 다시면 문동리와 신석리 · 가흥리의 경계에 있는 대박산(大朴山)은 높이 55m의 낮은 산지다. 『한국지명유래집』에는 "백룡산 자락이 남쪽으로 내려서다 둔덕을 이룬다. 대박은 봉우리가 바가지 모양이라는 뜻을 지니며, '태봉산(台峯山)'이란 별명도 있다'고 되어 있다. 생각 밖으로 아주 낮은 산지에 '대박' 이름이 붙은 것을 볼 수 있다. 『한국지명유래집』에는 '한박산' 지명도 소개되어 있는데, "나주시의 이창동 관할 대기동 대박 마을 뒷산이다(73m). 덕룡산에서 북서쪽으로 이어진 능선이 기동 득살뫼에서 꿀봉산을 거쳐 연결된 산이다. 서쪽 여시받등(한고샅)을 거쳐 쇠전머리로 내리면서 대박 마을을 감싸주고 있다. (…) 『호구총수』에 지량면 대박촌(大朴村)이 기록되어 있다. 한박은 함박으로도 칭하고 큰 산을 뜻하며, 대박이라고도 한다"는 설명이다. '대박'이 마을 이름으로도 쓰였는데, 원래는 '한박'이었음을 알 수 있다. 그러니까 원래 '큰 바가지'를 뜻하는 '한박'이 '함박'으로도 변하고 한자 표기는 '대박'으로 했다고 볼 수 있다.

『한국지명유래집』에서는 '한박'이 '큰 산'을 뜻한다고 했는데, '한박(함박)'은 어원적으로는 두 가지로 해석할 수 있다. 하나는 '큰 바가지'를 뜻하는 '한박'으로 보는 것이고, 다른 하나는 '박'을 '밝다'의 어간 '밝'으로 보아 '한박산'을 '한밝뫼' 곧 '크고 밝은 산'으로 보는 것이다. 함박산, 함백산 지명은 여럿 있는데 연구자들은 대체로 이를 '한밝뫼'로 보고 '크고 신령스러운 산'의 이름으로 본다. 나주의 '한박산' 곧 '대박산'은 낮고 평범한 마을 뒷산을 가리키는 이름이고 보면 '큰 바가지'의 뜻으로 해석하는 것이 자연스럽다. 우리가 보통 '대박이 나다' '대박을 터뜨리다'라고 말하는 '대박' 역시 '큰 바가지'의 뜻으로 해석하는 것이 자연스럽다. 흥부가 탄 박처럼 말이다. 사전에는 '대박'이 "어떤 일이 크게 이루어짐을 비유적으로 이르는 말"로 나온다.

대박산은 일찍부터 기록에 보인다. 그중 대표적인 것으로는 평양 강동의 '대박산'을 꼽을 수 있다. 『신증동국여지승람』(평안도 강동현)에 대박산(大朴山)은 "현의 북쪽 4리에 있는 진산"으로 "성황사가 대박산에 있다"

고 나온다. 『조선향토대백과』에는 '대박산'이 "평양시 강동군 강동읍의 북서쪽에 있는 산. 우리 민족의 원시조인 단군(박달임금)이 자라고 묻힌 고장이 있는 큰 산이므로 '대박산'이라고 하였다"고 되어 있다, 이는 '대박산'을 '한밝뫼' 곧 '크고 신령스러운 산'으로 해석하고 있음을 보여준다.

오줌싸개 머리에 씌우던 키

키울 · 칭이실 · 치실 · 키산

예전에 민간에서는 밤에 오줌을 가리지 못해 요에 지도를 그리는 어린아이에게 키를 씌워 다른 집으로 소금을 얻으러 보냈다. 그러면 이웃집에서는 그 까닭을 알아차려 소금을 뿌리고 부지깽이 같은 걸로 키를 두드리면서 "다시는 오줌을 싸지 마라" 하고 소리쳤다. 이렇게 하면 나쁜 버릇이 고쳐진다고 믿었던 것이다. 이때 어린아이에게 왜 키를 뒤집어씌웠는지에 대해서는 여러 설이 있는데 그중 하나는 귀신을 쫓기 위해서라는 주장도 있다. 곧 오줌을 가리지 못하는 것을 잡귀가 붙어 장난치는 것으로 믿고 이를 떼어내기 위해 키를 씌워 보냈다는 것이다. 이는 이웃집 사람이 부지깽이로 키를 두드리면서 소리치는 것으로도 입증된다고 한다. 무속에서 더러 장구 대신 나무 채로 키를 긁으면서 무가를 부르는데, 이는 키를 긁는 까칠까칠한 소리가 넋을 달래거나 악귀를 퇴치한다고 믿었기 때문이라고 한다.

키는 대나무를 납작하게 쪼개어 앞은 넓고 편평하게, 뒤는 좁고 우긋하게 짜는데, 앞의 양쪽에 작은 날개를 붙여 바람이 잘 일게 한다. 대가 생산되지 않는 중부 이북에서는 고리버들로 조그마하게 만들어 썼다.

키

키는 기본적으로 곡식에 섞인 쭉정이, 검불, 티끌 등의 불순물을 제거하는 데 쓰는 용구이다. 곡식을 담아 위아래로 흔들어주면 가벼운 쭉정이는 바람에 날아가거나 앞부분에 남고, 무거운 것은 뒤로 모여 구분할 수 있다. 이를 '키질'이라 하는데, 나비 날개 치듯 부쳐서 바람을 낸다 하여 '나비질'이라고도 한다.

이렇게 키를 위아래로 흔들어 곡식의 티나 검불 따위를 날려 버리는 것을 '까부르다'라고 말했다. 이것의 준말이 '까불다'인데, 전의되어 가볍고 조심성 없이 함부로 행동하거나 건방지고 주제넘게 구는 경우에 쓴다. 지금은 "여기가 어디라고 함부로 까불어"같이 말하지만 원래는 '위아래로 흔든다'는 뜻이다. '찧고 까불다'는 말도 마찬가지다. 지금은 "경솔한 소리로 이랬다저랬다 하며 몹시 까불다"라는 뜻으로 쓰지만, 원래는 곡식을 절구로 찧고, 키로 까부르는 행위를 뜻했다. 수확한 벼를 절구에 넣어 찧고 그것을 키에 담아 까불러야 오롯이 쌀을 얻어 밥을 지을 수 있었던 것이다.

'키울'은 경기도 화성시 팔탄면 기천리에 있는 자연마을 이름이다.

한자는 '기곡(箕谷)'으로 썼다. '기(箕)'는 '키 기'이고 '곡(谷)'은 '골 곡'이다. '키울'의 '울'은 '골'에서 변한 말이다. 그러니까 '키울'은 '키골'과 같은 말이고, '기곡'으로 한자화한 것이다. '기천리'는 '하기'와 '사천'의 이름을 따서 합성된 지명이고, '하기'는 키울 아래쪽의 마을이라는 뜻이다. '키울'은 마을을 둘러싸고 있는 산골짜기의 모습이 흡사 '키'를 닮았다 하여 붙여졌다고 한다. 일설에는 예전에 생활이 어려워 건달산에서 싸리나무를 베어다 키를 만들어 팔아 이름 붙여졌다고도 한다.

'칭이실'은 경남 창녕군 길곡면 길곡리의 우리말 이름이다. '칭이'는 '키'의 이 지역 방언이고, '실'은 '골'과 같은 뜻의 우리 옛말이다. 한자로는 조선 시대 내내 '기곡(箕谷)'으로 쓰다가 조선 말에 한자 획수가 적고 뜻이 좋은 '길곡(吉谷)'으로 바꾸었는데, 이는 신라, 고려 때의 이 지역 이름인 '길곡부곡'에서 따온 것이라 한다. 『신증동국여지승람』(경상도 영산현) 고적조에 "길곡부곡이 지금은 기곡(箕谷)이라고 부르는데 현의 동남쪽 20리에 있다"고 나온다.

고적조에서는 이어서 이첨의 「기곡계당기(箕谷谿堂記)」를 인용하고 있는데, "취성 동쪽에 골짜기가 트였는데, 삼면이 높고 그 앞이 좀 낮아 키 모양 같기 때문에 기곡이라 이름하였다"라고 쓰여 있어 이름의 유래까지를 확인할 수 있다. 이첨(1345~1405)은 고려 말 조선 초의 문신이자 문장가이다. 길곡면 홈페이지에는 "'칭이실'은 골짜기가 칭이(키의 이곳 지방말) 모양으로 생겨 붙여진 이름이고 칭이 안쪽인 상길은 부자가 많고, 바깥쪽인 중길은 빈동이라는 속설이 있다"라고 쓰여 있다. 이는 '키'를 까부를 때 바깥쪽으로는 쭉정이나 티끌이 날아가고 안쪽에 알곡이 모이는 특성과 연관 지은 내용이어서 흥미롭다. 이첨의 「기곡계당기」는 이를 군자와 소인에 빗댄 바 있다.

경북 의성군 안평면 기도리는 1914년 행정구역 통폐합에 따라 '기곡'과 '가도'의 이름을 따서 '기도동'이라 한 곳이다. 이 중 '기곡'에 대해 『디지털

의성문화대전』은 "기곡은 치실이라고도 하는데, 치실은 약 500년 전에 의령 옥씨가 개설하면서 마을의 모양이 키[箕]처럼 생겼다고 하여 키실이라고 부르다가, 방언에 따라 치실이라고 하였다. 전설에 따르면, '키'의 밑이 뚫어지면 못산다 하여 샘을 파지 않았다고 한다"라고 쓰고 있다. '키'가 곡식을 담는다는 특성을 풍수지리적으로 적용하고 있는 것을 볼 수 있다.

이는 경남 밀양시 상남면 기산리의 경우도 마찬가지이다. 상남면 홈페이지에는 "기산은 본래 키산(箕山, 키 기)으로 표기했는데 그것은 뒤쪽의 산 형세가 키 모양과 같다고 해서이다. 그러나 키는 앞이 트여 벌어져서 키질을 할 때마다 곡식이 날아가므로 마을의 복과 부가 빠져나가서는 안 된다고 하여 키의 앞쪽에 해당하는 마을 앞을 가로막는다는 뜻에서 기산(岐山, 갈림 기)으로 이름을 바꾸었다 한다. 그리하여 마을 앞에 길게 나무를 심어 숲을 만들었는데, 현재 국도변에 우거진 고목의 숲이 마을의 역사를 말해주고 있다"라고 되어 있다. '키' 지명과 관련한 풍수 비보로 마을 숲까지 조성한 것을 볼 수 있다.

다람쥐(또는 개미) 쳇바퀴 돌듯

채바퀴골 · 쳇망오름 · 채빠꿈이 · 쳇다리산

저녁 바람에 은어가 번득이는 여름철 석양 무렵, 예순도 훨씬 더 넘어 되었을 늙은 체 장수 하나가 쳇바퀴와 바닥감들을 어깨에 걸머지고 화개 장터 옥화네 주막을 찾아왔다. 바로 그 뒤에는 나이 열대여섯 살가량 되어 보이는, 몸매가 호리호리한 소녀 하나가 조그만 보따리를 옆에 끼고 서 있었다. 김동리의 단편소설 「역마」에서 옥화네 일가족이 처음 만나는 장면이다. 나중에 밝혀지는 관계로 보면 체 장수 영감은 서른여섯 해 전 남사당을 꾸며 와 이 장터에서 하룻밤 놀다간 옥화의 아버지요, 소녀는 옥화의 이복동생이 된다. 그들이 머무는 동안 주막집 주인 옥화가 떠돌이 중과의 사이에서 낳은 아들 성기는 이모가 되는 계연을 사랑하게 되고 ……. 체 장수 영감과 계연이 여전히 아무것도 모르는 채 떠나간 뒤 앓아누운 성기는 어머니 옥화를 통해 이런 사실을 알게 되고, 결국 타고난 역마살을 받아들이면서 엿장수가 되어 길을 떠난다. 계연이가 울고 넘어간 구례 쪽과는 반대로 하동 쪽으로 첫걸음을 뗀다.

여기에서 옥화의 아버지는 젊어서는 광대(남사당)를 꾸며 다니기도 했지만 늘그막에 어린 딸과 입에 풀칠하기 위해 체 장수로 나선 길이었다. 체 장수는 말 그대로 체를 팔러 다니는 장수이다. 체는 가루를 곱게 치거나 액체를 거르는 데 쓰는 용구이다. 황희(黃喜, 1363~1452)의 시조에 "대추볼 붉은 골에 밤은 어이 떨어지며 / 벼 벤 그루에 게는 어이 내리는고 / 술 익자 체 장수 지나가니 아니 먹고 어이리"라는 것이 있는데, 술을 거르는 데 체가 필요했음을 알 수 있고 또한 일찍부터 체 장수가 있어 왔음을 알 수 있다. '체'에 관한 옛 기록은 『훈민정음』(해례본)에는 '체(籭)'로, 『사시찬요』에는 '사(篩)'로 표기되어 있는 것으로 보아 상당히 오래전부터 사용한 것으로 보인다.

'다람쥐(또는 개미) 쳇바퀴 돌듯한다'는 말을 더러 쓰는데, 날마다 똑같이 반복되는 일상을 표현할 때나 앞으로 나아가거나 발전하지 못하고 제자리걸음만 하는 것을 표현할 때 쓴다. 쳇바퀴에 다람쥐가 붙은 것은 다람쥐를 애완동물로 기를 때 운동기구이자 놀잇감으로 작은 쳇바퀴를 만들어 주었기 때문이지만 원래의 쳇바퀴는 체의 한 부속품이다.

체는 중요하게 쳇바퀴, 아들바퀴, 쳇불 세 부분으로 이루어진다. 쳇바퀴는 체의 몸이 되는 부분으로 얇게 켠 나무를 둥글게 말고 한쪽을 솔뿌리 또는 실로 꿰매어 원통형으로 만든 것이다. 아들바퀴는 쳇바퀴 안쪽으로 들어가는 바퀴로 쳇불을 고정시키기 위한 것이고, 쳇불은 쳇바퀴에 매어 액체나 가루를 걸러내는 그물로 말총, 명주실, 철사 따위로 짜서 만든 것이다. '말 죽은 데 체 장수 모이듯'이라는 속담도 있는데, 말총을 구하기 위해 말이 죽은 집에 체 장수가 모인다는 뜻으로 남의 사정은 생각지도 않고 자신의 이익만을 채우려 사람들이 모여드는 것을 비유적으로 표현한 것이다. 체는 구멍이 아주 큰 것(어레미, 얼레미, 얼개미, 얼금이, 얼기미)부터 가장 작은 '가는체'까지 여러 종류가 있었다.

민간에서는 체를 악귀를 물리치는 데에 이용하기도 했다. 설날 밤에 야광귀(夜光鬼)라는 귀신이 인간 세상에 내려와 어떤 집에 들어가서 그

집 사람의 신을 신어보고 맞으면 그대로 신고 간다. 신을 잃어버린 사람은 일 년 동안 운수가 나쁘다고 전한다. 그런데 이때 대문 앞에 체를 걸어 두면 야광귀가 밤새 체의 구멍을 세어보다가 신을 미처 신어보지도 못하고 그냥 하늘로 되올라간다는 것이다(『한국민족문화대백과』).

'쳇다리'는 '체받이'라고도 하는데 체로 받거나 거를 때에 그릇 따위에 걸쳐 그 위에 체를 올려놓는 데 쓰는 도구이다. '밭다'는 "건더기와 액체가 섞인 것을 체나 거르기 장치에 따라서 액체만을 따로 받아 내다"는 뜻이다. 쳇다리의 형태는 일정하지 않으나 Y자 모양으로 뿔이 세 개 달린 나무나 나무를 솥뚜껑처럼 둥글고 우묵하게 파고 한가운데에 구멍을 낸 것을 흔히 쓴다. 앞엣것은 가루를 내는 데에, 뒤엣것은 술과 같은 액체를 거를 때에 썼다. 쳇다리는 동이나 함지와 같은 그릇 위에 걸쳐 놓고 썼다.

'쳇바퀴'를 북한에서는 '채바퀴'라 불렀다. 황해북도 연탄군 연탄읍 소재지 동남쪽 미륵동 뒤에 있는 골짜기 '채바퀴골'은 "채바퀴(쳇바퀴)처럼 둥실하게 생겼다. 채박골이라고도 한다"(『조선향토대백과』)는 설명이 다. 강원도 창도군 신성리에 있는 마을 '채바퀴골'은 "지난날 채바퀴(쳇바퀴)를 만드는 사람이 살았다. 채바골이라고도 한다"고 되어 있다. 평안남도 영원군 중삼리 권송바우골 막바지에 딸려 있는 골짜기 '채바퀴골'은 "지난날 채바퀴(쳇바퀴)를 만들었다"고 하고, 평안북도 구성시 금풍리에 있는 골짜기 '채바퀴골'은 "쳇바퀴처럼 생겼다"고 한다.

'쳇바퀴'를 제주도에서는 '쳇망'이라 불렀다. 제주특별자치도 서귀포 시 표선면 가시리 산간에 있는 '쳇망오름'은 "예로부터 쳇망 오름 또는 망체 오름 등으로 부르고, 한자 차용 표기로 천망악(川望岳) 또는 사악(篩岳) 등으로 표기했다. 이 오름은 원뿔 모양의 작은 오름으로, 둥글넓적한 굼부리[분화구]를 거느리고 있다. 그래서 오름 형태가 마치 쳇망[쳇바퀴: 체의 몸이 되는 부분]과 같다는 데서 쳇망 오름 또는 망체 오름이라 불렀다"(『한국향토문화전자대전』)고 한다.

경남 하동군 청암면 중이리는 서북쪽으로 지리산 삼신봉에서 발원한 산줄기가 시루봉을 거쳐 칠성봉으로 이어지고, 동쪽으로는 하동호가 남북 방향으로 길게 펼쳐져 있다. 1993년 완공된 하동댐 때문에 신기와 죽동 마을은 없어지고 현재는 금남, 심답 두 개의 행정 마을로 이루어져 있다. 심답은 골짜기 위 서북쪽 비탈에 자리 잡았는데 자연마을로 깊은골, 채빠꾸미, 논골이 있다. 이 중 채빠꿈이 마을은 지형이 쳇바퀴처럼 생겼다 하여 붙여진 이름이라고 한다(『한국지명유래집』). '빠꿈'은 '바퀴'가 변한 말로 보인다.

강원도 철원군 철원읍에 있는 '채다리산'은 "채다리(쳇다리)처럼 생겼다"(『조선향토대백과』)는 설명이다. 평안북도 선천군 일봉리에 있는 봉우리 '채다리봉'도 "채다리(쳇다리)처럼 생겼다"고 한다. 황해남도 안악군 판륙리의 북쪽에 있는 골짜기 '채다리골' 역시 설명은 같다. 충북 보은군 내북면 탁주리에 있는 '칫도리골'은 "탑자리 남쪽에 있는 골짜기로 모양이 쳇다리와 같다고 함. 쳇도리가 변하여 칫도리가 되었음"(보은문화원 홈페이지)이라는 설명이다.

개다리소반에 닥채 저붐 이 도령의 밥상

소반바위 · 소반뫼 · 반지울 · 반산

우 리가 매일 아침저녁으로 '밥 먹듯이' 마주 대하던 작은 밥상(소반)을 하나의 미술 공예품으로 처음 인식하고 수집 연구한 이는 뜻밖에도 일본인 아사카와 다쿠미(淺川巧, 1891~1931)이다. 그는 먼저 한국에 건너와 조선 도자기 연구에 몰두하던 형 아사카와 노리타카(淺川伯敎)의 영향으로 한국에 정착하여 조선총독부 산림과 공무원(임업시험장 기수)으로 일하면서 조선의 미술 공예품에 열정을 쏟았다. 이들 형제는 야나기 무네요시(柳宗悅)와 함께 조선의 도자기와 목공예품, 금속공예품 등을 모아 1924년 조선민족미술관을 경복궁 내에 건립하는 데에도 큰 기여를 한다. 유명한 민예연구가인 야나기 무네요시가 한국의 공예에 눈뜬 것도 아사카와 형제 덕분이었다고 한다.

아사카와 다쿠미는 나무 심기 방법을 가르치는 산림 강연을 하며 전국을 돌다 얻은 급성 폐렴으로 1931년 마흔한 살의 젊은 나이로 숨져 한국에 묻히게 된다. 망우리 공동묘지(현 망우역사문화공원)에 있는 그의 무덤[애초에는 이문리에 있었다 함] 앞엔 항아리 모양의 돌 조각이 하나 있는데, 그가 세상을 떠나고 1년 뒤 그의 형이 조선백자를 모티브로 삼아 조각한 것이라 한다. 그의 묘비엔 "한국의 산과 민예를 사랑하고 한국인의 마음속에 살다간 일본인 여기 한국의 흙이 되다"라고 적혀 있다.

아사카와 다쿠미는 『朝鮮の膳』[조선의 소반, '膳(선)은 소반임](1929)과 『조선도자명고』(1931) 두 권의 책을 남겼다. 이 중 앞의 책은 조선인이 일상생활에서 가장 친밀하게 대하는 다양한 소반들을 사진과 함께 소개하고 있다. 이 소반들 중 대부분은 조선민족미술관 소장으로 저자가 기부한 것이라 한다. 이 책은 국내 최초의 소반 연구서로 이로부터 소반을 '밥상'이 아니라 하나의 '미술품'으로 바라볼 수 있는 안목을 우리가 갖게 되었다고 할 수 있다. 책엔 이런 대목도 나온다. "지금 하지 않으면 더 많은 소반이 사라지게 될 것을 염려하여 일단 기록하게 되었다." 이때가 1920년대이니까 일제에 강점되면서 우리의 전통적인 밥상은 급속하게 개량되고 본래의 모습을 잃어가고 있었던 것을 알 수 있다. 또한 그가 책에서 마지막 남긴 말은 여러모로 시사하는 바가 크다. "지친 조선이여, 남의 흉내를 내는 것보다 갖고 있는 소중한 것을 잃지 않는다면 언젠가 자신에 가득 찰 날이 오리라. 이 말은 비단 공예의 길에 한한 것만은 아니다."

아사카와 다쿠미는 우리가 쓰는 소반은 "순미단정(純美端正)한 자태를 가져 일상생활에 친히 쓰이고, 쓰면 쓸수록 아미(雅味)를 더한다"고 말하였다. 순박한 아름다움에 단정한 모습을 지니고 있으며 세월이 흐를수록 아취를 더한다는 얘기다. 세월이 흐를수록 아취를 더한다는 것은 오래도록 쓰이면서 닦이고 닦여 윤기가 더한다는 말이다. 그것은 생활 용구만이 갖는 또 다른 아름다움일 것이다.

소반은 작은 상이라는 뜻으로 식기를 받쳐 나르거나 음식을 차려 먹을 때 사용했다. 우리의 주거는 식사를 할 수 있는 공간이 따로 없어 부엌에서 조리된 음식을 방으로 가져와서 먹었는데 소반은 이때 음식을 담아 나르는 쟁반과 식탁의 역할을 겸하였다. 이처럼 소반은 온돌 좌식문화의 단면을 잘 보여주는 대표적인 주방 기구로 계층을 막론하고 널리 사용된 생활필수품이다. 우리의 상차림은 전통적으로 1인 1상을 기본으로 했기 때문에 각 가정에서는 크고 작은 소반이 여럿 필요했다. 손님이 많은 양반집에서는 수십 개의 소반을 갖춰 놓고 사용하였다.

민가에서 일반적으로 쓰이는 소반의 크기는 그 너비가 50cm 내외, 높이도 25~30cm 내외로 사람의 어깨너비를 넘지 않는 아담한 크기이다. 기본 구조는 가로로 편평한 상판과 이를 지탱하는 다리, 그리고 상판과 다리를 연결시켜 견고하게 고정하는 운각이 있다. 상판 가장자리에는 그릇이 미끄러져도 소반 밖으로 떨어지지 않게 하는 변죽(전)이 도드라져 있다. 목재는 주로 은행나무·소나무·느티나무·대추나무·단풍나무·피나무 등이 쓰였는데 이 가운데 특히 은행나무는 가벼운 데다 습기에 강하고 뒤틀림이 적어 소반 제작에 가장 적합한 목재였다. 소반은 기능적으로 물과의 접촉이 많을 수밖에 없는데 방수와 내구성을 높이기 위해 표면에 생칠, 주칠, 흑칠 등의 도장재를 발라 마감한다. 트거나 홈집이 생기는 것을 막고 광택을 얻기 위해 일반 식물성 기름을 여러 번 칠하기도 하였다. 생산지역으로는 경남 통영에서 생산된 통영반, 전남 나주에서 생산된 나주반, 황해도 해주에서 생산된 해주반 등이 유명했다.

소반 중에는 '개다리소반'이라는 특이한 이름의 소반도 있는데, 이는 소반의 다리 형태에 따라 부른 이름 중의 하나이다. 국어사전에 '개다리소반'은 "상다리 모양이 개의 다리처럼 휜 막치 소반"이라고 되어 있다. '막치'는 "되는대로 마구 만들어 질이 낮은 물건"을 뜻한다.

『춘향전』에 변 사또의 생일날 이 도령이 받은 상에는 이 '개다리소반'이 '개상판'으로 나온다. "모 떨어진 개상판에 닥채 저붐, 콩나물, 깍두기, 막걸리 한 사발 놓았구나"라고 되어 있다. '닥채 저붐'은 닥나무의 연한 가지로 만든 젓가락으로 '저붐'은 젓가락의 사투리이다. 이로써 보면 '개다리소반'은 하인상으로나 쓰는 아주 질 낮은 소반으로 이해하기 쉽다.

그러나 실제적으로 '개다리소반'은 디자인이 아주 세련된 값비싼 고급 소반이었다고 한다. 반면을 받치고 있는 다리의 어깨가 밖으로 휘어졌다가 다시 안으로 구부러져 유연한 S자형을 이루는 개다리소반은 윗부분이 굵고, 하단으로 내려오면서 가늘어짐에도 불구하고 튼튼하고 안정감 있게 보인다. 우아한 현대 감각을 연상시키는 개다리소반은 실제 중상류 계층에서 사용하던 고급 소반이었다고 한다. 단지 '개다리(狗足, 구족)'라는 말의 어감 때문에 물건의 질까지 낮추어 보는 오해가 생긴 것이다. 이 소반은 충주지방에서 주로 만들어져 '충주반'이라고도 했다.

'소반바위'는 서울 종로구 옥인동 47번지 부근 송석원(松石園) 뒤에 있던 바위로서, 모양이 소반처럼 생긴 데서 유래된 이름이라고 한다(『서울지명사전』). 서초구 우면동 큰말 뒷산에 있는 '소반바위' 역시 바위 모양이 소반처럼 생긴 데서 유래된 이름이라고 한다. 이 바위 밑에 있던 골짜기를 '소반바위골'이라 부르기도 했다. 전북 고창군 아산면 반암리는 소반바위가 있으므로 '소반바우' 또는 '반암'이라 하였다. '반'은 '소반 반(盤)'자이다. 전설에 따르면, 마을에 결혼식이 있던 날 신선이 말을 타고 선인봉에 내려왔다. 신선은 옥녀의 거문고 소리와 술맛에 취하여 등잔을 밝히면서까지 술을 마시다가 결국 그 자리에 쓰러졌는데 쓰러지면서 술상을 발로 차버렸다. 그때 그 술상이 굴러 소반바위가 되었다고 한다(『한국향토문화전자대전』).

경북 문경시 산양면 반곡2리 '반암(盤岩)'은 산모퉁이에 소반같이 생긴 큰 바위가 있는 마을이라 하여 '반암' 또는 '한바우[큰 바위라는 뜻]'라 하였다고 한다. 전설에 의하면 옛날 마귀 할머니가 아기를 재우기 위하여 큰 반석에 고임돌을 놓아 그늘을 만들었는데 그 모양이 소반같이 생겼다고 하여 반암이라 불렀다고도 한다. 그런데 재미있는 것은 이 큰 바위가 선사시대의 지석묘라는 사실이다. 그렇게 보면 돌로 넓적한 상판을 받친

'고인돌'은 '소반'을 닮기도 했다.

　충남 부여군 규암면의 중부에 위치한 반산리는 마을 산이 소반 형태라 지어진 이름이다. '반산(盤山)'은 '소반뫼'라 불렸다. 충북 증평군 도안면 광덕리 '반산'은 '반지울' 뒤[북쪽]에 있는 산으로 '반'은 '소반'을 뜻한다. '반산'은 '소반처럼 평평하고 밋밋한 산'으로 풀이하고 있다(증평문화원). '반지울'에서 '반지'는 반지(盤地)로 '소반처럼 평평하고 밋밋한 땅'을, '울'은 '골'을 뜻하는 것으로 본다. 따라서 '반지울'은 '소반처럼 평평하고 밋밋한 땅으로 된 마을'로 풀이한다.

　서울 중구 만리동1가에 있던 봉우리 '소반봉'은 "소반과 같이 납작하게 생긴 데서 유래된 이름인데, 온 봉우리가 서울역 터를 고르는데 모두 쓰여 없어졌다"(『서울지명사전』)고 한다. 충남 천안시 동남구 병천면 도원리에 있는 '소반봉'은 "울바위 뒤쪽에 있는 봉우리 모양이 소반과 같다"고 한다. 황해남도 태탄군 부양리 서쪽 용연군 남창리와의 경계에 있는 산 '소반산'은 소반처럼 생겼다 하여 소반산이라고 불렀다 한다(『조선향토대백과』). 소반 지명은 대체로 지형이 소반처럼 편평하고 밋밋하게 생겨서 붙인 이름으로 볼 수 있다.

　충남 천안시 동남구 광덕면 지장리에 있는 마을 '소반점'은 '소반곡', '반곡'이라고도 했는데, 소반을 만드는 집이 있었다고 한다. 황해북도 개성시 덕암동의 북쪽에 있는 마을 '소반동'은 "지난날 마을에서 소반을 만들어 팔았다. 반현동이라고도 한다"는 설명이다. 또 이곳 소반동에서 용흥동으로 넘어가는 고개를 소반고개, 반현이라 부르기도 했다.

구례 운조루를 빛낸 통나무 뒤주

뒤주골 · 두지골 · 두지터 · 뒤주바위

전남 구례군 토지면 운조루길 59(오미리)에 있는 '구례 운조루 고택'은 국가민속문화재 제8호로 지정되어 있다. 조선 중기의 집으로 영조 52년(1776)에 삼수부사를 지낸 유이주(1726~1797)가 지었다고 한다. 풍수지리설에 의하면 이곳은 금구몰니형(金龜沒泥形) 명당자리로 유명하다. 집의 구성은 총 55칸의 목조 기와집으로 사랑채, 안채, 행랑채, 사당으로 구성되어 있는데, 조선 시대 양반집의 전형적인 건축 양식을 보여주고 있는 건물로 호남지방에서는 보기 드문 예라고 한다.

이 집에서는 사랑채 서쪽에 위치한 누마루를 '운조루'라 불렀는데 말하자면 택호인 셈이다. '운조루'라는 말은 '구름 속의 새처럼 숨어 사는 집'이란 뜻과 함께 '구름 위를 나르는 새가 사는 빼어난 집'이란 뜻도 지니고 있다. 그러나 본디 이 집의 이름은 중국의 도연명이 지은 「귀거래혜사」에서 따온 것이다. '구름은 무심히 산골짜기에 피어오르고, 새들은 날기에 지쳐 둥우리로 돌아오네'라는 구절에서 첫머리 두 글자(구름, 새)를 취해 이름을 지었다고 전해진다.

그런데 이 운조루를 호남의 명가로 빛낸 데에는 통나무 쌀뒤주가 큰 못을 해서 눈길을 끈다. 이 집에는 모양도 독특한 쌀뒤주 하나가 곳간채에 남아 있는데, 덩치 큰 통나무의 속을 비워 내고 만든 원통형 뒤주이다. 이 뒤주의 아랫부분에는 직사각형 구멍을 만들어 놓고, 그 구멍을 여닫는 마개에다가 '타인능해(他人能解)'라는 글귀를 써 놓았다. 그 말은 다른 사람 곧 이 집 사람이 아닌 누구라도 마음대로 이 마개를 열 수 있다는 뜻이다. 그러니까 밥할 쌀이 없는 사람은 누구라도 와서 이 뒤주의 쌀을 가져가도 좋다는 것이다. 뒤주도 주인과 얼굴이 마주치지 않아도 되는, 안채로 들어가는 문간에 놓아 쌀을 퍼 가는 사람의 자존심을 배려했다고 한다.

이 뒤주에 들어가는 쌀의 용량은 두 가마 반이었다고 한다. 문화 유씨 가문에 전해 오는 얘기로는 주인장은 매달 그믐날이면 뒤주를 확인했다고 한다. 언젠가는 뒤주를 열어보고 쌀이 많이 남아 있어 며느리를 불러 "뒤주에 쌀이 남아 있다는 것은 덕을 베풀지 않았다는 증거이므로 당장 사람들에게 나누어 주라"고 말하고, 매달 그믐날에는 쌀이 한 톨도 남아 있지 않게 하라고까지 당부했다고 한다. 옛날에 운조루에서는 해마다 200가마의 쌀을 수확했다고 하는데 그중 매달 두 가마 반이면 일 년에 36가마 분량을 굶주리는 사람들에게 적선한 셈이다. 경주의 만석꾼 최부 잣집도 "사방 백 리 안에 굶어 죽는 이 없도록 살펴라"라는 유훈이 있었다고 하는데, 구례 운조루도 현대로 말하면 '노블레스 오블리주(Noblesse Oblige)'를 앞서 실천한 것이다.

구례 운조루의 사람을 살린 뒤주와는 반대로 사람을 죽이는 데 이용된 뒤주가 역사에 있었음을 우리는 잘 알고 있다. 어쩌면 '뒤주'라는 말을 이 사건을 통해 알았을 정도로 유명한 '뒤주사변'을 역사는 '임오화변'으로 부르고 있다. 곧 영조 38년 윤5월 정조의 생부인 사도 세자가 창경궁 안 휘령전(현 문정전)에서 폐서인 되어 뒤주에 갇혀 8일 만에 굶어 죽은 변고를 가리킨다. 말이 변고이지 사실상 살인이고 그것도 아버지가 아들

운조루 뒤주

을 죽인 반인륜적인 사건으로 두고두고 많은 논쟁을 불러일으켰다. 이때 아들을 굶겨 죽인 살인의 기구로 이용된 것이 바로 쌀뒤주여서 더욱 아이러니한 이 사건은 많은 사람들에게 '뒤주'라는 말의 이미지를 강렬하게 새겨 놓기도 했다.

실록에서는 '뒤주'라는 말을 쓰지 않고 있다. 그것이 비근한 물건이어서인지 아니면 그 말을 직접 입에 올리기가 민망해서인지 '뒤주'라는 말을 쓰지 않고 돌려서 표현한 것을 볼 수 있다. 사도 세자를 뒤주에 가둔 당일(영조 38년 윤5월 13일, 1762년)의 기록에서도 뒤주에 가둔 사실을 "드디어 세자를 깊이 가두라고 명하였는데(遂命世子幽囚, 수명세자유수)"라고 쓰고 있다. 이후의 기록에서도 '뒤주'를 '일물(一物)'이라 표현하고 있는 것을 볼 수 있는데, '일물'은 '하나의 물품'이라는 뜻으로 사도 세자가 갇혀 죽었다고 하는 목궤(木櫃, 함 궤)를 가리키는 것이다. 영조 자신도 "일물(一物) 두 자는 나도 모르게 뼛속이 서늘해진다"라고 말한 기록이 있는데, 어쨌든 '뒤주'라는 말을 직접 입에 올리기를 극히 꺼렸던 것을 볼 수 있다.

이에 비해 사도 세자의 부인인 혜경궁 홍씨가 쓴 회고록『한중록』에는 '쌀 담는 궤'라는 표현이 보인다. "신시[오후 3~5시] 전후 즈음에 내관이 드러와 밧소주방 쌀 담는 궤를 내라 한다 하니 어쩐 말인고 (저들도) 황황하여 내지 못하고"라고 되어 있다. '밧소주방'은 '외소주방'으로, '소주방'은 대궐 안의 음식을 만들던 곳이다. 그런데 밧소주방의 뒤주는 크기가 작아 쓸 수가 없이 다시 어영청에서 쓰는 큰 뒤주를 들여왔고, 사도 세자는 큰 저항 없이 뒤주에 들어갔다고 한다. 또 혜경궁 홍씨는 뒤주의 착상은 영조 자신이 한 것이지 자신의 친정아버지 홍봉한의 머리에서 나온 것이 아니라고 주장하기도 해서 눈길을 끈다.

뒤주의 일반적인 형태는 네모반듯한 상자형으로, 곡물의 무게를 지탱할 수 있도록 두꺼운 궤짝처럼 견고하게 제작했다. 쥐나 해충으로부터의 피해를 막기 위해 네 귀퉁이에 다리가 달려 있고, 뚜껑은 위에서 젖혀서 열고 닫을 수 있는 위닫이 형태로 이곳에 장석을 달아 자물쇠를 채운다. 쌀뒤주의 경우 쌀 한두 가마를 담을 수 있는 것이 보통이다. 뒤주는 두주(斗廚), 도궤(度櫃), 두도(斗度) 등으로도 썼고 지역에 따라 두지, 뒤지, 두태통, 둑집 등으로 부르기도 했다. 나무로 지은 창고 형태의 뒤주는 뒤주간으로 부르기도 했다.

지리산 북쪽 칠선계곡의 초입 해발 600m에 자리 잡은, 오지 중의 오지 '두지터'는 행정구역상으로는 경남 함양군 마천면 추성리 두지동이다.『신증동국여지승람』의 함양군 형승조에는 "산속에 옛 성이 있는데 하나는 추성(楸城)이고, 하나는 박회성이라 일컫는다. 의탄소와 5·6리 거리인데 우마가 능히 가지 못하는 곳이나, 창고 터가 완연히 남아 있다. 세간에서 신라가 백제를 방어하던 곳이라 전한다"라고 되어 있다.『문화유적총람』(1977)에는 성의 축조 연대는 미상이나 신라가 가락국을 침범할 때 가락국 양왕[구형왕]이 군마를 이끌고 추성산성으로 피난하여 군마를 훈련시켰다고 기록되어 있다.

추성리의 '두지터'는 옛날에 군량미를 보관하던 식량 창고가 있던 '뒤주'에서 유래한 지명으로 전해진다. '두지터'는 '두지(뒤주)'가 있던 '터'라는 뜻으로 이때의 뒤주는 목궤(나무 상자) 형태라기보다는 작은 창고 형태의 뒤주였을 것으로 짐작된다. 경주시 율동의 자연마을 '두대(斗垈)'는 신라 때 장씨 성을 가진 만석꾼이 백토산에 올라가 마을을 굽어보니 지세가 쌀뒤주같이 생겼다고 하여 붙인 이름이라 한다. 두대의 '대(垈)'는 '터 대' 자이다. 황해북도 수안군 용현리 소재지의 동북쪽에 있는 마을 '두대동'은 '두지터'라고도 불렸다.

충남 금산군 진산면 두지리는 대부분의 지역이 평지로 이루어져 있는 전형적인 농촌 마을이다. 마을의 지형이 뒤주처럼 생겨 두지골·두동동으로 불렸던 곳이다. 한자는 두지리(斗芝里)로 썼는데 '뒤주'를 한자의 음을 빌려 표기한 것이다. 전북 순창군 풍산면 두승리에 있는 두지(斗池) 마을은 "처음에 김녕 김씨 한 사람이 조용하고 풍요로운 곳을 찾아다니다가 정착을 한 후, 마을 앞 연못 모양이 쌀뒤주처럼 생겼다고 하여 뒤주굴이라 불러오다 행정구역 개편에 따라 두지 마을로 개칭하고 현재에 이른다" (『한국향토문화전자대전』)고 한다.

양강도 김형직군의 북쪽에 위치해 있는 '두지리'는 북쪽은 압록강을 사이에 두고 중국 임강현 7도구와 마주하고 있다. 본래 평안북도 후창군 부성면의 지역으로서 쌀두지(쌀뒤주)와 같이 쌀이 많이 생산되는 곳에 있는 마을이라 하여 두지동이라 하였다고 한다(『조선향토대백과』). 황해북도 신평군 추란전리의 동남쪽 두지산 아래에 있는 마을 두지동(斗庋洞)은 "농사가 잘되어 쌀뒤주마을이라 하던 것이 두지로 변했다는 설이 있다"고 한다.

황해남도 청단군 삼정리 옛 이름 두동리(斗洞里)는 '두지골'을 한자로 표기하면서 두동리라 하였다. 지난날 뒤주(창고)가 있었다 하여 두지골이라 하였다고 한다(『조선향토대백과』). 양강도 혜산시 장안리 남쪽에 있는 골짜기 '두지골'은 "뒤주에 식량이 그득그득 차도록 작황이 좋은 비옥한 밭이 있다는 뜻에서 두지골이라 하였다"고 한다. 강원도 창도군 교주리 '뒤주바위골'은 "골 안에 뒤주처럼 생긴 바위가 있다. 뒤주바위골이라고도 한다"는 설명이다.

부엉이 방구통으로 만든 됫박

됫박산 · 됫박고개 · 되골

'**부** 엉이 방구통'은 소나무 가지에 큰 혹처럼 둥글게 맺힌 나무 둥치를 부르던 말이다. 부엉이가 소나무에 앉아 방귀를 뀌면 너무 독해서 그 자리에 혹부리 영감의 혹처럼 커다란 혹이 생긴다고 해서 그렇게 불렀다고도 하는데 사실은 소나무 혹병으로 생긴 것이다. 이 혹은 참나무에 있는 병원균이 바람에 날려 소나무에 붙어 자라는 것으로 공기와 토질, 기후 조건 등이 맞아떨어져야 만들어진다고 한다. 큰 것은 타원형으로 30cm 이상으로 자라면서 기묘한 형상을 이루기도 한다. 사전에는 '부엉이방귀'가 '옹두리'의 충청 방언으로 나오는데, '옹두리'는 나뭇가지가 부러지거나 상한 자리에 결이 맺혀 혹처럼 불퉁해진 것을 가리킨다.

'부엉이 방구통'을 한자로는 행운과 복을 가져다주는 나무라는 뜻으로 복력목(福力木)이라 썼다. 부엉이 방구통으로는 여러 가지 목공예품을 만들어 썼는데, 대표적인 것으로 '부엉이 방구 됫박'이 있다. 큰 부엉이 방구통을 반으로 가르고 속을 파내 뒤주에 넣고 쌀바가지로 사용한 것이다. 그러면 화수분처럼 쌀이 줄지 않아 부자가 된다고 믿었다. 이것은 내 복이 새어 나간다고 하여 절대 남에게 주지 않았고, 아들, 딸의 혼사에 제일 먼저 내주는 혼수 예물이기도 하였다. 예로부터 부엉이는 부의 상징성이 있는 것으로 보았다. '부엉이살림'은 "자기도 모르는 사이에 부쩍부쩍 느는 살림을 비유적으로 이르는 말"이다. 부엉이가 생태적으로 둥지에 먹잇감을 물어다 쌓아두는 데서 비롯된 것으로 보인다.

「다시 찾은 뒷박」은 달리 「딸년은 도둑년」이라 부르기도 했는데, 경기도 부천시 중동에서 뒷박과 관련하여 전해 내려오는 이야기(설화)이다. "옛날에 어떤 시어머니가 죽으면서 며느리에게 유언으로, 자기가 죽거든 쌀 뒷박을 감추라고 하면서 눈을 감았다. 그런데 시집간 딸이 문밖에서 이것을 엿듣고 광으로 먼저 가서 뒷박을 훔쳐 강 건너 자기네 집으로 가버렸다. 이렇게 되자 뒷박을 가져간 딸네는 재산이 불기 시작하고 아들네는 재산이 기울기 시작하였다. 그러던 어느 날 며느리의 꿈에 시어머니가 나타나 어찌하여 그 쌀 뒷박을 시누이에게 빼앗겼느냐고 하면서 집에서 키우는 개와 고양이를 풀어놓으라고 하였다. 며느리가 시어머니가 일러준 묘책대로 개와 고양이를 풀어놓으니, 개가 고양이를 등에 업고 강을 건너가 빼앗겼던 쌀 뒷박을 도로 찾아왔다. 다음날 시누이가 와서 왜 쌀 뒷박을 훔쳐갔느냐고 오히려 따졌지만 어쩔 수가 없었다. 이렇게 다시 뒷박을 되찾자 시누이네는 재산이 기울고 아들네는 다시 부자가 되었다"(『부천시사』)는 이야기다.

'딸년은 도둑년'이라는 말과도 관련이 깊어 보이는데, 시누이는 탐욕스런 행동으로 잠시 부유함을 누렸으나 하늘의 징계를 의미하는 시어머니의 묘책으로 재산이 기울 수밖에 없었다. 여기서 '뒷박'은 화수분 같은 부의 상징으로 그려지고 있다. '화수분'은 "재물이 계속 나오는 보물단지"로, 그 안에 온갖 물건을 담아 두면 끝없이 새끼를 쳐 그 내용물이 줄어들지 않는다는 설화상의 단지를 이른다. 이 설화에서 신기한 뒷박은 쌀을 쏟아부으면 다시 가득 채워지기를 바라는 서민들의 마음이 투영된 그릇이다.

'됫박'은 두 가지 뜻으로 읽을 수 있다. 하나는 '되'를 속되게 이르는 말이고, 다른 하나는 '되' 대신 쓰는 바가지라는 뜻이다. '되'는 곡식 따위를 담아 분량을 헤아리는 데 쓰는 그릇으로, 주로 사각형 모양의 나무로 되어 있다. 한자는 '승(升)'으로 썼다. 한 되는 한 말의 10분의 1이고, 한 홉의 열 배로 약 1.8리터에 해당한다. "되로 주고 말로 받는다"는 속담은 "조금 주고 그 대가로 몇 곱절이나 많이 받는 경우를 비유적으로 이르는 말"이다.

'됫박'을 "'되' 대신 쓰는 바가지"라는 뜻으로 쓸 경우 '됫박'은 둥근 형태가 된다. '바가지'는 둥근 박을 두 쪽으로 쪼개 물을 푸거나 물건을 담는 그릇으로 썼던 것이다. '됫박'을 '됫바가지'라고도 했는데, '되'를 나무로 사각형으로 짜서 만드는 것보다 그와 비슷한 양을 담을 수 있는 바가지로 '되'를 대신하는 것이 보다 편하고 쉬웠기 때문에 생겨난 것으로 보인다. 됫박을 엎어 놓은 것처럼 생긴 이마를 '됫박이마'라 불렀는데, '됫박'의 둥근 형태에 빗댄 표현이다. 무당벌레를 '됫박벌레'라 부르기도 했는데 이 역시 무당벌레의 등딱지가 바가지를 엎어 놓은 것처럼 생겨 붙여진 이름이다.

'됫박산'은 다른 이름으로 '동그란산'으로 불렸는데, 충남 보령시 신흑동에 있는 산 이름이다. "갈벌들과 새마을 사이에 있는 산으로 간척사업 이전에는 간조 때 육지와 연결되는 섬이었다. 됫박을 엎어 놓은 모양이었으나 모두 파헤쳐져 택지로 조성되었다"(보령시 홈페이지)고 한다. 또 다른 '됫박산'은 충남 청양군 장평면 화산리에 있는데, "장구맥이 뒷산으로 그 모양이 됫박을 뒤집어 놓은 모양"이라고 한다.

'됫박산'은 경기도 평택시 합정동에 있는 자연마을 통미의 서쪽 끄트머리에 있던 작은 구릉이다. 워낙 산이 없는 평지다 보니 낮은 구릉을 산이라 불렀다. 1843년 『진위읍지』에는 오산(烏山)이라고 기록되었다. '오산'은 오미(외뫼)의 한자 표기로 보이는데, 일반적으로 평지에 외따로 솟아 있는 작은 산을 이르던 말이다. 천지개벽 때 떠내려왔다는 전설도 있고 보면 이런 추측이 신빙성이 있다. 뒤에 생긴 이름 '됫박산'은 됫박을 엎어 놓은 것처럼 작아 불리게 되었다고 한다.

경기도 파주의 대표적인 고개는 광탄면 용미리에서 고양시 고양동으로 넘어가는 혜음령과 광탄면 영장리에서 고양시로 넘어가는 '됫박고개'를 들 수 있다. 이 중 '됫박고개'는 일명 '파주의 한계령'이라 불릴 정도로 꽤나 가파르다. 이름의 유래는 됫박처럼 고개가 가파르기 때문이라는 설과 영조와 관련된 설 등이 있다. 후자는 영조가 생모 숙빈 최씨의 묘소인 소령원과 원찰인 보광사를 다닐 때 가마꾼들이 고생하는 게 안쓰러워 고개가 낮아지도록 '더 파라'고 명해 '더파기 고개'였는데 음이 변해 됫박고개가 되었다는 설이다. 당시 『승정원일기』에는 '덕파령(德坡嶺)' 지명이 보이는데, 일반적으로 '덕파령'은 '큰 고개'라는 뜻으로 해석할 수 있다.

전북 장수군 번암면 노단리 신기마을에는 '되골' 지명이 있다. 장수문화원 지명 유래에는 "두동마을과 신기마을의 중간쯤에 있는 골짜기로 됫박 형국이라 붙은 이름이라 하며 되골과 말골, 섬들 등의 지명은 곡물의 양의 단위인 되, 말, 섬 등과 연계되어 있다"고 되어 있다. '섬'은 "곡식 따위를 담기 위하여 짚으로 엮어 만든 그릇"을 뜻하는데, 부피의 단위로 쓸 때는 한 섬은 한 말의 열 배로 약 180리터에 해당한다. 이곳 '되' 지명은 부피의 단위인 '되', '말', '섬'이 한데 쓰여 신빙성이 높다.

벌레 먹은 돌로 만든 맷돌

맷돌머루 · 맷돌바위 · 맷돌산 · 망돌산

‘**벌**레 먹은 돌’이라는 말은 표현이 재미있다. 단단하고 영양가 없는 돌을 벌레가 먹다니 기이하게도 느껴진다. 그러나 이는 실제로 벌레가 돌을 먹었다는 뜻이 아니라 돌이 벌레가 먹은 것처럼 생겼다는, 말하자면 비유적인 표현이다. 도대체 돌이 어떻게 생겼기에 벌레가 먹었다고 표현한 것일까. 그것은 표면이 벌레 먹은 것처럼 작은 구멍이 많은 돌을 가리킨 것으로, 바로 화산 활동으로 생긴 ‘현무암’이다. 제주도 사람들은 그것을 ‘벌레 먹은 검은 돌’이라고 불렀는데, 현무암이 검은색을 띠었기 때문이다. 현무암의 한자 ‘현(玄)’도 ‘검을 현’ 자이다. 현무암에 있는 구멍은 용암이 굳을 때 가스가 빠져나가면서 생긴 것이라 한다.

강원도 철원군에는 이와 관련한 민담이 있기도 하다. 후고구려의 궁예는 자신의 학정에 견디다 못한 백성들이 들고일어나자 “한탄강 가의 고석(蠱石)에 좀이 슬면 물러나겠다”라고 하였고, 이튿날 돌에 뚫린 구멍을 본 사람들이 하늘의 뜻으로 여기고 궁예를 몰아냈다는 내용이다. 여기서 ‘고석’은 “화산의 용암이 갑자기 식어서 생긴, 구멍이 많고 가벼운 돌”을 뜻하는 말이다. 어쨌든 '벌레 먹은 돌'을 '좀이 슨 돌'로 구체적으로 표현한 것도 재미있다. '좀'은 옷을 갉아 먹어 구멍을 내는 벌레이다. 그런데 이렇듯 별 쓸모없이 보이는 현무암이 생활 용구로 요긴하게 사용되기도 해서 흥미롭다. 바로 맷돌인데, 현무암의 구멍 뚫리고 오톨도톨한

맷돌

표면을 곡식을 가는 용구인 맷돌에 이용한 것이다.

잘 알다시피 맷돌은 아래짝(수맷돌)과 위짝(암맷돌)을 같은 크기로 만들고, 아래짝에는 한가운데에 수쇠, 위짝에는 암쇠를 박아 넣어 매(맷돌)를 돌릴 때 벗어나지 않게 한다. 그리고 위짝에는 매를 돌리는 맷손(손잡이)을 박는 홈과 곡식을 넣는 구멍을 낸다. 일반적인 맷돌은 곡식이 잘 갈리게 하기 위해 아래짝과 위짝이 접하는 면을 오톨도톨하게 쪼거나 홈을 파지만 현무암으로 만든 맷돌은 이미 표면이 거칠기 때문에 쫄 필요가 없는 것이다. 그래서 예로부터 맷돌의 명산지로는 현무암이 많이

나는 지역이 꼽혔는데, 오래전 옛날에 화산 활동이 있었던 지역이다.

황해도 〈맷돌노래〉는 "신계 곡산 괴석매야/ 영안 배천 숙석매야/ 어석 버석 잘도 먹네/ 어서 갈고 어서 자세"로 이어지는데, "어석 버석 잘도 먹네"는 맷돌을 입에 견준 것으로, '잘 갈린다'는 뜻이다. 맷돌은 위로 먹고 옆으로 나온다고도 표현한다. 이 노래에서 '신계 곡산'은 황해북도에 있는 지명들인데, 현무암 용암대지로 이름난 곳이다. '신계곡산용암대지'로 부르는데 일명 '미루벌'이라고 한다. '용암대지'는 "고온의 현무암질 화산의 용암이 대량으로 유출되어 형성된 평탄한 대지"로 '현무암대지'라고도 한다. 이곳은 '철원평강용암대지'와 함께 한반도 중부의 특징적인 신생대 화산 활동 지역이다.

'신계 곡산 괴석매'에서 '괴석매'는 '고석매'를 가리킨다. '고석'은 위에서 말한 대로 구멍 난 현무암을 뜻하고 '매'는 '맷돌'이라는 뜻이다. 한자는 '蠱石(고석)'으로 썼는데, '고(蠱)'는 그릇 속에 많은 벌레를 넣어둔 모양으로 '벌레'를 뜻한 것이다. 그렇게 보면 '고석'은 '벌레 먹은 돌'과 의미상 통하는 말이다. 이에 비해 '영안 배천(백천) 숙석매'에서 '숙석(熟石)'은 '석공이 잘 다듬은 돌'이라는 뜻이다. 그러니까 영안 백천 지역은 돌의 재료보다는 장인의 맷돌 만드는 기술이 뛰어났다는 뜻으로 읽을 수 있다.

'철원평강용암대지'에 속하는 철원 또한 예로부터 '고석매'로 이름난 곳이다. 철원이 맷돌로 이름난 것은 철원에서 나는 현무암 덕분인 것은 말할 것도 없다. 철원 지역의 현무암은 신생기 제4기 때의 화산 폭발로 생겼는데, 철원의 현무암은 제주도의 현무암보다 무겁고 단단하다는 특징을 띠고 있어 맷돌의 재질로 안성맞춤이라고 한다. 지금도 일부 민간업체가 그 맥을 잇고 있는데, 전통 방식의 맷돌은 물론이고 저속 모터로 돌리는 자동 맷돌, 원두를 가는 그라인더로 쓰이는 맷돌 등 현대와 접목된 다양한 상품을 제작하고 있다.

'맷돌머루' 또는 '맷돌모루'는 경기도 남양주시 화도읍 '마석우리(磨石隅里)'의 우리말 이름이다. 보통 '마석'이라 부르는데, '갈 마(磨)' 자를 쓴 '마석'은 '맷돌'의 한자어이다. '우(隅)'는 '모퉁이 우' 자로 우리말 '모루'를 한자로 바꾼 것이다. 『남양주시 전래지명』에는 "심석종합고등학교 남쪽 지역에 있는 마을의 이름이다. 오래전부터 이 지역에서 맷돌이 많이 생산되었고, 마을의 길이 돌아서 생겼다고 해서 '맷돌머루'라고 불리게 되었다고 한다. 한자로 마석우(磨石隅)라고도 부른다"고 되어 있다.

여수시 소라면 덕양리의 자연마을 '가는골(세동)'은 "예부터 금계포란 지형이라 하여 암탉이 알을 품은 지세라고 하였는데 마을 북쪽으로 솟은 맷돌산의 한자 이름인 마석산(磨石山)에 맷돌바위가 있어 맷돌에서 빻은 곡식을 산 아래의 주민들이 먹고사는 형국이라 풍족하게 먹고살 지세라고 하였다"(『한국향토문화전자대전』)는 설명이다. '맷돌' 지명을 풍수지리로 해석한 것이 눈에 띈다. '맷돌' 지명은 바위 지명에 많이 보이는데, 맷돌의 형상에 빗댄 것들이다. 아래위로 포개진 바위 모양을 흔히 '맷돌바위'로 불렀고, 그런 바위가 있는 산을 '맷돌산'으로 부르기도 했다.

'맷돌바위'는 서울시 종로구 궁정동 북악산 중턱 청와대 쪽 대은암 뒤에 있는 바위로서, 모양이 맷돌처럼 생긴 데서 유래된 이름이다. 경기도 이천시 설성면 제요리에 있는 자연마을 '맷돌바위'는 맷돌처럼 생긴 바위가 있다 하여 생긴 지명이다. 강원도 평강군 수태리 선녀봉에 있는 '매돌바위'는 맷돌과 같이 생겼다고 한다. 강원도 법동군 법동읍 소재지 서북쪽 가사산에 있는 '망돌바위'는 망돌(맷돌)처럼 생겼다고 한다. '망돌'은 '맷돌'의 방언(강원)이자 북한어이다. 양강도 삼수군 관평리 '망돌산'은 '맷돌산'이라고도 불렸는데 맷돌감이 많이 분포되어 있다고 한다.

방귀로 날려 버린 절구통

절구폭포 · 절구골 · 도구통바위 · 호박소

방 귀를 소재로 한 설화를 '방귀쟁이설화'라 일컫는다. 우스갯소리 같은 소화(笑話)인데 전국적으로 널리 전승되고 있다. 말이 안되는 이야기 같으면서도 들으면 들을수록 재미있다. 이 설화는 '방귀쟁이 며느리 이야기'와 '방귀 시합', '도둑 쫓은 방귀쟁이' 등 여러 유형이 있는데, 이 중 '방귀 시합'은 절구통을 소재로 하는 점에서 눈에 띈다.

옛날 전라도 방귀쟁이가 경상도 방귀쟁이와 겨루기 위해 먼 길을 걸어 경상도 방귀쟁이네 집에 닿았다. 주인은 장에 가고 없고 뎅그렇게 선 초가집 오막살이만이 그를 맞았다. 전라도 방귀쟁이가 언뜻 생각하기에 방귀를 세게 뀌는 놈이라면 이러한 집이 남아날 리 없을 것인데, 집이 성한 것을 보면 대단한 놈이 아니겠다는 생각이 들면서 괜한 심술이 나서 방귀를 집에다 대고 한 방 뀌었더니 경상도 방귀쟁이의 초가집이 온데간데없이 날아가고 말았다. 경상도 방귀쟁이가 저녁에 집으로 돌아와 보니 집이 온데간데없었다. 마을 사람들을 통해 사정을 알아차린 경상도 방귀쟁이는 매우 화가 나서 마을에서 제일 크고 무거운 돌절구통을 가져다 궁둥이에 대고 서쪽 전라도를 향해 크게 방귀를 뀌니, 돌절구통은 하늘

높이 날아올라 지리산을 넘어 전라도 쪽으로 날아갔다.

이때 전라도 방귀쟁이는 의기양양하게 집으로 돌아와 막 담배를 한 대 피우려고 하는데, 동쪽 경상도 쪽 하늘에서 돌절구통이 날아와 집 위에 떨어지려 하였다. 재빨리 마당에 나선 전라도 방귀쟁이가 동쪽 하늘을 향해 궁둥이를 들고 방귀를 뀌니, 날아오던 절구통은 방향을 바꿔 경상도 쪽으로 지리산을 넘어 날아갔다. 경상도 방귀쟁이는 이 녀석이 필경은 돌절구통에 얻어맞았을 것으로 믿고 통쾌하게 여기고 있는데, 서쪽 하늘에서 무엇인가 날아오는 것이 보였다. 그래 자세히 보니 자신이 날려 보낸 절구통이 되돌아오는 것이었다. 화가 난 경상도 방귀쟁이는 돌아서서 또 한 번 방귀를 뀌었다. 그랬더니 돌절구통은 다시 지리산을 넘어 전라도 쪽으로 날아갔다. 이렇게 절구통은 지리산을 넘어 전라도와 경상도를 왕래하다 두 방귀쟁이의 방귀 기운이 비등하게 맞서면서, 하늘 높이 떠서 오도 가도 못하고 발발 떨다가 석 달 열흘 만에야 지리산에 떨어져 바위로 변했다고 한다.

이 이야기에서 방귀로 쏘아 올린 물건으로 돌절구통이 등장하게 된 것은 돌절구통이 매우 무겁다는 사실에 있는 것 같다. 그렇게 무거운 것을 쏘아 올릴 만큼 방귀의 힘이 세다는 것을 보여주기 위한 것이다. 돌절구는 돌의 가운데 부분을 오목하게 파서 만든 절구로 전체가 돌로 되어 있기 때문에 아주 무겁다. 절구는 곡식을 빻거나 찧으며 떡을 치기도 하는 기구로 통나무나 돌, 쇠 따위를 속이 우묵하게 만들어 절굿공이로 빻거나 찧는다. 그 재료에 따라 '나무절구', '돌절구', '쇠절구' 등으로 구별하여 부른다. 옛말로는 '절고'로 표기되었고, 지역에 따라 '도구통', '도구', '절기방아'라고도 부른다. 한자는 '절구 구(臼)' 자를 썼다. 절구통 과 절굿공이로 이루어져 있다.

절구는 곡식을 찧을 때뿐 아니라 양념을 빻을 때, 또는 메주콩을 찧거나 떡을 찧을 때도 썼다. 일정한 장소에 고정시켜서 설치하고 이용하는 방아와는 달리, 임의로 장소를 옮겨서 사용할 수 있는 이점이 있다. 나무절구는 소나무나 잡목의 맨 밑동을 0.6~1m쯤 그대로 잘라 가운데에 큰 구멍을 파서 만든다. 위아래의 굵기가 같은 것이 대부분이나 남부 지방에서는 허리를 잘록하게 좁힌 것을 많이 쓴다. 이에 비하여 돌절구는 상부에 비하여 하부를 좁게 깎으며, 특히 아랫부분을 정교하게 다듬고 조각을 베풀기도 한다.

'절구폭포'는 경북 청송군 주왕산국립공원의 주방천 유로상에 형성된 폭포로, 중용추, 제2폭포라고도 불리며, 용추폭포와 용연폭포 사이에 있다. 폭포 아래에 형성된 물웅덩이가 절구 모양처럼 생겼다고 하여 절구폭포라 불린다. 2단 폭포로 구성되어 있으며, 1단 폭포 아래에는 폭 약 3m의 물웅덩이가, 2단 폭포 아래에는 폭 약 30m 규모의 물웅덩이가 형성되어 있다. 용추폭포, 용연폭포와 함께 많은 관광객이 찾는 지질명소이다. 일제는 고유지명을 쓰지 못하게 하고 주왕산 입구에서 들어가는 순서대로 제1, 2, 3폭포로 강제로 이름을 변경했는데 근래에 조선 시대 이름대로 제1폭포를 용추폭포, 제2폭포는 절구폭포, 제3폭포는 용연폭포로 이름을 되찾았다.

경남 밀양시 산내면 얼음골로 334-1에 있는 '시례 호박소'는 먹는 호박을 떠올리기 쉬운데 여기서 '호박'은 '확'의 방언이다. '확'은 "방앗공이로 찧을 수 있게 돌절구 모양으로 우묵하게 판 돌"을 뜻하는데 '절구'와 같은 말로 쓰이기도 했다. '시례'는 마을 이름이고 '소'는 '못'을 뜻한다. '호박소'는 오랜 옛날부터 아주 유명한 절경처였다. 『신증동국여지승람』(밀양도호부 산천조)에는 '구연(臼淵)'이라는 이름으로 나오는데, '구'는 '절구 구'이고 '연'은 '못 연' 자이다. "구연(臼淵)은 천화령 아래에 있는데, 둘레가 1백여 자이다. 폭포가 돌에 떨어져 움푹 파여서 못의 모양이 꼭 절구와 같은 까닭에 이름 지었다. 세상에서 전하기를, "용이 있으며 깊이를 헤아릴 수 없는데, 가뭄에 범의 머리를 집어넣으면 물을 뿜어서 곧 비가 된다.” 한다’라고 적혀 있다. 백옥 같은 화강암이 수십만 년 동안 물에 씻겨 커다란 소(沼)를 이루었는데, 지금도 관광명소로 이름이 높다.

충남 금산군 남이면 성곡리 서쪽 진악산 중턱에 있는 ‘도구통바위’는 바위 모양이 곡식을 찧는 절구통처럼 생겼다 하여 붙여진 이름이라고 전한다(『한국지명유래집』). ‘도구통’은 ‘절구통’의 방언형이다. 전남 완도군 청산면 당락리는 당리와 도락리를 병합하면서 두 마을의 이름을 따 당락리라 한 곳이다. 자연마을 ‘도구통바굿골’은 “도구통(절구통)처럼 생긴 바위가 있다 하여 붙여진 이름”(『두산백과』)이라고 하는데, 여기서 ‘바구’는 ‘바위’의 방언형이다. 그러니까 ‘도구통바굿골’은 ‘도구통바윗골’의 뜻이다.

충남 아산시 도고면 시전리와 예산군 예산읍 간량리 사이에 있는 도고산(482m)은 정상에 서면 예당평야와 아산만은 물론 멀리 천안시까지 한눈에 들어와 서해안의 초계와 방어를 위한 군사적 요지로 유명했다. 삽교천방조제가 세워지기 전에는 바로 산 밑까지 바닷물이 들어왔으며, 주봉인 국사봉에는 봉수대가 남아 있다. 옛날 천지가 개벽할 때 천지에 물이 가득 찼는데, 산꼭대기만 도구통[절구통]만 하게 남았다는 설화에서 산 이름이 유래하였다. 『해동지도』(신창)에도 도고산이 묘사되어 있다. ‘도고’는 ‘도(道)가 높은 군자처럼 의연하다’라고 해석하기도 한다.

경북 영양군 일월면 용화리는 옛날 신라 때 이곳에 아홉 마리의 용이 살았는데 구룡 모두 하늘로 올라가고, 고려 때 구룡이 하늘로 올라간 이곳에 용화사라는 절을 지어 땅 이름 또한 용화라고 불렀다 한다. 자연마을 ‘절구골’은 용화사에서 사용하던 호박[절구]이 마을 입구 하천에 떠내려와 있는 것을 보고 경주 최씨가 제일 먼저 터를 잡고 살게 되었는데 이때부터 절구 이름을 본떠서 절구골이라 불러오고 있다 한다. 평양시 순안구역 안흥리 아래삼리마을 아래쪽에 있는 골짜기 ‘절구골’은 “지난날

이 고장 사람들은 가을이면 큰 돌절구로 낟알을 찧어서 지주와 관가에
바쳤는데 그 절구가 지금도 그대로 남아 있다"(『조선향토대백과』)고
한다.

여성들의 주요 혼수품이었던 '농'

농다리 · 농바우 · 농박골 · 농암

'농'은 전통적인 우리네 가구의 한 종류이다. 원래는 버들채나 싸리채 따위로 함같이 만들어 종이를 바른 상자로 옷이나 물건을 넣어 두는 데 쓰였다. 이것의 발전된 형태가 지금 우리가 보는 농인데 "같은 크기의 궤를 이 층 또는 삼 층으로 포개어 놓도록 된 가구"를 뜻한다. 장(欌)처럼 생겼으나 네 기둥과 개판[맨 위에 댄 나무판]이 없다. 옆 널이 길게 1개의 판으로 된 것을 '장'이라 하는 데 반해 2층 · 3층이 각각 분리되어 구성된 것을 '농(籠)'이라고 한다. 각 층을 분리할 수 있게 만든 '농'은 상자를 포개어 사용하던 방식을 이어온 측면이 있다. '농'은 주로 옷가지를 보관하는 용도로 사용되었는데, 여성들의 주요 혼수품이었고 여성들의 생활공간이었던 안방에 중요한 자리를 차지하였다.

농은 대개 장보다 규모가 작고, 층별로 분리되는 특징이 있는데 이 층 농 형태가 가장 많았다. 농의 전면에는 두 짝의 여닫이문이 있고 여닫이문 주변으로 경첩이나 들쇠 장식들이 장식적인 효과를 준다. 판재로는 주로 오동나무, 느티나무, 먹감나무, 가래나무 등이 사용되었다. 요즘 수납용 가구에는 옷장, 이불장, 식기장, 책장 등 '장'의 형태가 대부분인데, 이것도 시대의 변화에 따른 것이다. 근대 이후 의생활의 변화에 따라 농보다는 장이 널리 쓰이기 시작하면서 수납 가구가 장 중심으로 발달한 것이다. 그에 따라 장과 농의 명칭도 엄격한 구분이 사라지고 '장롱'으로 통칭하게 되었다. 사전에도 '장롱'은 "옷 따위를 넣어 두는 장과 농을 아울러 이르는 말"로 나온다.

유명한 진천의 '농다리'는 '농'을 지명에 사용한 것으로 보인다. '농다리'는 충북 진천군 문백면 구곡리의 세금천에 놓여 있는 다리로 신라 또는 고려 때 축조한 것으로 추정되나 정확한 연대는 알 수 없다. 보통 천 년 이상 된 것으로 나이를 말할 뿐이다. '농다리'는 한마디로 말하자면 돌다리인데 그 형태가 아주 독특해서 다른 곳에서 그 예를 찾아볼 수 없는 유일한 다리이다.

형태의 독특함은 우선적으로 교각에서 찾을 수 있다. 자연석을 축대 쌓듯이 안으로 물려가며 쌓아 올린 교각은 두께 1.2m, 폭 4m~6m, 높이는 대략 1.2m로 일정한 모양을 갖추고 있고, 폭과 두께가 상단으로 갈수록 조금 좁아지는 형태다. 이러한 교각이 28개 놓여 있고 그 위 한가운데에 길이 1.7m 안팎, 폭 0.6~0.8m 되는 돌판을 한 개 또는 두 개씩 걸쳐서

진천 농다리

상판으로 삼아 전체 93.6m에 이르는 긴 돌다리를 만든 것이다. 이 다리의 교각은 아주 크고 튼튼하지만 상판은 좁아 사람만 다니고 우마차는 다닐 수 없다.

이 '농다리' 이름은 멀리서 보면 위가 평평한 장방형의 상자처럼 보이는 교각들을 농에 빗대 붙인 것으로 보인다. 『한국지명유래집』에서는 "농 궤짝을 쌓아 올리듯 돌을 차곡차곡 쌓아 올려 만든 다리이기 때문에 한자 지명으로 '농(籠)' 자를 사용하였다고도 한다"라고 설명하고 있다. 관점이 조금 다르지만 어쨌든 교각의 특성에서 이름이 붙은 것만큼은 분명해 보인다. '농다리'는 '농교(籠橋)'라는 한자 지명이 대응되어 있다.

'농' 지명은 예로부터 바위 지명에 많이 보인다. 형태의 유사성에 의한 것이다. 충남 금산군 부리면 어재리 '농박골'에 있는 바위는 이름이 '농바우'다. 바위 모양이 반닫이를 뒤집어 놓은 것 같다고 해서 붙여진 이름이라고도 하고, 또 농처럼 생겼다 하여 그렇게 불렀다고도 한다. '반닫이'는 앞면의 상반부를 상하로 열고 닫는 문판을 가진 장방형의 단층 장롱이다. 흔히 이 반닫이 위에 이불을 얹어 사용하기도 했다. 바위가 있는 '농박골'에서 '박'은 '바위'를 뜻한다, '농박골'은 '농바우'가 있는 골짜기라는 뜻이다.

마을에서는 이 '농박골'에서 '농바우끄시기'라는 기우제를 지내기도 했다. '끄시기'는 '끌기'의 방언형이다. 예전에 하지가 지나도 비가 오지 않아 모내기를 못 하거나, 모내기를 했더라도 논에 물이 없어 심은 모가 말라 죽게 될 지경이면 '농바우'에 동아줄(용줄)을 건 뒤 아낙네 수십 명이 달라붙어 바위를 끌어내리며 비 내리기를 기원했다고 한다. 이 바위가 구르면 천지가 개벽을 하고 하늘이 소원을 들어주어 비를 내려준다고 하는 전설이 전해지기 때문이다. '농바위끄시기'는 남성들은 참여할 수 없는 부녀자 주도의 민속 의례이다.

경북 문경시 농암면은 면 이름이 '농암(籠岩)'이다. 면 소재지는 농암리이다. 1914년 행정구역 개편 때 갈동리(구 농바우)에 있는 '농바우'의 이름을 따서 농암면이 되었다고 한다. 『한국지명총람』에 의하면 바위 모양이 농처럼 생겼다고 하여 붙여진 이름이라고 한다. 『문경의 옛 모습과 이름』(2007)에는 농바우에 얽힌 전설이 소개되어 있는데, "옛날 옥황상제가 하늘나라에서 죄를 저지른 선녀를 벌하기 위해 천마에 바구니 2개를 실어 지상에 내려보냈다고 한다. 이내 농바우마을(농암면)과 민지리(가은읍)에 내려진 바구니는 바위로 변했다고 하고, 그중 농바우마을에 있는 바위는 그 모양새가 마치 장롱처럼 생겼다 하여 마을 이름도 농바우라 하였다고 한다"라는 것이다.

현재 농암면 갈동리에는 농암의 유래가 되는 바위라 하여 '농바우공원'이 조성되어 있다. 원형의 단을 만들어 그 위에 농바우를 모셔 놓았다. 바로 앞으로는 논과 밭이 펼쳐져 있고 뒤로는 영강이 흐르고 있는 위치다. 아주 크고 네모 번듯한 바윗돌이 영락없이 '농'의 모습인데, 지역에서는 남방식 바둑판형 '고인돌'이라고 주장하는 이도 있다. 확인은 되지 않고 있지만 위의 전설을 보면 가능성이 있어 보인다. 옥황상제가 천마에 실어 보낸 바구니 2개가 바위로 변했고 그중 하나가 농바위라는 것인데, '천계'와의 연관성을 암시하고 있는 것이다. 한자를 보면 '농(籠)'은 원래 흙을 퍼 담아서 옮기는 '대바구니'라는 뜻이다. 이것이 우리나라에 들어와서는 버들채나 싸리채로 만든 상자를 가리키다 나무로 만든 장롱을 뜻하는 말이 된 것이다. 옥황상제 바구니 얘기는 이러한 '농' 자의 자의 변화와도 관련이 있어 보인다.

부산 해운대 동백섬은 다리미섬

다리미산 · 대리미재 · 다리빗들 · 다래비산

「규중칠우쟁론기」는 작자 연대 미상의 가전체 작품이다. 가전체는 특정 사물을 의인화하여 사람의 일에 견주는 것이 특징인데, 「규중칠우쟁론기」는 '규중(부녀자가 거처하는 곳)'의 '칠우(일곱 벗)' 곧 바느질에 쓰이는 도구인 자, 가위, 바늘, 실, 골무, 인두, 다리미를 의인화하여 그들이 서로 자신의 공이 으뜸이라며 다투는 내용을 이야기로 적은 것이다. 일곱 벗 중에 '다리미'는 '울낭자'로 의인화되어 있는데, '울(熨)'은 '다리미'를 가리키는 한자이고, '낭자'는 처녀를 높여 이르던 말이다. 작품 속에서 '울낭자'의 외모상 특징은 '크나큰 입'과 '광둔(廣臀, 넓은 볼기 곧 엉덩이)'으로 그려지는데 이는 옛날 다리미의 형상을 그대로 사람의 신체 부위에 빗댄 것이다.

옷이나 천 따위의 주름이나 구김을 펴고 줄을 세우는 데 쓰는 '다리미'는 예나 지금이나 그 바닥은 판판하고 매끄럽게 되어 있다. 옛날 다리미는 쉽게 생각하면 지름이 20cm 정도 되는 쇠로 만든 대접에 나무로 된 긴 손잡이가 달린 형태다. 대접은 위가 조금 벌어졌고 바닥은 판판한데 여기에 숯불을 담아 달구어진 밑면으로 옷을 다리는 것이다. 한자어로는

'울두(熨斗)' 또는 '화두(火斗)'라고 했는데, 『오주연문장전산고』에는 '다리우리'라는 속명이 기록되어 있다. 지금도 함경도 지방 방언으로 '다리울', '다리우리' 같은 것이 전하고 있다. 이 다리미는 역사가 아주 오래되었는데 신라 고분 천마총이나 백제 고분인 무령왕릉에서 유물이 출토되기도 했다.

경북 안동시 풍천면 하회마을은 여러모로 이름이 나 있는 곳인데 그중에는 산과 강이 어우러진 아름다운 경관도 빠지지 않는다. 특히 마을의 지형이 낙동강이 동쪽으로 흐르다가 S자형을 이루면서 마을을 감싸 안고 돌아 예로부터 길지로 손꼽혔다. 풍수지리적으로도 산태극수태극, 연화부수형, 행주형 또는 다리미형 등으로 다양하게 불렸는데 그중 '다리미형'도 있어 흥미롭다. '다리미형'은 원래 정통 풍수에는 없는 말인데 하회마을의 경우는 마을의 지형이 자루 달린 다리미 형상이라 따로 이름 붙여진 것 같다. 마을이 화산의 지맥이 이어져 내려온 끝자락에 위치하고 있어 그 모습이 마치 자루가 달린 옛날 다리미처럼 보인다고 한다. 큰 고개를 넘어 마을로 들어오는 길과 삿갓 모양을 하고 있는 마을의 주거지역을 부용대에서 내려다보면 꼭 자루가 달려 있는 다리미를 엎어 놓은 듯하다는 것이다(『디지털안동문화대전』). 다리미 형국이라 그 불을 꺼뜨리지 않기 위해, 혹은 행주형이라서 배에 구멍을 내지 않기 위해 예로부터 마을에 우물 파는 것을 꺼려 왔다고도 한다.

해운대 동백섬은 부산 해운대 해수욕장의 서쪽 끝에 있다. 모래톱으로 육지와 연결된, 섬 아닌 섬인데 이런 섬을 육계도라 이른다. 본래 장산의 산등성이인 간비오산의 말단에서 떨어져 나간 바위섬이었으나 지금으로부터 약 5,000년 전 후빙기의 해수면 상승과 함께 춘천천의 토사 공급으로 흙, 모래, 자갈 등이 내려와 쌓이면서 육지와 연결되었다. 이름의 유래에 대해 『한국향토문화전자대전』은 "해운대 동백섬은 동백나무가 무성하게 자라 붙은 이름이다. 섬의 모양이 또한 다리미와 비슷하다고 하여 다리미산 또는 다리미섬으로 불리기도 하였다"고 적고 있다. 그러니까 동백나무가 무성해 동백섬이라 부르지만 본래 지형적으로는 다리미 모양이라 '다리미산', '다리미섬'으로 불린 것을 알 수 있다. 설명에는 없지만 육지와 연결된 부분을 다리미의 자루로 인식하고 그 끝의 산(57m)을 다리미 몸체로 보아 '다리미산'으로 불렀을 가능성이 있다.

'다리미'는 '대리미'로도 불렀는데, '대리미재'는 경기도 부천시 상동 175-4번지 일대의 밭을 이르는 말이다. 밭의 모양이 다리미처럼 생겼다고 해서 붙여진 이름으로, 산언덕 모양이 동그랗게 생겼다고 한다. 중동과 상동 간의 경계를 이루던 곳으로 밭이 만들어지기 전에는 조그만 언덕 같은 산이었는데, 이것을 깎아 밭으로 개간했다고 한다.

'달빗골'은 경북 경산시 진량읍 평사리에 있는 자연마을 이름이다. 들이 넓게 펼쳐져 있어 논농사가 주로 행해지는 곳으로, "달빗골은 '달비(다리미)'처럼 생긴 논이 있는 곳이라 하여 붙여진 이름"(『두산백과』)이라고 한다. 경남 거제시 구신현 문동동 '다리빗들'은 "골안 남쪽 앞에 있는 등성이로 지형이 다리미처럼 생겼다"(거제시 홈페이지)고 한다. 경남 의령군 의령읍 무전리 '다리비자리'는 "무하 동쪽에 있는 강이다. 다리미 자루와 같이 생겼기 때문에 부르는 이름"(『의령의 지명』)이라고 한다.

경남 함안군 대산면 서촌리 '다래비(다리미)산'은 서촌리 서촌동에 위치한 산으로 앞에는 남강 줄기가 흐르고 악양루가 가까이 보이는 곳이다. 산의 생김새가 옛날에 숯불을 사용하여 옷을 다리는 다리미 모양으로 생겼다 해서 생긴 이름이라고 한다. 울산광역시 울주군 온양읍 대안리 '다래비솔'은 "벼락디미 북쪽에 있는 산으로 형국이 다래비(다리미)처럼 생겼다"(『울주군 골짜기와 들판』)고 한다. 경남 통영시 한산면 용호리(용초도) '대래비산'은 "산세가 대래비(다리미)를 엎어둔 것 같은 작은 산"이라고 한다.

신틀 오빠 베틀 누나

신틀바우 · 신트리 · 신털이봉

김 소월은 그의 시 「칠석」에서 견우를 '신틀 오빠', 직녀를 '베틀 누나'라 쓰고 있다. 시에서는 은하수에 다리를 놓으러 온 까마귀와 까치가 두 사람을 부르는 호칭으로 나온다. "신틀 오빠, 우리 왔소. / 베틀누나, 우리 왔소."라고 문안을 아뢰는데, 그 호칭이 정겹게 들린다. 이에 비해 이광수는 장편소설 『원효대사』에서 칠월 칠석을 "베틀어미(직녀), 신틀아비(견우)가 일 년에 한 번 하늘 위 은하수에서 만난다는 날이다. (…) 베틀어미는 서른새 베 삼천육백 자를 짜놓고 신틀아비는 삼신 삼천육백 켤레를 삼아 놓고야 칠월칠석 날 저녁에 한 번 내외가 만난다는 것이다"라고 쓰고 있다.

두 사람 모두 '견우'를 '신틀 오빠' '신틀아비'라고 해서 '신틀'로 부른 것이 눈에 띈다. 지금 우리가 아는 설화 내용으로는 직녀는 직물(옷감)을 짜는 여자고 견우는 소를 치는 목동이라, 직녀를 '베틀'로 부른 것은 이해가 되는데 견우를 '신틀'이라 부른 것은 고개가 갸우뚱거려지는 것이다. 두 사람이 모두 견우를 '신틀'로 불렀다는 것은 예전에는 민간에서 흔히 그렇게 부르고 인식했다는 얘기인데 왜 그랬을지 궁금하다. '신틀'은

"미투리나 짚신을 삼을 때 신날을 걸어 놓는 틀"을 가리킨다. 그렇다면 '신틀'은 설화 속 견우의 직분(소 치는 일)이 아니라 별자리와 관계되는 말은 아닐까. 국어사전을 찾아보면 '신틀아비'가 "'견우성'을 달리 이르는 말"로 나온다. 지금 우리에게는 좀 낯선 말이지만 '신틀아비'는 '견우성'의 별자리가 '신틀'처럼 생겼기에 비유적으로 이르게 된 말로 보인다. '견우성'은 '짚신할아비'라고도 불렀다.

강원도 정선군 화암면 화암리에는 신선들이 신줄을 걸고 짚신을 삼았다고 전해지는 바위 기둥이 있다. 화표동과 몰운리를 잇는 웃그림바우 삼거리 소금강 입구에 있는 높이 60m 정도의 큰 바위 기둥이다. '화표주'라고 부르는데 '화암팔경' 중 제5경에 해당한다. 옛날 산신들이 이 기둥에다 신줄을 걸고 짚신을 삼았다는 전설이 있다. 예전에는 이 '화표주'를 '신틀바위'라 불렀다고 한다. 춘천시 신동면 의암리에는 '신트랑'이라는 마을이 있는데, 마을에 '신틀바우'가 있어 그렇게 불렀다고 한다. '신드랭이'라고도 했는데, 한자로는 화기암(靴機岩: 신 화, 틀 기, 바위 암)이라 썼다.

서울 양천구 신정동에는 '신트리'라는 마을이 있었다. 『서울지명사전』에서는 "양천구 신정동에 있던 마을로서, 옛날 신을 삼았던 마을에서 유래하였다고 하나, 신트리를 순우리말이라 한다면 신기의 '신(新)'은 '처음'이라는 뜻이 되고 '기(機)'는 '틀'로 해석될 수 있다. '틀'이란 '어떠한 짜임새 있는 것'이 되므로 '터'의 뜻과도 통한다. '틀'과 '터'는 어떤 터전과 윤곽을 두고 하는 말이다. 그러므로 신트리는 '새로운 터에 형성된 마을'이라는 뜻으로 신터리-신틀이-신트리로 변화된 것으로 보는 것이 타당하다'라고 설명하고 있다. 말하자면 우리 지명에 많은 '새터'의 뜻으로 본 것인데, 이는 논란의 여지가 있어 보인다.

영조 때 지리지인 『여지도서』 양천현 방리에는 '신트리'가 신기리(新機里)로 나오는데, 관아에서 남쪽으로 15리에 있는 것으로 기록되어 있다. 여기에서 '신기'는 일종의 이두식 표기로 앞의 '새 신(新)' 자는 음차로

'신'을 나타내고, 뒤의 '틀 기(機)' 자는 훈차로 '틀'을 나타낸 표기이다. '기(機)' 자는 『훈몽자회』에는 '틀 긔'로 나오고, 『두시언해』에서는 '베틀(뵈틀)'로 번역한 것을 볼 수 있다. '틀'은 고어에서는 '기계'를 의미했다. 이렇게 보면 신정동의 '신기리'는 '신틀'을 이두식으로 표기한 지명으로 볼 수 있다.

그런데 '신트리' 지명은 실제 '새터'를 뜻하는 경우도 있어 한자 지명을 눈여겨볼 필요가 있다. 인천시 부평구 부평동에도 '신트리' 지명이 있다. 『인천광역시사』는 "부평구청 뒤 근린공원의 남쪽 일대의 주택지를 옛날에는 신트리라 불렀다. 이곳은 논으로는 물이 안 닿아서 못하고 밭으로는 습기가 많아 못 쓰는 땅인데 해방 후 빈한한 사람들이 각처에서 모여 자리를 잡아 집을 지으니 몇 해 안 되어 마을이 생기게 되었다. 이때 이곳으로 이주한 한학자 백낙환이라는 사람이 마을 이름을 '새로 터전을 이루었다'는 뜻을 담아 신터리[新基里 또는 新垈里]라 하였는데 이것이 변하여 신트리가 된 것이다"라고 설명하고 있다.

여기에서는 '신트리' 곧 '신터리'의 한자를 '터 기(基)' 자나 '터 대(垈)' 자를 써서 뜻을 분명히 하고 있다. 이때의 '신기리'나 '신대리'는 '새터'를 한자의 뜻을 빌려 표기한 지명이다. 부평동의 '신트리'는 그 후 이곳에서 약 100m쯤 북쪽에 새로 20호의 마을이 생겨나면서 먼저 생긴 신트리를 '윗신트리'라 하고 나중에 생긴 북쪽의 신트리를 '아랫신트리'(갈산동에 속함)라 구별하여 불렀다. 간혹 '신터리' 지명을 놓고 공사판에서 짚신에 달라붙은 흙을 털어서 생긴 이름으로 얘기하는 경우도 있는데 이는 음이 같은 데서 지어낸 민간어원으로 짐작된다.

충남 계룡시 신도안면 용동리에는 '신털이봉'이 있다. 조선 초 신도안에 궁궐을 짓고자 터를 닦을 때 인부들이 짚신에 달라붙은 흙을 한곳에 털어서 봉우리가 되었다고 한다. 또 다른 전설로는 계룡산 산신할머니가 계룡산의 흙을 한 줌도 가져가지 말라는 분부에 짚신에 묻은 흙까지

털었더니 봉우리가 되었다는 이야기가 전하기도 한다. 야트막한 이 야산 이름이 짚신을 삼던 '신틀'에서 비롯되었는지 확인할 수는 없지만, 짚신에서 털어낸 흙이 산이 되었다는 이야기도 한참 과장된 것만은 분명해 보인다.

한쪽을 자르면 넉가래가 되는 도투마리

도투말 · 도투마리고개 · 도고머리 · 도토리

옛 날 양화리[현 세종시 연기면 세종리] 근방에 있는 장자소라는 연못 자리에 부자가 살았다고 한다. 어느 날 부자가 마당에서 퇴비를 주는데 백발의 도승이 시주하러 찾아왔다. 부자는 쌀 대신 퇴비를 한 삽 떠 시주하였다. 이를 본 며느리는 시아버지 몰래 도승에게 쌀을 시주하였다. 며칠 뒤 도승은 며느리를 찾아와 금일 정오에 집에 변란이 있을 터이니 동북쪽 전월산으로 피란 가라고 일러주었다. 그리고 어떠한 일이 있더라도 절대 뒤돌아보지 말 것을 당부하였다. 도승이 말한 시간이 다 되자 며느리는 명주를 짜던 도투마리[베를 짜기 위하여 날실을 감아 놓은 틀]를 머리에 이고 도승을 따라 산을 올랐다. 그런데 집에서 기르던 고양이의 울음소리에 문득 뒤를 돌아보게 되었다. 이때 산 밑을 보니 천둥과 벼락이 내리치고 소나기가 쏟아졌으며, 대궐 같던 집이 물에 잠기고 있었다. 며느리는 도승을 찾았지만 도승은 온데간데없이 사라져 버렸고, 며느리와 고양이는 그대로 바위가 되었다고 한다.

이 이야기는 세종시 연기면 세종리 전월산 위에 있는 여인 모양의 바위에 대한 암석 전설이다. 「며느리바위(1)」라는 제목으로 『연기군

지』에 수록되어 있다. 이 이야기는 금기와 장자못 설화를 모티프로 삼고 있다. 장자못 설화 중 황해도 장연에 전하는 「용소와 며느리 바위」(『한국구비문학대계』 1-1) 이야기에는 중이 며느리 보고 "당신 집에 인제 조금 있다가 큰 재앙이 내릴 테니까, 집으루 들어가서 평소에 제일 귀중하게 생각하는 것 두세 가지만 가지구서 저 불타산을 향해서 빨리 도망질하라구"라고 말하는 대목이 있다. 그때 며느리는 "아이를 들쳐업구, 또 명지를 짜던 도토마리를 끊어서 이구, 또 자기네 집에서 귀엽게 기르던 개를 불러 가지구" 피란에 나서는데, 이 중 '명주를 짜던 도투마리'를 머리에 이고 나서는 내용은 세종시 연기면의 「며느리바위(1)」와 똑같다. 결국 두 이야기에서 확인할 수 있는 사실은 가장 위급한 순간에 여인네들이 가장 귀중하게 여겼던 것은 '명주를 짜던 도투마리'였다는 것이다. 여기서 도투마리가 상징하는 것은 '길쌈[실을 내어 옷감을 짜는 일]'이고, 이는 인간 생활에 꼭 필요한 '의식주' 중에 '의'에 해당하는 것으로 옛날 여인네들에게 가장 중요한 일이었던 것이다. 동시에 명주는 재물(돈)이라는 상징성이 있기도 한데, 옛날에는 베나 비단을 돈 대신 유통하기도 했다.

도투마리는 베(무명, 명주, 삼베, 모시 등)를 짜기 위해 날실을 감아 놓은 틀을 가리킨다. 이 도투마리를 베틀 앞다리 너머의 채머리 위에 얹어 세로로 날실을 풀어낸다. 이때 씨실은 꾸리로 절어서 북(배 모양을 한 나무통) 속에 넣고 가로로 날실의 틈으로 왔다 갔다 하면서 옷감을 짠다. 대개 도투마리 가운데 부분에다 한 필 분량의 날실을 감아 베틀에 올려놓고 짰다고 한다. '도토마리'는 옛말이고 현대어에서는 '도투마리'가 표준어이다. 한자로는 '승(縢)' 또는 '기두(機頭)'라고 썼다. '기'는 '베틀 기'이고 '두'는 '머리 두'이다.

도투마리는 몸(여) 자 모양을 한 소나무 널빤지이다. 물론 몸 자에서 양쪽의 사각형 모양은 똑같은 크기로 대칭을 이룬다. 길이는 약 1m 정도이고 양쪽 사각형의 폭은 30cm 정도이다. 우리 속담에 '도투마리 잘라 넉가래 만들기'라는 말이 있는데 아주 하기 쉬운 일을 뜻한다. 도투마리의 모양이 한쪽을 자르면 영락없는 넉가래 모양이 된다. 넉가래는 곡식이나 눈 따위를 한 곳으로 밀어 모으는 데 쓰는 기구로 넓적한 나무판에 긴 자루를 단 모양이다. 도투마리집은 경북 안동 지방의 독특한 가옥 형태로 부엌을 중앙에 두고 좌·우측에 방이 한 칸씩 달린 형태의 집을 말한다. 평면의 형상이 마치 베틀의 도투마리와 같이 생겼다 하여 붙여진 이름이다.

도투마리는 베틀의 부속품으로 우리 주변에서 쉽게 볼 수 있었던 생활 용구이면서 모양이 특징적인 탓에 지명에도 많이 써 왔다. 경남 거제시 일운면 망치리 구조라는 도투마리처럼 마을 가운데가 잘록하게 들어갔다고 하여 '도투마리 동네'라 한다. 가운데가 잘록하게 들어갔다는 설명이 도투마리의 특징과 부합한다. 경북 안동시 정상동의 '도투말'은 마을 지형이 동서는 높고 중앙이 낮아서 마치 베틀의 도투마리처럼 생겼다 하여 붙여진 이름이라고 한다. 역시 양쪽이 높고 중앙이 낮다는 지형이 도투마리의 특징에 부합한다.

경기도 하남시 새마을(성지촌)의 '도투마리고개'는 감일3통과 서울 마천동 사이 산등성이로 도투마리같이 생겼다 하여 붙여진 이름이다. 평양시 상원군 귀일리 유동 동쪽에 있는 '도투마리고개'는 도투마리처럼 생겼다고 한다. '도트미고개'라고도 한다. 평안북도 용천군 인흥리 소재지 서남쪽에 있는 '도토마리재'는 도투마리처럼 생겼다 하여 '도투마리재'라고도 부른다고 한다. 평안남도 은산군 천성노동자구의 소재지 북쪽 절골에서 북창군으로 넘어가는 '도투마리령' 역시 베틀의 도투마리처럼 생겼다고 한다. 고개도 흔히 가운데가 우묵하게 파인 지형이 많으므로 이도 도투마리의 특징에 부합한다고 할 수 있다.

강원도 판교군 군한리에 있는 '도투마리산'은 "도투마리처럼 생겼다"고 하고, 황해북도 신계군 사정리의 서쪽 대정리와의 경계에 있는 '도투마리산' 역시 "도투마리처럼 생겼다"고 설명한다(『조선향토대백과』). 평안북도 선천군 송현리에 있는 봉우리 '도투마리봉'은 "베틀의 도투마리처럼 생겼다"고 하고, 평안남도 은산군 구봉노동자구 '도투마리봉' 역시 "도투마리처럼 생겼다"고 한다. 평양시 보통강구역 봉화동 보통강역 북쪽에 솟아 있는 낮은 산 '도두산(都頭山)'은 "도투마리와 같이 생겼다 하여 도투마리산이라 불러오던 것이 한자로 옮기면서 도두산이 되었다. 미륵산이라고도 한다"는 설명이다. 평안북도 대관군 금창리의 동쪽 봉수골부락 옆에 있는 골짜기 '도투마리골'은 "베를 짜는 도투마리와 비슷하게 생겼다"고 한다.

충북 청주시 흥덕구 신전동의 도고머리고개 아래에 있는 마을 '도고통골목'은 이칭이 많다. 그중 하나가 '도고머리'인데, 이에 대해 『디지털청주문화대전』은 "이는 '도투마리'의 변화형으로 보인다. '도투마리'는 베를 짤 때 날실을 감는 틀로, 그 모양이 H형이다. '도고머리'는 마을 모양이 도투마리를 닮아 붙은 이름이다"라고 설명한다. 충남 공주시 우성면 도천리에 있는 자연마을에도 '도고머리'가 있는데, "도고머리 마을은 약천 남쪽에 있는 마을로 지형이 도투마리(베를 짤 때 날실을 감는 틀)와 같다 해서 붙여진 지명"(『두산백과』)이라고 한다.

경북 청송군 청송읍 월외리는 대둔산과 태행산으로 둘러싸인 산촌 마을로, 고개와 골짜기가 발달한 곳이다. 이곳에 있는 자연마을 '도토매기 마을'은 도투마리처럼 생긴 고개 밑이 된다 하여 불린 이름이라고 한다. 전남 해남군 삼산면 송정리에 있는 자연마을 '도토리'는 베틀의 도투마리처럼 생긴 산 앞에 있는 마을이라 하여 불린 이름이라고 한다. 양강도 혜산시 신장리의 북쪽에 있는 마을 '도투마을'은 베를 짜는 도투마리처럼 생겨 '도투마을'이라 불리게 되었다 한다.

홍두깨는 방망이다

홍두깨등 · 홍두깨날 · 홍두깨산 · 홍두깨골

"**아**닌 밤중에 홍두깨 (내밀듯)"라는 말을 하면서도 '홍두깨'가 무엇인지 모르는 사람들이 더러 있는 것 같다. 어린아이들은 더더욱 그 뜻을 몰라 눈치껏 대답하기 일쑤다. 더러는 도깨비 아니냐고 묻기도 하는데, '홍두깨'를 직접 눈으로 보고 자란 세대가 아니고 보면 당연한 반응일지 모른다. '홍두깨'를 방언으로 '홍도깨비'라고 부르는 지역도 있으니 '도깨비' 발상이 그렇게 맹랑한 것만은 아닌 듯도 싶다. 북한에서는 '도깨비소리'를 '홍도깨비소리'라고 부르는데, '도깨비소리'는 "내용이 전혀 없고 사리에 맞지 않는 터무니없는 이야기를 속되게 이르는 말"이다. '홍두깨'의 옛말은 '홍돗개'이다.

'홍두깨'는 한마디로 말하자면 나무로 된 방망이다. 그런데 보통 방망이보다는 훨씬 굵고 길다. 대개 박달나무로 지름 7㎝ 내외, 길이 1m 내외가 되게 둥그스름하게 깎아 만드는데 가운데가 약간 굵고 양 끝으로 갈수록 가늘다. 보통 거기에 옷감을 감아 다듬이질할 때 쓴다. 민요 〈문경새재아리랑〉 가사에 "문경새재 박달나무 홍두깨방망이로 다 나가네 / 홍두깨방망이는 팔자가 좋아 큰애기 손질로 놀아나네"라는 것이 있다. 이로써 보면

'홍두깨'를 박달나무로 많이 만들었다는 것과 '홍두깨방망이'가 '큰애기(처녀)' 손질에 놀아나는 곧 여성들의 주된 생활 용구였다는 것을 알 수 있다.

우리 속담에 "가는 방망이 오는 홍두깨"라는 것이 있다. 이쪽에서 방망이로 저쪽을 때리면 저쪽에서는 홍두깨로 이쪽을 때린다는 뜻으로, 자기가 한 일보다 더 가혹한 갚음을 받게 되는 경우를 비유적으로 이르는 말이다. 남을 해치려고 하다가 제가 도리어 더 큰 화를 입게 되는 경우 쓰는데, 이때의 '홍두깨'는 '방망이'보다 훨씬 크고 무겁다는 뜻을 담고 있다. 또 "홍두깨 세 번 맞아 담 안 뛰어넘는 소가 없다'는 속담도 있다. "아무리 참을성이 많은 사람도 혹심한 처우에는 저항을 하기 마련이라는 말"이다. 이때의 '홍두깨'도 보통의 몽둥이나 방망이보다 훨씬 큰, 때리는 도구라는 뜻이 담겨 있다.

"젊은이 망령은 홍두깨로 고치고 늙은이 망령은 곰국으로 고친다"는 속담은 사뭇 교훈적이다. '망령'이라는 말은 "늙거나 정신이 흐려서 말이나 행동이 정상을 벗어남. 또는 그런 상태"를 뜻한다. 이 말은 노인이 정신이 흐려 말과 행동이 주책없을 때는 곰국[소의 뼈나 양(䐃), 곱창, 양지머리 따위의 국거리를 넣고 진하게 푹 고아서 끓인 국]으로 몸을 보해 드려야 하고, 젊은이가 잘못된 행동을 할 경우에는 매로 엄하게 다스려 교육해야 한다는 뜻이다. 달리 표현해서는 "노인네 망령은 고기로 고치고 젊은이 망령은 몽둥이로 고친다'라고 쓰기도 한다. 여기서 '홍두깨'는 매나 몽둥이의 뜻으로 쓰였다.

근래에 맛집을 선전하는 중에는 '홍두깨 칼국수'라는 것도 있어 눈길을 끈다. 칼국수를 기계로 뽑는 것이 아니라 홍두깨로 밀어서 손으로 만든다는 뜻이다. 밀가루 반죽 따위를 밀어서 얇고 넓게 만드는 기구를 전통적으로는 '밀개'라 불렀는데, 언젠가부터 칼국수를 만들 때 쓰는 '밀개'를 '홍두깨'로 부르며 선전을 하게 된 것이다. 아마 '수제'라는 것을 강조하다

보니 자연히 '홍두깨'를 부각시킨 것으로 보인다. 식생활과 관련해서는 소의 넓적다리 안쪽에서 엉덩이 바깥쪽으로 이어지는 부위를 '홍두깨' 또는 '홍두깨살'이라 불렀다. 이는 우둔 옆면에 길게 붙어 있고 원통 모양으로 생겼다. 말하자면 소 볼기에 붙어 있는 방망이처럼 기다란 살코기로 '볼기긴살' 또는 '긴살'이라고도 한다. 주로 장조림, 산적, 육회, 육포용으로 이용한다.

'홍두깨질'은 다듬잇감을 홍두깨에 감아 하는 다듬이질을 가리킨다. 보통 다듬이질은 옷을 짓기 전에 옷감의 구김을 펴고 부드러운 광택과 촉감을 살리기 위해 옷감을 방망이로 두드려 다듬는 과정을 뜻한다. 주로 세탁한 후 풀 먹인 옷감을 축축한 상태에서 잘 접고 이를 보자기로 감싸 다듬잇돌 위에 올려놓고 다듬잇방망이로 두드린다. 다듬잇방망이는 두 개가 한 쌍으로 손잡이 부분은 잘록하고 가운데는 볼록한데 위로 갈수록 점점 좁아지는 형태다. 홍두깨질은 다듬잇감을 홍두깨에 감아 돌려가면서 다듬잇방망이로 두드리는 다듬이질을 가리킨다. 주로 명주나 비단 같이 얇은 천을 다듬을 때 사용한다. 이때 홍두깨틀을 이용하기도 하는데, 홍두깨틀 위에 다듬잇돌을 얹고 옷감을 감은 홍두깨를 경사진 다듬잇돌 쪽으로 올리면 옆에서 잡아주지 않고 두드려도 돌돌 돌아가게 되어 있다. 홍두깨틀이 없을 경우에는 두 사람이 양쪽에서 잡아주고 두드린다.

'홍두깨날'은 전북 장수군 번암면 교동리 금천마을에 있는 산등성이 이름이다. '산등성이'는 산의 등줄기로 두두룩하게 줄이 진 부분을 가리킨다. '홍두깨날'은 "마을 앞산에 있는 날망(능선)으로 삼베나 무명 등을 감아 다듬는 홍두깨와 같은 형상이어서 붙여진 이름"(장수문화원 홈페이지)이라고 한다. '날망'은 '마루'의 방언으로 보이는데, "등성이를 이루는 지붕이나 산 따위의 꼭대기"를 뜻한다. 충북 진천군 초평면 용정리에 있는 '홍두깨날'은 "'왜뿔' 위에 있는 골짜기의 산등성이다. '홍두깨'와

'날'로 분석되며, '홍두깨처럼 길고 곧은 산등성이'로 해석된다. 지역에 따라서는 '홍도깨날'로 나타나기도 한다'(『진천군 지명유래』)고 되어 있다. 충남 보령시 청라면 내현리 "홍두깨날"은 "안골과 음현리 선유굴 사이의 능선으로 홍두깨처럼 생겨서 붙여진 이름"이라고 한다. 충북 보은군 내북면 문암리 "홍두깨날'도 "가시양달 남쪽에 있는 산으로 산줄기가 홍두깨같이 생겼다"고 한다.

'홍두깨등'은 경남 밀양시 삼랑진읍 숭진리 마을 새끝등 옆에 있는 산등성이 이름이다. 형상이 홍두깨처럼 길게 생겼다고 하여 붙인 지명이라고 한다. '새끝등'은 옛날 억새밭 끝이었으므로 부른 이름이다. '등'은 한자 '등(嶝)'을 썼는데 '등성이'를 뜻한다. 경북 청도군 매전면 내리의 '홍두깨등'은 "선반등 동쪽에 있는 등성이로 홍두깨같이 생겼다고 붙여진 이름"이라고 한다. 경남 통영시 사량면 읍덕리 '홍둘레등'은 "홍둘레(홍두깨)처럼 길게 이어 내린 산등성이"라고 한다. '홍둘레'는 '홍두깨'를 가리키는 이 지역 방언으로 보인다.

'홍두깨봉'은 충남 공주시 우성면 봉현리에 있는데, 성학이골 상봉에서 남쪽으로 뻗어 내려간 산줄기를 부르는 이름이다. "이 산줄기가 유독 양쪽이 가파르고 길게 뻗어 내려가 다듬이질을 하는 홍두깨의 모양과 비슷하다 하여 유래된 지명"(공주시 홈페이지)이라고 한다. 평양시 상원군 중리 두릉산 남쪽에 있는 '홍두깨산'은 "산줄기가 홍두깨처럼 뻗어 있다"(『조선향토대백과』)는 설명이다. 경북 청도군 이서면과 각북면의 경계에도 '홍두깨산'(609m)이 있고, 전북 진안군 백운면 백암리와 노촌리에 걸쳐 있는 덕태산(1,118m) 옆으로는 '홍두깨재(홍두꽤치)'가 있다.

'홍두깨골'은 황해북도 연탄군 금봉리의 동남쪽 치루개에 있는 첫 골짜기 이름이다. "골짜기가 홍두깨같이 길고 곧다"(『조선향토대백과』)고 한다. 평안남도 성천군 계석리 형제봉 북쪽에 있는 골짜기 '홍두깨골'은 "쇠꼬지 웃탁으로 뻗어 있다. 홍두깨처럼 생겼다"고 한다. 황해북도 연탄군 월롱리 소재지 동북쪽 유동에서 연탄읍의 서재동으로 넘어가는 '홍두깨고개'는 "고갯길에 홍두깨 같은 긴 바위가 있다"고 한다. '홍두깨다리'는 서울 용산구 청파동1가와 동자동 사이 만초천에 있던 다리 이름이다. "홍두깨처럼 막대기로 다리를 놓았다고 하여 붙은 이름"(『서울지명사전』)이라고 한다. 일제강점기 만초천을 복개하면서 없어졌다.

물동이 밑에 받쳐 이던 똬리

또아리고개 · 똬리산 · 똥아리골 · 두아리

'**남** 부여대(男負女戴)'라는 사자성어가 있다. '남부여대하다'라는
동사로 쓰이기도 했다. 한자는 사내 남, 질 부, 계집 여, 일
대로 말 그대로는 남자는 지고 여자는 인다는 뜻이다. 이 말은 가난한
사람들이 살 곳을 찾아 이리저리 떠돌아다님을 비유적으로 이르는 말로
쓰였다. 전란을 당해 피난하는 사람들의 모습이나 살길을 찾아 유랑
길에 오른 사람들의 행색을 그릴 때 흔히 썼다. 대개 무거운 짐은 남자가
등에 지고, 조금 가벼운 짐은 여자가 머리에 이었다. 대신에 여자들은
어린아이를 등에 업어 고생스러운 무게는 똑같았다. "시골마다 농토를
떠나서 유리하는 방랑민이 길을 덮고, 남부여대하여 함경도나 황해도
쪽으로 이주하여 가는 부락민이 초겨울까지 끊이지 않았다(김남천의
『대하』)"와 같이 쓰였다.

보통 남자들이 등에 짐을 질 때는 지게를 많이 이용했다. 그에 비해
여자들이 머리에 짐을 일 때는 다른 아무런 도구가 없었다. 단 무거운
것을 오래 일 때나 딱딱한 것을 일 때는 머리와 짐(물체) 사이를 받치는
'똬리'가 필요했다. 국어사전에 '똬리'는 "짐을 머리에 일 때 머리에 받치는

고리 모양의 물건. 짚이나 천을 틀어서 만든다"고 되어 있다. 또 '똬리'에는
"둥글게 빙빙 틀어 놓은 것. 또는 그런 모양"의 뜻도 있어 "구렁이가
똬리를 틀고 있다"와 같이 쓰이기도 했다. '똬리'는 짐과 머리 사이에서
완충작용을 했지만 무게 중심을 잡는 데도 중요한 역할을 했다. 모양새가
나쁜 짐도 똬리 위에 얹으면 균형을 잡기 좋았고 짐의 무게가 고루
분산되는 효과도 있었다. 똬리는 짚이나 헝겊을 얇게 틀어 둥글게 테를
만들고 왕골이나 헝겊으로 둘레를 감싸 만든 것으로 일상생활에서는
물동이나 광주리를 머리에 일 때 많이 사용했다.

박완서의 『미망』이라는 소설에는 "처만네는 모든 개성 여자들이 그렇
듯이 임질을 잘했다. 물동이쯤 머리에 이고는 전혀 뭘 이었다는 걸 의식하
지 않는 양 자유자재로 ……"라는 표현이 있다. 여기서 '임질'은 성병을
연상하기 쉬우나 한자어가 아니라 순우리말이다. '임질'은 '이대물건을
머리 위에 얹다]'의 명사형 '임'에 접미사 '질'이 붙어 된 말로 보이는데,
"물건 따위를 머리 위에 이는 일"을 뜻한다. 그러니까 '임질을 잘한다'는
말은 머리 위에 물건 이는 일을 능수능란하게 아주 잘한다는 뜻이다.
목 힘이 좋거나 몸의 균형을 잘 잡거나 하고 거기에 수많은 경험이
더해져 가능한 일일 것이다.

'똬리'는 다른 말이 붙어 쓰이기도 했다. '똬리굴'은 '루프식 터널'을
일상적으로 이르는 말로 쓰였다. 루프식 터널은 경사가 심해 기차가
오르기 힘든 지점에 선로를 나선형으로 우회시켜 경사를 완만하게 한
터널로, 우리나라 중앙선의 죽령 터널이 이에 속한다. '똬리쇠'는 볼트를
조일 때 고정하려고 너트 밑에 받쳐 끼우는 쇠판 고리를 가리킨다. '똬리집'
은 전통 가옥의 한 형태로 안채와 사랑채, 곳간, 헛간 따위가 서로 만나
'ㅁ'자를 이룬 것이 똬리 모양 같다고 하여 붙인 이름이다. 똬쇄집이라고도
부르는 이런 형태의 집은 안마당이 좁아 집 한가운데 하늘이 빠끔히
뚫려 보이는 형태다.

똬리

'또아리고개'는 평안북도 구성시 남창동 뾰족봉 서쪽 기슭에 있는 고개이다. '또아리'는 '똬리'와 같은 말인데 규범 표기는 '똬리'라고 한다. 또한 '똬리'의 북한어라고 사전에는 되어 있다. '또아리고개'는 '똥아리고개'라고도 하는데, "또아리(똬리)처럼 동그랗고 오목하게 생긴 둔덕을 넘어간다는 데서 비롯된 지명이다"(『조선향토대백과』)라는 설명이다. '똥아리'는 '똬리'의 방언인데 '경기, 전북, 충청, 평안, 중국 길림성, 중국 요령성' 등 넓은 지역에서 쓰였다.

'또아리산'은 평안북도 피현군 삼상리에 있다. "산 전체가 똬리를 틀고 앉은 형국이라는 데서 비롯된 지명"이라고 한다. 평안남도 맹산군 은포리 '또아리산'은 '똥아리산'이라고도 했는데, "똬리같이 생겼다"는 설명이다. 평안남도 개천시 청룡리 정가골 북쪽에 있는 '똥아리산'은 '똬리산'이라고도 했는데, 마찬가지로 "똬리처럼 생겼다"는 설명이다. 평안북도 피현군 화삼리 삐뚝고개 동북쪽에 있는 봉우리 '또아리봉'은 '동아리봉'이라고도 하는데 똬리처럼 생겼다고 한다.

평안남도 개천시 조양동 다리골 안쪽에 딸려 있는 골짜기 '똥아리골'은

'똬리골'이라고도 하는데 "똬리처럼 뻗었다는 데서 비롯된 지명"이라고 한다. 평안북도 향산군 관하리 '또아리골'은 "또아리(똬리)처럼 동그랗게 생겼다"는 설명이다. '똥아리구리'는 평안남도 은산군 대양리의 남쪽 가재골마을 뒤에 있는 골짜기 이름인데, 똬리 모양으로 되어 있다고 한다. 평안남도 회창군 신성리 조산 남쪽에 있는 굴 '똥아리굴'은 "똬리처럼 굽이도는 굴이라 하여 똥아리굴이라 하였다 한다. 자동차가 다닐 수 있을 정도로 널찍하게 뚫려 있다"고 한다.

'똬리막골'은 황해북도 평산군 산수리 소재지 서쪽에 있는 마을의 이름이다. "마을이 들어선 모양이 똬리처럼 동그랗게 생겼다. 마을 주변에 배나무가 많이 재배되어 있다. 똬리배골이라고도 한다"는 설명이다. 평양시 상원군 수산리 '똬리솔밭'이나 평안남도 은산군 연합리 '또아리솔밭'은 모두 똬리처럼 생긴 솔밭이 있어 붙여진 이름이라고 한다. 평안북도 구장군 상이리에 있는 산 '똬리솔'은 '동아리솔'이라고도 하는데 "똬리처럼 생긴 낮은 산인데, 솔밭이 있다"고 한다.

'두아리'는 충남 논산시 연무읍 봉동리에 있는 자연마을 이름이다. 이는 '또아리'가 변해서 된 이름으로 보여 흥미롭다. 본래 전북 여산군 공촌면 지역으로 1914년 행정구역 통폐합 때에는 두화리라는 지명으로 나온다. 논산문화원 홈페이지에는 "두화리(杜花里)[마을]: 하봉 북쪽 들 가운데에 있는 마을인데 지형이 마치 똥아리처럼 되어 있다 하여 또아리라 부르다가 두아리 또는 두화리라 부른다 한다"라고 되어 있다. '두아리' 지명은 충남 공주시 이인면 발양리에도 있다. 발양리에 있는 자연마을 '두아리'는 '바랑이' 남쪽에 위치하는데, "마을 지형이 또아리와 같다 하여 두아리라 부른다"(공주시 홈페이지)는 설명이다.

야한 동네 야동동은 풀뭇골

풀무골 · 풀무재 · 불맷골 · 야로리

어릴 적 부엌에서 많이 본 흙풍로는 위가 넓고 밑이 좁은 나팔꽃 모양으로 되어 있었다. 숯은 위에서 넣게 되어 있고 밑에 바람구 멍이 뚫려 있다. 주로 음식을 끓이는 데 썼지만 약탕기를 올려 약을 달이는 데도 썼다. 이 풍로에 숯불을 피울 때 작은 풀무를 썼다. 풀무는 쇠로 만든 것으로 형태는 둥근 원통 속에 바람개비가 있고 바람개비를 돌리는 둥근 쇠바퀴가 달려 있었다. 바람개비의 중앙과 둥근 쇠바퀴 바깥으로 홈이 패여 있어 여기에 고무줄이나 가는 벨트를 걸고 쇠바퀴의 손잡이를 돌리면 바람개비가 돌아가며 바람을 일으키게 된다. 바람은 둥근 원통에 붙은 홈통을 통해 밖으로 나오는데, 이것을 풍로의 바람구멍 에 대고 불을 피운 것이다.

전통적으로 풀무는 대장간에서 쇠를 달구거나 또는 녹이기 위해 화덕에 공기를 불어 넣는 기구를 가리켰다. 다른 말로는 '궤풀무'라고도 했는데, 이는 생긴 것이 마치 상자 모양과 같아서 붙여진 이름이다. 네모난 통에 한쪽은 가죽으로 막은 손잡이와 공기 흡입구를 두고, 다른 한쪽은 송풍구 를 끼워 화덕의 밑부분과 연결한다. 화덕 가운데에는 쇠를 녹이는 도가니가 놓였다. 이런 구조에서 풀무 손잡이를 잡아당기면 흡입구를 통하여 공기가 들어가고, 손잡이를 밀면 가죽막이에 의하여 압축된 공기가 풍로를 따라 화덕으로 들어가게 되는 것이다.

'풀무에는 크게 두 가지 방식이 있었는데 하나는 손잡이를 밀고 당기는 손풀무이고, 다른 하나는 발로 밟아서 바람을 내는 발풀무(골풀무)이다. 손풀무는 소규모 대장간이나 금속공예품을 만드는 장인들이 주로 사용했고, 발풀무는 규모가 큰 대장간에서 사용했다. 크기는 손풀무가 보통 너비 1자[약 30cm 정도], 높이 2자, 길이 4자, 발풀무는 너비 3자, 높이 6자, 길이 8자 정도였다(『한국민족문화대백과』).

'풀무재'는 서울 중구 묵정동에서 쌍림동을 거쳐 충무로를 지나는, 충무로5가에 위치한 고개이다. 남산을 기준으로 본다면 동편 기슭에 해당한다. 고개 언저리 길가 좌우로 대장간들이 늘어서 있었으므로 '풀무재' 혹은 '대장고개'라 불렀고 한자로는 야현(冶峴)이라 하였다. '풀무'는 한자로는 야로(冶爐) 또는 풍구라고 썼다. '야(冶)'는 '불리다-쇠를 불에 달구어 단단하게 하다'라는 훈을 갖고 있지만 흔히 '풀무'를 가리키는 말로도 쓰인 한자이다. 대장고개의 '대장'은 '대장장이'를 가리키는 말로 "대장일을 하는 기술직 노동자"를 뜻하는 우리말이다. '대장일'이란 "수공업적인 방법으로 쇠를 달구어 연장 따위를 만드는 일"로 '야장일'이라고도 하였다. '대장장이'를 옛날에는 야장(冶匠)이라고 했다.

이 '대장'에 일정한 공간(장소)를 뜻하는 '간(間)'이 붙어 '대장간'이라는 말이 만들어진 것으로 보인다. 곧 '대장간'은 "쇠를 달구어 온갖 연장을 만드는 곳"을 가리키는 말이다. 예전에 대장간은 농업에 필수적인 농기구의 생산과 보수 측면에서 면 단위의 마을이면 어디에나 한두 곳은 있었는데, 대개 오일장이 있던 장터 근방에 많이 있었고, 그 밖에도 사람들이 많이 다니는 길목이나 삼거리 혹은 다리 근방, 나루터 부근, 큰 마을의 어귀 등에 위치하기도 하였다.

그런 만큼 대장간은 지역에 따라 부르는 이름들이 아주 다양했는데, 풀무깐, 불무깐(불매깐, 불미깐), 성냥깐, 펜수깐(편수깐), 벼름깐 등이다. 이 중 '성냥'은 "무딘 쇠 연장을 불에 불리어 재생하거나 연장을 만듦"의 뜻을 가진 우리말이고, '벼름'은 '벼리다' 곧 "무디어진 연장의 날을 불에 달구어 두드려서 날카롭게 만들다"는 말에서 변해 된 것이다. '펜수'는 '공장(工匠)의 우두머리'라는 뜻을 가진 '편수'가 그 어원이며 '도편수(都-)'의 '편수'와 어원이 같은 말이다.

서울 중구 순화동과 의주로2가에 걸쳐 있던 마을에 '풀뭇골'이 있었는데, 쇠를 달구어 연장을 만드는 풀무깐(대장간)이 있던 데서 마을 이름이 유래되었다(『서울지명사전』). 한자명으로 야동(冶洞)이라고 하였다. 충북 충주시 소태면 야동리는 "솥을 만드는 풀무가 있어서 풀무골 또는 야동이라 하였다"(『한국향토문화전자대전』)고 한다. 자연마을로 야곡(冶谷)에 '야골(풀무골)'이 있다.

경기도 파주시 금촌동의 법정동에는 '아동동'과 '야동동' 헷갈리는 두 이름이 있다. 아동동은 '관아가 있던 동네'라는 뜻이고, 야동동의 우리말 이름은 '풀뭇골'이다. 영조 때 『여지도서』(교하)에는 야동리(冶洞里)로 나온다. '풀무골'은 한자로는 '야동' 혹은 '야곡'으로 많이 썼다. 그런데 풀무를 뜻하는 '야(冶)'에는 '요염하다'는 뜻도 있어, '옷차림이 야하다'든지 '얼굴이 야하게 생겼다'든지 할 때도 '야(冶)하다'라고 썼다. 그런 탓인지 '야동' 하면 '야(冶)한 동네'를 연상하거나 더 비근하게는 '야동-야한 동영상'을 연상해서 '재미있는(?) 지명' 목록에 올리기도 하는데, 지명에서 '야동'은 어디까지나 '풀무골'의 한자 이름이다.

'풀무'에 관한 가장 오래된 지명은 경남 합천군 야로면 야로리이다. 야로(冶爐)는 풀무를 가리키면서 쇠를 녹이는 가마를 뜻하기도 했는데, 그 야로를 일찍부터 지명으로 써 온 것이다. 『삼국사기』 지리지에 의하면 '야로'는 신라 강주 고령군 영현의 하나로, 본래 적화현이었는데 경덕왕이

야로현으로 고쳤으며 지금의 합천군 야로면·가야면 일대에 해당된다. 이 기록대로라면 늦어도 해인사가 창건(802년)되기 50년쯤 전에 해당하는 8세기 중엽부터 철 생산과 관련된 '야로'라는 지명이 사용되었던 것을 알 수 있다. 『세종실록지리지』에는 야로현의 토산이 사철이고, 남쪽 심묘리에 철장이 있어 9,500근의 철을 세공한 것으로 나타난다.

'야로'는 고대사회에 대장간이 있었던 지역이라고 할 수 있다. 현존하는 '불맷골', '불미골', '금평' 등은 철의 생산과 관련된 지명이다. '불매', '불미'는 '불무'의 방언형이고, '불무'는 '풀무'의 옛말이다. 야로리2구의 돈평마을 뒤 골짜기를 현지에서는 '불맷골' 또는 '불미골'이라 부르고 있으며, 옛날의 쇠똥(철 찌꺼기) 같은 것이 지금도 나오고 있다고 한다. 또한 인접한 금평리 금평1구는 시평(금평)이라 부르는데, 합천군 지명 유래에서 "이곳은 대가야국 당시 철기문화와 관계가 있는 이름으로 금평에서 생산되는 철로 무기와 농기구를 만들었다고 전하고 있으며, 옛날에는 금굴동이라 하였다"라고 설명하고 있다. 금굴동은 '쇠를 파낸 곳'이라는 의미로 읽을 수 있다. 어쨌든 이곳의 철 생산을 대가야시대까지로 끌어올리고 있는 것을 볼 수 있는데 '야로'라는 지명이 이를 뒷받침하고 있다.

금강산 비로봉 은사다리금사다리

사다리병창 · 새드레 · 사닥다리바위 · 사다리논

옛 날 금강산 비로봉 밑에 일찍 부모를 잃은 두 오누이가 살고 있었다. 어느 날 누이가 뜻하지 않은 병에 걸려 누웠다. 누이의 병에 쓸 약초를 구하려고 애쓰던 동생은 꿈속에서 어머니가 "누이의 병을 고칠 약은 달나라의 계수나무 열매밖에 없다"라고 하는 말을 듣는다. 그래서 소년은 하늘이 제일 가깝다는 비로봉 마루에 올랐지만 달나라까지 갈 일이 난감하였다. 소년이 안타까워 한숨만 쉬고 있는데 아침에 하늘에서 은사다리가 주르르 내려오고 선녀가 물병을 안고 내려왔다. 그러고는 저녁에 물을 길어온 선녀가 흰 바위의 구멍에서 구슬을 꺼내 하늘에 대고 비치자 이번에는 금사다리가 내려왔다. 선녀는 구슬을 제자리에 놓고 사다리를 타고 올라갔다. 그리하여 소년은 선녀가 하던 대로 구슬을 꺼내 하늘에 비추고는 금사다리를 타고 하늘로 올라갔다. 그러나 인간 세상 사람이 신선나라에 왔다는 것을 안 천왕은 노발대발하여 속세의 사람이 한번 밟은 사다리는 신선이 다시 쓸 수 없다면서 지팡이로 사다리를 후려갈겼다. 이리하여 사다리는 바윗돌로 변하여 비로봉 마루에 떨어져 내렸다.

이 이야기는 금강산 비로봉의 '은사다리금사다리'에 깃든 전설이다. 이어지는 이야기는 소년에게서 하늘나라에 오게 된 사연을 들은 천왕은 그의 갸륵한 마음에 감동되어 계수나무 열매와 용마를 주어 비로봉으로 내려보냈지만 누이는 이미 숨이 졌고, 누이가 죽을 때 손에 쥐고 있던 초롱불은 꺼지지 않고 '금강초롱'이란 꽃이 되었다는 것이다.

'은사다리금사다리'는 금강산 비로봉 남쪽의 암벽이 동해의 해풍과 풍화작용으로 침식되어 무너져 내리고 경사 급한 산기슭에 쌓여서 이루어진 돌무더기이다. 곧 비로봉 남쪽의 절벽 지대를 타고 오르는 길로서 돌사태가 나서 계단 같이 쌓여 있다. 너비는 10여m, 길이는 수백m에 달하는 이 돌무더기와 곁의 층층이 내려진 바위 줄기를 통틀어 '은사다리금사다리'라고 말한다. 여기를 올라야 비로소 비로봉의 마루턱에 서게 된다.

북한에서 발행된 『금강산 지명유래』 자료에는 "사다리를 련상케 하는 바위줄기가 비로봉 꼭대기까지 비스듬히 뻗어올라 갔는데 아침이면 해빛에 은빛으로 빛나고 저녁이면 황금빛으로 물들므로 '은사다리금사다리'라고 부른다. 다른 이야기에 의하면 바위무더기를 '서덜', '서더리', '서드리' 등이라고 하는데 아래부분은 누렇고 웃부분은 하얗게 보이므로 '은서더리, 금서더리'라고 부르다가 '은사다리금사다리'로 되었다고 한다. 한자말로 '은제금제(銀梯金梯)'라고도 한다"라고 되어 있다. '제(梯)'는 '사다리 제'이다.

'은사다리금사다리'의 유래를 두 가지로 말하고 있는데, 하나는 바위 줄기가 사다리를 연상케 한다는 것이고, 다른 하나는 '사다리'가 '바위무더기'를 뜻하는 '서덜(서더리)'이 음이 변해서 된 말이라는 것이다. 둘 중의 어느 하나만 맞다라고 말하기는 어려워 보인다. 둘 모두 이곳의 층층이 진 지형과 관련이 깊기 때문이다. 우리는 "돌이 많이 흩어져 있는 비탈"을 보통 '너덜' 또는 '너덜겅'으로 말하고 있다. 그에 비해

'서덜'이라는 말은 "냇가나 강가 따위의 돌이 많은 곳"을 이르는 말로 쓰는데, 북한은 이를 '너덜'의 뜻으로도 쓰는 것 같다.

강원도 원주시와 횡성군의 경계에 있는 치악산도 주봉이 비로봉이다. 이 비로봉을 오르는 등반 코스 중에 '사다리병창길'은 가장 험난하기로 이름이 나 있다. 치악산국립공원 측의 설명으로는 사다리병창이 흑운모편 마암의 암괴가 사다리 모습의 좁다란 수직 암벽을 이루고 있어 탐방로 역시 급경사를 이루고 있다고 한다. '사다리병창'에 설치된 안내 표지판에는 "거대한 암벽군이 마치 사다리꼴 모양으로 되어 있고, 암벽 사이로 자라난 나무들과 어우러져 사시사철 풍광이 병풍처럼 펼쳐져 있다 하여 사다리병창이라 한다. 병창은 영서 방언으로 벼랑, 절벽을 뜻함"이라고 되어 있다. 『한국민족문화대백과』에서는 '치악8경' 중에 제5경으로 '사다리병창'을 꼽고 있다.

경남 통영시 사량면 돈지리에 있는 산은 이름이 지리산(399.3m)이다. 사량도 윗섬 돈지리와 금평리에 걸쳐 동서 방향으로 길게 산지를 이루고 있으며, 남북 방향의 능선은 폭이 좁고 지형이 험난하다. 『1872년지방지도』(사량진)에서도 동쪽의 옥녀봉에서 차례로 병암, 교봉, 월암으로 표시하고 험준한 바위산으로 묘사하고 있다. 이 지리산을 토박이 지명으로는 '새드레', '새들산'이라 불렀다 한다. 산 남쪽의 바위 벼랑이 새드레(사닥다리)를 세워 놓은 모양의 층애를 형성하고 있어서 그렇게 불렀다는 것이다 (『한국지명유래집』).

'사다리'의 방언형은 '새다리', '새더리', '새더래', '새다래', '사드레' 등 아주 많다. '사닥다리'는 사전에 표준어로 등재되어 있다. '사닥다리바위'는 서울 도봉구 도봉동 망월사 앞에 있는 바위로, 모양이 사닥다리처럼 생긴 데서 유래된 이름이다. '새닥다리바위'라고도 하였다(『서울지명사전』).

'사다리' 지명은 논에도 붙여졌는데, 이른바 '사다리논'이 그것이다.

'사다리배미'라고도 불렀고, 골짜기를 따라 층층이 사다리 형상으로 되어 있는 논을 가리킨다. 일반적으로 이러한 논은 '다랑논'으로 많이 불렀는데 지역에 따라 '사다리논'으로 부른 곳도 더러 있다. 중국에서는 이러한 '사다리논'을 '제전(梯田, 사다리 제)'이라 했다. 운남성에 있는 '원양제전 (웨냥티티엔)'은 세계문화유산으로 지정되어 있기도 하다.

옛날의 냉장고 빙고

핑곳골 · 빙고리 · 빙고재 · 핑구골

빙고, 빙고 하면 이게 무슨 말이야 하며 빙고(bingo) 게임을 먼저 떠올릴 사람이 많을 것 같다. 그러나 석빙고를 말하고, 동빙고 서빙고를 말하면 아하 얼음창고 얘기구나, 라며 쉽게 눈치챌 것 같다. 빙고는 '얼음 빙(氷)' 자에 '곳집(창고) 고(庫)' 자로 "얼음을 넣어 두는 창고"를 가리키는 한자어이다. 빙고의 역사는 무척 오래되었는데 『삼국유사』에 신라 3대 왕인 노례왕(재위 24~57)이 "비로소 보습과 장빙고(藏氷庫)를 만들고, 수레를 만들었다"라고 기록되어 있다. '장(藏)'은 저장한다는 뜻으로 장빙고는 빙고와 같은 뜻이다. 빙고가 농기구인 보습이나 수레와 역사를 같이 한다는 것이 의미심장하다.

조선 시대에 빙고는 얼음창고를 가리키면서 동시에 얼음을 채취, 보존하고 얼음의 출납을 담당하는 관아를 가리키기도 했다. 그렇다면 빙고는 '이호예병형공' 육조 중 어느 곳에서 관할했을까. 시설물이라 공조를 생각하기 쉬운데 뜻밖에도 예조이다. 아마 얼음이 제례나 상례에 중요하게 쓰였고, 한여름에 왕이 신하에게 내리는 주요 하사품 중의 하나였기 때문일 것이다.

한양에는 빙고가 서빙고와 동빙고가 있었다. 서빙고는 태조 5년(1396)에 동빙고와 함께 설치하였는데 한강 가의 둔지산에 있었다. 현재의 용산구 서빙고동 파출소 근처이다. 8개의 저장고가 있어 궁중에서 사용하고, 문무백관에 나누어줄 얼음까지 저장했다. 동빙고는 종묘, 사직의 제사에 사용할 얼음만을 저장했는데 처음 두모포(현 서울 옥수동)에 설치되었다가 연산군 때 동빙고동(현 서빙고동 옆)으로 옮겨졌다. 옥수동 주민들은 옛 동빙고 일대를 '펑곳골', '빙곳골', '빙고동'이라 부르기도 했다.

조금 특별한 빙고는 행주나루에도 있었다. 지금의 경기도 고양시 덕양구 행주외동은 행주산성 바깥쪽에 있던 마을인데, 행주나루터가 이곳에 있었고 일찍부터 유명한 어촌이었다. 특히 이 지역에서 봄철에 잡히는 웅어(위어)의 인기는 대단했다고 한다. 예전에 웅어는 임금님이 드시던 귀한 물고기로 조선 말기에는 이곳에 사옹원 소속의 '위어소'를 두어 대궐에 진상했다. 사옹원은 대궐의 식생활 담당 부서로 주요 임무는 임금과 그 가족이 먹을 음식 재료를 조달하고 요리하는 일이었다. 음식을 조리하는 주방 곧 수라간도 물론 사옹원 소속이었다.

웅어는 과거에 위어(葦魚)라고 했는데, 갈대 사이에서 산란하는 습성이 있어 이름에 갈대 '위' 자가 붙었다는 설이 있다. 멸칫과에 속하는 바닷물고기로 몸은 가늘고 길며 옆으로 납작하고 칼 모양처럼 생겼다. 몸빛은 은백색이며 몸길이는 30cm까지 이른다. 4~5월에 강의 하류로 올라와서 산란하는데, 한강의 행주가 특히 유명했다. 빛깔이 희고 맛이 좋아 회로도 상품으로 쳤다. 회로 먹으면 살이 연하고 씹는 맛이 독특하며 지방질이 풍부해 고소하다고 한다. 어쨌든 이 웅어를 신선하게 보관했다 진상하기 위해 행주 강가에 석빙고까지 만들었던 것이다.

2015년에는 백제 고도인 충남 부여(사비)에서 당시 도성 사람들이 얼음을 저장했던 빙고 터가 발견되어 화제를 모았다. 사비 도성 부근의 백마강 나루터였던 구드래 유적과 도성 서쪽 나성 부근을 조사하다 직사각형 구덩이 모양의 백제, 조선 시대 빙고 터를 잇따라 발견한 것이다. 백제 빙고 터는 내부에 얼음을 가득 채울 경우 15t 트럭으로 5차 분량, 조선 빙고 터는 약 10차 분량 규모라고 한다. 흥미로운 것은 빙고가 발견된 곳이 옛적부터 관아가 있던 마을로, '빙고리', '빙고재(핑고재)'라는 지명으로 불려 빙고 흔적이 있을 것으로 짐작해 왔다는 사실이다. 영조 때 편찬된 『여지도서』(부여 방리)에 "현내면 빙고리는 관아에서 서쪽으로 1리(약 400m) 떨어져 있다"라고 기록되어 있다. 빙고 터는 뒤늦게 발견되었지만 지명은 오랫동안 그 흔적을 간직하고 있었던 것이다.

이보다 앞서 2005년에는 충남 홍성군 오관리 아파트 신축 예정 부지에서 17세기에 만들어진 것으로 추정되는 조선 시대 목빙고(木氷庫)가 국내 최초로 발굴되기도 했다. 그때까지 경상도 지역 6곳에서 발굴된 빙고 유적은 모두 18세기 초 영조 대에 축조 및 개축된 석빙고였다. 경주 석빙고 비문에 '석빙고로 개축했다'고 적혀 있는 것으로 보아 목빙고가 석빙고 이전 단계로 추정되며, 그 실체가 드러난 것은 오관리 유적이 처음이라는 평가다. 이곳은 원래 야트막한 고개가 있는 언덕배기인데, 옛날부터 '빙고재(氷庫峙)'라는 이름으로 불려 왔다고 한다. 부여의 경우와 마찬가지로 얼음과 관련된 저장시설이 있었을 것으로 추측만 하다가 2005년 뜻밖에 목빙고 유적이 발굴됨으로써 지명 유래가 확인된 것이다.

충북 청주시 서원구 모충동 지명 유래(모충동 행정복지센터 홈페이지)에는 '핑구골'이 "예전 모충사 밑에 있던 골짜기이다. 피천거리에서 고기 장사하던 사람들이 모여 살던 곳이다. '핑구'는 '빙고'(氷庫, 얼음 창고)의 변형으로 '핑구골'은 '빙고가 있는 골짜기'로 해석된다"라고 설명되어 있다. 모충동은 본래 청주군 남주내면에 속해 있던 지역으로, 영조 때의 『여지도서』에는 남주내면에 '빙고리'가 관문으로부터 남쪽으로 5리 거리에 있는 것으로 나온다. 이 '빙고리'가 지금의 '핑구골'일 텐데, '빙고'가 '핑구'로까지 변음된 것을 볼 수 있다.

충남 천안시 동남구 목천읍 서리에는 '핑계골'이 있다. 동남구청 홈페이지에서는 "핑계골(빙고골): 사마소 뒤에 있는 골짜기로 남화리 가는 곳인데 이곳에 어름창고인 빙고가 있었다"라고 설명하고 있다. 서리는 본래 목천군 읍내면 지역으로 사직단, 동헌터, 객사터 등의 지명이 남아 있는 곳이다. 경기도 용인시 처인구 모현면 초부리에 있는 자연마을 초현은 흔히 '핑구재(핑굿째)'라 불렀다고 한다. '핑구재'는 '빙고재'가 변해서 생긴 이름으로 얼음 창고가 있는 고개라는 뜻이다. 용인문화원에서 간행한 『내 고장 용인 지명·지지』에는 '핑구재'를 '빙고령'이라고 기록해 놓았다. 실제로 마을 북쪽 능선 너머에 지형이 움푹 팬 곳이 빙고가 있었던 곳이라고 하며 '핑구구덩이'라 부르고 있다 한다.

우리말 땅이름 4

초판 1쇄 발행 | 2022년 11월 28일

지은이 윤재철
펴낸이 조기조
펴낸곳 도서출판 b | 등록 2003년 2월 24일 제2006-000054호
주 소 08772 서울특별시 관악구 난곡로 288 남진빌딩 302호
전 화 02-6293-7070(대) | 팩시밀리 02-6293-8080
이메일 bbooks@naver.com | 홈페이지 b-book.co.kr

ISBN 979-11-89898-85-4 03810
값 18,000원